图书在版编目 (CIP) 数据

家族复仇 / （法）巴尔扎克著；郑克鲁译 . — 桂林 : 漓江出版社 , 2019.4
（旅伴文库 · 锦囊旧书）
ISBN 978-7-5407-8527-7

Ⅰ . ①家… Ⅱ . ①巴… ②郑… Ⅲ . ①中篇小说—小说集—法国—近代
②短篇小说—小说集—法国—近代 Ⅳ . ① I565.44

中国版本图书馆 CIP 数据核字 (2018) 第 213059 号

JIAZU FUCHOU
家族复仇
［法］巴尔扎克　著
郑克鲁　译

出版人：刘迪才
出品人：张谦
责任编辑：张谦
助理编辑：谢青芸
书籍设计：石绍康
责任监印：张璐

漓江出版社有限公司出版发行
广西桂林市南环路 22 号　邮编：541002
发行电话：010-85893190　0773-2583322
传真：010-85890870-814　0773-2582200
邮购热线：0773-2583322
电子信箱：ljcbs@163.com
网址：http://www.lijiangbook.com
印制：三河市西华印务有限公司
［河北省三河市洵阳镇化甲屯小学东　邮政编码：065200］
开本：880mm × 1230mm　1/32
印张：17.5　字数：246 千字　插页：16
版次：2019 年 4 月第 1 版　印次：2019 年 4 月第 1 次印刷
书号：ISBN 978-7-5407-8527-7
定价：68.00 元

聂震

刘硕良

家族复

VENDE

［法］巴尔扎克——

郑克鲁——

漓江出版社

《旅伴文库·锦囊旧书》出版说明

《旅伴文库·锦囊旧书》，从改革开放初期的80年代，即漓江出版社初创阶段，广西最早走向全国的畅销外国文学名著中遴选书目，旨在重温党的十一届三中全会开创的改革开放新时期的光辉岁月。选题视野开阔，经典意义鲜明，且多属市场稀缺之作，在全国以至海外产生过很大影响，至今仍在市场上具有竞争力。

漓江出版社是改革开放的产物，又是改革开放的见证者、促进者、服务者。在不断深化改革开放的新时代，出版这样一套经典文集，既是对漓江优秀传统出版物的一次有效梳理，更是对改革开放成果的纪念性回顾。

宝物压舱，好货沉底。书虽曰旧，读之弥新。此番重印，装帧设计统一，内文略有校正，并在可能条件下增入译者附言，或相关资料、图片，以期焕发更多新的光彩，为更多的后来读者服务。

在此谨向诸位译著者致以深切的谢意，对业已离世的先贤哲友表示深深的怀念！

刘硕良

巴尔扎克（1799—1850），法国小说家，被称为“现代法国小说之父”。

译者，郑克鲁。1962 年毕业于北京大学西语系，1965 年毕业于中国社科院外国文学研究所。历任武汉大学法语系主任、法国问题研究所所长，上海师范大学中文系文学研究所所长、系主任、教授、博士生导师等。1987 年曾获法国政府教育勋章。著有专著《法国文学论集》《繁花似锦——法国文学小史》《雨果》；译著《《蒂博一家》《康素爱萝》等。

漓江版《家族复仇》首版封面，出版于 1981 年 4 月。
责任编辑：刘硕良，装帧设计：文希；插图：刘国基。

欧仁·兰普森尼尔斯（1822—1871）绘，《巴尔扎克文集》插图。

目 录 / Contents

译者序

这部集子所收的七篇小说，无一例外都属于巴尔扎克的优秀中短篇。

在杰出的法国小说家的行列里，既善写长篇小说，又擅长中短篇的作家并不很多。梅里美以中短篇闻名于世，但没有写过篇幅浩大的长篇；司汤达更善于写作长篇小说；乔治·桑也很少写作短篇；罗曼·罗兰的鸿篇巨制闻名遐迩，但他没有什么短篇；当代作家萨特的中短篇写得紧凑简练，而他唯一的一部长篇却写得松散冗长，终于没有完成就辍笔了；左拉的《卢贡－马卡尔家族》是师承《人间喜剧》的巨著，可是左拉的中短篇出色之作并不多。从这方面看，巴尔扎克的才能十分突出，他既能写出优秀的长篇，又能写出优秀的中篇和短篇。诚然，《人间喜剧》以长篇为主体，但中短篇数量更多，它们是这部伟大作品不可或缺的组成部分。如果说，长篇在其中起着骨架的作用，那么，中短篇就如同筋肉一样，起着连接活动的作用。

巴尔扎克懂得中短篇小说的形式不同于长篇小说。长篇小说往往从一整个生活阶段去反映广阔的社会生活画面。中短篇则不同。短篇小说往往只截取生活的一个横断面；中篇小说的反映面虽然宽一些，但这种形式更接近短篇小说集中某一点以小见大的绘写方法，而不同于长篇那样从多方面去反映社会生活。正因为巴尔扎克以当法国社会的书记为己任，即以描绘当时的社会为自己的神圣职责，所以他需要运用中短篇的形式去撷取社会生活中某些细小的，却具有本质意义的现象，而这是他的长篇不可能巨细无遗地统统描绘出来的，这样，《人间喜剧》才能构成一个完全的整体。

《刽子手》就是这样一篇小说。这是巴尔扎克短篇小说中的佳作。小说写的是西班牙人反抗拿破仑军队入侵祖国的英勇牺牲精神，它令人想起约半个世纪后都德、左拉和莫泊桑所写的普法战争中的爱国故事，但《刽子手》的不同之处在于它具有强烈的悲剧气氛。试想，一个儿子要亲手铡死父母和四个弟弟妹妹，这个场面是多么惨绝人寰呀！他这样做虽然是为了保存自己，让家族能传宗接代，但也是为了不让当地居民受到连累杀戮，而且法军的行动只能衬托出他们的残暴。小说写得很紧凑，一步步烘托出恐怖的氛围：从黑夜里海面上突然出现的意外情况开始，到枪杀起义的人质，再到绞死侯爵家的仆人，最后以绞刑架上的一幕达到高潮，环环相扣，一气呵成。小说没有细致的环境描写，也没有人物的心理刻画，但是艺术感染力是强烈的，用的是严格的现实主义叙事方法。它再现了一个惊心动魄的历史场面：事情虽然发生在西班牙，却反映了拿破仑帝国外政的一个侧面。巴尔扎克对拿破仑军队的侵略行径采取了鲜明的谴责态度，他的立场无疑是正确的。

《家族复仇》中的拿破仑则又是另外一个形象了，他是作为资产阶级执法者的面目出现的。读者不妨拿这个中篇和梅里美的《高龙巴》对照来读。《高龙巴》中也写了“家族复仇”，梅里美在小说中塑造了一个疾恶如仇、粗犷倔强的叛逆女性，她的“家族复仇”

的行动是针对当地封建阶层的代表人物村长的，因而含有进步的因素。似乎是同样的题材，到了巴尔扎克笔下，却具有了不同的意义。巴尔扎克明确看到，家族复仇乃是封建制度的残余，它是残忍的，同资产阶级法律相抵触的，人们有理由反对这种封建意识。但是，作为这种意识的维护者的巴尔托洛梅奥并非一个可恶的人物，在某种意义上，他也是受害者。他的女儿接受了资产阶级思想的熏陶，坚决对这种意识进行了挑战。他没有料想到，他的爱女会与他家的仇人之子恋爱结婚，离家出走。他更没有料想到，她会因生活无着，贫病交加而死。对于她的死，他有不可推卸的责任，但更大的罪责是在社会方面：一对年轻人即使有反抗封建意识的勇气，可是没有金钱做后盾，最后仍然以悲剧告终。我们不能不佩服巴尔扎克对社会的观察是多么深刻精确：金钱的力量早已超过了旧传统的作用，它更能置人于死命。通观法国的古典文学，似乎还只有巴尔扎克从这个角度去处理这个题材，从而写出一幕动人的爱情悲剧。

巴尔扎克是个现实主义作家，但他有的小说却表现了浪漫主义风格，《长寿药水》就是其中的一篇。

唐·璜的故事在欧洲几乎家喻户晓;《长寿药水》的题材，德国作家霍夫曼也曾经写过。巴尔扎克从中感兴趣的是，这个故事隐含着普遍的意义，这就是在社会上司空见惯的争夺遗产的现象。巴尔扎克在《致读者》中曾提到这篇小说的主题，他说:“你们难道没有看到，在社会中，有许许多多人在法律、风俗和习惯的影响下，时刻想着亲人的死，盼着亲人的死吗？……天知道在人们的头脑中犯下了多少杀父之罪！”在小说中，长寿药水是争夺遗产的工具，透过这奇异的水滴，作家看到的是具有本质意义的现实关系。巴尔扎克的浪漫手法是同现实生活紧密结合的。这篇小说色彩绚烂，气氛阴森，想象奇特，可说是《人间喜剧》中一支小小的华丽的浪漫曲。

《长寿药水》尽管写的是十六世纪的事，却不是一篇历史小说。《柯内留斯老板》则具有历史小说的价值。小说以十五世纪下半叶路易十一时期为背景，刻画了一个悭吝鬼形象。他具有在睡梦中起来藏匿自己的财宝的怪癖。俗话说，日所思，夜所想。他这种怪癖乃是早期守财奴喜爱贮藏自己的金银财宝这种特点的反映。马克思说过，巴尔扎克“曾对贪欲的各种色层，做过彻底的研究”。[1]巴尔扎克笔下的悭吝人没有一个是雷同的，在这些悭吝鬼形象中，柯内留斯老板的辈分最大，因而他的悭吝性格也具有最早期资产者的特色——贮藏癖。巴尔扎克十分注意人物性格形成的社会环境，他对大教堂和都尔城王官的描绘再现了当时的风貌。尤其是路易十一的形象十分符合这个人物的历史地位：他是一个注重扶持高利贷者和商人的国王，曾给法国资本主义的发展开辟过道路。饶有趣味的是，英国小说家司各特的长篇小说《昆丁·达沃德》也写了路易十一和他的宫廷，但司各特笔下的路易十一蒙上了传奇色彩，并不是真正的历史人物。而《柯内留斯老板》在这方面却真实得可以当作历史小说来读。巴尔扎克描写环境和其他历史人物，目的在于刻画主人公性格形成的客观条件，他的描绘确实写出了有贮藏癖的悭吝鬼是在一个“平民化”国王的统治下产生的典型。

《不为人知的杰作》是巴尔扎克一个相当重要的短篇。这篇小说作者标明写于一八三二年二月，其实最初发表于一八三一年七八月间，他在一八三六年冬

① 马克思:《资本论》第 1 卷第 645 页。

做过很大修改，大段增加了人物关于绘画的议论，添上画家毁稿自杀的结尾，突出了小说的主题。小说中，弗朗霍费这个形象最引人注目。作为大画家，他提出了一些非常精辟的见解：艺术的任务不在于摹写自然，而是再现自然；艺术家不能做一个拙劣的摹写者，而要做一个富有想象力的诗人；艺术家需要抓住事物的面貌和精神；形式和内容要统一。他的见解早已超出绘画的范畴，完全可以看作是对现实主义创作原则的阐述。作为小说人物，他又有自己的个性：急躁、自信、执着，甚至偏激。他要追求绝对美，不可避免地走入了迷途。他所孜孜以求的是要把艺术同自然实体等同起来，结果花了十年的心血却一无所成。这个大画家的悲剧在于他既主张正确的艺术见解，又违背了这种艺术见解。这个富有哲理性的故事深得马克思的赞赏，他认为这篇小说是“小小的杰作，充满了绝妙的讽刺”①。巴尔扎克的艺术才能表现在把这样一个本来会显得很枯燥的故事，叙述得颇为引人入胜，小说人物也写得有血有肉。特别是关于绘画的议

① 见一八六七年二月二十五日马克思给恩格斯的信。这个评语还包含了对《改邪归正的梅莫特》的看法。

论，语多珠玑，巴尔扎克在这方面曾吸收了狄德罗、大画家德拉克洛瓦、同时代作家戈蒂埃的见解（如突出面部，使周围空气流动起来，素描与色彩的关系等等），因而对后世作家和印象派等画家有过不少影响。

《费拉居斯》在巴尔扎克的中篇小说里是题材颇为特殊的一种。在这篇描写帮工会领袖的小说中，可以看到巴尔扎克对当时的下层社会非常关注。对于秘密团体藐视当时社会的法律的行动，他表示了欣赏；对于下层人物因贫穷而犯下过失，便受到社会严厉惩罚，在社会上无立足之地的状况，他表示了同情；对于这些外貌粗鄙、言语俚俗的人物内心充满深厚柔和的情感，能为自己所爱的对象而献身的高尚情操，他表示了赞美。这篇作品写得深沉动人。巴尔扎克吸收了当时流行的通俗小说的一些手法，写得有点类似惊险小说。这种手法同主人公的秘密身份十分合拍，造成了强烈的悬念，紧紧吸引住读者。但是，巴尔扎克远远高于同时代的流行小说作家，他通过女主人公的爱情生活和悲剧，把读者从社会下层带往社会上层，他的议论所及还接触到社会机构的弊端，即使今天读来仍有启发。这篇小说发表后，马上引起强烈反响，得到热烈欢迎，甚至被介绍到国外。巴尔扎克在这种反映的鼓舞下，又写出了续篇《朗热公爵夫人》和《金眼女郎》，合成三部曲《十三人党的故事》。这一组故事从题材上来说，在《人间喜剧》中占有一定的重要地位。

巴尔扎克的主要成就集中反映在《人间喜剧》上，然而，他还写过一些中短篇，有的不知出于什么原因，没有收入《人间喜剧》。《大布勒泰什》原来是一个中篇的结尾部分，但能独立成篇，这是《人间喜剧》中一个大名鼎鼎的医生皮安训口述的一篇故事，按理应该收入《人间喜剧》。况且这篇小说写得十分精彩。巴尔扎克刻画了一个冷酷无情的贵族形象：梅雷伯爵为了惩罚妻子的不贞，竟然把她的情人禁闭在一间小屋里，活活饿死，还不让外人知道。他的报复是残忍的，他的形象是可鄙可恶的。在艺术上，这篇小说写得也很别致。通篇由一个人物叙述，而一个故事又由另外三个人分别道来，像剥笋一样，事实逐层显露。这三个穿插式的人物还各有各的特点个性，使得他们的叙述也有声有色，谐趣横生，增加了小说的韵味。小说结尾戛然而止，干脆利落，读后能令人掩卷再思。

以上这七个中短篇虽然不能完全包括巴尔扎克中短篇小说的精华，但有很大的代表性，在艺术技巧上也足以反映巴尔扎克的主要特点。巴尔扎克善于在典型环境中刻画典型人物。他往往极其精确地描写一个教堂、一个墓地、一个内室、一个花园、一条街道，目的是为了塑造活动在这些环境中的典型人物。在描写人物的时候，他又很注意外貌、特征、衣服等细节，通过外表描绘人物的阶级地位和身份，并作为刻画人物的内心世界的依据。这是现实主义塑造典型的一种重要方法。通过这几篇小说，可以看到巴尔扎克笔下的人物仿佛像浮雕一般突现出来，给人留下难以忘怀的印象，这种印象总是能把人物同他生活的场景联结在一起，形成一幅长卷的社会风俗画。

另外，这七篇小说有各种各样的写法。有先从环境入手，再展开叙述的写法，有从人物的一个特写镜头开始再引出故事的写法，有用第三者的所见所闻叙述故事的写法，也有用第一人称叙述故事的写法，还有用故事套故事的写法，不一而足。从这形形色色的写法中可以看到巴尔扎克殚精竭虑，要在艺术上另创一格，独辟蹊径的努力。一个大作家是不会满足于一种写法和已获得的艺术成就的，他也只有不断探索，摆脱成规，才能持续地焕发出新的艺术光辉。巴尔扎克的范例能给我们以深刻的启示。

一九八〇年十一月十日于北京

刽子手

献给玛蒂奈·德·拉罗萨[①]

门达小镇的钟楼刚敲过午夜十二点。这当儿，在门达宫堡花园四周的一长溜平台上，有一个年轻的法国军官斜倚着胸墙，仿佛坠入沉思冥想之中；军旅生活的无忧无虑一般是与这种深思不相容的。但话说回来，再没比眼下的时间、位置和夜晚更有利于凝思默想的了。西班牙美丽的夜空在他头顶张开湛蓝的穹顶。闪烁的星光和柔和的月色照亮了幽雅地伸展在他脚下的迷人山谷。这个营长靠着一棵繁花满枝的橘子树，可以看到百尺底下的门达镇；宫堡建筑在巉岩上，而城镇坐落在巉岩脚下，似乎是为了躲避北风。扭过头，他望见大海，闪烁的海水泛出一大片银光，装点着这景色。宫堡灯火通明。舞会欢乐的喧闹声，乐队

---

① 玛蒂奈·德·拉罗萨（1789—1862），西班牙政治家和文学家，曾为争取西班牙的独立、反对拿破仑而斗争。

的音乐声，军官们与他们的舞伴的嬉笑声，夹杂着远方的波涛声，一直传到他耳朵里。夜晚的凉爽给他被白天的溽热弄乏了的身子注入一股活力。再说，花园里种满了芬芳扑鼻的树木和清香阵阵的花朵，年轻人仿佛觉得自己沐浴在香汤之中。

门达宫堡属于一个西班牙最煊赫的贵族，这时他同全家一起住在里面。整个晚上，他的大女儿神情忧郁而又十分关切地凝望着这个军官，西班牙女子流露出来的同情不免引起那个法国人的沉思。克拉拉长得俏丽动人，虽然她有三个兄弟和一个妹妹，但莱加奈斯侯爵的财产十分可观，维克多·马尔尚有理由相信，这个姑娘将来会有一笔丰厚的嫁妆。可是，又怎么敢相信，这个最看重自己爵位的西班牙老人，会把女儿下嫁给巴黎杂货商的儿子呢！再说，人人都恨法国人。管辖全省的戈蒂埃将军怀疑侯爵策动一次拥戴斐迪南七世的叛乱，由维克多·马尔尚指挥的一个营便驻扎在门达小镇，以控制附近一带听命于莱加奈斯侯爵的村落。奈伊元帅最近的一次急报令人担心英国人不久要在海岸登陆，急报还指出侯爵这个人同英国政府暗中有勾结。因此，这个西班牙人虽然热烈欢迎维克多·马尔尚和他的部下，年轻军官还是时刻保持戒备。他走到这个平台上，观察归他镇守的这个市镇和附近乡村的形势，心里纳闷，侯爵不断对他表示友谊该怎么解释，当地的平静与将军的不安又怎能协调一致。但一刹那，年轻营长产生一种谨慎情绪和合情合理的好奇心，上述的思绪便烟消云散了。他看到市镇里灯光星星点点。尽管今天是圣雅克节[①]，他一早就发布命令，灯火一律在他规定的时间内熄灭，只有宫堡不在此例。他在固定的岗哨处，这儿那儿看到他的士兵的刺刀闪闪发亮；但寂静显得庄严肃穆，没有任何迹象表明西班牙人沉浸在节日的狂欢中。他琢磨了一会儿居民为什么要违犯他的命令，觉得这明知故犯中有个秘密，尤其是他已留下一批军官值夜和巡逻，这秘密就愈加不可思议。他带着青年人的好冲动劲儿，正要越过一个缺口，飞快地从巉岩跑下去，可以比走正道更快地到达通往宫堡的镇口的那个小岗哨，这时有个轻微的响声止住了他往前走。他仿佛听到一个女人轻盈的脚步落在小径上的沙沙声。他扭过头去，什么也没有看到；可是他的目光被大海上异乎

① 圣雅克节在7月25日。

寻常的闪光吸引住了。猛然地他瞥见一幅令人沮丧的景象，他惊得目瞪口呆，还以为自己看花了眼。皎洁的月光使他依稀看到远方有几点帆影。他战栗起来，竭力要自己相信，他所看到的只是月光波影给视觉造成的幻象。这当儿，有一个沙哑的声音喊着这军官的名字，他向缺口望去，看到那个陪伴自己到宫堡来的士兵慢慢探出头来。

“是您吗，营长？”

“是的。怎么样？”年轻军官低声说，有种预感警告他一举一动要隐蔽。

“这些坏蛋像虫子一样蠢蠢欲动，我赶紧跑来，如果您允许的话，就把我看到的一点零碎情况报告给您。”

“说吧。”维克多·马尔尚回答。

“我刚才在跟踪宫堡里的一个人，他手提灯笼朝这边走来。这盏灯笼叫人大起疑心！我不信这个教徒在这个时候需要点什么蜡烛。我心里嘀咕着：‘他们想吃掉我们！’于是我就紧追着他。营长，结果我发现，离这儿不远的地方，在一块岩石上，有一大堆柴火。”

骤然间一声可怕的呐喊在市镇发出震响，打断了士兵的话。一道闪光突然照亮了营长。可怜的士兵头上中了子弹，倒在地上。一堆麦秸和干木柴燃起的篝火在离年轻军官不远的地方，像发生一场火灾似的照亮了夜空。舞厅里的乐器声和欢笑声也听不到了。死一般的寂静顿时代替了节日的喧嚣和音乐，但不时传来呻吟的声音。在白茫茫的海面上响起一下炮声。年轻军官的脑门上渗出了冷汗。他没带佩剑。他明白他的士兵都阵亡了，英国人就要登陆。他眼看自己活着就是耻辱，要传到军事法庭受审；于是他目测了一下峡谷的深度，正要纵身跳下，这时克拉拉的手抓住了他的手。

“快逃吧！”她说，“我的几个兄弟跟在我后面，要来杀您呢。那边，在岩石脚下，您可以找到胡安尼托那匹安达卢西亚马。快点！”

她推他走，年轻人一时呆住了，怔怔地望着她；一会儿，他服从了连最强有力的人也具有的保存自己的本能，顺着花园里她指出的方向奔去，穿越过重重叠叠的岩石，至今只有山羊攀登过这些地方。他听到克拉拉喊着她的兄弟们去追赶他；他听到要赶来杀他的人的脚步声；他听到好几发子弹在耳畔呼啸而过；

他赶到谷底，找到了马，骑了上去，像闪电般迅速，霎时变得无影无踪。

几小时以后，年轻军官来到戈蒂埃将军的司令部，将军正在同他的参谋们共进晚餐。

“我把自己的头给您送来了！”营长嚷着说，脸色刷白，神情懊丧。

他坐了下来，叙述了这次骇人的经历。他叙述时周围是一片恐怖的静默。

“我看，你的不幸超过你的罪过，”可怕的将军终于回答说。“西班牙人犯下的罪行不该由你来负责；除非元帅另作裁决，我赦你无罪。”

这番话只给倒霉的军官非常微弱的安慰。

“要是皇帝知道了这件事呢？”他嚷着说。

“他会把你枪决的，”将军说，“不过以后再说吧。”他严厉地添上说：“总之，我们先不谈这件事，不如谈谈怎样报仇，来一次恐怖行动，对这个用野蛮人方式打仗的地方那是不无裨益的。”

一小时以后，一整团步兵、一支队骑兵和一队炮兵上了路。将军和维克多走在队列的前面。士兵们知道他们的兄弟被屠杀以后，怀着满腔无比的愤怒。他们以惊人的速度走完了从司令部到门达镇的距离。一路上，将军看到有些村子已经全部戒备森严。这些可怜的村庄个个都受到包围，村民很多被杀死了。

由于某种不可解释的厄运，英国船队在中途停止不前；后来才知道，这些船只是载运炮队的，因为行驶太快，超出了其他的运输舰。这样一来，门达镇失去了翘首盼望的救兵；而英国船队的出现似乎带来了希望。门达镇被法国军队几乎一枪不发就包围起来。居民们慌了手脚，情愿无条件投降。那些杀死法国人的凶手，鉴于将军出名的残忍，预见到门达镇兴许会被付之一炬，全体居民将惨遭杀戮，于是出自一种在这个半岛上并不算罕见的献身精神，向将军提出投案自首。将军接受了这个提议，同时提出条件：宫堡里的人，从最末等的仆人到侯爵，都要交给他处置。这个投降条件得到同意以后，将军答应赦免其余的居民，并且不许士兵抢劫市镇或纵火焚烧。但还征收了巨额罚金，要在二十四小时内付清，又把最有钱的居民扣押起来，以保证能付清款项。

将军采取了一切必要的措施，保证他部队的安全，处处设防，拒绝让部下住进民房。安营扎寨以后，将军登上宫堡，做了军事占领。莱加奈斯全家和仆人都上了绑，关在举行舞会的那个大厅里，严密看守起来。从大厅的窗口望出去，可以一览无余地看到高踞在市镇之上的平台。参谋部设在附近的一个拱廊里，将军首先在那里召开会议，采取措施防止英国人登陆。将军和他的参谋部派遣了一个副官向奈伊元帅报告，并下令在海岸设立炮台，然后，才着手处理俘虏。居民们献出的二百名西班牙人，立即在平台上被枪决了。执行过这一军法之后，将军下令，宫堡大厅里有多少人，就在平台上竖起多少个绞刑架，并命令把镇上的刽子手叫来。维克多·马尔尚利用饭前的片刻去看看俘虏。他旋即回到将军那里。

“我特地跑来，”他用激动的嗓门对将军说，“向您求情。”

“你来求情！”将军用刻薄的讽刺语调说。

“唉！”维克多回答，“我求的情也是凄惨的。侯爵看到竖起了绞刑架，希望您能换一种酷刑来处死他全家，他恳求您下令对贵族们施以斩首之刑。”

“好吧。”将军说。

“他们还请求给他们做圣事，并且给他们松绑；他们答应不会设法逃走。”

“我都同意，”将军说，“不过你得向我负责。”

“老人还愿意把他的全部家产都给您，要是您肯赦免他的小儿子的话。”

“当真！”将军回答。“他的财产已经属于约瑟夫国王[①]。”

他停顿了一下，一种轻蔑的想法使他蹙紧额角，他添上说：

“我要额外满足他们的愿望。我琢磨出他最后一个请求的重要性。好吧，就让他买下他的姓氏，传宗接代，但要让西班牙永远记得他的叛变和他所受的酷刑！他的儿子中，有谁肯代替刽子手的职务，我就把侯爵的财产留给他，赦他不死。得，别再对我提这件事了。”

晚饭开上来了。入席的军官因为劳累，胃口大开，狼吞虎咽。他们中间只有维克多·马尔尚一个人缺席就餐。他犹豫再三，才走进大厅；高傲的莱加奈斯全家在那里呻吟叹息。他对大厅里这幅景象投去忧

① 约瑟夫·波拿巴（1768—1844），拿破仑之兄，1806—1808 年为那不勒斯王，1803—1813 年为西班牙国王。

郁的目光，前两天，他还看见那两个姑娘和三个年轻人随着华尔兹舞曲移步回旋。他想到过不多久他们的头就要被刽子手的刀砍下来在地上翻滚，便战栗起来。父亲、母亲、三个儿子和两个女儿都被绑在金漆的扶手椅上，完全不能动弹。八个仆人站着，双手反剪在背后。这十五个人庄重地相对而视，他们的眼睛几乎不流露出内心汹涌起伏的感情。只有在几个人的眉宇间看得出深深的忍辱受命和对起事失败的惋惜。几个纹丝不动的士兵看守着他们，尊重着这几个残忍的敌人的苦痛。待到维克多出现，大家脸上才出现好奇的表情。他命令士兵松绑，自己也过去解开把克拉拉像犯人一样缚在椅子上的绳索。她惨然一笑。军官情不自禁地抚摩着姑娘的双臂，一面赞赏她黑乌乌的长发和柔软的腰身。这是一个地道的西班牙少女：她有西班牙人的肤色，西班牙人的眼睛，长长的弯弯的眼睫毛和比乌鸦翅膀还要黑的眸子。

“您成功了吗？”她一面说，一面对他露出凄惨的微笑，笑容里依然有少女的妩媚。

维克多不由得叹了一口气。他轮流看着克拉拉和她的三个兄弟。最年长的一个有三十岁，身材矮小难看，神情高傲，目空一切，举止不乏某种高贵风度，从前使西班牙人的风流倜傥遐迩闻名的细腻感情与他似乎并非格格不入。他名叫胡安尼托。她的第二个兄弟菲利普约莫二十岁，他长得像克拉拉。小兄弟只有八岁，叫玛努埃尔。一个画家会在他的面容上找到一点罗马人的坚韧性格，达维德[1]在他的具有共和思想的画页中就这样去表现小孩。老侯爵满头白发，仿佛是从穆里略[2]的画中走出来的人物。看到这幅情景，年轻军官摇了摇头，不相信这四个人会有哪一个肯接受将军的交换条件；他只敢把这个告诉克拉拉。西班牙姑娘先是哆嗦了一下，但马上恢复了镇定，走过去跪在父亲面前，开口说：

"噢！您要让胡安尼托起誓，忠实地服从您给他的命令，我们的要求就会得到满足。"

侯爵夫人先是感到有希望，激动得颤抖不已；待她俯身向着丈夫，听到克拉拉可怕的心腹话时，这个母亲便昏厥过去。胡安尼托什么都明白了，他像笼中的狮子那样蹦跳起来。维克多从侯爵那里得到完全服

---

① 达维德（1748—1825），法国大画家，作品有《贺拉斯一家的宣誓》《马拉被害》《加冕礼》等。

② 穆里略（1617—1682），西班牙画家，作品兼有现实主义色彩和神秘色彩。

从的诺言以后，自己做主，把士兵们打发走了。仆人们被带了出去，交给刽子手绞死了。待到只有维克多看守这一家人的时候，年迈的父亲站起身来。

“胡安尼托！”他喊了一声。

胡安尼托只将头低下作为回答，这就等于拒绝，他跌坐在椅子里，用严厉而可怕的目光注视着他的双亲。克拉拉走过去坐在他的膝上，手臂搂住他的脖颈，吻着他的眼皮，神情快乐地说：

“我亲爱的胡安尼托，你要知道，由你来赐我一死，我会觉得多么甜蜜呀！我就用不着忍受刽子手可恶的手接触我。你可以使我免去等待着我的痛苦……我的好胡安尼托，你不愿看到我落入别人手里，是不？”

她那双柔和的眼睛对维克多投以火一样的一瞥，仿佛要在胡安尼托的心里唤起他对法国人的憎恨。

“鼓起勇气来，”他的弟弟菲利普对他说，“否则我们这个几乎像王族一样的世家就要绝代了。

克拉拉蓦地站了起来，围在胡安尼托四周的几个人散开了，这个完全有理由反抗的儿子看到他的老父亲站在他面前，用庄严的声调喊道：

“胡安尼托，我命令你服从。”

年轻的伯爵纹丝不动，他的父亲跪了下来。克拉拉、玛努埃尔和菲利普也不由自主地模仿父亲。他们一起向那个该挽救这个家庭灭绝的人伸出手去，仿佛在重复由父亲说出的话：

“我的儿子，难道你缺乏西班牙人的毅力和真正的敏感吗？你愿意让我长时间跪着？你不是应该看重你的生命和你的痛苦吗？”老人对侯爵夫人转过身去，添上一句：“这是我的儿子吗，夫人？”

“他同意了！”母亲看到胡安尼托的眉毛一动，只有她明白是什么意思，于是绝望地喊道。

二女儿玛丽吉塔跪了下来，用软弱无力的手臂搂住她的母亲；由于她哭得泪如泉涌，她的小兄弟玛努埃尔走过来责备她。这当儿，宫堡里的神父进来了，全家马上包围住他，把他拉到胡安尼托面前。维克多实在看不下去这个场面，对克拉拉做了个手势，便急忙赶到将军那里去做最后一次努力；他看到将军在欢宴时心情愉快，同他手下的军官一起饮酒，军官们也笑语朗朗。

一小时以后，遵照将军的命令，门达镇一百个最有声望的人士来到平台，观看莱加奈斯全家的处决。

一队士兵把好位置，镇住这些西班牙人，他们站立在吊着侯爵仆人的绞刑架下。这些市民的头几乎碰到那些死难者的脚。离他们三十步远的地方，竖起了一座断头台，铡刀在闪闪发光。刽子手已在那里，以防胡安尼托万一拒绝。不一会儿，在万籁俱寂中，这些西班牙人听到好些人的脚步声，一队士兵行进时有节奏的步伐声和他们的枪支发出的轻微响声。这几种不同的声音同军官们欢宴的喧笑声混杂在一起，如同不久前舞会的乐曲掩护了血腥叛变的准备工作一样。大家的目光都转向宫堡，只见这高贵的一家以难以令人置信的镇定，往前走来。他们的脑门平静安详。只有一个人脸色苍白憔悴，倚在教士身上；教士用尽宗教言辞安慰这个人，他是唯一要活下去的人。同大家一样，刽子手明白，胡安尼托今儿个接受了他的职务。老侯爵和他的妻子、克拉拉、玛丽吉塔，她们的两个兄弟，走到离行刑几步远的地方跪下。胡安尼托由教士领着走。当他走到断头台时，刽子手拉住他的衣袖，拖到一旁，可能是给他一些指点。忏悔神父把受难者待的地方安排好，不让他们看到死刑的执行。但这是些真正的西班牙人，他们笔直地站着，毫无懦弱的表现。

克拉拉第一个冲到她兄弟面前，对他说：

“胡安尼托，可怜我勇气不多，从我开始吧！”

这时，响起了一个人急促的脚步声。维克多来到了这行刑的地方。克拉拉已经跪下，她白皙的脖颈在向铡刀召唤。那军官脸色刷白，不过他还是尽力赶到了。

“将军答应饶你的命，如果你愿意嫁给我的话。”他低声对她说。

西班牙姑娘对军官投去轻蔑而高傲的一眼。

“动手吧，胡安尼托。”她用深沉的嗓音说。

她的头滚落在维克多的脚边。莱加奈斯侯爵夫人听到响声，不由得抽搐了一下；这是她痛苦的唯一表示。

“我这样行不行，我的好胡安尼托？”小玛努埃尔这样问他的兄弟。

“啊，你在哭，玛丽吉塔！”胡安尼托对他的妹妹说。

“噢！是的，”姑娘回答，“我想到了你，我可怜的胡安尼托，没有我们，你会多么不幸啊。”

不久，侯爵庄严的脸孔出现了。他看了看孩子们的血，转身对着默不作声、一动不动的观众，向胡安尼托伸出双手，坚定有力地说：

“西班牙人，我给我的儿子以父亲的祝福！现在，侯爵[①]，不要害怕，往下铡吧，你不会受到谴责。”

但是，等到胡安尼托看见他的母亲由忏悔神父搀扶着，走近前来时，他喊着说：

“她是奶大我的呀！”

他的声音引起观看的人恐怖的呼喊。听到这可怕的喊声，欢宴的嘈杂声和军官们的欢笑声都平静下来。侯爵夫人明白，胡安尼托的勇气已经用尽了，她纵身一跳，越过栏杆，头颅撞裂在岩石上。一阵赞叹声腾空而起。胡安尼托一下昏倒在地上。

“将军，”一个喝得半醉的军官说，“马尔尚刚刚把这次行刑的一些情况告诉我，我敢打赌，您并没命令这样做……”

“先生们，”戈蒂埃将军嚷着说，“你们难道忘了，再过一个月，有五百个法国人的家庭要痛哭流涕吗？你们难道忘了，我们是在西班牙吗？你们难道要把我

① 胡安尼托在父亲死后，继承侯爵的称号。

们的尸骨留在这儿吗？”

这几句话说完，没有一个人，甚至没有一个少尉敢于再举杯一饮而尽。

尽管莱加奈斯侯爵受到周围人们的尊敬，尽管西班牙国王赐给了他 El Verdugo（刽子手）的贵族称号，他还是抑郁终日，生活孤单，深居简出。在他那众口皆碑的大罪的重压下，他似乎在耐心地等待着第二个儿子的诞生，使他有权去同那些时刻伴随着他的亡灵相会。

1829 年 10 月于巴黎

家族复仇

献给蒲托利尼

一八〇〇年，将近十月底，一个外邦人，由一个女人和一个小姑娘陪伴，来到巴黎的杜伊勒里宫前，在一所新近拆毁的房屋废墟旁，一耽就是好半天。正是在这儿，现今开始兴建着一溜边屋，要将卡特琳娜·德·美第奇的宫殿同瓦鲁亚王族的卢浮宫衔接起来[①]。他伫立在那儿，抱着手臂，耷拉着头，有时抬起来，瞧瞧执政府宫，又瞧瞧挨着他坐在石头上的妻子。尽管那个外邦女人看来一心只在那个约莫九到十岁的小姑娘身上，手里抚弄着女孩乌黑的长发，但她丝毫没有放过她丈夫瞅她那眼光。同样的感情，但不是爱情，把这两个人连在一起，使他们的动作和思想都一样的骚动不安。贫困也许是最强有力的纽结。外邦人头发浓密，头颅硕大沉重，此类头像往往出现在

① 即要将杜伊勒里宫同卢浮宫接通，至第二帝国时期完工。

卡拉齐兄弟[①]的笔下。这样墨黑的头发却夹杂着大量银丝。他的脸容虽然显出高贵和傲岸，却有一股肃杀之气，使他的神采大为逊色。尽管仍英武有力，身板挺直，可是，看来他已有六十开外。衣衫褴褛，表明他来自外邦。那个女人早年十分俊俏，而今已经憔悴的脸孔，透着愁容，但她的丈夫一瞅她，她就竭力装作安之若素，露出一丝笑容。小姑娘一直站着，太阳晒在她黧黑、娇嫩的脸上，她已明显地打上了疲劳的印记。她有意大利人的体态，弯弯的睫毛，黝黑的大眼睛；生来就有的高贵气质，再加上真正的妩媚。这三个人不加丝毫掩饰，自然流露出深深的绝望，不止一个路人，对他们只投以一瞥，便不由得感动；但巴黎人的情谊素来倏忽即逝，这点滴同情很快便告枯竭。外邦人一发觉有闲人注意他，便恶狠狠地怒目而视，这时连最大胆的行人也会加快脚步走开，犹如踩到了一条蛇上一样。这个魁梧的外邦人这样游移了老半天，突然，他抹了抹前额，似乎要驱走脑里的思绪，抹平思考引起的褶皱，不用说，下了一个极大的

① 卡拉齐兄弟指洛多维柯·卡拉齐（1555—1619）、阿戈斯蒂·卡拉齐（1557—1602）和安尼巴莱·卡拉齐（1560—1609），属于意大利博洛尼亚流派，他们主张恢复后期文艺复兴传统，对十七世纪意大利画派影响很大。

决心。他对妻子女儿投了锐利的一瞥，从外套掏出一把长匕首，递给妻子，用意大利语对她说：

“我去看看波拿巴兄弟是不是还记得我们。”

然后他迈着缓慢自信的步子，向宫殿的入口走去，不消说，在门口被一个执政府的卫兵挡住了，他同卫兵争辩不了多久。卫兵看到这个不相识的人固执得很，于是对他端起刺刀，做出“最后通牒”的姿态。凑巧这时换岗了，排长彬彬有礼地对外邦人指出警卫军官的所在地。

“请你禀报波拿巴，”意大利人[①]对警卫连长说，“巴尔托洛梅奥·迪·皮翁博想拜见他。”

这个军官白费力气地向巴尔托洛梅奥介绍，事先未经书面请求接见，是见不到第一执政的，外邦人非要军人去禀告波拿巴不可。军官根据禁令条文，斥之再三，断然拒绝听从这个奇怪的觐见者。巴尔托洛梅奥蹙紧眉头，恶狠狠地瞥了军官一眼，似乎要他负责因这拒绝而可能挑起的不幸；之后，他缄默不语，使劲把双臂抱在胸前，然后走到回廊底下，杜伊勒里宫

① 科西嘉岛曾属于意大利，故居民有不少讲意大利语，这里，作者把科西嘉人看作意大利人，故而前面称他为外邦人。

的前庭和花园之间就用它做通道。大凡强烈渴望一样东西的人，几乎总是赶巧碰上机会。巴尔托洛梅奥·迪·皮翁博正坐在靠近杜伊勒里宫入口的一块房基石上，这时驶来了一辆车，从车上走下吕西安·波拿巴[①]，他当时是内政部长。

“啊！是吕西安！”外邦人喊着，“我碰到你真是运气。”

这些话是用科西嘉方言说的，吕西安冲到拱门下的当口停住了脚步，他瞧着他的同乡，认出了他。巴尔托洛梅奥在他耳边刚刚说了句话，他便把科西嘉人带走了。缪拉、拉纳、拉普[②]正在第一执政的办公室里。看到吕西安进来，后面跟着像皮翁博这样一个异样的人，谈话便戛然而止；吕西安一手拉着拿破仑，把他带到窗棂前。第一执政同他的兄弟交谈了几句，然后做了个手势，缪拉和拉纳遵命退出去了。拉普假装什么也没有看见，想留下不走。波拿巴厉声质问他，这个副官满脸不乐意地走了出去。第一执政听

---

① 吕西安·波拿巴（1775—1840），拿破仑的弟弟。

② 缪拉（1767—1815），拿破仑的妹夫，1808—1815年为那不勒斯王；拉纳（1769—1809），曾协助拿破仑举行雾月18日政变，后为元帅；拉普（1772—1821），拿破仑的部下，后为路易十八的侍从长。

到拉普的脚步声就在隔壁大厅停住，便蓦然跟了出去，他看见拉普靠近隔开办公室和大厅的那堵墙旁边站着。

“你怎么老是不想明白我的意思？”第一执政说。“我需要同我的老乡单独在一起。”

“这是一个科西嘉人，”副官回答，“我实在不相信这些家伙，不得不……”

第一执政禁不住微笑了，轻轻地推着他忠实的副官的肩头。

第一执政回来对皮翁博说：

“怎么，可怜的巴尔托洛梅奥，你到这儿来做什么？”

“向你企求保护和安居的地方，那要看你是不是一个真正的科西嘉人了。”巴尔托洛梅奥回答，声调急促。

“发生了什么不幸的事，你要离乡背井呀？在老家，你最富，最……”

“我杀光了波尔塔家的人。”科西嘉人皱紧眉头，用深沉的声音接过来说。

第一执政惊愕地退了两步。

“你要出卖我吗？”巴尔托洛梅奥对波拿巴投射出阴沉的目光。“在科西嘉，只剩下四个皮翁博家的人了，你知道吗？”

吕西安抓住他老乡的臂膀，摇晃着。

“你到这儿，是为了要威胁法国的救星吗？”他气冲冲地说。

波拿巴对吕西安做了个手势，吕西安默不作声了。然后，拿破仑瞧着皮翁博，对他说：

“你为什么要杀光波尔塔家的人呢？”

“我们已经言归于好了，”他回答，“是巴尔邦迪家先要同我们和解的。就在我们举杯祝贺消弭龃龉的第二天，因为我有事要到巴斯蒂亚，便同他们分手了。他们留在我家，放火烧了我的龙戈纳葡萄园。他们杀死了我的儿子格雷戈里奥。我的女儿吉奈弗拉和我的妻子幸免逃脱；母女俩在早晨受了洗礼，圣母保护了她们。等我回来，再也找不到家了，我用脚在灰烬里搜寻了一遍。突然之间，我碰到了格雷戈里奥的尸体，借着月光，我认出了是他。我心里想：‘哦！是波尔塔家的人下的毒手！’我马上到灌木丛林里去，在那儿聚集了几个我以前替他们出过力的人。波拿巴，你听清楚了吧？然后我们向波尔塔家的葡萄园进发。我们是早上五点到的，七点，他们都去见上帝了。吉亚柯莫认为艾莉莎·瓦妮已经救出一个孩子，小吕依吉；但我明明是在放火烧房之前，亲手把他绑在床上的。我同妻子离开了科西嘉岛，始终不能证实是不是吕依吉·波尔塔当真还活着。”

波拿巴好奇地瞧着巴尔托洛梅奥，他已不再愕然。

“波尔塔家一共几口？”吕西安问。

“七口，”皮翁博回答，“过去，他们可迫害过你们家呢。”

这句话在两兄弟身上丝毫唤不起仇恨的表情。

“啊！你们不再是科西嘉人了。”巴尔托洛梅奥带着绝望的意味嚷了起来。他以斥责的语气添上一句：“再见。从前我保护过你们家呢。”

波拿巴正把手肘支在壁炉护顶上，沉思默想着。巴尔托洛梅奥冲着他说：

“没有我，你的母亲不会到达马赛。”

“说实话，皮翁博，”拿破仑回答，“我不能包庇你。我已成为一个伟大民族的元首，我领导着共和国，我应该让人们执行法律。”

“啊！啊！”巴尔托洛梅奥应道。

“不过我可以闭上眼睛。”波拿巴接着说。他自言自语地补上一句：“家族复仇的陋习会长时阻碍法律在科西嘉的统治。然而必须不惜一切代价消灭它。”

半晌，波拿巴默默不语，吕西安示意皮翁博什么也不要说。科西嘉人已经显出不以为然的神气，摇着头。

“你留在这儿吧，”第一执政接着对巴尔托洛梅奥说，“我们不会怠慢你的。我会叫人给你买下一套住宅，先让你有吃有住。以后再过一段时间，我们会想到替你安排。但是，再不要搞家族复仇了！这儿没有灌木丛林。如果你要在这儿耍刀弄枪的话，那就别指望得到赦免。这儿，法律保护一切公民，用不着自己去申雪冤仇。”

“他做了一个奇异国度的元首，”巴尔托洛梅奥抓住并握紧吕西安的手，“可是，我处在不幸之中，你们还肯认我，从今以后，咱们就永远生死与共，凡是皮翁博家的人，你们都可以支配。”

说完这几句，科西嘉人紧皱的额角舒展了，他满意地打量着周围。

“你们这儿真不错。”他微笑着说，似乎他想住在这里。“你穿一身红，像个红衣主教。”

“你想不想发迹和在巴黎有一所官邸，现在就全看你了，”波拿巴一面打量着老乡，一面说，“我在自己周围不止一次观察过，想物色一个我可以信赖的、忠心耿耿的朋友。”

从皮翁博宽阔的胸膛迸发出一声欢乐的感叹，他一边向第一执政伸出手去，一边说：

“你身上还有科西嘉人的本色！”

波拿巴微笑着。他默默无言地瞅着这个人，皮翁博可以说给他带来了故乡的气息，早先他在这个岛上，真是奇迹一般才逃过了亲英党的仇恨，如今他可能再也看不到故乡了。他示意他的兄弟，于是吕西安把巴尔托洛梅奥·迪·皮翁博带走了。吕西安关切地询问了自己家从前的保护人的经济情况。皮翁博把内政部长带到窗口，将坐在一堆石头上的他的妻子和吉奈弗拉指给他看。

“我们从枫丹白露步行到这儿，”他说，“我们连一个子儿也没有。”

吕西安把自己的钱袋给了他的老乡，嘱咐他明天来找自己，他要想方设法保证皮翁博一家有个好着落。皮翁博在科西嘉据有的一切财产，其价值还不足以使他很阔气地生活在巴黎。

自从皮翁博一家来到巴黎，已经十五年过去了；但下面这个故事，要是没有以上这些场面的叙述，就不好理解。

赛尔万是法国当时最杰出的艺术家之一，他第一个想到开设一个画室，教授那些想学画的女孩子。他四十来岁，品行端正，全身心投到艺术中，凭自己爱好娶了一个没有产业的将军之女。起先，母亲们亲自领着她们的女儿到画师那里，等到她们了解了他的人品，又很赞赏他照料周到，便一齐放了心，最后都让女儿自己来了。画家的既定计划，是只接受有钱人家或有地位人家的小姐为学生，免得在画室的成分上受到指责；连那些想成为艺术家，但必须受到一定教育，否则在绘画上就毫无能耐的女孩子，他也拒绝接收。不知不觉地，他的谨慎，他使学生掌握艺术秘密的过人本领，母亲们知道她们女儿的同伴都是受过良好教育的女孩子时感到放心，画家的性格、品行和婚姻使人产生的安全感，这些使他在沙龙中获得了盛誉美名。一个少女表示出学习绘画或者素描的愿望，她的母亲请教别人时，人人都会这样回答：

“送她到赛尔万那儿去吧。”

赛尔万于是成了教女子绘画的专家，就像埃尔博是制帽专家，勒鲁亚是时装专家，许韦是食品专家[①]一样。凡是在赛尔万那里学习过的年轻女子，都一致被公认为可以审定博物馆的藏画，画得出上乘之作的肖像，能临摹名画和描绘家庭风俗画。就是这样，贵族阶级需要什么，这个艺术家样样都能符合。他虽然同巴黎的名门望族有联系，但他却是独立不羁的爱国者，同所有人都保持这种轻松的、睿智的，有时是讥讽的口吻，保持这种画家所特有的自由判断。他谨慎小心到亲自安排女学生们学习的地方。阁楼居高临下，就在他的住室上面，他便把阁楼的进口垒墙堵死。这个隐秘处所，像后宫一样神圣，必须爬上一道设在室内的楼梯，才能到达那里。画室占了整个顶楼，从比例来看，占地极大，那些好奇的人，爬到这六十尺高的楼上，一心等着看艺术家是怎样住在阁楼里的，见此情状总是大吃一惊。这类画室，都有大格

① 三人都是复辟时期巴黎的商人。

玻璃窗，照得里面亮堂堂的，还备有大幅绿斜纹哔叽布，画家可借此来调节亮光。在深灰色的墙上，只见东一摊讽刺画，西一摊勾出线条的头像，或用颜色画的，或用刀尖刻的，由此可以证明，出身名门贵胄的女子，脑子里有着同男子一样多的疯狂念头，虽然表达的方式不同。一只小火炉，连同粗大的烟囱管，弯弯曲曲，十分吓人，一直伸到屋顶的上部，是这个画室不可缺少的装饰。四面墙壁都居高临下地镶嵌着一块木板，承接堆放得满满的石膏模型，大部分都盖上一层灰蒙蒙的尘土。在板槅底下，这儿，是一只尼沃巴①的头像，悬挂在一根钉子上，显示着痛苦的姿态；那儿，一座维纳斯像在微笑着；还有一只手，像穷人讨乞那样伸着，骤然映入眼帘；然后是几座人体经络模型，被烟都熏黄了，看起来活像早一天才从棺材里挖出来的肢体；末了，是一些画幅、素描、木制模型、没有画布的框架和没有装上框架的画布，这些东西给这间不规则的房间最后凑成了像一间画室的样子，其特点是既有装饰，却又空荡荡，既寒酸又收藏

① 尼沃巴，希腊神话人物，她有七个儿子和七个女儿，她嘲笑拉托娜只有一子一女，即阿波罗和狄亚娜，他俩为了泄恨，用箭射杀了尼沃巴的七子七女，尼沃巴因痛苦而变成石像。

丰富，既有小心照料，却又显出马虎草率，两者奇怪地混合着。在这宽敞的顶楼里，一切，甚至连人，看起来都变得小了。这里显出歌剧院后台的味儿，房里堆放着旧衣服、镀金的徽号、破布、器械。但里面有着某种伟大的东西，正如思想一样：天才和死亡都包含在里面。狄亚娜雕像或阿波罗雕像就放在一个骷髅或一具骨架旁边，美和凌乱混在一起，诗意和现实合而为一，斑斓的色彩寓于暗影之中，往往就像静止不动、悄然无声的惨剧场面。艺术家的脑袋具有多么大的象征力呀！

这个故事开始时，七月的骄阳正照亮了画室，两道光柱穿过房间，直达底里，宛如两条宽长的、半透明的金带，内中闪烁着星星点点的尘埃。一打左右的画架，高耸着尖尖的箭头，仿佛港湾里船只的桅杆。几个少女各有各的面孔，各有各的姿势，服装也各各不同，使这个场景异常热烈。根据各自的画架需要而陈放的绿色斜纹哔叽布，投下浓重的黑影，产生各种各样的对比和明暗的强烈效果。这一群是画室里所有画面中最美的部分。

有一个金黄头发的少女，衣着朴素，待在远离她同伴的地方，似乎预见到不幸的事，她勇气十足地画着画；没有人注视她，也没有人同她说话：她最漂亮，最朴实，却最没有钱。在这个画室里，地位和财产本来是忘却不提的，但她们却分成两大群，彼此隔开一段短短的距离，表明两个集团，两种精神。这些少女，有的坐着，有的站着，周围都是颜料盒，她们随意玩弄着画笔，抑或理好画笔，在五颜六色的涂料板上调颜色，一面作画，一面说着、笑着、唱着，沉浸在自然流露中，表现出各自的性格。这个景象是男子茫然不知的：这一个，趾高气扬，傲慢任性，一头乌发，一双纤手，眼里不时闪射出火焰；那一个，无忧无虑，快乐自在，嘴角挂着微笑，栗色头发，双手白皙纤细，轻浮外露，爱及时行乐，是那种法国式的处女；另外一个，爱作遐想，忧思忡忡，苍白无色，像败落的花儿耷拉着头；她的邻座，相反，高高大大，懒散倦慵，养成穆斯林式的习惯，眼线很长，眼眸乌黑湿润，少言寡语，爱沉思默想，偷偷觑看安提诺乌斯[1]的头像。她们中间有个少女，她眼风一

① 安提诺乌斯，传说系比提尼的美少年，初为奴隶，后为阿德里安皇帝的宠信。

扫，便把所有的人都监视在内，她像西班牙戏剧里的无忧少年，充满睿智，机锋毕露，叫她们格格地笑个不停。她不时抬起脸来，脸的表情过于热烈，反倒显得不好看了；她左右着第一群女学生，她们包括银行家、公证人和商人的女儿，个个有钱，其他出身贵族的女孩子对她们投以种种犀利而又不易发现的轻蔑。贵族少女听命于一个国王办公室引见官的女儿，她长得瘦小，既愚蠢又倨傲，因父亲在宫廷中任职而得意扬扬。她总想显出一下子就明白了老师的指点，而且似乎画起画来轻松自如。她使用单眼镜，总是细心打扮，姗姗来迟，请求她的同伴们低声说话。这第二群女学生中，也有身材窈窕，脸蛋不俗的；但这些少女的目光，只有一星半点的天真无邪。她们举止风雅，动作妩媚，而脸上却缺少直率。不难发现，她们所属的社会圈子，使得彬彬有礼早就铸成她们的品性，滥享社会特权泯灭了她们的感情，发展了利己主义。这济济一堂全都到齐时，在这群少女中还有的满脸稚气，有的纯洁迷人，有的嘴巴半闭半合，露出白玉般的牙齿，挂着圣洁的微笑。画室这时不像后宫，倒像一群天使坐在云端里。

晌午了，赛尔万还没有出现。这几天，他大部分时间都在另一个画室里，为展览会完成一幅画。突然，这个小小议会的贵族党领袖亚美莉·蒂里蓉小姐，同她旁边的人长谈起来，在这群女贵族中笼罩着一片寂静；感到惊讶的银行党也寂然无声了，它竭力要猜出这样一次商议的主题；但年轻极端派的秘密不久就大白了。亚美莉站了起来，拿起离她几步远的一个画架，放到远离这群贵族少女的地方，靠近粗糙的隔墙板壁；画室被隔开的另一面是一间幽暗的内室，里面堆放着被打碎的石膏像，画家弃置的画布，还有冬天用的劈柴。亚美莉的行动引起一阵惊讶的语声，但这止不住她，她把颜料盒和凳子猛然推到画架旁边，统统挤到一幅普鲁东[①]的画那里，这幅画是她没有来的同伴在临摹的。这次政变发生后，右派小集团开始绘画了，而左派小集团却长时间议论着。

“皮翁博小姐会说什么呢？”一个少女问玛蒂尔德·罗甘小姐，她是第一群少女中最精明狡黠的。

“她这个人不好说话，”她回答，“不过，即使再过五十年，她还会记起这场侮辱，就像她前一天受到

① 普鲁东（1758—1828），法国画家。

的一样，那时她会狠狠地给以报复的。这个人，我可不愿同她干仗。”

“这些小姐挤她的地方，打击她，太不地道了，”另外一个少女说，“尤其是前天，吉奈弗拉小姐还愁容满面；据说，她的父亲刚刚辞了职。这会增加她的不幸，而她在百日时期待这些小姐可真不错。她从没说过一句伤害她们的话。相反，她避免谈论政治。可是，我们这些极端派的所作所为，看来更多是出于嫉妒，而不是出于党派精神。”

“我想去把皮翁博小姐的画架找来，放在我的画架旁边。”玛蒂尔德·罗甘说。她站了起来，但又有什么考虑，重新坐下说：“同吉奈弗拉小姐这样性格的人打交道，还不知她会怎样对待我们出于礼貌的行动呢，等着瞧好戏吧。”

“来了。”黑眼珠的那个少女懒洋洋地说。

果然，有人上楼梯的脚步声传到了大房间。“她来了！”这句话口耳相传，一片死寂笼罩着画室。

要了解亚美莉·蒂里蓉采取排挤行动的重要意义，就必须补充说明一下，这个场面发生在一八一五年七月末光景。曾有不少友谊都经受住了第一次复辟时期运动的冲击，而波旁王室的第二次返回，却把它们冲乱了。一切国家在内战或宗教战争期间，都有过玷污历史的可悲场面，现在，几乎都因观点不同而四分五裂的家庭又重新搬演了其中的几幕。儿童、少女、老人都得了政府正害着的君主制狂热。龃龉溜进了家家的屋顶之下，猜疑使种种行为和最体己贴心的话儿都染上了阴暗的色彩。吉奈弗拉·皮翁博崇拜敬爱着拿破仑，她怎能恨他呢？皇帝是她的同乡，又是她父亲的恩人。拿破仑手下有一批人，曾经成功地协助他从爱尔巴岛返回，皮翁博男爵属于其中之一。这个年老的皮翁博男爵不会否认自己的政治信仰，甚至乐于承认，因而他留在巴黎，就处于敌人之中。吉奈弗拉·皮翁博由于并不隐瞒第二次复辟使她家引起了忧伤烦恼，因而就更被划入可疑者之列。她生平也许只流过一次泪，那是在听到波拿巴在贝雷罗封①式的战斗中被俘和拉贝杜阿耶尔②被捕的双重噩耗后，禁不住夺眶而出的。

组成贵族小圈子的那些女孩子都属于巴黎最狂热

① 贝雷罗封，希腊神话传说中的英雄，曾与恶魔大战，这里指滑铁卢战役。
② 拉贝杜阿耶尔（1786—1815），因在格勒诺布尔迎接从爱尔巴岛归来的拿破仑而被波旁王朝逮捕枪毙。

的保皇党家庭。现在很难想象当时对拿破仑党人夸大其词的描述和恐惧了。尽管亚美莉·蒂里蓉的行动今天看来毫无意义和微不足道，但在当时，这却是十分自然的仇恨的流露。吉奈弗拉·皮翁博是赛尔万头一批的女学生，自她到画室之日起，她占据的位置就有人想夺去；贵族少女群不知不觉已包围着她：把她从几乎专属于她的位置上赶走，不仅是侮辱她，而且是给她难堪；因为大凡艺术家，绘画时总有一个偏好的位置。然而，也许借着芥末小事、政治攻讦就渗进这个画室的右翼小集团的行为之中了。吉奈弗拉·皮翁博是赛尔万最优秀的学生，于是便招致深深的嫉妒：对这个宠爱的学生的才能和人品，老师都一概赞不绝口，拿她作为尺度，同所有人对比；末了，不知怎么回事，这个少女对她周围的人有着吸引力，她对这个小小的社会圈子，几乎有如波拿巴对他的士兵那样有着无上的威望。几天来，画室里的贵族决计要将这个母后赶下台；但是，没有人敢挪开，远离这个女拿破仑分子，刚才，蒂里蓉小姐给以决定性的一击，为的是让她的伙伴同仇敌忾。在保皇党圈子中，有两三个女孩子真挚地爱着吉奈弗拉，因而在家里，几乎都在政治上受到呵斥，她们出于女人的特性，决定对争吵不闻不问。吉奈弗拉一到，迎接她的是一片沉寂。在至今到赛尔万画室来就学的少女当中，她最漂亮，最高大，身材最优美。她的举止带着高贵柔美的特色，令人肃然起敬。她的脸带着聪慧之气，光彩焕发，流露出科西嘉人特有的激动，而这种激动丝毫不排斥宁静。她的长发、黑眼睛和黑睫毛表达着热情。她的嘴角虽说线条不够刚毅，嘴唇也显得有点太倔强，但刻写在上面的却是意识到自身力量的强者所赋有的善良。出于造化的奇怪作弄，她脸上的魅力可以说被大理石般的额角减弱了，她的天庭镌刻着一股近乎野性的傲气，散发出科西嘉的风尚色彩。她身上同故乡有联系的地方反在于此：她身体的其余部分，那种朴实，那种不加修饰的伦巴第式的美，是那样魅人，要不使她有所难堪，那就不要正视她。她是这样焕发着强烈的吸引力，她的老父出于谨慎起见，总是派人把她送到画室。这个富于诗情画意的女子，唯一的缺陷就来自那种得到广泛发展的美本身的威力：她有妇人的神态。她拒绝结婚，是出于对父母的爱，觉得他们的晚年需要自己。她对绘画的爱好，代替了普通的激荡着女子的热情。

“小姐们，今天你们真是噤若寒蝉。”她在自己的伙伴中间走了两三步，这样说。她走近那个远离众人，在一边绘画的少女，用柔和抚爱的声音添上说：“你好，小罗尔。”

罗尔抬起头，感动地瞧着吉奈弗拉，两人的脸都流露出相同的爱，容光焕发。一丝微笑牵动着这个意大利女子的嘴唇，她若有所思，缓步走向自己的位置，一面无精打采地瞧着一张张素描或画幅，一面向第一群少女中的每一个人问好，却没有发觉她的出现引起不同往常的好奇。简直可以说，这宛如一个女后出现在她的宫廷中一样。她丝毫没有注意，一片肃静笼罩在贵族少女之间，她一言不发地走过她们的地盘。她心事重重，站在她的画架前，打开颜料盒，拿起画刷，穿起褐色套袖，系好围裙，注视着她的画幅，察看她的调色板，但可以说，心里并没有想着自己做的事。那群布尔乔亚少女个个的头都转向她，人人都急不可耐，而蒂里蓉阵营中的女孩子却没有这样坦然表露，但她们的眼风仍然瞟着吉奈弗拉。

“她什么也没有发觉。”罗甘小姐说。

正在这时，吉奈弗拉收敛起沉思的态度，不再注视她的画幅，她把头转向那群贵族少女。她一眼就测出自己同她们间隔的距离，但仍保持着沉默。

“她没有想到人家有意要侮辱她，”玛蒂尔德说，“她的脸既不变白，也不泛红。要是她在新位置比在老位置舒服，那些小姐就会难受死了！”她高声对吉奈弗拉添上一句说：“你在那儿太突出了。”

这个意大利女子假装没有听见，或许她是没有听懂；她陡地站了起来，慢悠悠地沿着那面分开黑洞洞的内室与画室的隔墙走去，好像在审查透进日光的窗格，一边郑重其事地登上一张椅子，要把那幅截取亮光的绿色斜纹哔叽布再往高里系紧。站到这个高度，她就够到薄隔板的一条细裂缝，她的种种努力，真正目的就在这里，她往里窥视的目光，只能同吝啬鬼发现了阿拉丁[①]宝库时的目光相比；她猛然跳了下来，回到自己的位置，调整她的画幅，佯装不满意光线，把一张桌子推到板壁那边，桌上再放一张椅子，慢慢爬上这脚手架，重又往裂罅里瞧。她只往内室投了一

① 阿拉丁，阿拉伯民间故事《一千零一夜》中《神灯》的主人公，他靠了神灯获得大宗财产。

瞥，由于开了一个窗洞，内室这时被照亮着，她看到的情景在她身上产生了强烈的感触，她不由得悚然而栗。

“吉奈弗拉小姐，你要摔下来了！”罗尔喊了起来。

所有的女孩子都瞧着这个冒失鬼摇摇欲坠。她生怕她的伙伴挨近她，于是来了勇气，恢复了力气和平衡，在椅子上摇摇晃晃地转向罗尔，用激动的声音说：

“嗨！这比王位还要稳固呢！”

她急匆匆地拉下那块斜纹哔叽布，下到地上，将桌子和椅子推到远离板壁的地方，重新回到画架前，装模作样地寻找合适的光束，还在画上涂了几笔。她的心不在画上，她的目的是挨近那间幽暗的内室，她有意就待在门旁。然后她一声不吭地开始在画板上调色。在这个位置上，一会儿她就更清晰地听到轻微的响声，前一天，这种响声强烈地引起了她的好奇，她少女的想象在广阔的领域里驰骋，做着各种猜测。她很容易就听出刚才看到的那个睡着的男子发出均匀而有力的呼吸声。她的好奇已得到满足，而且超出了她的愿望，她感到身负重任。透过裂缝，她刚才看见了帝国的鹰徽，在一张看不真切的帆布床上，露出一个禁卫军军官的脸孔。她一切都明白了：赛尔万窝藏着一个逃亡者。现在她心里发颤，生怕她的同伴过来观看她的绘画，听到这个不幸的人的呼吸声，或者三两下过响的呼噜声，就像上一课传到她耳朵里的响声一样。她决意耽在门旁，自恃灵活，以防万一。

“我最好就耽在这儿，”她思忖道，“以防发生不测，让这个可怜的失去自由的人陷于惘然失措的境地。”

吉奈弗拉当初发现自己的画架被挪动了，表面上却表现出无动于衷，秘密就在这里；她心里乐滋滋的，因为她既满足了好奇心，又表现得相当自然；再有，此时此刻，她另有所思，昏昏然顾不得去找挪动位置的理由。对这些少女也好，对所有人也好，再没有比看到受攻击的人不屑一顾，使得恶意、侮辱或者俏皮话落空时更感到受辱的了。似乎是这样：当仇敌升高到我们之上时，那对他的仇恨也就随之扩大到同一高度。吉奈弗拉的所为，对她所有的同伴来说，是一个谜。友和敌都一样惊讶；因为人人都认为她样样优点集于一身，就是不会原宥别人的侮辱。在画室的日常事件里，给吉奈弗拉表现性格的这一诟病的机会虽然极少，但她表现出爱报复和刚毅的例子，却仍然在她的同伴的思想里留下深刻印象。

罗甘小姐左猜右想，终于在这个意大利女子的沉默之中，找出一种用言语无法赞颂的心灵的伟大；她那个小圈子，受到她的启发，已做出计划，要侮辱画室里的贵族。她们发出冷嘲热讽的排炮，轰倒右翼小集团的骄矜，达到了目的。

赛尔万太太的到来，中止了这场自尊心的搏斗。精明总是伴随着恶毒，亚美莉正是这样注意到，并分析和品评了吉奈弗拉达到惊人程度的心事重重，以致这场关系到她的言辞尖酸刻薄的争吵，她都没有听见。罗甘小姐和她的女伴对蒂里蓉小姐和跟着她的那一群少女采取报复，效果反而不妙，它促使那些极端派少女去推究吉奈弗拉·迪·皮翁博保持沉默的原因。美丽的意大利少女于是成了众目睽睽的中心，她的友与敌都窥测着她。这十五个少女，好奇，无所事事，加之狡狯与精明，一味追求猜透秘密，玩弄诡计，戳穿阴谋，从一个手势、一个眼风、一言半语，就能悟出各种不同的解释，发现真正的含义；要对她们隐瞒最细小的冲动、最轻微的情感，那是难上加难。因而吉奈弗拉·迪·皮翁博的秘密，马上就有披露的极大危险。在这些少女的内心，默默无声地搬演着一场戏，戏里的情感、思想和剧情进展，都通过近乎寓意的词句、狡黠的眼色、手势，以至往往比言语更有深意的沉默表现出来；而这时赛尔万太太的出现，产生的效果就不啻是演戏时的幕间休息。赛尔万太太一走进画室，眼光就扫向吉奈弗拉挨近的那扇门。在当时的场合下，这目光是不会被放过的。即使一开始没有一个女学生注意到，蒂里蓉小姐过一忽儿也会回想起来，那时，赛尔万太太眼里的不信任、恐惧和神秘，那种有点像野兽的样子，她便不解自明了。

“小姐们，”赛尔万太太说，“赛尔万先生今天不能来了。”

然后她恭维起每一个女孩子，她们也报以一连串女子特有的友爱表示，这既反映在声音和目光中，也反映在手势上。她径直走到吉奈弗拉身旁，吉奈弗拉坐立不安，无法掩饰。意大利女子和画家的妻子相互点头致意，两人都缄默不语，一个在那里绘画，另一个在看绘画。军人的呼吸声清晰可闻，但赛尔万太太好像没有发觉；她深藏不露，吉奈弗拉几乎真以为她耳背得厉害。那个陌生人在床上辗转反侧。意大利女子盯着赛尔万太太，而赛尔万太太毫不改色地对她说道：

“你这幅临摹同原作一样美。如果要我选择，我还真作难呢。”

“赛尔万先生没有把这个秘密透露给他的妻子。”吉奈弗拉思忖着。

她对少妇甜蜜地、表示不信地一笑，算作回答，然后哼起家乡的小调，想盖过那个关在里面的人发出的响声。

听到这个勤奋用功的意大利女子唱歌，真是破天荒的事，所有的女孩子都惊讶地看着她。后来，对仇恨做各种仁慈的设想就以这个场合做证明。赛尔万太太一会儿就走了，这场戏没有发生别的事就告结束。吉奈弗拉让她的同伴先走，显出自己还要画很长时间；但她不知不觉流露出想一个人单独留下来的念头，随着女学生一个个准备要离开，她看她们时那急不可耐的目光也就愈加掩饰不住。蒂里蓉小姐在短短的时间里就成为那个样样都比她强的少女的大敌；她出自仇恨的本能，看出她的对手假惺惺的用功，内中隐藏着一件秘密。吉奈弗拉在倾听别人听不到的响声时那种聚精会神的样子，她不止一次看到了，深为愕然。她终于在意大利女子的眼睛里抓住了一种表情，犹如一道亮光照亮了她。她最后一个走，到楼下赛尔万太太那里，聊了一会儿；然后假装忘了拿提包，蹑手蹑脚地又上了楼，踅到画室，她看到吉奈弗拉爬上一个仓促搭成的梯架上，一心一意在凝视那个陌生的军人，竟然听不到她的同伴发出的轻轻的脚步声。正像华特·司各特所形容的，亚美莉好像行走在蛋壳上，她快手快脚又回到画室门口，咳了几声。吉奈弗拉簌簌发抖，转过头来，看到是她的仇人，便变得脸孔通红，匆匆忙忙解下那块斜纹哔叽布，想掩盖自己的意图，她理好颜料盒就下楼了。她离开画室时，记忆里铭刻着一个男子的头像，像几天前她临摹的一幅吉罗岱[①]的杰作昂提密翁[②]的头像一样可爱。

“这样年轻就得流亡！他可能是谁呢？他又不是奈伊元帅[③]。”

---

① 吉罗岱（1767—1824），法国画家，他的风格属于新古典派，题材属于浪漫派。

② 昂提密翁，希腊传说中的牧童，宙斯使他永远沉睡，保持美貌。

③ 奈伊元帅（1769—1815），先跟随拿破仑征战，第一次复辟时当上贵族院议员，百日时期又投向拿破仑，第二次复辟时期被枪决。

两天来，吉奈弗拉左思右想，这两三句话就是最简括的表述。

隔了一天，她坐了公共驿车，想第一个到达画室，但蒂里蓉小姐已经在那里，她是坐自备马车来的。吉奈弗拉和她的仇人很长时间都在你看着我，我观察着你；但两个人的脸彼此都捉摸不透。亚美莉已经看到那个不相识的男子迷人的头；但鹰徽和军服放在通过裂缝看不到的地方，这既是侥幸，又是不幸。亚美莉于是左猜右想。这时赛尔万突然来了，比平时要早得多。

“吉奈弗拉小姐，”他朝画室扫了一眼，然后说，“你干吗坐在那儿？那儿光线不好。往大家这边靠靠，把你的遮光布放低一点。”

说完，他靠罗尔坐下，她的画值得他更加耐心细致地修改。

“怎么回事！”他嚷了起来，“这幅头像画得很出色。你会成为又一个吉奈弗拉。”

老师从这个画架走到那个画架，数落着，说几句好话，开个玩笑，而且像往常一样，叫人害怕他的玩笑，而不是申斥。那个意大利女子没有听从教师的指点，留在原位，执意不肯挪开。她拿了一张纸，开始画木炭素描，画的是那个可怜的匿藏者的头像。满怀激情创作出来的作品，总是带上特殊的印记。给自然或思维的表现刻印上真实的色彩的本领，就构成才具，而激情是往往替代着才具的。因此，这时的吉奈弗拉，由于留下了强烈的印象，她靠记忆做出抽象，或者，也许是出于需要这个伟业之母，赋予她一种超乎寻常的才能。她因为惊悸，心里一阵阵颤抖，在这当儿，一个军官的头赫然落在纸上；心理学家在这颤抖中会看出灵感的激发来。她不时向同伴偷偷瞥一眼，准备一旦她们冒冒失失闯过来，就马上把画稿藏起。尽管她小心提防，然而她却没有发觉，她的仇人一点也没放过，躲在一个大皮包背后，瞅准了工夫，偷看到了那幅神秘的画。蒂里蓉小姐认出了流亡者的脸庞，蓦地抬起了头，吉奈弗拉马上攥紧了那张纸。

“小姐，干吗你不听我的话，还耽在那儿？”教师沉下脸来，问吉奈弗拉。

女学生猛然地把画架转过来，使得没有人能看到她的木炭画，她对老师指着画，用激动的声音说：

“你不觉得这儿光线更有利一点，同我一样意见？难道我不该耽在这儿？”

赛尔万脸色煞白。然而没有什么能逃过仇恨锐利的眼睛，可以说，老师和女学生在激动，蒂里蓉小姐也分担着一分激动。

“你说的是。”赛尔万说。他强作笑容，又补上一句：“你很快就会比我更有能耐了。”

半晌，老师注视着军官的头像。

“这是一幅杰作，堪与萨尔瓦托·罗萨[①]的画媲美。”他带着艺术家的激情，嚷了起来。

听到这声赞叹，所有的女孩子都站了起来，蒂里蓉小姐以老虎扑向猎物的速度冲了过来。这时，流亡者被闹声惊醒了，翻动着身体。吉奈弗拉弄倒了她的凳子，说着互不连贯的语句，并且笑了起来；在她可怕的仇人看到之前，她已把肖像画折叠起来，塞到皮包里去了。画架被团团围住，赛尔万大声历数他宠爱的学生这时画着的一幅临摹画怎么美，所有人都被这一招骗过了，除了亚美莉，她站在同伴背后，看到那幅木炭画就放在皮包里，她想打开它。吉奈弗拉一把抢过来，放在自己面前，一声不吭。于是两个少女默

① 萨尔瓦托·罗萨（1615—1673），意大利画家、诗人兼音乐家。

默地我看着你，你观察着我。

“好了，小姐们，回到自己的座位去吧，”赛尔万说道，“要是你们想向皮翁博小姐看齐，掌握同她一样多的技巧，那就不该老谈时装或者舞会，一味玩乐。”

等到所有的女孩子都回到自己的画架前，赛尔万便在吉奈弗拉身旁坐下。

“这个秘密被我发现而不是被别人发现，不是更好吗？”意大利女子低声说。

“是的，”画家回答，“你是爱国者；不过，即使你不是，我还是会把他托付给你的。”

老师和学生互相都心领神会，吉奈弗拉大胆地问道：

“他是谁？”

“拉贝杜阿耶尔的挚友，力促第七支队同爱尔巴岛的掷弹兵会合的，除了不幸的上校，就数他了。他是禁卫军骑兵营长，从滑铁卢回来的。”

“怎么你没有烧掉他的军服、军帽，给他换上平民的衣服？”吉奈弗拉急促地说。

“衣服今晚才能给我拿来。”

“你本该关闭画室几天。”

“他马上就要走。”

“他想找死不成？”少女说。“在混乱初期，还是让他留在你这儿。在法国，毕竟只有巴黎还能安然无恙地窝藏个人。”她又问：“他是你的朋友吗？”

“不是。把他引见给我的，除了他的不幸，没有别的。他是这样落在我手里的：我的岳父在这次战役中重又服役，他碰上了这个可怜的年轻人，机智灵活地把他救了出来，逃过那些抓住拉贝杜阿耶尔的人的魔爪。我的岳父想保护他，这人真疯了！”

“你竟这样说他？”吉奈弗拉惊诧地看了画家一眼。

画家停了半晌，没有吱声，然后又接下去说：

“我的岳父受到严密监视，不能在家里留人。上星期他在夜里把年轻人带到我这儿来。我本来希望把他放在这个角落，能避人耳目，因为这是楼里唯一安全的地方。”

“要是我能对你有用，你就使唤我吧，”吉奈弗拉说，“我认识费特尔元帅[①]。”

---

① 费特尔元帅（1765—1818），1814年在拿破仑手下任陆军部长，复辟时期投靠路易十八。

“好吧！以后再说。”画家回答。

这段谈话延续的时间太长了，不能不引起所有少女的注意。赛尔万离开吉奈弗拉，又到每个画架前转了一圈，课拖得很长，直拖到学生平时要走的时间，他还在楼梯上。

“蒂里蓉小姐，你忘了拿提包。”教师一面嚷着，一面追赶那个姑娘，原来她为了发泄仇恨，竟等而下之，操起密探的营生来了。

这个好奇的女学生回来找她的提包，对自己的冒失有点惊讶。然而，在她看来，赛尔万的关心又一次证明存在一件秘密，其严重性是无可怀疑的了；她已经想象过一切可能的情况，正如韦尔托神父[①]所说，我的主意已定。她下楼梯时弄得咯咯地响，把那扇对着赛尔万卧室的门拉得吱嘎吱嘎响，好让人以为她走了；而她又轻手轻脚上了楼，站在画室的门背后。画家和吉奈弗拉以为没有人了，他于是按说好的方式敲着阁楼的门，门马上打开了，铰链生了锈，吱吱嘎嘎地响着。意大利女子看见走出一个高大矫健的年轻

① 韦尔托神父（1655—1735），法国史学家，这里引用的是他写作《马耳他史》时的一句话。

人，他的帝国军服叫她怦然心动。军官的手臂吊着绷带，脸色苍白，显出忍受着剧烈的痛楚。他看到一个陌生女人，不禁战栗起来。亚美莉什么都看不见，再待下去又感到恐惧；然而，她听到门打开的轧轧声已经够了，于是便毫无声响地走了。

“什么也不用怕，”画家对军官说，“这位小姐是皇帝最忠实的朋友皮翁博男爵之女。”

年轻军官盯着她看，之后，对吉奈弗拉的爱国主义不再有疑惑了。

“你受了伤？”她问。

“哦！没关系，小姐，伤口已经愈合了。”

正在这时，报贩尖利的叫喊声一直传到画室：

“看死刑判决……”

三个人都毛骨悚然。军官听到第一个名字，脸色变得煞白。

“拉贝杜阿耶尔！”他说着，跌倒在凳子上。

三个人默默对视着。年轻人苍白的额角上冒出粒粒汗珠，他做了个绝望的手势，揪着自己的绺绺黑发，手肘靠在吉奈弗拉的画架边上。

“归根结底，”他蓦地站起来说，“拉贝杜阿耶尔和我，我们知道自己做的是什么。我们明白胜利或是垮台后等待着我们的命运。他为自己的事业去就义，而我呢，却躲在……”

他向画室的门口冲去，但吉奈弗拉比他更敏捷，一个箭步挡住了他的去路。

“你能让皇帝东山再起吗？”她问道。“在他连自己也不知道能不能站稳脚跟的时候，你认为能扶起这个巨人吗？”

“你要我干什么呢？”流亡者对这两个萍水相逢的朋友说。“我世上没有一个亲人，拉贝杜阿耶尔是我的保护人和朋友，我眼下是孑然一身，也许明天我就会被放逐或被判决，我的财产就只有我的祖国，为了前来搭救和设法弄走拉贝杜阿耶尔，我花光了最后一个埃居[①]；对我来说，现在只有一死了。一个人决意赴义时，那么他的头卖给刽子手就要卖得值得。刚才我想，一个正直的人，他的生命完全抵得上两个叛徒的生命，捅一匕首捅得正是地方，可以名垂千古。”

这绝望的迸发，吓坏了画家和吉奈弗拉，她这时已深深了解了这个年轻人。这个意大利女子欣赏着这

① 埃居，法国古货币的一种。

美丽的头颅和这动听的声音，它的柔和稍稍被愤怒的声调改变了一点；然后，她好像要给这不幸的人所有的伤口都敷上药膏，便说：

“先生，要是你苦于无钱，请让我把自己的私蓄都给你。我的父亲有钱，我是独生女，他爱我，我拿得稳他不会责备我的。你不要推让了。我们家的财产都来自皇帝，没有一个生丁不是他慷慨赠予的息券。赞助他的一个忠诚的士兵，难道不就是感恩的表示吗？请你就像我给你这笔款时一样，落落不拘地接受下来吧。”她又用无所谓的语气添上说：“这只不过是一点儿钱。至于朋友，你现在就可以找到！”说到这儿，她傲然抬起了头，眼里闪烁着不同寻常的光辉。她接着说下去：“明天在十二支枪面前倒下去的那颗头颅，却救了你的头。等这场风暴过去，如果人们还记你的仇的话，你可以到国外去找工作，如果忘却了，你就可以在法国军队里找事做。”

一个女子给人以安慰时，里面总有细到之处，带着某种母性的东西，既富有远见，又十分周密。平和而又充满希望的话语，再加上手势的优雅和发自内心的声音具有的这种雄辩力，尤其是女恩人又这样漂亮，一个年轻人是很难抗拒的。军官全身的感官都汲取着爱情。他苍白的双颊泛起微微的红晕，使得双眼黯淡无光的忧郁也减退了些，他用显得很特别的声调说：

“你真是个善良的天使！”然后又补充一句：“可是拉贝杜阿耶尔呢，拉贝杜阿耶尔！”

对这喊声，三人默默相视，心领神会。他们两人不是二十分钟的萍水之交，而是二十载的挚友啊。

“亲爱的，”赛尔万说，“你能搭救他吗？”

“我可以替他报仇。”

吉奈弗拉不寒而栗：这个陌生男子虽然很英俊，但刚看到他时少女一点儿也没激动；穷困本没有什么丑恶，大凡女人心里总是怜贫恤苦的，在吉奈弗拉身上，这种感情扼杀了其他别的热情，但是，当听到一声复仇的呼喊，在这个流亡者身上遇上一颗意大利的心灵，对拿破仑的忠诚，以及科西嘉式的豪爽时，对她来说，感受就太强烈了；她怀着敬重之情注视着军官，心里激动异常。生平第一次，一个男子使她感受到如此炽烈的感情。同一切女人一样，她乐于把这个不相识男子的心灵，同他脸孔出众的美，同他身材的匀称合度调和一致起来；作为艺术家，她很欣赏他的体态。事出偶然，她从好奇被引到怜悯，从怜悯又引到强烈的兴趣，从这种兴趣再达到如此深切的感受，以致她觉得再耽下去就有危险了。

“明儿见。”她说，一面给军官一个莞尔的微笑，算是安慰。

这微笑有如晨曦一样照射在吉奈弗拉的脸上，他看到了，一时之间忘了一切。

“明天，”他忧郁地回答，“明天，拉贝杜阿耶尔……”

吉奈弗拉又回过身来，一只手指放在嘴唇上，瞧着他，似乎在对他说：

“不要激动，要谨慎小心。”

年轻人于是叫嚷着说：

“噢，上帝！见到了她，谁不想活着呢！”

他说这句话的特殊音调使吉奈弗拉心旌摇荡。

“你是科西嘉人吗？”她一面大声地问，一面回到他身旁，心房快乐得怦怦乱跳。

“我生在科西嘉，”他回答，“但我很小的时候就被带到谢纳；一到服役的年龄，我就入伍了。”

陌生男子的俊美，他对皇帝的热忱，他的受伤，他的不幸，甚至他的危险赋予他的异乎寻常的魅力，这一切都在吉奈弗拉的眼前消失了，或者毋宁说，这一切都消融在一种单一的、新鲜的、美滋滋的感情里。这个流亡者是个科西嘉人，他会讲可爱的科西嘉方言！半晌，少女动也不动，仿佛被一种有魔力的感触吸住了似的；她眼前就有一幅生动的图画，画上集中了人类的一切情感，加上偶然的机会，呈现出鲜明的色彩。赛尔万让军官坐在沙发上，先解开吊着他的手臂的绷带，然后专心致志地撕开包扎用品，准备包扎伤口。吉奈弗拉看到马刀刀刃砍在年轻人前臂上的又长又宽的伤口，不禁战栗着，同情地喊出声来。陌生男子朝她抬起了头，发出微笑。赛尔万全神贯注地起下纱布，抚摩着受伤的嫩肉，专注之中有着使人激动的、刻骨铭心的某种东西。而那伤员一看少女，他的脸虽然苍白和呈现病态，但显出的却是欢愉多于痛苦。凡是艺术家，都会不由自主地欣赏这种感情的一正一反，欣赏纱布的白色、臂膀的赤裸同军官制服红蓝两色产生的对比。其时，画室笼罩着柔和的幽暗，而薄暮的余晖照亮着流亡者的坐处，他高贵、苍白的脸孔，他乌油油的头发，他的衣服，全都沐浴在光辉里。这样一般的效果，迷信的意大利女子却看作是个好预兆。陌生男子就像一个天使一样，他让她听到家乡的语言，使她沉浸在回忆童年的愉悦中，与此同时，她心里生出一种感情，像无邪的童年时代一样新鲜，一样纯洁。一时间她处于沉思默想之中，坠入浮想联翩里；过后，她觉得流露出心事，脸羞得通红，同流亡者飞快地交换了一个柔和的眼色，然后溜走了，但眼前总看到他存在。

第二天不是上课的日子，吉奈弗拉到画室来，囚禁在那里的年轻人就可以待在他的女同乡的身边；赛尔万有一幅画要画完，给两个年轻人做了引见之后，便径自走了。两个年轻人不时用科西嘉方言交谈。这个可怜的士兵叙述他在进军莫斯科遭到溃败期间的苦难经历，在渡过别列津纳河[①]时，他才十八岁，那些还能关心他这个孤儿的同伴全都丧命了，整团人只剩下他孤零零一个。他描述滑铁卢战役战火纷飞的大惨剧。他的声音，在意大利女子听来，像乐曲一样。吉

① 别列津纳河，第聂伯河的支流，流经白俄罗斯，1812 年 11 月 26 日至 29 日法军险渡该河。

奈弗拉在科西嘉长大，可以说是大自然的骄子，她不知道说谎，毫不掩饰地沉醉于自己的印象感受之中，并坦白承认；或者毋宁说，是让人看得出来，而没有巴黎少女那种猥琐的、有意卖弄的忸怩作态。这一天，她不止一次一只手拿着调色板，另一只手拿着画笔，呆在那儿，也不去蘸颜料，双眼盯着军官，嘴巴半闭半合，倾听着，一直保持着要画的姿势，却总也不画一笔。她在年轻人的眼里看到柔情蜜意，并不吃惊，因为她感觉到自己的眼睛也变得温柔多情，尽管自己一心想保持严肃或平静。

后来，她全神贯注地画了好几个小时，连头也不抬，因为他就在那儿，挨着她，看着她绘画。当第一次他过来坐下，静静地端详着她时，歇了好半晌，她才用激动的声调对他说：

“看画画你感到很有乐趣吧？”

就在这天，她知道了他叫吕依吉。分手前，两人约定，上课的日子，如果发生重大政治事件，吉奈弗拉就低声哼意大利的曲子，给他通消息。

翌日，蒂里蓉小姐私下告诉她所有的伙伴，吉奈弗拉·迪·皮翁博被一个小伙子爱上了，每当上课的时候，他就耽在画室那间黑黝黝的内室里。

“你是站在她一边的，”她对罗甘小姐说，“你好好观察观察她，你就会看到她泡在这儿是干吗的。”

于是，众目睽睽，都观察着吉奈弗拉。听着她唱歌，窥测着她的目光。她自以为没有人注意她的时候，却有十二双眼睛毫不间断地落在她身上。这些姑娘事先被打了招呼，完全领悟了意大利女子容光焕发的脸孔掠过的激动，领悟了她的手势，哼小调的特殊音调，以及聚精会神的样子；只有她一个人能透过板壁听到那隐隐约约的声音，但她倾听的模样全落在别人眼里。

一个星期快过去了，赛尔万的十五个学生当中，只有罗尔一个人顶住了想透过板壁的裂缝观察路易的欲望，她出于偏爱，还维护着漂亮的科西嘉少女。罗甘小姐想让她下课后留在楼梯不走，好叫她当场看到吉奈弗拉和那个漂亮的小伙子在一起，以证实两人的亲昵关系；但她拒绝降低到干刺探别人行动的勾当，那是用好奇心也难以辩解的，于是受到众人的非难。

不久，国王办公室引见官的女儿认为，画家的见解带着爱国主义或者波拿巴主义的色彩，在当时，这两者被看成同一个东西，因而觉得，到这样一个画家的画室里来不太相宜，于是她不再到赛尔万这儿来了。亚美莉虽然把吉奈弗拉抛到脑后，但她播下的恶意却结了果。其他所有的女孩子，有的是无意，有的是出于偶然，有的是嗫嗫嚅嚅地，有的是出自谨慎，都把画室里发生的风流韵事告诉了自己的母亲。有一天，玛蒂尔德·罗甘不来了，下一课轮到另外一个女孩子；末了，留到最后的三四个小姐也都不再来了。吉奈弗拉和她小个儿的女友罗尔小姐，有两到三天，是这个走空了的画室仅有的熟客。意大利女子一点儿没有发觉她被大家抛弃的处境，甚至不去追究她的伙伴不来的原因。自从不久以前她想出了同路易秘密联络的方法以后，她把画室当作其乐无穷的、世上独一无二的隐居地，心里只想着那个军官和威胁着他的危险。这个少女，虽然对不愿背叛自己的政治信念的崇高品德是真心实意地赞佩的，但她却仍然催促路易赶快归顺王权，为的是能把他留在法国。路易不想走出他的隐蔽所。如果说，激情是只在异乎寻常的和浪漫传奇的事件影响下才产生和增长的，那么，促使这两个人心心相印的时机还从来没有这样多过。因此，吉

旅伴文库·锦囊旧书

聂震宁／总主编
刘硕良／主编

家族复仇

VENDETTA

［法］巴尔扎克——著
郑克鲁——译

漓江出版社

图书在版编目 (CIP) 数据

家族复仇 / （法）巴尔扎克著；郑克鲁译 . — 桂林 : 漓江出版社 , 2019.4
（旅伴文库 · 锦囊旧书）
ISBN 978-7-5407-8527-7

Ⅰ . ①家… Ⅱ . ①巴… ②郑… Ⅲ . ①中篇小说—小说集—法国—近代
②短篇小说—小说集—法国—近代 Ⅳ . ① I565.44

中国版本图书馆 CIP 数据核字 (2018) 第 213059 号

JIAZU FUCHOU
家族复仇
［法］巴尔扎克 著
郑克鲁 译

出版人：刘迪才
出品人：张谦
责任编辑：张谦
助理编辑：谢青芸
书籍设计：石绍康
责任监印：张璐

漓江出版社有限公司出版发行
广西桂林市南环路 22 号 邮编：541002
发行电话：010-85893190 0773-2583322
传真：010-85890870-814 0773-2582200
邮购热线：0773-2583322
电子信箱：ljcbs@163.com
网址：http://www.lijiangbook.com
印制：三河市西华印务有限公司
［河北省三河市泃阳镇化甲屯小学东 邮政编码：065200］
开本：880mm × 1230mm 1/32
印张：17.5 字数：246 千字 插页：16
版次：2019 年 4 月第 1 版 印次：2019 年 4 月第 1 次印刷
书号：ISBN 978-7-5407-8527-7
定价：68.00 元

时期运动的冲击，而波旁王室的第二次返回，却把它们冲乱了。一切国家在内战或宗教战争期间，都有过玷污历史的可悲场面，现在，几乎都因观点不同而四分五裂的家庭又重新搬演了其中的几幕。儿童、少女、老人都得了政府正害着的君主制狂热。龃龉溜进了家家的屋顶之下，猜疑使种种行为和最体己贴心的话儿都染上了阴暗的色彩。吉奈弗拉·皮翁博崇拜敬爱着拿破仑，她怎能恨他呢？皇帝是她的同乡，又是她父亲的恩人。拿破仑手下有一批人，曾经成功地协助他从爱尔巴岛返回，皮翁博男爵属于其中之一。这个年老的皮翁博男爵不会否认自己的政治信仰，甚至乐于承认，因而他留在巴黎，就处于敌人之中。吉奈弗拉·皮翁博由于并不隐瞒第二次复辟使她家引起了忧伤烦恼，因而就更被划入可疑者之列。她生平也许只流过一次泪，那是在听到波拿巴在贝雷罗封[1]式的战斗中被俘和拉贝杜阿耶尔[2]被捕的双重噩耗后，禁不住夺眶而出的。

组成贵族小圈子的那些女孩子都属于巴黎最狂热

① 贝雷罗封，希腊神话传说中的英雄，曾与恶魔大战，这里指滑铁卢战役。
② 拉贝杜阿耶尔（1786—1815），因在格勒诺布尔迎接从爱尔巴岛归来的拿破仑而被波旁王朝逮捕枪毙。

奈弗拉对路易的情谊，或路易对她的情谊，在一个月之内，较之沙龙中上流人士在十年中结下的情谊还要进展更大。不幸难道不是品格的试金石吗？所以吉奈弗拉一下子就看重路易，了解了他，他俩很快就互相敬重了。吉奈弗拉比路易年长，她被一个已经长得这样魁伟，历尽艰险，既有成年人的魅力，又有男子的老练的这样一个小伙子追求着，心里感受到某种甜蜜。而在他那方面，路易表面上受到一个二十五岁的少女保护，也感到一种难以形容的乐趣。这种感情中有着某种无法解释的自豪。这难道不是爱情的表征吗？甜蜜和自豪、力量和柔弱的合而为一，在吉奈弗拉身上产生了无可抗拒的魅力，因而路易完全被她征服了。末了，他俩早已如胶似漆地相爱着，两人既用不着加以否认，也用不着道出。

有一天，将近傍晚，吉奈弗拉听到了约定的信号：路易用一根别针敲着护墙板，声音小得简直像蜘蛛爬网，表示要从躲藏的地方走出来；她看了看画室，不见小个儿的罗尔，便对信号作了回答；但路易一打开门，却看见那个女学生，赶忙缩了回去。吉奈弗拉吃了一惊，环视四周，看到了罗尔，于是走到她的画架前，对她说：

“亲爱的，你耽得真晚。我看这幅头像是画好了，只要在发辫上首画出反光就可以了。”

罗尔用激动的声调说：

“如果你肯给我修改这幅临摹像，你可太好了，我也就可以保存一点你的东西……”

“可以可以，”吉奈弗拉回答，满以为这样就可以把她打发走。她在画上稍稍加了几笔，一面接着说：“我想，你从家里到画室要走很长的路吧。”

“噢！吉奈弗拉，我就要走了，永远离开这儿了。”少女神色忧郁地喊着说。

“你要离开赛尔万先生？”意大利女子问，听了这些话，她没有流露出激动，完全不像一个月前那样。

“吉奈弗拉，莫非你没有发觉，这一阵子，这儿只有你我两人了？”

“不错，”吉奈弗拉回答，仿佛突然想起什么似的。“这些小姐是生病了，结婚了，还是她们的父亲都在宫里任职了？”

“所有的人都离开赛尔万先生了。”罗尔回答。

“那为什么？”

“因为你，吉奈弗拉。”

“因为我！”科西嘉少女站起来说，脑门气势汹汹的，眼神高傲，眼睛闪闪放光。

“噢！我的好吉奈弗拉，你不要生气，”罗尔痛苦地嚷着，“我的母亲也要我离开画室。所有这些小姐都说，你私下里谈情说爱，赛尔万先生安排好了，让一个爱着你的年轻人耽在那间黑暗的内室里。我从不相信这些诽谤，压根儿没有对我母亲说起。昨晚，罗甘太太在舞会上碰到我的母亲，问她是不是还一直让我到这儿来。听到我母亲说是，她便把这些小姐的鬼话搬给我母亲听。我母亲好骂了我一顿，她咬定我一定全都知道这些事，我不对她讲，是辜负了母女之间应有的信任。噢，我亲爱的吉奈弗拉！我一直以你为表率，再也不能做你的伙伴，真叫我气死了……”

“我们会在生活中殊途同归的：姑娘总要结婚……”吉奈弗拉说。

“那要等到有钱的时候。”罗尔回答。

“你来看我吧，我的父亲拥有产业……”

“吉奈弗拉，”罗尔感动地又说，“罗甘太太和我母亲明天会到赛尔万先生那里兴师问罪，至少要让他预先知道。”

这个透露真比一个霹雳落在离吉奈弗拉两步远的地方，还要使她大吃一惊。

“这关她们什么事？”她天真地说。

“人人都觉得这事很要不得。我母亲说，这有伤风化……”

“你呢，罗尔，你怎么想的呢？”

少女瞧着吉奈弗拉，两人的思想融会无间，罗尔再也忍不住眼泪，扑在女友的肩上，拥抱着她。正在这时，赛尔万来了。

“吉奈弗拉小姐，”他兴奋地说，“我的画已经大功告成了，现在正让人上胶。你怎么啦？所有这些小姐好像都在过假期，或者到乡下去了？”

罗尔拭干眼泪，向赛尔万打了招呼，然后抽身走了。

“最近几天，画室里人都走空了，”吉奈弗拉说，“这些小姐都不再来了。”

“是吗……”

“噢！你不要笑，”吉奈弗拉接着说，“你听我说，我无意中损害了你的声誉。”

画家微笑着，打断他的女学生说：

“我的声誉？……可是，再过几天，我的画就要展出了。”

“不是说你的才能，”意大利女子说，“而是说你的品行。这些小姐张扬出去，说路易就关在这儿，你促成了……我们的爱情……”

“小姐，她们说的倒也确有其事，”画家回答，他紧接着又说，“这些小姐的母亲都是多嘴多舌的。要是她们来找我，一切都会解释清楚的。我何必去操这些心呢？人生实在太短促呀！”

画家把手举过头部，拧着手指关节，发出嘎嘎的响声。路易听到了部分谈话，他马上跑了出来。

“你快要失去所有的学生了，”他嚷着说，“我要把你毁了。”

画家拉住路易和吉奈弗拉的手，把他们合在一起。

“孩子们，你们同意结婚吗？”他问他们俩，一片好心好意，真叫人感动。

他们俩都垂下眼睛，默不作声就表示他们认可了。

“那么，”赛尔万接下去说，“你们会幸福的，不是吗？还有什么能偿付你们这样两个人的幸福呢！”

“我家有的是钱，”吉奈弗拉说，“让我将来赔偿你……”

“赔偿！”赛尔万叫了起来，“等到大家知道我受到几个蠢娘们的诽谤，家里藏匿着一个流亡者，巴黎所有的自由党人都会把他们的女儿送到我这儿来！那时，我或许还要欠着你们的情分呢……”

路易攥住他保护者的手，说不出一句话来；末了，他用激动的嗓门说：

“我的一切幸福都是你给的呀。”

“祝你们幸福，我把你们结合在一起。”画家带着诙谐的调门说，一面把双手按在两个情人的头上。

画家这个玩笑使他们从感动中恢复过来。他们三人相视而笑。意大利女子用力握紧了路易的手，动作的朴实活现出她故乡的风尚。

“哎呀，亲爱的孩子们，”赛尔万又说，“你们以为现在万事如意了吗？嘿！你们搞错了。”

两个情人惊异地注视着他。

“你们放心好了，你们的鬼把戏只难倒我一个人！赛尔万太太是有点正儿八经，说实话，我不知道怎样才能使她同咱们一条心。”

“上帝！我忘了！”吉奈弗拉喊着。“明天，罗甘太太和罗尔的妈妈要来找你……”

“我有数！”画家打断她的话。

“不过你可以为自己洗刷。”少女扬起头，傲然地接着说。

她转向路易，狡黠地瞧着他。

“路易先生对王朝政府总不该再有什么反感了吧？”看到他微笑着，她便接下去说：“那好，明儿早上，我就派人送一份请求书给陆军部最有影响的人物之一，这个人是根本不会拒绝皮翁博男爵之女的要求的。咱们可以为路易营长获得默许的宽恕，因为他们是不肯承认你的上校军衔的。”她对赛尔万添上一句：“你可以把真相告诉她们，让我这些大慈大悲的同伴的母亲个个哑口无言。”

“你真是一个天使！”赛尔万喊了出来。

正当画室里这一幕在进行的时候，吉奈弗拉的父母不见她回家，十分焦急不安。

“都六点了，吉奈弗拉还没回来。”巴尔托洛梅奥嚷道。

“她从来没有过这么晚还不回来。”皮翁博的妻子回答。

两个老人满脸流露出不同寻常的焦虑神情，面面相觑。巴尔托洛梅奥激动异常，坐立不安，他站起来，在客厅里转了两圈，步履轻快，竟看不出是七十七岁的人了。他体格强健，打从来到巴黎，至今很少改变，他个儿虽高，身板依旧挺直。鬓发变白和稀疏了，袒露出宽阔而突起的脑门，可以想见他坚毅的性格。他的脸刻着深深的皱纹，长得异常丰满，保持着苍白的颜色，令人敬畏。他的眉毛还没有全白，耸动起来依旧那样骇人，他的眼睛迸射出异乎寻常的火花，笼罩着激情狂飙。这颗头轮廓严峻，可以看出，巴尔托洛梅奥就该这样。只有他的妻子和女儿才了解他的善良温柔。那年深月久刻印在身上的庄严神态，他在履职时或在外人面前，是从不放下的。他习惯于锁住粗眉，蹙紧褶皱，好做拿破仑式的凝视，使他待人接物冷冰冰的。在他的政治生涯中，人人都普遍畏惧他，他被人看成不好相与；这种名声的由来，是不难解释的。皮翁博的生平、品行和忠心耿耿，对大多数官员都起着表率作用。虽然说，有些对别的人有利可图的繁难任务，由于他谨慎小心都交给了他，但是，在他名下存入的公债多不过三万利佛尔[①]。倘使想一想帝国时期公债价贱，以及拿破仑对那些善于逢迎拍马的忠臣义仆何等慷慨大度，那就不难看出，皮翁博男爵是个廉洁奉公的人；他得到男爵头衔，仅仅是拿破仑出于要给他一个爵号，好把他派往外国宫廷里去。对于那些拿破仑周围的背叛者，巴尔托洛梅奥始终表示了不共戴天的仇恨，认为要用征战使他们就范。据说，在皇帝出发奔赴一八一四年那次赫赫有名的辉煌战役的前一天，正是他建议皇帝在法国甩掉三个人，然后朝皇帝办公室的门口扬长而去。

波旁王室第二次返回以后，巴尔托洛梅奥就不再佩戴荣誉军团的勋章了。世间各类人当中，从来还提供不出一个比这些老共和党人更美的形象了；他们是永不腐化堕落的帝国之友，是世界曾经经历过的两个最强有力的政府留下的活遗迹。倘使皮翁博男爵不讨某些官员的喜欢，他却有达吕、德鲁奥、卡尔诺[②]一

---

① 17世纪初期法国的货币一般由铜币、银币、金币组成。货币的基础是铜币，100个铜币相当一个一法朗银币，叫作利佛尔，价值为一磅白银。

② 达吕（1767—1829），拿破仑时期的官员，著作家；德鲁奥（1774—1847），拿破仑部下，曾陪伴他到爱尔巴岛；卡尔诺（1753—1823），公安委员会成员，军事家、几何学家。

类的人做朋友。至于滑铁卢战役以后剩下的那些政治家，他并不放在心上，就像对待烟卷里吐出的缕缕青烟那样。

巴尔托洛梅奥·迪·皮翁博用皇帝的母亲从科西嘉的产业中拨给他的微薄款项，买下了波当杜埃尔的旧府，里面的陈设，他不做一点改动。从前，他的住宿费用几乎一直是靠政府支付的，只是在枫丹白露的灾难事件之后，他才住到这幢房子里来。男爵和他的妻子沿袭朴实而德高望重的人的习惯，丝毫不做奢华的陈设布置：家具都是府邸里原有的。这幢住宅里的一些大房间有两层楼高，幽暗而四壁空空，镶嵌在老旧的、几乎成了暗黑色的金黄框架里的大镜子，还有路易十四时代的家具，这些同巴尔托洛梅奥和他的妻子这两个老古董倒也十分调和相衬。

在帝国时期和百日时期，科西嘉老人的任职待遇丰厚，家里排场颇阔，与其说这是想光耀门庭，还不如说是为了不辱没他的职位。他和妻子淡泊度日，消停安逸，所以他们那点微薄的家产也就足够他们开支。他们的女儿吉奈弗拉对于他们胜过世间一切财富。因而，一八一四年五月，皮翁博男爵离了职，辞退家中仆役，出空马厩，那时吉奈弗拉像她双亲一样，朴素、克俭，对此毫无留恋：她效法崇高伟大的心灵，把奢华置于感情的强力之中，正如她在孤独和绘画中寄托自己的幸福一样。再有，这三个人相亲相爱，在他们眼里，生活的外表也就无所谓了。尤其是在拿破仑第二次惊心动魄的垮台后，巴尔托洛梅奥和他的妻子常常听吉奈弗拉弹奏钢琴或者唱歌，度过美妙的夜晚。对他们来说，女儿的一句半句话，她在眼前，都可以得到无穷的乐趣。他们惴惴不安地目随着她。她的脚步声不管怎么轻，一走到庭院，他们就听见了。三个人像情侣一般，好几个小时默默无言地待着，此时无声胜有声，这样彼此更能了解对方的心灵。两位老人这种深切的情感，他们的生活本身，激励着他们的一切思想。这不是三个人，而是一个，有如炉火的火焰，喷出三叉的火舌。

有时，回忆起拿破仑的恩情和他的不幸，或者谈论起当时的政治，超过了两个老人惯常关心的程度，他们也就谈下去，并没有打破思想的浑然一体：吉奈弗拉不也赞同他俩的政治热情吗？难道还有什么比起他俩在独生女的心中找到归宿的那股热情更为自然的呢？直到如今，公共事务的繁忙，汲干了皮翁博男爵的精力；到了离开任职，科西嘉人就需要把自己的精力又投到他最后的一点感情之中；再有，除开把父母同女儿联结起来的种种关系，也许还有一个强有力的理由，可以说明他们之间相互的热情竟至这样狂热，那是这三个独行其是的心灵自己不知道的：他们全身心地相爱着，吉奈弗拉的整个心是属于她父亲的，就像皮翁博的整个心属于她一样；末了，倘若说，人与人之间的相互吸引更多是出于缺陷而不是优点真是属实的话，那么，吉奈弗拉与她父亲的一切激情就真是同声相应。由此，也就产生这三位一体生活仅有的瑕疵。吉奈弗拉完全像巴尔托洛梅奥在青年时期那样，独断专行，报复心重，急躁易怒。科西嘉人也乐意让这些粗犷的性情在女儿的心中日渐发展，恰如狮子教会幼狮扑食猎物一样。但是，要学会复仇，可以说，只有在老家才能做到，因此，吉奈弗拉丝毫不能原谅她的父亲，他也不得不迁就她。在这些人为的口角中，皮翁博看到的只是孩子脾气，而他的孩子却由此养成了左右父母的习惯。巴尔托洛梅奥喜欢挑起大吵大闹，这时，一个温馨的字，一个眼色，就足以使他们恼怒的心灵平息下来，而他们越是剑拔弩张，就越是接近于抱吻。

可是，近五年来，吉奈弗拉由于变得比她父亲更明事理，不时地要避免这类场面。她的始终不渝，她的献身精神，凌驾于她一切思想之上的爱情，还有她出色的理智，早已使她怨愤全消；但仍然产生了一大恶果：吉奈弗拉同她父母生活中的平起平坐，总是有害无利。

这三个人物来到巴黎以后身上所起的变化还有最后一点：皮翁博和他的妻子没有受过教育，任凭吉奈弗拉随心所欲地学习。她由着女孩子的性子，什么都学，一学就丢开，每个想法拣起又放下，交替不迭，一直到绘画成了她主导的激情；要是她母亲能引导她学习，启迪她的思想，使天禀臻于和谐，那她就会完美无缺了：她的缺陷来自科西嘉老人早年乐意给她的有害教育。

好半天，老人的脚步踩得拼花地板嘎吱嘎吱地响，后来他拉了一下铃。一个仆人应声出现。

“你去接一下吉奈弗拉小姐。”他说。

“她没有车接送，我总感到心疚。”男爵夫人深有所感地说。

“她并不在意。”皮翁博回答，一面瞧着妻子，她四十年来习惯于服从的角色，这时垂下了眼睛。

男爵夫人已是七旬老妪，高大、干瘪、苍白、满脸皱纹，活脱脱像极了许奈兹[1]在家庭风俗画意大利场景中描绘的那些老妇人；她沉默寡言惯了，竟至被人看作是又一个项狄太太[2]。然而，她一句话，一个眼色，一个手势，就能表明，她的情感还保留着青年的活力和朝气。她的穿着缺乏高雅，往往显得俗气。平时她畏畏缩缩，埋在一张长靠背椅里，像一个苏丹母后，等候着或者欣赏着她的吉奈弗拉——她的骄傲和生命。女儿的美貌、服饰和妩媚仿佛都成了她自己的。吉奈弗拉感到幸福时，对她来说，一切都是美好的。她的鬓发已经花白，在她满布皱纹和白皙的脑门之上，还有沿着深陷的双颊，依稀可见的几绺白发。

“有近半个月了，”她说，“吉奈弗拉天天都晚回家。”

---

① 许奈兹（1787—1870），他的画多半取自意大利的风俗场面，风格处于古典派和浪漫派之间，1840—1847年任罗马法国科学院院长。

② 项狄太太，英国作家罗伦斯·斯泰恩（1713—1768）的小说《特利斯丹·项狄》中的人物。

“她怎么这样慢吞吞的！”老人急不可耐，他把蓝外套的下摆一掖，抓起帽子戴在头上，拎起拐杖就出去了。

“别走远了。”他妻子朝他喊着。

这时，大门打开又关上了，老母亲听到吉奈弗拉的脚步声在院子里响起来。巴尔托洛梅奥凯旋般地抱着在他怀里挣扎的女儿，陡地重新出现。

“她在这儿，吉奈弗拉，吉奈弗蕾蒂娜，吉奈弗丽娜，吉奈弗罗拉，吉奈弗蕾塔，美丽的吉奈弗拉！”

“爸爸，你把我弄得痛死了。”

吉奈弗拉马上被恭恭敬敬地放到地上。她动作妩媚可爱地摇晃着头，让吓坏了的母亲放心，对她示意说，这不过是一个花招。男爵夫人煞白黯淡的脸于是恢复了颜色，泛起快乐的神情。皮翁博狠命地搓着手，这是表明他快乐的确定无疑的征象；他在宫廷里，看到拿破仑对那些办事办糟了或者犯了错误的将军或部长们发起火来的样子，久而久之养成了这个习惯。他脸上的肌肉一松弛下来，连脑门上细小的皱纹都显出善意。这两个老人这时的形象，恰如忍受了长期干旱的植物，一点儿水就使它们活过来了那样。

“开饭，开饭！”男爵喊着，一面把宽厚的手伸给吉奈弗拉，他管她叫皮翁贝莉娜小姐，这是他表示快乐的另一象征。他的女儿报之以微笑。

“嗨，你知道吗，”皮翁博一面离开桌子，一面说，“你母亲提醒我，一个月以来，你在画室比平时要耽得晚得多，看来绘画要比我们重要啰。”

“噢，爸爸！”

“吉奈弗拉一定在准备什么，要让我们吃一惊。”母亲说。

“你大概要拿回来一幅你的画给我吧？”科西嘉人拍着她的手说。

“是的，我在画室很忙。”她回答。

“吉奈弗拉，你怎么啦？脸都变白了！”她母亲对她说。

“我说得不对！”少女做了一个手势，表明她下了决心，不能不说，吉奈弗拉·皮翁博一生可能就只说过这么一次谎。

皮翁博和他的妻子听到这奇怪的惊叹声，神情愕然地瞧着女儿。

“我爱上了一个年轻人。”她用激动的嗓门补上说。

然后，她不敢正视双亲，垂下宽眼皮，好像要掩盖眼里的火花。

“是个亲王吗？”她父亲讥刺地问她，那声调使母女俩都胆战心惊。

“不是，爸爸，”她谦逊地回答，“这是一个没有财产的年轻人……”

“那他很漂亮啰？”

“他身世很不幸。”

“他是干什么的？”

“他是拉贝杜阿耶尔的战友，是个流亡者，连个藏身的地方都没有，是赛尔万把他隐藏起来了……”

“赛尔万是个正派人，品行端正，”皮翁博嚷着说，“而你呢，我的女儿，你爱上另一个男人，而不是你父亲，可做得很不得体呀……”

“我并没有不爱你。”吉奈弗拉温柔地回答。

“我一直自夸，”她的父亲接过话头，“我的吉奈弗拉至死都会爱着我，将来她得到的照顾只能都来自我和她的妈妈，她的心灵大概也不会碰到能同我们的抚爱相媲美的了……”

“我指责过你们对拿破仑的狂热吗？”吉奈弗

拉说。“你们只爱我吗？你们不是成年累月出使国外吗？你们不在，我不是鼓足勇气熬过来的吗？生活中有种种紧急情况，必须善于应付。”

“吉奈弗拉！”

“不，你们爱我不是为我着想，你们的数落泄露了令人不能忍受的自私自利。”

“你竟然指控你父亲的爱！”皮翁博两眼都要冒出火来。

“爸爸，我永远不会指控您。”吉奈弗拉回答，变得更加温柔，她瑟缩发抖的母亲竟没有料到。“您自私自利有您的道理，正像我恋爱有我的道理。上天可以给我作证，从来还没有一个女儿，更出色地对父母这样效忠尽责。别人往往认为是责任，我只觉得是幸福和爱戴。十五年来，我没有离开过你们保护的羽翼之下；让你们欢度天年，在我是无上的快乐。但是，我陶醉在恋爱之中，盼望在你们百年之后有个丈夫保护我，难道这竟是忘恩负义？”

“啊！吉奈弗拉，你居然同你父亲算起账来了。”老人声气阴郁地说。

一时间没有人敢说话，静寂得怕人。临了，巴尔托洛梅奥打破沉默，用嘶哑的声音嚷道：

“噢！同我们在一起吧，留在你老父亲身边吧！我不愿看到你爱上一个男人。吉奈弗拉，你不用等多久，就会自由的……”

“爸爸，您想想看，我们俩不会离开您的，我们会都爱您，只要您答应，他会无微不至地照顾我，那时您就会了解他！我和他会双倍地孝敬您：因为他就是我，我就是整个的他。”

“噢，吉奈弗拉！吉奈弗拉！”科西嘉人攥紧了拳头，“拿破仑曾经让我习惯了这种想法，给你介绍公爵伯爵，那时，你为什么不想结婚？”

“他们是奉命爱我，”少女说，“况且我不愿离开您，他们会把我带走的。”

“你说不想离开我们，”皮翁博说，“但是你要结婚，就是要剩下我们老两口！孩子，我了解你，你会不再爱我们的。”

他的妻子待在那里，一动不动，好像痴呆了一样；他瞧着她，添上说：

“艾丽莎，我们没有女儿了，她想要结婚。”

老人举着双手，仿佛哀求上帝，然后坐了下来；

他弯着腰，好像处在痛苦的折磨之中。吉奈弗拉看到父亲的激动，他想抑制自己的愤怒，这使他几乎心碎了；她原本等待着他发作，暴跳如雷，她心里对这一点没有准备：父亲反而以柔相待。

“爸爸，”她用感动的声音说，“不，您永远不会被您的吉奈弗拉抛弃的。可是，您爱她也要为她着想着想呀。你要知道，他是多么爱我呀！啊，他可不会叫我难受！”

“已经在做比较了，”皮翁博变得疾言厉色。“不，想到这，我就受不了。要是他爱上了你，你又值得他那样爱，那就等于戕害了我；而如果他不爱你的话，那我定会把他刺死。”

皮翁博双手哆嗦着，嘴唇哆嗦着，身体也哆嗦着，眼里像射出闪电！只有吉奈弗拉能顶得住他的目光，她的眼睛这时也炯炯发光，真是有其父必有其女。

皮翁博接着说：

“噢！爱你！哪个男人配得上你？能像一个父亲那样爱你，不是已经像生活在天堂里一样吗？还有谁配得上做你的丈夫呢？”

“他，”吉奈弗拉说，“我自认为还配不上他呢。”

“是他？”皮翁博机械地重复着。“谁？是他？”

“我心上的人。”

“难道他对你的了解，能达到崇拜你的程度吗？”

“可是，爸爸，”吉奈弗拉不耐烦地接过来说，“我爱上他的时候，他可能还没爱上我呢……”

“你竟然爱上了他？”皮翁博嚷着说。吉奈弗拉点了点头。“那么你爱他超过了爱我们？”

“这两种感情不能比较。”她回答。

“有一种一定比另一种更强烈。”皮翁博接过话头。

“我相信是这样。”吉奈弗拉说。

“你不能嫁给他。”科西嘉人的声音使大厅的玻璃窗都震响起来。

“我一定要嫁给他。”吉奈弗拉沉静地反驳。

“上帝！上帝！”母亲喊着，“这会吵成什么样子呀？圣母！劝劝他们吧。”

大步来回走着的男爵，这时坐了下来，满脸严峻，冰冷，一派阴沉，他直盯着女儿，用柔和微弱的声音对她说：

“唉！吉奈弗拉！不行，你不能嫁给他。噢！今儿晚上你就不肯答应我吗？……让我相信你不会嫁给他吧。你要看到你的父亲跪下来，满头白发匍匐在你面前吗？我要恳求你……”

“吉奈弗拉·皮翁博是不惯于不坚持就答应别人的，”她回答，“我是您的女儿。”

“她有道理，”男爵夫人说，“我们来到世上，都要结婚。”

“你居然这样怂恿她不服从。”男爵对妻子说。

这句话吓得她又变成木头人。

“拒绝接受一个不正确的命令，不等于不服从。”吉奈弗拉回答。

“孩子！从你父亲嘴里说出来的话，不会不正确！为什么你要说我不对呢？我一直忍让，难道不是更高的劝告吗？兴许我使你免除一场不幸。”

“他不爱我才是不幸。”

“总是不离他！”

“是的，总是要提他，”她接着说，“他是我的生命，我的财产，我的思维。即使服从您，他也始终在我的心里。不许我嫁给他，难道不是让我恨您吗？”

“你不爱我们了。”皮翁博喊着。

“不！”吉奈弗拉摇着头。

“那么，就忘了这件事，照旧还是爱我们。等我们死了……你明白是什么意思。”

“爸爸，您想叫我希望您死吗？”吉奈弗拉嚷着说。

“我会比你活得更长！那些不尊敬父母的孩子要骤然夭折的。”她的父亲勃然大怒，达到极点。

“那就更有理由让我马上结婚，得到幸福！”她说。

这种镇静，加上有理有据，使皮翁博完全慌乱无措，血直往他头上冲，他的脸变得绯红。吉奈弗拉哆嗦着，像只鸟儿扑到父亲的膝上，胳臂挽着他的颈项，抚摩他的头发，感动地喊着说：

“噢！是呀，就让我头一个先死！爸爸，我的好爸爸，您死了，我也活不了！”

“噢，我的吉奈弗拉，你疯了。”皮翁博回答，他满腔怒火在这种爱抚之下，宛如骄阳下的冰块，全然消释了。

“你们早该别吵了。”男爵夫人激动地说。

“可怜的妈妈！”

“啊！吉奈弗蕾塔！我美丽的吉奈弗拉！”

父亲同女儿逗着玩，好像在逗一个六岁的孩子，他拆散波浪起伏的发辫，突然闪开她坐的地方来逗乐；他的爱抚的表现，带着点疯癫。过了一会儿，他的女儿一边拥抱着他，一边嗔怪他，想在说笑之中能获许让她的路易到家里来；但父亲也同样在说笑中给以拒绝。她赌气走开了，又回转来，又赌气走开了；那一晚，到末了，她终于把自己对路易的爱情，还有婚期不远的想法，铭刻在她父亲的心上，对此感到心满意足了。

翌日，她不再谈起自己的爱情，她到画室也去得晚，回来得早；她对父亲从没有这样温存过，表现出这样感激涕零，好像是感谢他默许了她的婚姻。每晚，她都长时间地唱歌弹琴，不时嚷着说："这夜会该有一个男声才好！"她是个意大利女子，这就全都说尽了。过了第八天，她的母亲对她做了个暗号，她便走过来，然后母亲在她耳边悄声说：

"我一步步引得你父亲同意接待他了。"

"噢，妈妈！您真成全了我的幸福！"

那一天，吉奈弗拉让路易挽着手臂，回到父亲的府邸时，心里真是充满了幸福。可怜的军官是第二回走出他隐身的处所。吉奈弗拉在当时的陆军大臣费尔特公爵的周围积极斡旋，已经取得完全成功。路易刚被列入候补军官的名单。这是朝着更美满的前程迈出的一大步。年轻的营长经女友的点拨，知道到了男爵那里，有重重困难等待着他，他不敢承认就怕不讨男爵喜欢。他对敌无畏，英勇善战，但一想到光临皮翁博的客厅，却瑟缩发抖。吉奈弗拉感到他在颤抖，这种激动，原因就在于关系到他俩的幸福，在她看来，是爱情的又一证明。

他们俩走到大门口时，她对他说：

“你的脸怎么这样苍白！”

“噢，吉奈弗拉！但愿这只关系到我一个人的生命就好了。”

虽然巴尔托洛梅奥事先得到妻子打招呼，知道吉奈弗拉所爱的人要正式登门拜访，他还是没有去迎客，坐在他习惯坐的那张靠椅里，脑门透着严峻，冰冷逼人。

“爸爸，”吉奈弗拉说，“我给你引见一个人，想必你乐意见识：这是路易先生，一个在圣约翰山曾在皇帝身旁战斗过的士兵……”

皮翁博男爵站起身来，偷偷瞥了路易一眼，用讥讽的口吻说：

“先生没有得过勋章？”

“我现在不再佩戴荣誉军团的勋章了。”路易胆怯地问答，他一直谦卑地站着。

吉奈弗拉被她父亲的傲慢无礼刺伤了，她把一张椅子拉上前来。军官的回答使拿破仑的老部下深感满意。皮翁博太太瞅见丈夫的双眉恢复原状，想活跃谈话，便说：

“这位先生的长相同尼娜·波尔塔像得惊人。你不觉得这位先生有波尔塔一家的相貌吗？”

“那是理所当然的，”年轻人回答，皮翁博亮闪闪的双眼落在他身上，“尼娜是我的姐姐……”

“你是吕依吉·波尔塔吗？”老人问。

“是的。”

巴尔托洛梅奥·迪·皮翁博站了起来，摇摇晃晃，不得不靠在一张椅子上，瞅着他的妻子。艾丽莎·皮翁博向他走过来，然后两个老人一言不发，互相挽着手臂，走出了客厅，丢下他们的女儿在那儿莫名惊惶。惊呆了的吕依吉·波尔塔瞅着吉奈弗拉，她的脸变得像尊大理石雕像那样苍白，双眼盯着门，她的父母就从那里消失：在这缄默和退场之中，有着某种庄严肃穆的东西，也许是生平第一次，恐惧的情感渗入她的心里。她合着手，使劲互相顶着，嗓门激动得只有情人才能听清，说道：

“在一个词里包含着多少不幸呀！”

“以我们爱情的名义，我说了些什么呀？”吕依吉·波尔塔问。

“爸爸从来没有向我谈起我家悲惨的历史，”她回答，“我离开科西嘉岛时太小了，所以不知道。”

“我们两家大概有世仇吧？”吕依吉颤抖着问。

“是的。我盘问过妈妈，知道了波尔塔家的人杀死了我的几个兄弟，烧了我家房子。我父亲又灭了你们一家。他以为在放火烧你家房子之前，已把你绑在床柱上，你是怎么幸免于难的呢？”

“我不知道。”吕依吉回答。“我六岁时被带到谢纳一个叫柯洛那的老人家里。我家的事他压根儿没告诉我。我只知道我是孤儿，没有财产。这个柯洛那就算作我的爸爸，我用他的姓一直用到入伍为止。因为我需要有身份证，证明我的来历，柯洛那老人于是告诉我，我很弱小，几乎还是孩提时，就有了仇人。他让我只用吕依吉的姓，好逃过仇人下毒手。”

“你走吧，你走吧，吕依吉，”吉奈弗拉喊着，“不，我应该陪着你走。只要你在我父亲家里，你丝毫不用害怕；但你一走出我家，你就得小心提防！你步步都有危险。我父亲有两个科西嘉人听他使唤，威胁你生命的要不是他，就是这两个人。”

“吉奈弗拉，”他说，“我们之间这个冤仇还要长期保存下去吗？”

少女忧郁地微笑着，垂下了头。她马上又傲然地抬起头来说：

“噢，吕依吉，我们俩的感情要非常纯洁真挚，我才有力量走在我要踏上的这条路。这关系着我们一辈子的幸福，是不是？”

吕依吉以微笑作答，捏紧了吉奈弗拉的手。少女明白，此时此刻只有真正的爱情才能藐视沿袭旧习反对他俩结合的态度。吕依吉的镇静自若和深思熟虑的表情，可以说表明了他感情的力量和持久。这一对情侣的命运于是这样决定了。吉奈弗拉瞥见残酷艰苦的战斗需要他们去迎接；而抛弃路易的想法，这个也许曾经在她脑子里转悠过的念头，全然消释了。她决计要永远属于他，便霍地拽着他，一个劲儿把他拖到外边，一直把他送到赛尔万为他租下的简陋住房，方始分手。等到她回到家里，早已成竹在胸，满脸泰然自若：一举一动看不到丝毫的不安。她的父亲和母亲已准备好要吃饭，她胆怯地、充满柔情地抬眼望着他们俩；她看到，她的老母亲哭泣过，眼皮都哭红了，一时间使她心动神摇，但她藏起自己的激动。皮翁博仿佛忍受着剧烈的集中的痛苦，不是一般表情所能反映的。仆人上饭上菜，却没有人碰一碰。怕进饮食是一种征象，反映了心灵的巨大危机。三个人都起身离席，大家都一言不发。走到阴森森的庄严的大厅，吉奈弗拉正处在她父亲和母亲中间，皮翁博想开口，但说不出话来；他想走开，却浑身无力，他坐了下来，拉了拉铃。

“皮埃特罗，”他终于对仆人说，“你去生个火，我觉得冷。”

吉奈弗拉打了个寒噤，忧虑地望着父亲。他内心的斗争必定非常激烈，他的脸容大变。吉奈弗拉知道威胁着她的危险有多大，但她并没有胆战；而巴尔托洛梅奥向他女儿偷偷瞥了几眼，看起来他这时怕的是女儿的出自他的烈性子。他们两人之间，本来什么都是爱走极端的。因此，男爵夫人确信父女两人感情里可能产生什么变化，她的脸越发显出恐惧。

“吉奈弗拉，你爱着你家里的仇人。”皮翁博不敢正视女儿，终于开口说。

“不错。”她回答。

“他和我们之间必得选择其一。我们的世仇属于我们家的一部分。谁不同我的复仇结合，就不是我家的人。”

“我的选择已定。”吉奈弗拉镇定地说。

他女儿的镇静让巴尔托洛梅奥误解了。

“噢，亲爱的孩子！”老人眼眶充满了泪水，他生平是第一回，也是绝无仅有的一次流出了眼泪。

“我要做他的妻子。”吉奈弗拉骤然说。

巴尔托洛梅奥感到目眩神迷，但他恢复了镇定，反驳说：

“只要我活着，你就别想结婚，我永远不会同意的。”

吉奈弗拉默默无言。男爵继续说：

“你想过吕依吉是杀害你几个兄弟的凶手的儿

子吗？”

“犯下这罪孽的时候，他才六岁，他应当是无辜的。”她回答。

“波尔塔家的人会无辜？”巴尔托洛梅奥喊着说。

“我怎么会同你们共有这种仇恨呢？”少女猛不丁地说。“你们把我带大，是不是让我相信波尔塔家的人就是魔鬼呢？我怎么会想到，您杀死的人当中还有一个活着呢？您把家族复仇撂下，向我的情感让步，难道这不是合情合理的吗？”

“波尔塔家的人会无辜？”皮翁博说。“要是他的父亲那时在床上找到了你，你就活不了，他会叫你碎尸万段。

“那是可能的，”她回答，“但他的儿子给我的，超过了生命。看到吕依吉就是幸福，否则，我就活不下去。吕依吉给我显示了感情的大千世界。我兴许看到过比他更俊的面孔，但是，没有一个能同样地逮住我，我兴许听到过……不，不，永远不会有比他更动听的嗓门了。吕依吉爱着我，他要成为我的丈夫。”

“永远不会，”皮翁博说，“吉奈弗拉，我宁愿看到你躺在棺材里。”

科西嘉老人站了起来，在客厅里大步走着，歇了半晌，可以看出他心潮翻滚，末了说出这几句话来：

“也许你以为我会回心转意？那你就大错特错了：我不想要一个波尔塔家的人做我的女婿。这就是我的判决。咱俩之间再也不要谈这件事了。我是巴尔托洛梅奥·迪·皮翁博，吉奈弗拉，你听明白了吗？”

“你话里有什么秘不可宣的意思？”她冷冷地问。

“我的话意思是说，我有一把匕首，我不怕人世的司法。我们这些科西嘉人，我们会同上帝做解释的。”

“那么，”她站起来说，“我是吉奈弗拉·迪·皮翁博，我宣布，再过半年，我就是吕依吉·波尔塔的妻子。”停了一会儿，静得可怕，她又添上一句：“爸爸，你是一个暴君。”

巴尔托洛梅奥攥紧拳头，敲着壁炉护顶上的大理石板，喃喃地说：

“啊！这儿是巴黎。”

他默不作声了，双手抱在胸前，头朝胸脯耷拉着，整个晚上再没有说过一句话。少女说出自己的意志之后，装出令人难以相信的镇定，开始弹钢琴和唱歌，悠闲自在，无所牵挂地弹奏着动人的乐曲，这样，就战胜了她的父亲，他的额角一直没有舒展过。老人痛苦地经受这无言的詈骂，此时采摘着他给女儿教育的苦果。尊重是一道栅栏，既保护着父母，也保护着子女，使父母不用忧思，使子女不用悔恨。

次日，吉奈弗拉本想按平日上画室的时间出门，但大门对她闭上了；可是她马上生出法子，把父亲的严厉态度告知吕依吉·波尔塔。一个不识字的女仆把吉奈弗拉写的信交到年轻军官手里。一连五天，两个情人靠了这些二十岁的年轻人都惯于玩弄的鬼花招，互相信函往来。父女极少说话。两人内心都恨着，互不相让，傲岸地、默默地受着痛苦的煎熬。他们自己也发现，把彼此连接起来的爱的纽结是多么深沉有力，两人都想一刀两断，然而却办不到。巴尔托洛梅奥望着吉奈弗拉的时候，不像从前那样，再没有一丝一毫甜蜜的意念涌现出来，使他严峻的脸容欣喜开颜。少女每当瞧着她父亲的时候，总带着狠巴巴的意味，她天真无邪的额角上，斥责的神情常在；她沉浸在幸福的思念之中，然而有时悔恨又似乎使她双眼暗淡无光。不难看出，这一幸福既然造成了她双亲的不幸，那她就永远不会平静地去享受。在巴尔托洛梅奥身上也好，在他女儿身上也好，他们心灵固有的善良生出的种种优柔寡断，却都敌不过骄傲和科西嘉人特有的怨恨心。他们相互激励怒气，闭目不看未来。他们或许还在互相自诩，有朝一日，总有一方让步。

吉奈弗拉生日那天，她的母亲看到父女这次闹翻，性质严重，正愁肠百结，一心考虑利用过生日的机会，让父女和解。三个人都聚在巴尔托洛梅奥的卧房里。吉奈弗拉看到母亲脸上流露的犹豫，便猜到她的意图了，她忧郁地微笑着。这时，有个仆人通报，有两个公证人由几个证婚人陪着进屋来了。巴尔托洛梅奥定睛瞧着这些人，他们的脸冷若冰霜，咄咄逼人，像这个场景的三个主人公那样炽烈的心灵，都感到难以抵挡。老人不安地转向他的女儿，在她脸上看到一丝胜利的笑容，他猜到要有灾难临头了；但他装成粗野不文的人，有意一动不动，一面平静地、好奇地瞧着那两个公证人。老人做了一个邀请的手势，来客都坐下了。

“这位先生想必是皮翁博男爵先生了？”年长的那位公证人问。

巴尔托洛梅奥躬了躬身。公证人的头做了个轻微的动作，狡黠地瞧着少女，如同一个商务法警逮住了一个债务人一样；他掏出鼻烟壶，打开来，取出一小撮烟末，小口小口地吸着，一边挑词选字，开始他的长篇讲话；他一面说，一面不断地停顿一下（这是演说家的方式，下面的破折号并没有完全把这种味儿表达出来）。

“先生，”他说，“敝人是罗甘先生，贵女皮翁博小姐的公证人，在下——我的同事和敝人——到府上——无非秉公执法——了结家庭纠纷。——看来——你和贵女皮翁博小姐之间——就——她——与吕依吉·波尔塔先生的婚姻——引起了纠葛。”

这个句子，说得文绉绉的，在罗甘先生看来，可能太漂亮了，对方不易一下明白，他便打住，一面带着搞法律的人所特有的表情，那种处于谦卑和亲昵之间的态度，瞧着巴尔托洛梅奥。大凡公证人，都惯于对听讲的人装出关心备至的模样，最后养成一副怪相，像主教的白羊毛披肩，可以穿上脱下。这副善意的假面具，他的把戏，一眼就可以看穿，这使巴尔托洛梅奥恼怒万分，他不得不强抑着全部理智，才没有把罗甘先生从窗口扔出去；连他的褶皱也带上愤怒的表情。公证人瞧在眼里，思忖着："我的话产生了效果。"

"不过，"他用甜蜜蜜的声音又说，"男爵先生，此类场合，卑职起始不外大体充当调解者。——如蒙不弃，请听敝人详述。——毋庸置疑，吉奈弗拉·皮翁博小姐——就在今日刚满——法定年龄——即令未得父母许可——无须庆祝订婚，亦可签订有效婚约证书。但——通常——据有一定地位——侧身上流社会——尚葆门风之家——此种家庭，内中不和之隐秘，不令外人知悉，至为紧要。——再者，诅咒年轻夫妇前途多舛，却又不愿累及自身之家（因要累及自身！）——敝人是说——通常——在此类有名望之家——不让此种婚约长存——那不外是——那即如替家庭龃龉立下丰碑——故而最终——只得解除纠纷。——先生，女方欲订有效婚约证书，立意坚执，不容父——"他转向男爵夫人，添上说，"母存留希冀，她会俯首听命。——其父执意不允亦无济于事——此其一。——再次，法律亦宣布无效，故而大凡通达情理者，均往往最后训斥子女，就任其自由……"

罗甘先生感到，照这样他可以讲两小时，却得不到回答，于是便停住了。看到那个他想使其回心转意的人那副模样，他不由得感到一种特别的激动。巴尔托洛梅奥的脸容激变：条条紧锁的皱纹赋予他一种不可名状的凶狠神色，他朝公证人瞥了老虎般凶恶的一眼。男爵夫人一言不发，瑟缩在一边。吉奈弗拉镇静而坚决地等待着，她知道，公证人的声音比她的更有力量，看来她决计保持沉默。罗甘住嘴的当儿，这个场面变得异常可怕，以致那些陌生的证婚人都不寒而栗：说不定他们还从未碰到过这样的静默。两个公证人面面相觑，好像在互相询问，他俩站起身来，一起走到窗前。

“你以前碰到过这般模样的主顾吗？”罗甘问他的同事。

“连个闷屁也不放，”年轻的那位回答。“换了我，干脆就宣读证书。我看这老家伙不好说话，他怒气冲冲，你想同他商讨，什么也得不到……”

罗甘先生于是拿出一张有印花的纸，宣读了上面预先起草的条文，板着脸问巴尔托洛梅奥有什么要说的。

“难道在法国，法律要摧毁父亲的权力吗？”科西嘉人问。

“先生……”罗甘用甜蜜的声音说。

“要从父亲身边夺走他的女儿吗？”

“先生……”

“要剥夺一个老人最后的安慰吗？”

“先生，你的女儿只属于你……”

“要把他杀害吗？”

“先生，能让我说完吗？”

一个公证人能在他所干预惯了的、激动的场合下保持镇定自若，议论准确，没有什么比这更骇人的了。皮翁博看到的一张张脸，觉得仿佛是从地狱逋逃出来似的，当他的小个儿对手用平静而近乎美妙的笛声发出这要命的“能让我说完吗”，这时，他凝聚在内、不动声色的狂怒达到了极点。壁炉上的一颗钉子挂着一柄狭长的匕首，他向它扑过去，再冲向他女儿。那个年轻一点的公证人，还有一个证婚人赶了过来，拦在他与吉奈弗拉中间，巴尔托洛梅奥猛然掀倒那两个调解的人，脸涨得火样通红，闪闪发光的双眼比匕首的寒光还要吓人。吉奈弗拉面对着父亲，带着胜利的神色盯着他，缓步向他走去，双膝跪下。

“不！不！我不能下手。”他一面说着，一面用力把匕首掷了出去，一直插入护壁板内。

“那么给我开恩吧！给我开恩吧！”她说。“您不忍置我死命，又拒绝给我生命。噢，爸爸，我从未这样爱过您，把吕依吉给我吧！我跪着恳求您同意：女儿可以在父亲面前自惭形秽；给我吕依吉，否则我毋宁死。”

狂怒窒息着她，使她说不下去，她发不出声音来；她痉挛地挣扎着，说明情况严重。巴尔托洛梅奥将女儿一把推开。

“你逃走吧，”他说，“吕依吉·波尔塔的女人不能做皮翁博家的人。我没有女儿了！我没有力气来诅咒你；但我要抛弃你，你没有父亲了。”他按紧心窝，用深沉的声音喊着说：“我的吉奈弗拉·皮翁博就埋葬在这儿。”停了一会儿，他添上说：“你走吧，走吧，别再在我面前出现。”说完，他用胳臂挽着吉奈弗拉，默默无言地把她带出住宅。

“吕依吉，”吉奈弗拉一边走进军官那套简陋的房间，一边嚷着说，“我的吕依吉，我们除了爱情就一无所有了。”

“我们比人间的一切国王都要富有。”他回答。

“我的父亲和母亲把我抛弃了。”她愁容满面地说。

“那我替他们爱你。”

“我们会幸福的？”她在快乐之中带着害怕。

“永远会幸福的。”他一面回答，一面把她搂在心窝上。

吉奈弗拉离家的第二天，她去恳求赛尔万太太给她一个落脚的地方，保护她一直到同吕依吉·波尔塔结婚的法定日期。社会对于那些不遵从习俗的人，总是散播忧郁烦恼，从这儿开始，她初次尝到了滋味。赛尔万太太对吉奈弗拉的爱情历险给予她丈夫的损害非常恼火，冷冰冰地接待这个离家出走的女子，用彬彬有礼的话对她说，不要指望她的支持。年轻的科西嘉少女生性高傲，不再往下坚持，对这种自私自利，她还没有打惯交道，感到非常惊愕，于是她找到离吕依吉住地最近一间带家具出租的旅馆住下了。波尔塔家的儿子每天都来，整日在他未婚妻的脚下度过；这个被赶出家门的少女，父亲的斥责使她脑门上愁云密布；但他的爱情是年轻人的爱情，他的话语又纯真无邪，这才驱散了她的愁云。他给她描画的未来是这样美好，她终于露出笑容，却没有忘却双亲的严厉。

一天早上，旅馆的女仆给吉奈弗拉提来几只箱子，里面有布匹、衣服，年轻主妇治家的用品一应俱全；从这次送东西中，她看出一个母亲有先见之明的好心，在一件件翻看这些礼物的时候，她找到一个钱袋，男爵夫人在里面放上了她女儿分内的一笔钱。还加上她自己的私蓄。钱里夹着一封信，母亲在信上给女儿出谋划策，劝她放弃这倒霉的结婚计划，现在还为时未晚。信上说，为了给吉奈弗拉搞到这微薄的接济，天知道得多么小心谨慎；她恳求吉奈弗拉不要冤屈她心肠硬，她是由着人让吉奈弗拉被抛弃的；倘若吉奈弗拉要坚持到底，她怕爱莫能助了；她祝福吉奈弗拉，希望她在这生灾引祸的婚姻中找到幸福，并叫她放心，她心里只有她这个宝贝女儿。就在这儿，眼泪把信上的几个字都漫漶了。

“噢，妈妈！”吉奈弗拉感动得喊出声来。她真想投到母亲膝下，端详着她，能呼吸到家里有益身心的空气。吕依吉进来的当口，她已经要冲出去了；她瞧着他，血亲间的柔情便消失得无影无踪，眼泪也干枯了，她感到无力抛却这个身世不幸、情意绵绵的小伙子。她是一个高尚的人唯一的希望，她爱着他，却又要抛弃他……这种牺牲不啻是一种背叛，年轻的心灵是断然做不出的。吉奈弗拉心胸博大，她把自己的痛苦埋入心灵的深处。

结婚那一天终于到了。吉奈弗拉四顾无人。吕依吉趁她穿戴的工夫，找签结婚证书的证人去了。这些证人都是正直的人。有一个是以前的轻骑兵下士，在军队里曾受过吕依吉的恩典，那在正派人心中是永远不会磨灭的；他以出租马车为业，拥有几辆车。另一个是泥瓦业承包商，新婚夫妇要搬过去的那间新居，房东就是他。他们两个都有一个朋友陪着，然后四个人同吕依吉一道回来接新娘。这几位证人不习惯于社会上那一套装模作样，他们给吕依吉帮忙也等闲视之，穿着干净，并不奢华，婚礼那种欢乐的行列从他们身上丝毫也看不到。

吉奈弗拉为了同自己财产相衬，也打扮得非常简朴；但她的俏丽，气派这样高贵，这样庄重，几位证人一看到她，什么话都咽下去了，都觉得该恭维她才是；他们恭恭敬敬地向她致意，她也躬身作答；他们一声不响地瞧着她，唯有赞美而已。这种矜持在他们中间投下冰冷的气息。只有在相互平等的人们当中才会爆发出欢乐。这也是凑巧：这对未婚夫妇的周围，一切都是这样阴郁、沉重，丝毫反映不出他俩的幸福。

教堂和区政府离旅馆并不远。两个科西嘉人，后面跟着法律强加于他们的四个证人，为着简单从事，摆脱社会生活这一大场面的繁文缛节，他们便徒步当车。

在区政府的院子里，他们看到一溜车马，说明陪送的人很多。他们登上台阶，来到一个大厅，在那里的两对新婚夫妇，他们的幸福都指定在这一天，正不耐烦地等待着区长的到来。

吉奈弗拉挨着吕依吉，坐在一条长凳的边上，几个证人伫立着，没有坐的地方。

两个新娘，穿戴得花团锦簇，一身白纱婚服，系满丝带，缀满边饰、珠宝，戴着菊花花束编成的花环，亮晶晶的蓓蕾在面纱下颤动着；她们周围簇拥着欢天喜地的亲人，两人的母亲也在作陪，两个新娘既心满意足又惴惴不安地望着她们，人人的眼里都映出新嫁娘的幸福，每张脸都仿佛向她俩倾诉着祝愿。父亲们，证人们，兄弟们，姐妹们，来来往往，有如一群蜜蜂在落日余晖中翩飞。每个人都似乎懂得这一短暂时刻的价值：在人的一生中，心灵有一刻要处在往昔的夙愿和未来的许诺这两种希望之间。

看到这种场面，吉奈弗拉感到心房在膨胀，她挟紧吕依吉的臂膀，他对她望了一眼。泪水在年轻的科西嘉人的眼里滚动着，他以往任何时候也比不上现在更懂得吉奈弗拉为他所牺牲的一切。这宝贵的眼泪使少女忘却了她的被抛弃。爱情在两个情侣之间倾泻着智慧的宝藏，他们在这喧闹的场合只看到自己：他俩独处在这人群中，正如在生活中那样。他们的证人对仪式不感兴趣，安然地谈论着生意。

“荞麦价格十分昂贵。”那个下士对泥瓦业承包商说。

“按比例，它还没有像石灰这样贵。”承包商回答。

他们绕着大厅走。

“这儿真耗时间！”泥瓦业承包商一面嚷着，一面把一只银质大怀表放进衣袋里。

吕依吉和吉奈弗拉彼此紧靠着，仿佛要变作一个人似的。他们两个被同样的感情联结在一起，一样的气色，一样的抑郁和闷声不响，面前是这两个呶呶不休的婚礼，这闹闹嚷嚷的四家人，钻石和鲜花撩人眼目，他们的快乐不过转瞬即逝；但对他俩处在这一场面中，一个诗人是会赞赏不已的。这些喧嚣着的、光怪陆离的人群形之于外的一切快乐，吕依吉和吉奈弗拉都埋藏在心底。一边是欢乐的大吵大嚷；另一边是愉悦的灵魂细腻的沉默：一是地，一是天。但颤抖着的吉奈弗拉还不能完全脱尽妇女的弱点。她像意大利女子那样迷信，试着从眼前这一对比中看到一个预兆，心里保持着恐惧的心情，如同她的爱情一样不可克服。

突然，一个穿制服的公务员推开了双扇门，顿时悄没声儿，他的声音像吠声一样回响着，叫着吕依吉·达·波尔塔先生和吉奈弗拉·迪·皮翁博小姐的名字。这对未婚夫妇一时有点茫然失措。皮翁博这个名字的声望引起了注意，在场的人本想看到豪华的婚礼场面。吉奈弗拉站了起来，因倨傲而睨视着的双眼使全场的人都肃然起敬，她让吕依吉挽着胳臂，迈着坚定的步子走着，后面跟随着证人。一阵惊讶的窃窃私语声越来越响，大家都交头接耳，这使吉奈弗拉意识到，人们在询问她双亲缺席的原因：父亲的诅咒看来仍在她后面紧追不舍。

“等一下亲人。”区长对那个马上宣读婚约证书的职员说。

“父亲和母亲表示抗议。”秘书淡漠无情地回答。

“双方都这样？”区长又问。

“新郎是孤儿。”

“证人在哪儿？”

“在这儿。”秘书回答，一边指着那伫立不动，一言不发，抱着手臂，宛如雕像一般的四个证人。

“有没有抗议书？”区长问。

“有效证书手续都办妥了。”那职员回答，一面站起身把结婚证书的有关文件递给官员。

按照程序的这一问一答有点毫不容情，寥寥数语就包含着整篇故事。波尔塔家和皮翁博家的世仇，惊心动魄的激情，都一一写在身份证的一页上，好比坟墓上的一块石碑若干行就刻写了一个民族的编年史，有时甚至只镌刻着一个名字：罗伯斯庇尔或者拿破仑。

吉奈弗拉颤抖着。她像一只鸽子，飞越重洋，没有船只给她歇脚，她只能把目光暂歇在吕依吉的眼里，因为她周围一切都忧郁而冰冷。区长的神情透着不赞同和严厉，他的雇员不怀好意地望着这对夫妇，连一点儿节庆的氛围都没有。正如人类生活一样，万事万物去掉了附属部分，从思维上来说虽非常博大，但本身却很简单。这对夫妇回答了几句询问，区长喃喃地说了几句，他俩在登记簿上签了名，于是吕依吉和吉奈弗拉便算结合了。两个年轻的科西嘉人的结合，有着天才手笔写在《罗密欧与朱丽叶》中的诗情画意；他俩穿过两道人墙，这群快乐的亲戚没有一个是他俩的亲人，这门看来凄凄惨惨的婚事让他们等得几乎不耐烦了。等少女走到区政府的院子，站在天穹之下，从她胸臆中发出一声叹息。

“噢！我终身照料、坚贞不渝，还够不够报答我的吉奈弗拉，她的勇气和温存？”吕依吉对她说。

听到这句含着幸福的泪花说出的话，新娘忘却了痛苦悲酸；她因为面对着众人，索取家里拒绝同意的幸福而痛苦万分。

“这些人干吗夹道站在我们两边？”她稚气地说，逗得吕依吉乐了。

快乐使得这对新婚夫妇变得身轻如燕。他俩不看天，不看地，不看房屋，好像长上了双翼那样，一直飞往教堂。他俩来到一个幽暗的小礼拜堂，在一个素朴的祭坛前，一个年老的教士为他们的结合举行了仪式。同在区政府里一样，他们被那两个婚礼的人们包围着，缤纷的色彩折磨着他们。教堂里挤满了亲戚朋友，萦回着马车、教堂仆役、守门人和教士的嘈杂声。一个个祭坛都闪耀着教门里的奢华，装饰着圣母雕像的菊花花环看来是新编的。到处是鲜花、香气、闪烁的蜡炬，绣金线的绒布靠垫。上帝好像是这一日之欢的同谋。那包着闪闪发光的柔和的白缎子枷带，对有些人来说是轻的，而对大多数人来说却有铅样沉重；教士正要把这个永恒结合的象征物放到吕依吉和吉奈弗拉的头上时，却找不到完成这个快乐的祈愿的两个小男孩：只得让两个证人来代替。教士匆匆地对新婚夫妇教导一遍，如何对待生活的坎坷与责任，这些，有朝一日他们也要拿来教育自己的子女；说到这儿，他话锋一转，对吉奈弗拉双亲的缺席，做了旁敲侧击的责备；随后，他在上帝面前结合了他俩，正如区长在法律面前结合他俩一样，他做完弥撒就走了。

“愿上帝降福于他们！”韦尔涅奥下士在教堂的门廊下对泥瓦业承包商说。“从来还没有过这样天生造就的一对。这个姑娘的父母难道有毛病不成。我还没有见过比路易上校更勇敢的战士！要是人人的行动都像他一样，那么皇帝一定还会在位。”

老兵的祝福，这一天他们仅仅得到过这一次，像膏药一样敷在吉奈弗拉的心上。

他们握过手后就分手了，吕依吉恳挚地谢谢他的房东。

“再见，我的勇士，”吕依吉对下士说，“谢谢你。”

“甘愿为你效劳，上校。灵魂、肉体、马匹和车辆，我的一切都属于你。”

“他多爱你呀！”吉奈弗拉说。

吕依吉径直把新娘带往新居，一会儿他们就到达那套简朴的房间，门一关上，吕依吉就把妻子抱在怀里，嚷着说：

“噢！我的吉奈弗拉！现在你属于我了，这儿才是我们真正过节的地方。”他接着又说：“这儿，一切都对我们微笑。”

他俩一起在新居的三个房间里转了一圈。进门那间用作客厅和饭厅。右手那间是卧室，左手是间大工作室，吕依吉给他的爱妻安排好了，里面放着她的画架、颜料盒、石膏像、模型、木头躯体模具、画幅，皮包，总而言之，艺术家的全部家什。

“以后我就在这儿工作啦。”她稚气地说。她看了又看糊壁纸、家具，不时回身感谢吕依吉，在这偏隅一方的居处，有着一种豪华：一只书柜放着吉奈弗拉喜爱的书籍，尽里头放着一架钢琴。她坐在一张沙发榻上，把吕依吉拉到身边，捏紧他的手，声气柔和地说：

“你的趣味很高雅。”

“你的话叫我高兴死了。”他说。

“让我们样样都看一看。”吉奈弗拉提议，吕依吉布置这套房间一直不让她知道秘密。

他俩于是走向新房，新房像处女一样洁白鲜艳。

“噢！走呀。”吕依吉笑着说。

“我想样样都看一看。”

这时的吕依吉样样都得听她，她察看了家具，像古董商察看一枚勋章那样津津有味，细到无遗，她抚摩着丝织品，怀着新嫁娘摊开新郎给她的珍珠宝贝时那种率真的满足心情，样样浏览了一遍。

“我们一开始就得破产。”她半是快乐、半是忧郁地说。

“不错！那笔给我定期发放的津贴，余下的总数都用在上面了，”吕依吉回答，“我把它让给了一个叫吉戈奈的老头。”

“干吗要这样？”她接口说，责备的口气中隐含着暗暗的满意。“你以为我住在草棚棚里就不那么幸福了吗？”她又说：“不过，这一切都很漂亮美观，都是属于我们的。”

吕依吉满怀激情地端详着她，看得她垂下眼睛，他对她说：

“去看看其余的吧。”

在这三间房间的上面，就是顶层，有一间吕依吉专用的工作室，一间厨房和一间用人房间。吉奈弗拉对她的小天地心满意足，虽然邻屋那面宽阔的墙限制了她的视线，而且透进亮光的天井也很阴暗。两个恋人心里充满了欢乐，希望使未来变得多么美妙，他俩在这秘密的栖身之地，一味只愿看到迷人的图画。他俩蛰居在这幢大房子里，隐没在无垠的巴黎之中，正如蚌壳里的两颗珍珠，沉没在深海之中一样：对别的人这会是一座监狱，而对他俩这却是天堂。他俩结合的最初几天是属于爱情的。他们一时很难骤然投身于工作，还不能抵御激情的魅力。吕依吉在他妻子脚边一躺就是好几个小时，欣赏着她的发色、脑门的造型，眼眶的柔媚，拱形的眼白纯净洁白，眼珠慢悠悠地滑动着，表达出爱情如愿以偿的幸福。吉奈弗拉抚摩着吕依吉的长发，用她的话来说，对这个小伙子出众的俊美和脸容的细巧百看不厌；她一直被他举止的雍容大度所吸引，正如她以自己举止的妩媚始终吸引着他一样。他们如同孩子，任什么也能玩耍一通，区区小事总是最后返回到他们的激情上来，只是在沉浸于虚无缥缈的梦想时他们才停止嬉戏。吉奈弗拉唱起一个曲子，能使他俩回味爱情的各种美妙的细感。随后，他们合着步子，正如他们的灵魂结合在一起一样，跑遍原野，在花朵里，在苍穹上，在夕阳的炽烈的色彩中，处处都重新找到他们的爱情；一直到变幻莫测、在空中搏击的云彩上，他们都读到这爱情。每一天都与前一天绝不雷同，他们的爱情唯其真切，因而与日俱增。没有几天，他们就相互经受了考验，本能地看出，他们的心灵属于这一种：丰富多彩，取之不尽，仿佛始终能保证将来也有新的享受。无休无止的交谈，没完没了的话语，长时间的静默，东方式的休憩，激情奔放，这就是纯真的爱情。吕依吉和吉奈弗拉懂得了爱情包含的一切。爱情难道不就像大海一样吗？凡夫俗子浮皮潦草或者匆匆一瞥，就妄称它单调，而某些得天独厚的人却一生都在赞赏它，不断发现时时变幻的现象，令人心旷神怡。

但有一天，年轻夫妇预感到要走出这人间乐园了，要生活就必须工作。吉奈弗拉有临摹古画的专长，于是她就开始摹画，并在旧货商当中找到一批主顾。吕依吉在他那方面也十分积极找事做；但一个年轻军官，他的一切才干都限于精通战略，而在巴黎却很难找到工作。临了，有一日，由于一无成效而心灰意倦，看到生活的重担全都落在吉奈弗拉身上，他心头感到绝望。他想到可以利用自己的书法，他的字写得很漂亮。他的妻子给他做出了榜样，他于是也百折不挠地到巴黎的诉讼代理人、公证人和律师那里找活儿。他举止坦率，他的处境也有利于叫人强烈关切他，因而他找到不少誊写的事，以致不得不找一些年轻人协助。不知不觉地他大批揽起誊写的活儿来。他的誊写室的收入，和吉奈弗拉的画画所得，终于使这对年轻夫妇生活不愁了，唯其是自己劳动得来的，所以颇感自豪。对他们来说，这是生活中最美好的时刻。

光阴在忙于工作和爱情的欢乐之中飞逝而去。傍晚，辛勤工作过后，他俩幸福地重聚在吉奈弗拉的房间里。音乐使他们消却疲倦，得到安慰。愁容从未爬上少妇的面庞，使之黯然失色，她从来不叫一声苦。对着吕依吉她嘴角总是露出微笑，双眼炯炯放光。两人都珍惜占据他们心头的一个思想，这思想使他们在艰苦繁难的工作中找到乐趣：吉奈弗拉想着自己是为吕依吉工作，而吕依吉则想着为吉奈弗拉工作。

有时，丈夫不在身边的时候，少妇想到，如果这爱情生活是在她父母跟前度过的话，那她的幸福就尽善尽美了，于是她坠入深切的惆怅之中，感到悔恨的压力；阴惨惨的图画像皮影一样在她想象中掠过：她看到她的老父亲孑然一身，或者看到她的母亲在夜晚哭泣，躲着铁面无情的皮翁博掉泪；这两个白发苍苍、沉郁不欢的头陡然耸立在她面前，她觉得她只能在回想的奇异光辉下才能看到他们了。这种想法像预感一样纠缠着她。她送给丈夫一幅他一再想要的自画像，以此纪念结婚一周年。年轻的女艺术家还从没有创作过这样出色的画。惟妙惟肖尚且不说，她的俊丽焕发的光彩，她的感情的纯真，爱情的幸福，都像魔术般地再现出来。一幅杰作问世了。

他们又舒适地过了一年。他们的生活可以用这几个字来叙说：他们是幸福的。没有什么事值得提及。

一八一九年的初冬，画商们婉言相告，叫吉奈弗拉画一些别的东西，不要给他们临摹画了，因为随着竞争加剧，他们卖这些临摹画不再有利可图。波尔塔太太发现，以前没有练习画家庭风俗画，得到一点声誉，那是失算了，于是她下决心画肖像画；但她要同一批还不如她宽裕的艺术家竞争。不过，吕依吉和吉奈弗拉因为积蓄了一些钱，他们对未来并没有感到绝望。

这年冬末，吕依吉还一个劲儿地干活。他也有竞争者要对付：誊写价大大降低，他用不起人，只得花更多的时间工作，才能挣到同以前一样多的钱。他的妻子画好了几幅画，都不无价值；但画商只买有名气的艺术家的作品。吉奈弗拉杀价出让，仍然卖不出去。这对夫妇的景况有点儿惶惶然了；他们的心灵沉浸在幸福中，爱情展示它的宝库，他们应接不暇，在这无穷无尽的欢乐中，贫困有如骸骨一样矗立着，他们互相藏起自己的不安。吉奈弗拉看到她的吕依吉吃苦受累，几乎要落泪时，她就对他百般温存。同样，吕依吉对吉奈弗拉倾吐缠绵悱恻的情意时，却忧心如焚。他们想通过感情的发泄来抵消他们的不幸，而他们的话语，他们的欢乐，他们的嬉戏，都带着某种疯狂的烙印。他们对未来感到恐惧。有一种激情，它到第二天就要消失，或者被死亡所扼杀，或者被需要所窒息；还有什么样的感情，它的力量能同这种激情的力量相比呢？他们相互谈到拮据时，便感到需要自欺欺人，怀着同样的热情去攫取最微小的希望。

有一夜，吉奈弗拉环顾四周，找不到吕依吉，她全身悚然，一骨碌爬了起来。窄小的天井黑幢幢的墙上映出微弱的亮光，她猜到她的丈夫在连夜工作。吕依吉一俟他妻子睡熟，便上楼到他的工作室。四点敲响了，吉奈弗拉重新躺下，假装睡着，吕依吉困倦不堪地回到房间，吉奈弗拉痛苦地注视着这张俊美的面庞，工作和忧虑已经刻上了几许皱纹。

“为了我他才熬夜抄写的。”她哭泣着说。

一个念头止住了她的眼泪。她想到仿效吕依吉。当天白天，她到一个富有的版画商那里去，靠了一封介绍信，那是买她画的一个画商埃里·玛古斯把她举荐给那个商人的，她得到了一件上色的活儿。白天她画画和管家务；等到夜晚来临，她就给版画上色。这两个人，一往情深，上床那是为了下床。两人都假装睡着，这一个欺骗了那一个，这是出于忠贞不渝才离开的。有一夜，吕依吉累得发起寒热，他已不堪重压，积劳成疾了。他打开工作室的天窗，想呼吸一下清晨洁净的空气，摆脱掉难受。他往下瞧的时候，看到吉奈弗拉的灯投在墙上的亮光，不幸的人一切都明白了。他下了楼，轻手轻脚地行走，猝不及防地闯了进去，他的妻子正在画室给版画上色。

“噢！吉奈弗拉！”他喊着说。

她在椅子上痉挛地一跳，满脸通红。

“你累得筋疲力尽的时候，我能睡着吗？”她说。

“这样工作的权利是只属于我一个人的。当我知道，每片面包几乎都要你付出一滴血时，我能优哉游哉吗？”少妇回答，她热泪盈眶，“如果我不和你并力合作，我宁可死去。我们之间，不管是欢乐还是苦难，一切难道都不应该平分吗？”

“她感到发冷，”吕依吉绝望地嚷了起来。“把披巾盖严你的胸脯，我的吉奈弗拉，夜里又潮又凉。”

他俩走到窗前，少妇把头靠在她心上人的胸脯上，他挽着她的腰，两人都沉浸在缄默之中，凝视着天空，黎明慢慢地照亮了天穹。灰色的云彩急速地相继而过，东方越来越明亮了。

“你看见吗，”吉奈弗拉说，“这是一个预兆：我们会幸福的。”

“是的，在天国，”吕依吉苦笑着回答。“噢，吉奈弗拉！你抵得上天底下的一切财富……”

“我有你的心就够了。”她用欢乐的声调说。

“啊！我死而无怨了。”他接过来说，把她搂得紧紧的。他吻遍这张圣洁的脸，它已开始消失青春的鲜艳，但脸容依然这样柔和，这样甜蜜，他瞧着它总感到安慰。

“多么宁静呀！”吉奈弗拉说。“我的朋友，我觉得守夜有很大乐趣。黑夜的庄严真有感染力，它让人肃然起敬，它引人坠入遐想；一切都沉睡着，而我在守夜，这个想法里面我说不出有多大的力量。”

“啊！我的吉奈弗拉！并不是从今天开始，我感到你的心灵是多么细腻妩媚！你看黎明来了，你快去睡吧。”

“好的，”她回答，“如果我不是独个儿睡的话。

那一夜，当我发觉我的吕依吉撇开我熬夜时，我是多么痛苦难受呀！”

这两个年轻人同不幸做斗争的勇气，在一段时期之内有所收效；可是，那几乎总是使夫妻达到极乐境界的事儿，对他们却是不祥之兆：吉奈弗拉有了一个儿子，用民间的话来说，他“像白日一样美”。母爱的感情使少妇的力量翻了一番。吕依吉为了贴补吉奈弗拉产褥的费用借了债。开初，她并没有感到景况的拮据，夫妻俩都沉浸在抚养孩子的幸福之中。这是他们最后的幸福。正如两个游泳的人，合力破浪向前那样，两个科西嘉人最初勇敢地搏斗着；但往后他们不时失去了知觉，宛如死亡之前的沉睡。不久，他们不得不卖掉首饰。穷困倏然显现，它并不丑陋难看，而是穿着朴素，温和得可以忍受；它的嗓门一点儿不吓人，它身后并没有拖带着绝望，也没有拖带着幽灵和破衣烂衫；不过它叫人再也别想那舒适的日子和往昔的生活习惯了；它把傲气一步步销蚀了。然后来的是狰狞可怖的赤贫，对衣衫褴褛毫不在乎，把人类的一切感情都踩在脚下。小巴尔托洛梅奥出生七到八个月，给这个瘦弱的孩子喂奶的母亲，从她的身上已很难认出她就是四壁空空的卧房唯一的装饰品，那张出色的肖像的原型了，在严冬里也不生火，吉奈弗拉发觉自己的面庞秀美的轮廓慢慢地毁坏了，双颊变得像陶瓷一样苍白，眼睛也泛白，似乎生命的源泉在她身上正在枯竭。看到自己的孩子瘦削下去，面孔苍白无色，这么小就遭罪吃苦，她心如刀绞，而吕依吉则再也没有勇气对他的儿子露出笑容。

“我跑遍了巴黎，”他用微弱的声音说，“我一个人也不认识，怎么敢向毫不相干的人乞怜呢？我在埃及时的老战友，那个饲养牲畜的韦尔涅奥牵连进一次密谋中，被关进监狱，而他把自己所有的一切都借给了我，至于我们的房东，一年来根本没有问我们要过房租。”

“不过我们什么也不需要。”吉奈弗拉温柔地回答，装出平静的神色。

“每一天来临就多带来一层困难。”吕依吉惶惶然地说。

吕依吉拿走了吉奈弗拉所有的画，还有那幅肖像，几件家里还可以用不着的家具，以贱价出卖了，所得的钱使一家人苟延残喘了一些日子。在这些不幸的日子里，吉奈弗拉表现出她性格的崇高和忍耐的广度，她以苦行主义的精神忍受着痛苦的磨难；她坚强有力的心灵支持着自己抗灾御难，她的手虽然有气无力，却仍然在奄奄一息的儿子旁边工作着，她以奇迹般的活力料理家务，一切都应付过来了。吕依吉看到她把他们蛰居的唯一的房间打扫得干干净净，嘴角现出惊异的笑容，她瞧见时心里甚至可以说是幸福的。

“我的朋友，我给你留着这块面包。”有天夜里，吕依吉筋疲力尽地回来，她对他说。

“那你自己呢？”

“我，我已经吃过晚饭了，亲爱的吕依吉，我什么也不需要。”

这份她留下不吃的食物，催促着他去接受的，与其说是她的话，还不如说是她的脸庞柔情蜜意的表情。吕依吉搂着她，给她绝望的一吻，就像一七九三年那些一起登上断头台的人，临刑前朋友间的抱吻一样。在这崇高的时刻，两人肝胆相照。不幸的吕依吉骤然明白了，他的妻子在忍饥挨饿，由此他也分担着吞噬她的寒热，他浑身颤抖，推说有件紧急的事出去了，因为他宁愿吞下最烈性的毒药，也不愿嚼下家里的最后一块面包，免得饿死。他踯躅在巴黎光彩夺目的车马中，在这辱没人的、处处辉耀的奢华中；他飞快地走过兑换商的店铺，铺里，金子在闪闪发光；临了，他决意出卖自己，作为替身服兵役，希望以这一牺牲拯救吉奈弗拉，况且，他离开不在时，她可能会得到宽恕，回到巴尔托洛梅奥身边。他于是找到一个做这种替身生意的人，认出他就是帝国禁卫军的前军官，感到有点运气来了。

“我已经有两天没有吃东西了，”他用缓慢而衰弱的声调说，“我的妻子饿得奄奄待毙，却对我不发一声怨言，我想，她咽气时也会含笑的。”他苦笑着又添上一句：“我的同志，你行行好吧，先把我买下来吧，我很强壮，我已经过了应征的年龄，我……”

那个军官按吕依吉服兵役所能得到的款子，先预支了一部分给他。不幸的人抓到一把金币时，脸孔堆上一个痉挛的笑容，他拼命朝自己的家奔去，气喘吁吁，不时喊叫着：“噢，我的吉奈弗拉！吉奈弗拉！”他回到家里的时候，夜幕已开始降临。他悄悄地走进门口，生怕使他妻子过于激动，他走时她已经衰弱无力了。落日的余晖从天窗射进来，落在吉奈弗拉的面庞上，她坐在一张椅子上睡着了，怀里抱着孩子。

“你醒醒，我的心肝。”他说着，没有发觉他孩子的姿势，那孩子这时透着异乎寻常的光辉。

听到这唤声，那可怜的母亲睁开眼睛，遇上吕依吉的目光，露出了笑容；但吕依吉发出惊惶的叫声：当他用粗犷有力的手势给他的妻子指着金币时，他才刚刚发现她几乎变疯了。

吉奈弗拉开始机械地笑着，突然她用恐怖的声音嚷起来：“路易！孩子已经冰凉了。”她瞧着她的儿子，晕了过去，原来小巴尔托洛梅奥已经死了。吕依吉把妻子抱在怀里，却不能让她把孩子放下，她用难以理解的力气紧紧抱着；他将她放倒在床上，然后出去求援。

“噢，上帝！”在楼梯上他遇到房东，对房东说，“我有钱，而我的孩子饿死了，他的妈妈也奄奄一息，给我们帮帮忙吧！”

他像一个绝望的人回到妻子身边，让那个正直的泥瓦业承包商和几个邻居去打点照料，倾其所能来减轻这一至今不为人知的贫困，那两个科西嘉人出于自尊，一直小心翼翼地把它掩盖起来。吕依吉把他的金币都扔到地板上，跪在他妻子躺着的床头边。

“爸爸！照顾照顾我的儿子吧，他用的是您的名字。”吉奈弗拉在狂乱中喊着说。

“噢，我的安琪儿！你平静一点，”吕依吉抱着她，“好日子等待着我们呢。”

这话语和这温存使她稍稍平静了些。

“噢，我的路易！”她接着说，一面异乎寻常地注视着他，“你好好听我说。我觉得我要死了。我死是情理之中的，我太痛苦了，再说，像我这样得到无上幸福，也本该偿还。是的，我的吕依吉，你可以安心。我是这样得到过幸福，要是叫我从头开始生活，我还会接受我们这一命运。我是一个坏母亲：我留恋你，胜过留恋我的孩子。”她用深沉的声音添上说：“我的孩子。”两行眼泪从她快停止活力的眼夺眶而出，她霍地抱紧了尸体，她再也不能使它温热起来。她接着又说：“把我的长发交给我父亲，作为他的吉奈弗拉的纪念。你告诉他，我从没有归罪于他……”她的头跌落在她丈夫的臂膀上。

“不，你不能死，”吕依吉嚷着，“医生马上就来。我们有面包。你父亲就要宽恕地接待你。我们已经时来运转了。留下来同我们在一起吧，美丽的安琪儿！”

然而这颗忠贞不贰的、充满爱情的心变冷了，吉奈弗拉本能地把眼睛转向她热爱的心上人，虽然她对什么都已毫无感觉：模糊的影像出现在她脑际。这时她的脑子已接近于失去人世的一切记忆了。她知道吕依吉就在那里，因为她一直越来越有力地攥紧他冰凉的手，仿佛她以为要掉下悬崖，极力想驻留在上面。

“我的朋友，”末了她说，“你身上冰凉，我来让你热乎起来。”

她想把丈夫的手放在自己的心房上，但她这时咽了气。两个医生，一个教士，还有几个邻居这时踏进门来，带来了一切应用的物品，要救护这对夫妇，使他们消灾去难。这些来人开初闹哄哄的一片声嚷；可进屋之后，一片可怕的寂静便笼罩着这个房间。

正当这一幕发生的时候，巴尔托洛梅奥和他的妻子坐在古老的靠椅里，每人分占大壁炉的一角，熊熊的炉火刚够把这府邸的大客厅烧热。挂钟指着子夜。很久以来，老夫妇就夜不能寐了。此时此刻，他们默默无言，像两个返老还童的老人，眼睁睁瞧着，却什么也看不见。客厅里空荡荡的，但对他们却充满了回忆，只有一盏就要熄灭的灯微弱地照射着。要是没有炉里闪烁不定的焰火，他俩就处在漆黑之中了。他们的一个朋友刚刚离去，他拜访时坐的那张椅子放在两个科西嘉人的中间。皮翁博朝这张椅子瞥了不止一眼，这几眼带着深意，像是连绵不断的悔恨，原来这张空椅子就是吉奈弗拉的椅子。艾丽莎·皮翁博窥测着她丈夫苍白的脸上掠过的表情。虽然她已习惯于从他的脸容的剧烈变幻，猜出这个科西嘉人的感情，但是，这时他的脸容一忽儿咄咄逼人，一忽儿又忧郁惆怅，她怎样也猜不透这难以捉摸的心灵。

巴尔托洛梅奥是不是坠入到这张椅子唤起的强烈的回忆里呢？他是否看到这张椅子打从女儿走后，第一次被一个外人坐了，心里感到不是味儿呢？他宽恕的时刻，这一直白白等到如今的时刻，是不是已经敲响了呢？

这些思索一个接一个激动着艾丽莎·皮翁博的心。有一阵她丈夫的脸容变得这样可怕，她想壮着胆子，耍一个普通的花招，找个机会来谈论吉奈弗拉，她一面想一面簌簌发抖。这时，北风劲吹，把雪片刮落在百叶窗上，两个老人都听得见丝丝的响声。古奈弗拉的母亲埋下了头，不让她的丈夫看到她的眼泪。老人的胸膛忽地发出一声叹息，他的妻子注视着他，他显得衰颓不堪；三年来她第二次壮着胆子对他谈起女儿。

“吉奈弗拉大概会挨冻。”她柔声细气地嚷着说。皮翁博打了个寒噤。她继续说：“她说不定会挨饿。”科西嘉老人的眼泪止不住流下来。“她有一个孩子，却没法抚养，她的奶水干枯了。”母亲用绝望的声调冲动地又说。

“让她回来吧！让她回来吧！”皮翁博喊着。“噢，我亲爱的孩子！你战胜了我。”

母亲站起身来，好像要去找她的女儿。正在这时，门砰然打开了，一个人满脸都没有人样了，陡然出现在他们面前。

“她死了！我们两家都得相互毁灭，瞧，这就是她留下的一切。”他一面说，一面把吉奈弗拉黑油油的长发撂在桌上。

两个老人浑身颤抖，仿佛受到雷电的震击，一刹那眼前却不见了吕依吉。

“用不着我们放他一枪了，因为他已经死了。”巴尔托洛梅奥望着地上，慢慢地嚷着说。

1830 年 1 月于巴黎

长寿药水

一个冬夜，在斐拉拉[1]一个华丽的宫殿里，唐·璜·贝尔维戴罗在宴请一个埃斯特家族的公爵。那时的宴会，场面豪华得惊人，必须有王爷的豪富，或者有大老爷的声威，才能举行。七个兴高采烈的女人，软声款语，围坐一桌。香烟缭绕的蜡烛把桌面照得通明。四周全是杰作珍品，洁白的大理石雕像在红色的仿大理石壁板衬托下，分外显眼，同富丽堂皇的土耳其壁毯相互辉映。她们个个绫罗绸缎，珠光宝气，但她们的眼睛更加熠熠放光，每个人都吐露着奔放的热情，有如她们的美貌，个个不同。这不同既不在用词上，也不在思想上；神采、眼色、手势，抑或音调，都可以给她们的说话作出注解，表示放浪、淫

① 斐拉拉，意大利城市，一四三八年曾在该城召开主教会议，十五至十六世纪，在埃斯特诸公爵统治时期，出现繁荣局面。

邪、忧郁或者揶揄的情态。

有一个似乎在说："我的美丽会使老人冰冷的心重新炽热。"

另外一个似乎在说："我爱躺在靠垫上，神迷骨醉地想念那些对我倾倒的人。"

第三个是初次参加宴会，面有羞赧之色，她说："我内心感到负疚！我是天主教徒，我怕入地狱。但是，我太爱你了，啊，爱得神魂颠倒，甚至我可以为你牺牲来世得救。"

第四个将希俄斯[1]酒一饮而尽，嚷道："寻欢作乐万岁！清晨一到，我又从头生活一次。我忘却了过去，一味沉醉在昨夜的癫狂之中，每一夜，我都在汲取幸福的生活、情意绵绵的生活。"

挨着贝尔维戴罗的女人火辣辣地瞧着他。她先是不吭一声。这时她开口道："要是我的情人抛弃了我，我也不会依了那些好汉，把他杀死。"说完笑了起来，而她痉挛着的手却把一个刻工天衣无缝的金色瓷瓶打碎了。

"你什么时候当大公呀？"第六个女的嘴角露出刻毒万分的快乐神色，眼里荡漾着酒醉般的迷乱，她

① 希俄斯，希腊的一个岛屿，传说是荷马的诞生地，以产酒闻名。

这样问公爵。

“你呢，你的父亲什么时候死呀？”第七个笑着说，疯疯癫癫的，把手一扬，将花束掷给唐·璜。这是一个天真无邪的少女，惯于拿神圣的东西说笑。

“啊，别提了，”少年英俊的唐·璜·贝尔维戴罗嚷着说，“世界上如果只有一个长生不老的父亲，倒霉透了，那就是我的父亲！”

斐拉拉的七个交际花、唐·璜的男友和公爵本人一齐发出惊叫声。两百年后路易十五治下的风雅人士，也许会耻笑这种冲动。不过，欢宴刚开始时，头脑或许还能保持清醒吧？尽管烛火辉煌，热情迸发，金壶银壶撩人眼目，酒气氤氲，花枝招展的女人令人赏心悦目，但在内心深处，或许对人世间神圣的事物还能保存一点廉耻心？因为廉耻心直到宴席结尾被淹没在毕剥作响的酒沫之前，还会在那里挣扎。终于花儿败谢了，目光呆滞了，用拉伯雷的话来说，就是从头醉到脚了。在这静悄悄的当口，一扇门打开了；就像在巴尔塔查的宴会[①]上一样，上帝显灵了，他的替

---

① 巴尔塔查的宴会：传说巴比伦王巴尔塔查在一次夜宴中，卖弄他有一只神壶，这时突然出现了一只手，在墙上写下几个神秘的字。一个先知说，这是上帝显灵的手，预示巴尔塔查末日已到。当夜西吕斯通过干涸的河道，潜入巴比伦，巴尔塔查被杀身死。

身是一个白发苍苍，举止颤抖，双眉紧蹙的老仆；他愁容满面地走进来，花冠、镀金的银酒杯、堆成了尖儿的水果、节庆的光辉、绯红的惊讶的脸孔、被女人的白臂膀弄乱了的五颜六色的靠垫，他只扫了一眼，便全都黯然失色；末了，他用喑哑的声音说了这几个阴惨惨的字，给这疯狂的场面戴上了黑纱。“大少爷，老爷快断气了。”

唐·璜站了起来，对客人们做了个手势，仿佛说：“请原谅，这事真不赶巧。”

年轻人在花天酒地、滥喝狂饮之时，父亲的死不总是猝然而至的吗？死神爱滥施淫威，倏然来临，犹如交际花喜新厌旧，说分就分一样；不过死神更加可靠忠实，从不欺骗任何人。

唐·璜关上大厅的门，步入冷清幽暗的长廊，他竭力拿起戏台的功架；因为想到要扮演儿子的角色，他像扔下餐巾一样，把快乐全去尽了。夜晚黑沉沉的。仆人一言不发，也不好好给他的主人照明，把年轻人一直带往垂危病人的房间去。大概死神靠了寒冷、寂静、黑暗、醉意的帮助，让这个浪荡子脑子也思索了吧。他回首往事，宛如一个步向法庭的被告一样，变得沉思默想了。

唐·璜的父亲巴尔托洛梅奥·贝尔维戴罗是个九十老翁，大半生从事经商。他到过东方不少神奇的地方，挣得了巨大的财富，见多识广，据他说，这比金银财宝还要宝贵，而那时他已经不愁钱财了。他有时笑着嚷道："我爱一颗牙齿胜过爱一颗宝石，我爱权力胜过爱学问。"这个好父亲喜欢听唐·璜给他讲青年人的鲁莽行为，一面塞给他钱，一面半开玩笑地说："好孩子，只管胡闹取乐吧。"这个老人看到年轻人就感到快慰，看到生命这样光华灿烂，出于父爱，他便变得年轻了似的。

巴尔托洛梅奥六十岁上爱上了一个娴静美丽的安琪儿。唐·璜就是这姗姗来迟和短暂的爱情唯一的果实。十五年来，老人一直哀痛失去了他亲爱的朱亚娜。眼前这众多的仆役和他的儿子，更增加老人的痛苦，使他养成奇怪的习惯。巴尔托洛梅奥蛰伏在他的宫邸最不舒适的角隅里，深居简出，连唐·璜没有得到许可，也不能进入他父亲的房间。这个自己作成的隐士，偶尔在宫邸或斐拉拉的街上行走，就好像他在找寻一件丢失了的东西似的；他一边走，一边若有所思，游移不定，心事重重，活像一个被思念或回忆折磨着的人。他的儿子举行盛宴，宫邸里响彻欢乐的喧嚣声，庭院里传来马蹄的踢趵声，家臣在台阶上掷骰子，争吵不休，而巴尔托洛梅奥却在那里天天吃着七盎司面包，喝着清水。倘若他要吃一点家禽的话，那是要将骨头去喂他忠实的伴侣，一条黑鬈毛狗。他从不抱怨吵闹声。他生病期间，如果号角声和狗吠声把他从睡梦中惊醒，他也只是说一句："啊！是唐·璜回来了！"这地方还从未碰见过一个这样随和、这样宽容的父亲；因而小贝尔维戴罗对他随便惯了，宠坏了的孩子的一切毛病便全都有了；父子生活在一起，恰如一个任性的交际花同一个老头子姘居一样，他对她的放肆一笑置之，恁怎的也是好脾气，为的是得到她的爱。

唐·璜在脑子里重新勾勒出他年轻时的这幅图画，他感到，要在父亲的善良上挑疵是很难的。这时，他内心油然而生一丝内疚。走出长廊时，他几乎要原谅父亲活得这么长久。他又回复到孝道情感上来，好比一个小偷，由于可以享受一份巧妙偷来的百万家财，重又变成正派人一样。紧接着年轻人穿过好几个又高又冷的厅堂，那都是他父亲的住室。他忍受着潮气的侵袭，呼吸着溢满灰尘的古老壁毯和橱柜发出的重浊空气和哈喇味，然后来到老人古色古香的卧房，站在令人作呕的床前，挨近几乎就要熄灭的炉火。哥特式的桌子上，放着一盏灯，忽明忽暗，一闪一闪地照射着床，使老人的脸变幻不定。寒风透过没有关严的窗户呼呼地吹进来；雪花刮落在玻璃上，发出微微的响声。这个场面同唐·璜刚刚离开的一幕是这样截然不同，他不禁悚然而栗。当他走近床边时，一阵狂风把强烈的光柱吹送过去，照亮了他父亲的头，他感到周身发冷：父亲的脸容已经不成样子了，紧紧包着骨头的皮呈现出暗绿色，给老人枕着的枕头的白颜色一衬，显得格外可怖；嘴巴因痛苦而抽搐着，半闭半合，牙齿全无，不时发出叹息，这一星半点的精力全仗着暴风雪的呼啸支持。虽然有这些奄奄待毙的标志，他的头依旧赫然地显出一种令人难以相信的力量，里面有一种不同寻常的精神在和死亡斗争着。病得眍了下去的双眼，直勾勾地定得出奇。仿佛巴尔托洛梅奥想以垂危的目光，杀死一个坐在床脚的敌人似的。这定定的冰冷的目光显得特别可怕，因为他的头就像放在医生桌上的骷髅一样木然不动。床单完全画出了他身体的形状，显出老人的躯体也同样是僵直的。除了眼睛，一切都死了。嘴里发出的声响最后也变得机械了。唐·璜怀里揣着交际花的花束，身上带着宴会的芬芳和酒气，他对自己这样来到垂危的父亲床边感到稍许的羞耻。

“你在寻欢作乐！”老人瞅见儿子，这样叫道。

就在这时，响起了一个歌女清彻而又轻佻的歌声；这歌女迷住了宾客，为她伴奏的提琴和声使她更加气足胆壮；歌声盖过了暴风雪的怒吼，一直传到这个阴森森的房间。唐·璜不想对父亲作出粗野的肯定的回答。

巴尔托洛梅奥说：“孩子，我不怪罪你。”

这好心好意的话叫唐·璜很不自在，因为这叫人难堪的好心，唐·璜不能原谅他的父亲。

“父亲，我可内疚之至！”他虚伪地说。

“可怜的朱亚尼诺，”垂危的病人用微弱的声音又说，“我一直对你温厚和蔼，你总不至于希望我死吧？”

“噢！”唐·璜喊道，“要能把我的生命给您一部分，让您起死回生，那该多好呀！”

这个纨绔子心想："这类大话怎么说都可以，就好像我说要把世界献给情妇一样！"

他刚这样想完，那条老鬈毛狗就吠叫起来。这富有深意的吠声叫唐·璜毛骨悚然，他以为狗知道了他的想法。

奄奄一息的病人嚷着说：

"孩子，我深信我可以信赖你。我会活下去。对，你会高兴的。我会活下去，不过，属于你的，连一天也不需要夺走。"

"他在痴人说梦。"唐·璜思忖着。他高声接口道："是呀，亲爱的爸爸，您会活下去，像我一样，因为您的影像会一直留在我的心中。"

"我不是指这么活法，"老领主边说边使尽气力，想坐起来，垂危的人在床头总有这样一种错觉，现在他就被这种错觉激动着。他说下去，由于这最后的努力，他的声音愈加微弱了。"孩子，你听着，我不想死，就像你不能没有情妇、美酒、骏马、鹰隼、猎狗和金钱一样。"

"我完全相信。"儿子边想边跪在床头边，吻着巴尔托洛梅奥那只像死人一样的手。他大声说："但是，爸爸，我亲爱的爸爸，必须要服从上帝的意志呀。”

“上帝就是我！”老人喃喃地说。

“不要亵渎上帝，”年轻人看到他父亲的脸容咄咄逼人，嚷了起来。“您要自重，您已经行过临终圣礼，看着您死了，还是个罪人，我会得不到安慰的。”

“听我说好不好！”垂死的老人咂着嘴，叫道。

唐·璜不说话了。四周笼罩着可怖的寂静。透过雪花沉滞的沙沙声，还能传来提琴和声以及美妙的歌声，但微弱得像晨曦一般。垂危的老人微笑了。

“谢谢你邀请了歌女，引来了音乐！欢宴，年轻美丽、黑发白肤的女人，还有生活的一切乐趣，这些你都让它们驻足长在，我就要再生了。”

“热昏达到了顶点。”唐·璜这样想。

“我发现了一种起死回生的方法。瞧！到桌子抽屉里找一找，金属小狗下面藏着一个暗钮，一按就可以把抽屉打开。”

“爸爸，我有数了。”

“里面有只小水晶瓶，把它拿出来。”

“在这儿。”

“我用了二十年……”这时，老人感到末日临近，集中全身精力，说道："一旦我咽下最后一口气，你就用这种药水涂抹我全身，那时我就会再生。"

"药水只有一点儿。"年轻人回答说。

巴尔托洛梅奥已不再能说话了，但他还能听和看；听到这句话，他的头突然可怕地一扭，转向唐·璜，他的脖颈保持着扭的状态，有如一座大理石雕像，雕刻家有意让他的脖子侧转着。他睁大了的眼睛一动不动，十分可怖。他已经死了，就在失去了他唯一的，也是最后的幻想的同时死去了。他本想在儿子的心中找到安乐的处所，但找到的却是一座坟墓，比一般人死时安葬的更要深邃的坟墓。他的头发因恐惧而变得乱糟糟，他的痉挛的目光似乎还在表达心声。这是一个从坟墓中愤然而起，向上帝要求复仇的父亲！

"啊！老家伙死了。"唐·璜嚷着说。

他急忙把神秘的水晶瓶凑到灯光下，好像一个酒鬼酒醉饭饱，端详着他的酒瓶一样。他没有看到他父亲的眼珠已经泛白。狗张着嘴来回瞧着它死去的主人和药水，唐·璜也轮流端看着他的父亲和瓶子。灯光摇曳不定。周围万籁俱寂，提琴已经悄然无声。唐·璜·贝尔维戴罗以为看到父亲在动弹，吓得心惊胆战。他害怕父亲控告似的眼睛直勾勾的表情，于是把他的眼皮阖上，好似一夜秋风吹打过的百叶窗，他去把它推上一般。他站着，一动不动，陷入浮想联翩之中。

突然，一声尖厉的响声，像生锈的发条发出的声音，打破了寂静。唐·璜吃了一惊，药瓶差点儿掉了下来。比匕首的钢刃还要冰冷的冷汗从毛孔渗了出来。从一座挂钟的上面，跑出一只涂彩的木制公鸡，喔喔喔地叫了三下。这是一架精巧的机器，是当时的学者用来按时叫醒自己起床工作的那一种。晨曦已经染红了窗户。唐·璜思索了十个钟头。这座古老的挂钟忠于职守，胜过他对父亲应尽的责任。这架机器由木头、滑轮、绳索、齿轮组成，而他则有这部人类特有的机器，叫作心。多疑的唐·璜怕一不小心把这神秘的液体报销了，便把瓶子放回哥特式的小桌抽屉里。在这庄严的时刻，他听到回廊里传来一阵轻微的嘈杂声：模糊不清的说话声、压抑着的笑声、放轻的脚步声、衣裙的窸窣声，最后是一队欢乐的人群尽量屏息静气的响声。门打开了，公爵、唐·璜的朋友们、七个交际花、歌女们乱哄哄地出现了，那情景十分出奇，就像朝阳同蜡烛苍白的光焰相互辉映，舞女们被晨曦惊呆了的那种场面。他们都到这儿来，是按惯例来安慰年轻的继承人。

“嘿！可怜的唐·璜倒真是看重父亲的死呢。”公爵凑在拉·布朗比拉的耳旁说。

“不过他父亲也真是个好人。”她答道。

唐·璜经过一夜的思索，脸容给人以强烈感染，这群人不由得缄默不语了。男人们肃立不动。那些女人，嘴唇被酒炙干了，面颊布满了吻印，她们跪下来开始祈祷。唐·璜看见这光辉、欢乐、笑声、歌声、青春、美丽、精力，总之，代表着人生命力的东西，竟然跪在死亡面前，便不禁战栗起来。但在这迷人的意大利，寻欢作乐和宗教是成双配对的，宗教在那里是作乐寻欢，而寻欢作乐在那里则是一种宗教！公爵诚挚地握着唐·璜的手，之后，每张脸都同时现出半是悲愁、半是淡漠的怪相，这伙人然后便像鬼怪般消失了，留下了空荡荡的大厅。这就是生活的一幅缩影！

公爵下楼时对拉·丽娃芭莱拉说：

“嗨！谁料到唐·璜平时真会装成不肖子？他爱他父亲！”

“你注意到那条黑狗吗？”拉·布朗比拉问道。

“他现在可成了巨富啦！”比昂卡·卡瓦托莉诺感叹地说。

“我才不稀罕呢！”那个打碎了瓷瓶的、骄傲的梵罗妮丝喊道。

“什么，你不稀罕？”公爵嚷了起来，“他有了钱，就同我这个公爵一样了。”

唐·璜先是千头万绪，左右考虑，犹豫不决。摸清了他父亲攒下的财富之后，他在傍晚回到那间吊丧的房间，可怕的利己心充塞着他的心灵。他家所有的人都在房间里，忙着装饰灵床，老爷的遗体明天就安放在上面，灵床将置于一间庄严的法堂中间，全斐拉拉的人都要来瞻仰这吸引人的场面。唐·璜做了个手势，所有的人都停了下来，缄口不语，索索发抖。

“你们都出去，”他说话时声音都变了，“等我离开你们再进来。”

等到最后一个离开房间的老仆，脚步渐渐在石板上远去，唐·璜赶快关上门，感到确是单独一个人了，他才嚷道：“试他一试！”

巴尔托洛梅奥的遗体躺在一张长桌上。极度的老朽和瘦弱往往使尸体变得如同一副骸骨一样，为了不让人看到这丑恶的景象，整理尸体的人在上面覆盖了一张床单，除了头以外，把全身都包了起来。这具木乃伊一般的尸体躺在房间中央；床单自然是柔软的，模糊地勾勒出尸体的形状，显得有棱有角、僵硬挺直和细长狭窄。脸孔已经出现大块紫斑，表明需要立即做完保存尸体的工作。唐·璜自恃有怀疑论的武装，但他打开这神奇的水晶瓶的瓶塞时，还是颤抖起来。他靠近尸体头部时，因抖得太厉害，甚至不得不停了一忽儿。然而，这个年轻人对宫廷的穷奢极欲很在行，早已被败坏了；他像于班公爵那样思索了一下，加上好奇心的刺激，马上来了勇气。似乎魔鬼提醒了他这几个字，在他心头回响着："把药水涂在一只眼上！"他拿了一块布，吝惜地蘸湿了宝贵的药水，轻轻地涂在尸体的右眼皮上。那只眼张开了。

"哎呀！"唐·璜叫了一声，同时攥紧药瓶，就像做梦吊在悬崖上，抓紧了旁边的一根树枝一样。

他看到一只充满生机的眼睛，一只孩子的眼睛竟在一具死尸的脸上，这只水汪汪的眼睛闪烁着光芒！它被美丽的黑眼睫毛保护着，犹如在冬夜荒漠的原野上，行路人所看见的孤独的亮光那样，一闪一闪的。这只炯炯放光的眼睛，似乎要扑向唐·璜，它在思索、在控告、在谴责、在威吓、在判决、在说话、在叫喊、在咬啮。人类的种种情愫都在那里激荡着。最动人的哀告都呈现出来，先是像国王的发怒，然后像少女的爱情，她在要求原宥她的负心人，末了像临刑前的人那样，踏上绞刑架的最后一级台阶，向人群投射出深沉的一瞥。在这一小块生命体中，爆发出这么多的生机，使唐·璜吓得后退了；他在房间里踱来踱去，不敢正视这只眼睛，却在天花板和壁毯上又遇上了。房里仿佛四散着充满火、生命、智力的尖刺。到处都闪烁着眼睛，在他背后紧追不舍！

唐·璜像被什么拉着似的，回到父亲面前，当他瞧着这只亮闪闪的眼睛时，便禁不住嚷道："它会再活一百年。"

突然，似乎有理解力的眼皮闭拢了，忽地又张开了，仿佛一个女人表示同意的动作。好像有个声音在喊着："会的！"唐·璜越发感到恐惧。

"怎么办？"他思忖着。他居然还有胆量试着去合拢这苍白的眼皮。但他怎样也做不到。

“把眼睛挖出来呢？说不定这是犯杀父之罪？”他自言自语地说。

“会的。”那只眼睛带着令人吃惊的讽刺意味，眨了一眨，似乎在说。

“嘿！嘿！”唐·璜嘴里叫着，“里面真有魔法不成。”他挨近眼睛，要砸碎它。一颗豆大的眼泪滚到尸体深陷的脸颊上，然后落在唐·璜的手上。

“眼泪是滚烫的呢。”他坐了下来。

这场斗争使他筋疲力尽，仿佛他学雅各[①]的样，同天使格斗了一场。

临了，他站起来喃喃自语说：“但愿里面没有血！”说完以后，鼓足勇气，不再怯懦了，他砸碎了那只眼睛，用布在上面扎紧，而扎时不敢瞧着它。这时可以听到一声意料不到的、凄厉的呻吟。可怜的鬈毛狗叫唤着死去了。

“大概狗知道这秘密。”唐·璜瞅着这只义犬，心里想。

唐·璜·贝尔维戴罗被人称为孝子。他在父亲的坟上立了一个白色大理石的纪念碑，聘请当时最有

---

① 雅各：《圣经》中的人物，传说他曾打赢一个天使。

名的艺术家制作雕像。他父亲的石像跪在代表宗教的神灵面前；当这座沉重的像安放在墓穴上的时候，他也把心劳神疲时磨蹭着他心房的、平生仅有的那点内疚一同埋入里面，这时，他才感到完全心安理得。等到他把老东方学家积聚的巨大财富作出清单，唐·璜就变成吝啬鬼了，人生他要过两次，难道不都需要钱吗？他深谋远虑的目光，看透了社会生活的准则，他通过坟墓去看万千世界，也就更一览无余。他剖析人与事，为的是一下子就摆脱代表历史的往昔，摆脱法律所孕育的现在，摆脱各种宗教所揭示的未来。他攫住灵魂与物质熔于一炉，一切便化为乌有，自此以后，他成为真正的唐·璜！

他年轻、漂亮，驾驭着生活中的幻想，投身于生活之中，蔑视世界，掌握着世界。他的幸福不在于这种平民所认为的无上幸福：隔些时候吃顿炖肉，冬天有汤婆子热床，晚上有灯照明，每季能穿上新拖鞋。不，他攫取生活就像猴子摘到一颗核桃，不愿多玩一会儿，就熟练地剥掉果壳，品尝美味的果仁。人类情感的诗意和崇高冲动全被他踩到脚底下。有些有权势的人，有时以为小人物是信赖大人物的，于是就想，拿关于未来的崇高思想去兑换领取终身年金的卑微想法总是可以吧；唐·璜绝不犯这些人的错误。但却像他们一样，脚迈方步，昂首朝天；而他更喜欢坐在那里，抱吻不止一个温柔的、鲜艳的、香气扑鼻的女人；因为他如同死神一样，所过之处，肆无忌惮地吞噬一空，企望着一种占有的爱情，一种东方的爱情，那是欢情长久而又容易到手的。他只爱富于女性的女人，对于自己心灵自然流露的姿态，他总是加以自嘲。当他的情妇们在床上沉醉销魂时，他也跟着她们，显得庄重、感情充沛、真心诚意，犹如德国的大学生那样。他的情妇疯癫狂乱，口里说着"咱们、咱们"的，而他只说"我"怎样怎样！他会巧妙地装作被女人牵着走。他手腕高明，总叫她相信，他就像舞会上的一个年轻学生对第一个舞伴说"你爱跳舞"时那样瑟缩发抖。但到时候他也会吼叫起来，拔剑显威，制服骑士武夫。他会素朴之中带讥讽，眼泪里头含笑容；他会像一个女人，对她的丈夫说："给我一辆马车，否则我要得肺病死的。"一边说一边哭泣起来。对商人来说，世界就是一小包货物，抑或一堆流通券；对大多数年轻人来说，这是一个女人；对某些女人来说，这是一个男人；对于有些才子来说，这是一个沙龙，一个小团体，一个区，一座城市；对唐·璜来说，宇宙就是他自己！他风度翩翩，雍容大度，才思诱人，凡是奇方异域，他无不系舟上岸；虽然要让人带路，但他只去自己愿去的地方。他见的越多，怀疑的东西也就越多。对各种人进行考察时，他常常发现，勇敢无非就是大胆一点，谨慎其实是一种胆怯，豪爽则是狡黠，公理实际上是罪行，文雅那是愚蠢，诚实只是某种素质。奇怪的是，好像这是命运安排好了似的，他又发现，真正诚实、文雅、正直、豪爽、谨慎和勇敢的人，是得不到人们的任何尊敬的。

“多么冷酷的作弄呀！”他思忖道。“作弄并非来自上帝。”

从此以后他抛弃了来世普度的信念，听到念神的名字也从不脱帽，把教堂里的圣徒石像都看作艺术品。他这样了解了人类社会的结构之后，就永远不去太过触犯偏见了，因为他还不像刽子手那样强大。他以对待做礼拜那种潇洒和睿智来回避社会法律。说实在，他就是莫里哀的唐·璜、歌德的浮士德、拜伦的曼弗莱德和梅图林的梅莫特一类的典型。这些伟大形象都是欧洲最伟大的天才塑造的，莫扎特的和声，罗西尼[①]的琴弦也不会使它们失色！人身上存在着的恶的原则，使这些可怕的形象永垂不朽，今后世世代代还会产生这一类的人：这个典型或者会显现为米拉波[②]那样的政治家，善于会谈；或者像拿破仑那样，满足于静悄悄地行动；或者像神圣的拉伯雷，敢于针砭时弊；或者像黎希留元帅[③]那样，只嘲笑人，而不冒渎事；或者更进一步，像我国最著名的大使那样，评人论事，皆机锋犀利。而所有这些，唐·璜·贝尔维戴罗深邃的才具早就包括尽了。他嘲弄一切。他的存在就是对人、对事物、对建制、对观念的一种讽刺。他曾同教皇朱利乌斯二世[④]就来世的问题自由交谈了半小时，谈话末了，他对教皇笑着说：

“如果非要选择不可，那我宁愿信仰上帝，而不是魔鬼；无所不能而又心地善良，比起恶之神，总是

① 莫扎特（1756—1791），奥地利作曲家；罗西尼（1792—1868），意大利作曲家。
② 米拉波（1749—1791），法国大革命时期资产阶级右翼的代表人物。
③ 黎希留元帅（1696—1788），系红衣主教黎希留的侄孙，在路易十四宫廷、摄政时期和路易十五时期起过重要作用。
④ 朱利乌斯二世（1503—1513在位），即朱利亚诺·德拉·罗韦雷，他建立了冈布雷同盟对抗威尼斯人（1508），建立了神圣同盟对抗法国（1511），他保护米开朗琪罗和拉斐尔等艺术家，兴建罗马圣彼得教堂。

更有法力。”

“是的，在这人寰，人人都要忏悔，却是上帝的意愿……”

“因此，你就老想着自身的宽恕吗？”唐·璜·贝尔维戴罗答道。“噢，为了忏悔今世的错事，我还有整整一个来世呢。”

“噢！如果你这样来理解晚年，”教皇嚷道，“你可小心要被奉为圣徒呢。”

“自你荣升教皇之位以后，一切都在可以企望之列了。”

两人边走边看到工人在忙于建造献给圣彼得的宏大教堂。

“圣彼得是天才人物，他为我们创造了过两世的能力，”教皇对唐·璜说，“因此值得为他建造这个纪念教堂。但有时我在夜里想，洪水也不会饶过它吧，于是一切又得重新开始……”

唐·璜和教皇都笑了起来，他们彼此都会意。第二天，只有笨伯才会同朱利乌斯二世一起到拉斐尔家或者到优雅的玛达玛别墅去玩乐；而唐·璜·贝尔维戴罗要看他全副教皇披戴地做祈祷，以证实自己的怀疑。在大事铺张的场合下，拉·罗韦雷可能会说出另一番话，大谈神的启示。

然而，这个传说在此提及，不是给那些想写唐·璜生平回忆录的人提供材料，目的是向那些正直的人们证明，唐·璜·贝尔维戴罗并没有在同石像决斗中死去，像有些石印画家想叫人相信的那样。等唐·璜·贝尔维戴罗到了花甲之年，他便在西班牙定居。就在那里，在他的垂暮之年，他娶了一个年轻的、迷人的安达卢西亚姑娘。但他太过有心计了，既不是个好父亲，也不是个好丈夫。他早年发现，那些男人不怎么向往的女人，反倒爱得尤为热烈。堂娜·爱尔薇尔在安达卢西亚的内地，离圣—吕卡尔几里远的一座宫堡里，由她的老婶娘抚养长大，圣洁无瑕，婚后一往情深，妩媚可爱。唐·璜看出，这个妙龄女郎，做了妻子，未经长久地争斗，是不会向情欲让步的，他便希望直到他死，能让她保持贞洁。这是他等到晚年才开的一个严肃的玩笑，才玩的一局棋。唐·璜已有他的父亲巴尔托洛梅奥犯过错误的前车之鉴，决意要使他晚年的细小行动都为最后一幕戏的成功服务，这幕戏要在他的灵床上最后告终。就这样，他的大部分财产都埋在他难得去的斐拉拉宫里的地窖中。其余财产都存放为终身年金，以便在他的余生中可以吸引他的妻子儿女，这是他的父亲早先干过的一种欺骗；但是这种玩弄诡计在他也是多余。他的儿子，年轻的菲力普·贝尔维戴罗，变成一个笃信宗教的西班牙人，正如他的父亲变得轻侮宗教一样，应了这一句谚语：父亲吝啬，儿子浪荡。唐·璜挑选了圣一吕卡尔修道院院长，引导贝尔维戴罗公爵夫人和菲力普的良心。这个教士是个圣洁的人，身段优美，绝顶匀称，美丽的黑眼睛，提拜尔[1]式的头颅，因节食而显得疲塌不振，因宗教苦行而变得苍白无色，一副天天受欲望诱惑的神态，大凡隐修士莫不如此。老领主也许还想在他有生之年，再戕害一个教士。然而，抑或是神父同唐·璜一样厉害，抑或是堂娜·爱尔薇尔有着比西班牙这个国度赋予妇女的更多的谨慎或德行，唐·璜只得像一个老乡村本堂神父那样，度过他的余日，家里没有发生什么丑事。有时，他的儿子或妻子没有尽到宗教责任，给他碰到了，他感到快意，于是严令他们履行罗马教廷给信徒规定的职守。末了，当

① 提拜尔（公元前 42—37 在位），罗马帝国的第二个皇帝。

他听到风雅的圣—吕卡尔修道院神父、堂娜·爱尔薇尔和菲力普专心致志地讨论某个品行难题，就感到特别的高兴。然而，唐·璜·贝尔维戴罗老爷尽管百般保养自己，他的衰老之期还是来临了；伴随着这痛苦的年龄，紧接着而来的是无能为力的呻吟，对自己沸腾的青年时代和在欲海浮沉的成熟时期越是忆思联翩，这呻吟就越加揪心。这个人，他的最高的嘲讽就是让别人相信他嘲笑的法律和准则，而他天天晚上却枕着“或许能行”的担心入睡！这个公爵，曾是风雅言谈的楷模，欢宴中总是这样精神旺盛，宫廷里总是这样仪表堂堂，又是风流倜傥，女人都为他内心绞得像农民拧柳条绳似的。这个有才能的人物，如今得了顽固的呕吐症，讨厌的坐骨神经痛，厉害的风痛症。他的牙齿一个个脱落，恰如晚会结束时，最为洁白、装束最美的贵妇相继离去，留下空落落的、没有家具的大厅。最后，他孔武有力的双手变得颤抖了，他灵活自如的双腿变得踉踉跄跄了，一天晚上，中风症用它冰凉而钩曲的爪子扼住了他的咽喉。打这致命之日起，他变得阴郁而严酷。他指责儿子和妻子的忠心耿耿，认为他们之所以这样细心地、无微不至地照料，是因为他把全部家产都存作终身年金了。爱尔薇尔和菲力普流下有苦难言的眼泪，对狡狯的老头倍加温存，于是老头对他们说话时裂帛似的声音变得和蔼了：

“朋友们，我的爱妻，你们原谅我了，是不是？我有点在折磨你们。啊！上帝！你干吗用我来考验这两个天使呢？我本该叫他们快乐，却反倒成了他们的灾难。”

就这样，他把妻子和儿子叫到枕边，花了个把钟头，又是抚慰，又是假惺惺地温存，施展用之不竭的新花样，叫他们忘却成年累月的使性和虐待。这套父道，他成功地运用着，无可比拟地远胜过从前他父亲对他所使的那一套。终于，他病入膏肓，把他抬到床上，搬动起来竟好似把一艘小帆船放入一条危险的航道那样。临终的那一天来到了。这个显赫一时、相信怀疑论的人，一切机能都极其可怕地毁灭了，唯有理解力还存在，他看到身边站着两个他所反感的人，一个是医生，一个是忏悔神父。但他却同他们快活相与。对他来说，在未来的帷幕后面，不是有一道耀人眼目的亮光吗？对别的人来说，这帷幕如同铅板似的，对他来说，却透着光亮；青春的迷人的欢乐，像影子一样，在帷幕上跳跃不定。

唐·璜感到死亡临近，那是在一个美丽的夏夜。西班牙的天空是冰清玉洁般纯净，橘子树在空气中散发着清香，星星闪烁着明亮的清光，大自然仿佛对他的复活做出许诺，虔诚的、唯命是从的儿子怀着爱戴与尊敬对他注目而视。将近十一点时，他表示要同这个天真的孩子单独在一起。

“菲力普，”他对儿子说，声音既柔和，又温存，年轻人不禁幸福得战栗和哭泣起来。这个铁面无情的父亲从来没有用过这样的口气称呼他的名字。这个奄奄一息的老人接着说：“我的孩子，你听我说，我是一个罪孽深重的人，因此，我一生都在考虑着自己的死。从前我是伟大的教皇朱利乌斯二世的朋友。这个大名鼎鼎的教皇怕我在临终和领受圣油时，由于五官过度冲动而犯下不可饶恕的罪孽，他就赠送给我一瓶圣水，那是从沙漠的岩缝里迸射出来的。对这私下赠送的教会宝库的宝物，我一直保守着秘密，但我获准可以在死前把这个秘密透露给儿子。在这个从未离开我床头的哥特式桌子的抽屉里，你可以找到那个瓶子。菲力普，我的心肝宝贝，这瓶珍贵的药水，你以后也可以用上的。用你灵魂得救的名义向我起誓，要准确无误地执行我的命令，行吗？”

菲力普瞧着他的父亲。唐·璜老于世故，深谙人类感情的表现，看到这样的注视，他会在信赖中平静地死去，正如他的父亲看到他的一瞥时绝望地死去一样。

“我不配做你的父亲，”唐·璜接着说，“孩子，我敢对你承认，就在可敬的圣—吕卡尔修道院神父要我做临终圣礼时，我想到魔鬼和上帝同样法力广大，二强不可共容。”

“噢！父亲！”

“我心里说：‘如果撒旦讲和休战，就必须提出要宽恕他的追随者，否则他便是一个大坏蛋。’这个想法纠缠着我。孩子，如果你不贯彻我的意愿，那我就要入地狱。”

“噢！爸爸，马上告诉我怎么做吧！”

“我一闭眼，”唐·璜接下去说，“也许在几分钟之内，我的身体还是温热的，你把我抱起来平放在房间中央的桌子上。然后，你把这盏灯熄灭了，星星的亮光就够让你看清了。你把我的衣服脱光；你念《吾主保佑》和《一路平安》的祈祷文，把你的灵魂寄托给上帝，同时，你用这瓶圣水仔细地湿润我的眼睛、嘴唇，先是整个头部，然后挨次是四肢和身躯；不过，我的孩子，上帝的法力是广大无边的，所以你用不着动辄就惊慌失措！”

这时，唐·璜感到就要死了，于是疾言厉色地补上一句：“拿好瓶子！”然后他就在儿子的怀抱里缓缓地咽了气，他儿子泪如泉涌，流在他带着讽刺意味的苍白的面孔上。

堂·菲力普·贝尔维戴罗把父亲的尸首放在桌上，这时已将近午夜了。他吻了父亲咄咄逼人的额角和灰白的头发，然后吹灭了灯。月亮奇异的光辉照亮了原野，投到房里的柔和的光亮使虔诚的菲力普清晰地看到他父亲的躯体，好像在暗影中某种白色的东西一样。年轻人用布蘸湿了液体，他一面沉浸在祈祷之中，一面忠实地在万籁俱寂之中涂抹这颗尊贵的头颅。他清楚地听到一阵难以描绘的颤动声，但他以为是北风吹刮树梢发出的声音。当他涂湿了右臂时，马上感到一只年轻有力的手臂，他父亲的手臂，卡紧了他的脖子！他发出一声尖厉的叫喊，瓶子滑落到地上，打碎了。液体化烟消去。宫堡里的人闻声跑来，手持火炬。这叫声惊动了他们，惶惶然仿佛最后审判的号声震动了宇宙。一霎时，房间里挤满了人。颤抖着的人群看见堂·菲力普已经昏过去，他父亲有力的手臂卡住他的脖子，拽住不放。接着还有异乎寻常的事：在场的人看见唐·璜的头像安提诺乌斯[①]的头一样年轻俊美；黑乌乌的头发，炯炯有神的眼睛。鲜红的嘴唇，头在可怕地扭动着，却不能带动相连的骨架。有个老仆嚷起来："奇迹！"

所有这些西班牙人也重复着："奇迹！"

堂娜·爱尔薇尔虔诚过人，她不相信魔术显现的奇迹，便派人去找圣—吕卡尔修道院神父。等到修道院的院长亲眼看到奇迹，他便决计从中捞取便宜，他是一个工于心计的人，又属于千方百计总想谋求增加收入的那种神父。他马上宣称，唐·璜老爷肯定要成圣徒，他指定在他的修道院举行拜敬仪式，他说，今后，他的修道院命名为圣—璜—德—吕卡尔。听到这些话，唐·璜的头扮了一个嘲讽的鬼脸。

---

① 安提诺乌斯，传说系比提尼的美少年，先为奴隶，后为阿德里安皇帝的宠信。

西班牙人对这类庄严的仪式兴致浓烈，素负盛名，圣一吕卡尔修道院庆祝大全大福的唐·璜·贝尔维戴罗移往教堂，宗教仪式绚烂辉煌，那是不难置信的。这个有名的领主死后才不几天，他半复活的奇迹，从这村到那村，在圣一吕卡尔修道院周围方圆五十几里，口耳相传，以致路上满是闻风而来的人，蔚为奇观；他们来自四面八方，唱着《你是吾主》，举着火炬，煞是壮观。圣一吕卡尔修道院的古代寺院，是摩尔人建造的美伦美奂的建筑，三百年来，寺院穹顶之下回响着的不是安拉[1]的名字，而是代替它的耶稣基督的名字；这个寺院容纳不下前来观看仪式的人群。穿着呢大氅、佩带宝剑的贵族，像蚁群那样推推搡搡，站立在柱子周围，连屈膝的地方都没有，只能紧靠着。迷人的乡下姑娘，她们华丽的衣裙衬托出惹人怜爱的身段，让白发苍苍的老头挽着手臂。眼里欲火中烧的年轻人伫立在穿红戴绿的老女人身旁。然后是一对对乐陶陶的情侣，好奇的未婚妻由她们的意中人带领着；还有新婚夫妇；小孩胆怯害怕，让人牵着手。人群色彩缤纷，相

① 安拉，伊斯兰教敬奉的神。

互辉耀，簇拥着鲜花，斑斓夺目，在黑夜的宁静中发出轻微的骚动声。教堂宽阔的大门打开了。那些姗姗来迟、站在外边的人，从老远越过敞开的三个正门观看着里面的场面，那是现代歌剧烟雾缭绕的布景也表达不足的。信徒和罪孽深重的人都急于得到新圣徒的赦罪，为崇敬他，在这个宽敞的教堂里点燃了成千上万支蜡烛，烛光散发出为自身打算的气息，给教堂蒙上了妖幻的面貌。黝黑的拱顶，柱子和柱头，幽深的金碧辉煌的圣龛，回廊，伊斯兰教的装饰，这座精致的雕塑精巧绝伦的线条，都在这灿烂的烛火中呈现出来，犹如一盆通红的炭火织成的变幻不定的影像。这是一个灯火的海洋，教堂紧里，在灯火之上，是金灿灿的读经台，主坛耸立其间，光华四射，堪与朝阳的金光相比。说实在的，金制的灯，银质的枝形烛台，旗帜，流苏，圣徒像，还愿的贡品，这一切发出的光彩，在唐·璜躺着的圣盒前便黯然失色了。这个渎神者的躯体缀满了宝石、鲜花、水晶、钻石、黄金、雪白如天使长的翅膀羽毛，闪闪发光，放在圣坛上，代替了一幅基督头戴荆冠的受难像。他的周围有无数支蜡烛闪耀着，放射着明亮如炬的光华。圣一吕卡尔修道院神父穿着主教服，戴着缀满宝石的主教帽，上身是一件窄袖罩衣，手擎镶金的主教杖，他是祭坛的主脑，坐在一张像皇宫里那样豪华的靠背椅上，四周簇拥着圣职团，都是些冷若冰霜的白发老耄，他们穿着精巧的白色教士服围着他，就像画家笔下簇拥着上帝的、成了圣徒的忏悔师那样。唱诗队领班和教务会的显要，佩戴着显示僧侣虚荣的亮闪闪的勋章，穿梭于香烟雾霭之中，恰如星球绕行于苍穹一般。命名仪式的时刻来到了，钟声在田野里回响着，万头攒动的人群唱起《你是吾主》，对上帝投以最初的颂声。崇高的颂声！声音柔和，并不响亮，女人出神入化的声音，混入男人沉滞而有力的声音，成千上万个人的声音汇合在一起，盖过了大风琴从音管里发出的共鸣声。唯有唱诗班少年高亢的童声和几个男低音宽厚的声音，才使人心旷神怡，在这片虔诚的、动人的和声里，透出了童稚和力量。

“我们祝福你，上帝！”①

从黑压压一片跪着男男女女的大教堂内，传出

① 原文为拉丁文。

这歌声，有如一片亮光骤然闪现在夜空那样，响起一声炸雷，打破了寂静。歌声随着烟雾升腾，而这时烟雾已给教堂奇异壮丽的建筑拉起一道道迷蒙的、淡蓝色的帷幕。富丽、芬芳、光焰、旋律组成了一切。在充满了热爱和感激之情的音乐飞向祭坛之际，唐·璜出于礼貌不能不表谢意，工于心计而毫不见怪，他以一个可怕的笑容作答，悠然自得地躺在圣盒中。但是，鬼知道他怎么想到可能有危险被人看作普通人，或者是圣徒，或者像博尼法斯[①]，或者像庞塔莱翁[②]，于是他号叫了一声，接着破口大骂，扰乱了这虔诚的和谐的合唱。他颂扬大地，诅咒天庭。古老的教堂似乎连根基都震动了。

“我们祝福你，上帝！”与会者合唱着。

“你们见鬼去吧，你们这些畜生！上帝，上帝！这些该死的魔鬼[③]！畜生，连同上帝这个老家伙，你们通通都是笨蛋！”

一连串的詈骂脱口而出，像维苏威火山爆发那

① 博尼法斯（约 680—755），日耳曼使徒，梅央斯大主教，曾在北欧布道。
② 庞塔莱翁，罗马皇帝加莱尔的医生，起初叛变基督教，在朋友的劝说下重新皈依，后被斩首，成为医学界推崇的圣人。
③ 原文为拉丁文。

样，喷出滚滚的炽热熔岩。

“上帝是万众之主！万众之主！”[1]基督徒齐声喊着。

“你们侮辱了地狱的尊严！”唐·璜咬牙切齿地给以回答。

接着，那只活着的手越过圣盒，做着绝望的、嘲弄的手势，威胁整个会场。

“圣徒在祝福我们。”老妇人、孩子和未婚夫妇这些轻信的人这样说道。

我们就是这样往往在崇拜之中受骗的。有远见卓识的人嘲笑那些恭维他的人，却有时候去恭维那些他心里暗暗耻笑的人。

神父跪在圣坛前，唱着：“圣约翰，拯救我们吧！”[2]他非常清晰地听到这句话：“噢！笨蛋。”[3]

“上面出了什么事？”修道院副院长看见圣盒在晃动，嚷了起来。

“圣徒在扮魔鬼啊！”神父回答道。

就在这时，那活着的头猛然间从死去的躯体上脱落下来，掉在祈祷师的黄脑壳上。

---

①②③ 原文为拉丁文。

“你想着堂娜·爱尔薇尔吧。”唐·璜的头咬着神父的头，嚷着说。

神父发出骇人的叫声，扰乱了仪式。所有的教士都跑过来，围着他们的院长。

“蠢货，你不是说有上帝吗？”当神父的头颅被咬碎，快要咽气时，响起了这个声音。

1830年10月于巴黎

柯内留斯老板

献给乔治·姆尼泽赫伯爵

有的心胸狭窄的人，看到首页上一个萨尔玛人最古老、最著名的名字赫然在目，兴许会以为我试图对一件旧首饰进行新加工，就像今日金银器业流行的怪想一样；但您，还有别的几个人，会明白我是想在这儿了却我对才能、思念和友谊所欠下的情分。

德·巴尔扎克

第一章　十五世纪的教堂场景

一四七九年圣徒节那天，就在本篇故事开始的时候，都尔城大教堂里刚做完晚祷。大主教埃里·德·布德伊从座位上站起来，要亲自给信徒们祝福。布道的时间很长，临到祈祷时夜幕已降临了。这个华丽的教堂有两个塔楼尚未竣工，教堂里有的部分笼罩着一片黑暗。点燃的许多蜡烛都是为着赞颂圣徒的，三角形的烛台兼用来承接这些还愿的供品；它们的价值或意义从来也没有充分解释清楚。每个祭坛上的灯，还有唱诗台的所有枝形烛台，全都点亮了。多如林木的柱子支撑着大教堂的三个殿堂的拱顶，这密集的烛光颇不均匀地散布其间，刚够照亮这广阔的空间。烛光越过这座建筑的回廊，在柱子后面投下浓重的黑影，这样就产生了千百种幻影：大梁、拱券、侧堂在白天已经非常幽暗，现在都隐没在一片黑暗中，这黑暗更增加了幻觉的成分。人群也显出美妙如画的效果。有些脸庞在半明半暗中模模糊糊地显现出来，简直可以看成幽灵；还有些脸庞在散乱的光线照射下，就像一幅画中主要的头像那样引人注目。雕像仿佛就要活动起来，而人群反倒变成了化石似的。这儿那儿，在柱子之间一对对眼睛炯炯发光，是石像在投射着目光。大理石像仿佛在窃窃私语，穹顶回响着叹息，整座建筑被赋有了生命。人类没有比这更庄严的场面，也没有比这更庄重的时刻了。成群的人总是需要活动，才能产生富有诗意的作品；但在这宗教默想的时刻，人类感情的丰富同上天的宏伟结合在一起，在静谧中有着难以想象的崇高；膝盖下跪时怀着恐惧，双手合十中抱着希望。在这感情和谐的会合里，所有的心灵都飞升到上天，这时，会产生一种可以解释清楚的精神现象。信徒们济济一堂，他们神秘的赞颂对每一个人都有反响，不用说，连信仰最微弱的人也要浮载于这个爱与信念的海洋波涛之上。祈祷具有电流一样的威力，能把我们的本性夺走。所有人的意志都一律匍匐在地上，飞升到天国，不知不觉结合在一起，内中无疑有着幻术般的影响的秘密；这种幻术般的影响是教士的歌声，风琴的旋律，祭坛的芬芳和华丽，人群的声响和静观所包含着的。因此，当我们看到在中世纪的教堂里，许多爱情都是在长时间的凝想之后产生的，那也不要惊奇；这种爱情往往结局都不那么圣洁，妇女们通常都以忏悔告终。不消说，在当时，宗教感情同爱情有某种亲缘关系，它或者是爱情的准则，或者是爱情的结果。爱情也是一种宗教，它也有那种美好的狂热；幼稚的迷信、崇高的忠诚，那是同基督教相一致的。时代风俗可以相当圆满地解释宗教和爱情的这种联系。首先，只有在祭坛面前，才能汇聚许多人。领主和僚属，男人和女人，只有在这里才一律平等。也只有在这儿，情侣们才能互相见面和传递书信。最后，宗教节日也是当时的盛会，那时候，在大教堂中，一个女子的心灵比起今日在舞会或歌剧院里骚动得更厉害。难道所有的女子不是先有强烈的激动，然后才有爱情的吗？由于宗教干预生活，在各种圣徒言行录中都没有放过，所以它既同美德相连，又与恶行沆瀣一气。宗教深入到科学中、政治中、雄辩术中、罪行中，深入到王位以及病人、穷人的肌肤里；它是一切。上述半学术性的观察也许可以证明这篇研究的真实性，这篇研究的某些细节可能会触犯我们这个人人都知道的有点过于假正经的世纪的完善道德。

教士的歌声停下来后，大风琴最后几个音符混合着唱诗班强有力的胸膛发出的“阿门”颤音，轻微的声响还在远处的穹顶下回应，屏息静气的大厅都等待着主教的祝词。这时，有个布尔乔亚急匆匆要赶回家去，或者是他想到自己的钱袋，害怕出去时拥挤，于是甘冒得到坏天主教徒的恶名，悄悄地抽身出来。有个贵族本来半蹲半靠在挨近唱诗班的一根大柱子旁，隐没在暗影之中，这时赶紧走过来，占据了那个谨小慎微的都尔人撇下的位置。一走到那里，他立刻把脸掩藏在装饰他那高耸的灰色帽的羽翎里，并跪在椅子前，那副忏悔的神情连宗教裁判所的成员也会深信不疑。他旁边的人仔细瞧了瞧这个小伙子，显出认识他的样子，于是重新开始祈祷，一面做了几个手势，表达的思想都是一样的，带着揶揄、讥讽的意味，表示一种无言的蔑视。两个老妇人摇了摇头，互相丢了个含意深远的眼风。年轻人占据的那张椅子靠近一个设在两根柱子之间围着铁栅的经堂。那时，司教会由于债务累累，向某些领主甚至向一些富有的布尔乔亚出租观看祈祷的权利。他们和家里人特许待在侧堂内，侧堂位于环绕着大教堂的两个小殿堂的两侧。这种出租的办法沿用至今。一个妇女在教堂里定下侧堂，有如今日在意大利人剧场定下包厢一样。承租这些特惠位置的人则有义务维持分配给他们的祭坛的烟火。每个人于是出于自尊心，都要豪华地布置自己那个祭坛，这种虚荣心教会乐得接受。就在这个侧堂挨近铁栅的地方，有个年轻贵妇跪在一块有金线流苏的、方形的漂亮红丝绒毯上，她恰好就在那个布尔乔亚刚刚占据的位置旁边。一盏悬在侧堂穹顶下金银镂工的吊灯，投射着惨淡的光亮，落在贵妇拿着的祈祷书上。年轻人来到她身边的当口，这本书在她手里剧烈地颤动着。

“阿门！”

她用柔和的嗓门唱着，但是激动异常，幸好混杂在一片喧嚷声中，她急促地低声添上一句：“你要把我毁了。”

这句话声调纯洁无邪，一个细心的男子是会听了顺从的，它能直达心中，洞穿而出；但是陌生人无疑被那种窒息理智的极度激情弄得失魂落魄了，他待在椅子上，略微抬起了头，对经堂投了一瞥。

“他睡着了！”他用极低的声音回答，刚好就让那个年轻女子听见，听来如同回声一样。

贵妇人脸色煞白，她的目光偷偷离开了一会儿书页，投向年轻人刚看过的那个老头。在这一瞥里，不是有着神不知鬼不觉的合谋吗？年轻女子观察这个老头的时候，呼吸急促，她朝着圣母像抬起美丽的额角，上面戴着一颗宝石；这个简单的动作，这种姿态，还有湿润的眼光，这一切带着一种鲁莽的天真，把他的生平全都道出来了；她虽然心慌意乱，但却掩盖起来。使两个情人瑟缩害怕的人是个小老头，驼背，几乎秃顶，一脸凶相，一部花白大胡子，脏里巴几的，修成扇形；圣米歇尔十字勋章在胸前闪光；一双手粗糙有力，布满绺绺灰毛，手刚才肯定是合着的，在他这样不谨慎地睡着时，稍微分开了。他的右手好像就要落到他的短剑上，短剑护手是铁的，上面有镌刻，形状像一个大贝壳一样；仿佛他刚端整过武器那样，剑柄末端的圆球在他手下；如果他的妻子不小心碰到了剑，不消说，他也不会马上醒过来，瞧上她一眼。他的嘴唇带着讥诮意味，尖尖的下巴颏儿不规则地翘起，呈现出一个狡猾刁钻的人的特点。他该是什么都能猜透的，因为他能设想出一切来。他黄蜡蜡的脑门布满褶皱，就像那些什么都不相信、都要琢磨一番的人那样，这样的人活像吝啬鬼，一面秤着金币，一面寻思人们行为的意义和精确价值。他长得骨棱棱的，身板结实，显得很神经质，因此很容易发怒；总之，您可以说他是个童话中易于受骗的巨人。因此，这个可怕的领主老爷一醒，年轻贵妇就要面临难以避免的危险了。这个爱嫉妒的丈夫对刚走的老布尔乔亚没有丝毫疑窦，而新来的人是个年轻、灵活、优雅的廷臣，两者之间的区别他竟忽略过去了。

“Libera nos a malo！（咱们别闯祸！）”她这样说，想让严峻的年轻人了解她的恐惧。

年轻人朝她抬起头，注视着她。他眼里噙着泪水，是爱情的泪水，抑或是绝望的泪水。贵妇人看到了，不禁战栗起来，感到恍恍惚惚。这一对恋人必定相拒了许多日子，但不可克服的困阻反而使爱情与日俱增；恐惧又孕育爱情，青春再使之加深，兴许他俩再也抗拒不下去了。这个女子其实不算很美，但她苍白的颜色显出她心里受过痛苦煎熬，使她惹人怜爱。不过她形体雍容华贵，头发怕是世界上最美的了。她被一只老虎看守着，说一句话，手让人捏一下，接受一个眼波，也许都要冒生命危险。如果爱情不曾深埋在两个情人的心里，被美滋滋地享受过的话，那么热情绝不会表现得这样激烈曲折。不难看出，对他俩来说，空气、声音、石板上的脚步声、对其他人完全无关紧要的事物，他们却琢磨出有着明显的品性和特质。他们到老教士那里去忏悔，或者走近圣桌去领受面包时，也许是爱情使他们竟然在老教士冰凉的手里也找到了忠实的媒介。这是深沉的爱情，它会在心灵和躯体内刻下创伤，终身都要保留下来。两个青年人相对而视，女的仿佛对她的情人说：“哪怕毁灭，也让咱们相爱。”骑士似乎在回答她：“我们会相爱的，但不会毁灭。”这时，她将头一摆，充满了郁悒，给他示意旁边有一个看管的老女人和两个侍从。老女人睡着了。两个侍从很年轻，他们对主人会发生什么好歹，似乎并不放在心上。

“出去的时候你不要害怕，跟着我就行了。”

那个贵族刚刚低声说了这两句，老领主的手便滑落在长剑的柄端上。老人触到冰凉的铁器，陡地醒了过来；他那对黄眼睛马上盯着他的妻子。连天才人物都很少有这种特殊的禀赋，他的理智立刻恢复了明晰，思路也立刻变得清楚了，仿佛他并没有睡着过。这是一个忌妒鬼。年轻骑士给他的情人递了个眼色，又窥伺了一下她的丈夫；他敏捷地站了起来，正当老头的手就要动作时，他已消失在柱子的背后；然后他像鸟儿一样轻灵地消遁了。贵妇人迅速垂下眼睛，假装在念祈祷文，竭力显得心境平静；可是她无法不使脸色变红，不使心儿不寻常地剧烈跳动。她的心扑腾扑腾地跳动的声音似乎在经堂里都引起回响，让老领主听到了，他注意到自己妻子的脸颊上、脑门上、眼皮上泛起不同寻常的红晕；他小心翼翼地环顾四周；但看不到任何值得怀疑的人，他对她说："我的心肝儿，你在想什么？"

"烟味使我心里难受。"她回答。

"今天烟味确实难闻。"领主接口说。

狡黠的老头尽管观察到有点异样，却显出相信她是身体不适；可是他怀疑背地里她对他变了心，决意要更加仔细看管住他的宝贝。祝福仪式做完了。不等"永世长存"的祈祷结束，人群就像洪流一般涌向教堂的几扇大门。领主按照他的习惯，谨慎地等待着，让人群匆忙往外挤出去以后，再让老看管女人和提着灯笼的那个较年轻的侍从在前面走，然后准备出去；他把手臂伸给妻子，让另一个侍从殿后。正当老领主走到教堂东首的边门——往常他都是从这儿出去的，这时，一股人流从堵塞在正门的人群中分出来，涌向小殿堂，他同他的家眷就站在那里；这股密集的人流使他后退不得。领主和他的妻子于是受到这人流强有力的挤压，一直被推到外边。老领主想拉住贵妇的手臂，使劲把她拖出来，先行挤出去；但这时他却被强大的力量推到街上，他的妻子被一个陌生人拉开了。凶恶的驼背立刻明白过来，他中了别人周密策划的圈套了。他后悔睡着这么久，于是集中全身力气，一只手又重新抓住他妻子的袖管，另一只手竭力想攀住门框。但爱情的冲动终于战胜了忌妒的癫狂。年轻贵族搂住他情人的身腰，说时迟那时快，把她夺走了，用的力气那么大，丝线和金线织成的布、锦缎和鲸骨撑都撕得嚓嚓响。只有袖管还留在那丈夫手里。一声狮子般的怒吼霎时盖住了人流发出的喧嚣声，可以听到一声可怕的嗥叫："来人救波瓦蒂埃呀！圣瓦里埃伯爵的人，都到正门这儿来！救人啊！在这儿！"

阿伊玛·德·波瓦蒂埃伯爵，就是圣瓦里埃老爷，他想抽出长剑，挪动位置；可他周围都是人，被三十个或四十个贵族推推搡搡着，不小心就会伤着人。其中有好几个地位比他还要高，对他报之以嘲弄的话语，把他带到通往修道院的过道里。那个劫人者闪电般迅速，把伯爵夫人带到一个敞开着的经堂，让她坐在忏悔室背后的一张长凳上。在这个经堂所供奉的圣徒像前，点燃着许多蜡烛，借着烛光，他俩默默地对视了一会儿，手握着手，彼此都很惊异自己的大胆。

伯爵夫人不忍责备年轻人的大胆行为，他敢这样做，他们才能越过重重困难，享受到这第一回享受的幸福时刻。

“你愿意同我一起逃到邻国去吗？”那贵族急促地对她说。“附近我有两匹英国种的马，一口气能跑三十里地。”

“唉！”她柔声细气地叫起来，“在世界上你能找到什么地方，可以给国王路易十一的女儿安身吗？”

“这倒是真的。”年轻人回答，他没有事先想到这个困难，一下怔住了。

“那你为什么把我从我丈夫身边拉走呢？”她怀着恐惧问道。

“嗨！”骑士接着说，“我没有想到，我在你身旁听着你说话，心里会这样慌乱。我想过两三个计划，而现在好像一切都实现了，因为我能看着你。

“可我却毁了。”伯爵夫人说。

“我们得救了，”那贵族带着爱情的盲目冲动反驳说，“你听我说。”

“这可会要我的命，”她接着说，在眼里滚动着的泪水流淌下来，“兴许伯爵今晚就会杀死我！但是，你可以去谒见国王，把他的女儿五年来所受的折磨告诉他。我小时候他很爱我，总是笑着这样叫我‘可爱的玛丽’，因为我那时很丑。啊！要是他知道他把我嫁给什么样的男人，他真会气疯的。我一直出于怜悯伯爵，不敢去诉苦。不过，我的声音又怎能传到国王那里去呢？我的忏悔师就是圣瓦里埃的一个密探。因此，我本来打算借这次机会——哪怕是有罪的，满心希望征服一个能保护我的人。但我能信任……噢！”她打住了，脸色苍白地又说：“侍从来了。”

可怜的伯爵夫人用手拼成一道面幕，捂住了脸。

“你丝毫不要害怕，”年轻贵族说，“他给我拉过来了！你可以放心使唤他，他是属于我的人。伯爵要来找你的，他会事先通知伯爵的到来。”他低声添上一句：“这个忏悔室的司教会教士，是我的一个朋友，他会说别人把你从乱挤的人群中拉出来，让你在这个经堂中得到他的保护。这样，一切都安排好了，满可以骗过圣瓦里埃。”

听到这番话，伯爵夫人的眼泪止住了，可是有种忧愁的表情又使她的脑门阴沉下来。

“骗是骗不过他的！”她说，“今天晚上一切他都会知道，你要预防他先下手！你到普来西斯去谒见国王吧，告诉国王……”她犹豫了一下。但回想到什么给了她勇气，使她说出婚姻生活中的隐秘。她接着说：“那么好吧，你告诉国王，伯爵为了主宰我，在我的两条手臂上放血，使我筋疲力尽。你就说，他拽住我的头发拖我，告诉他我等于是个女囚犯，你就说……”

她的心膨胀起来，啜泣堵住了咽喉，眼泪夺眶而出；激动中她让年轻人吻着自己的手，他断断续续地说：

“可怜的小心肝，眼下没有人能同国王谈话！我这个弓箭手大队长的侄子也没有用，今天晚上我进不了普来西斯。我亲爱的贵妇人，我美丽的主宰！我的上帝，她受了多少苦！玛丽，让我对你再说几句，否则我们就要完了。”

“那怎么办呢？”她问。

伯爵夫人在黑魆魆的墙上瞥见一幅圣母像，灯光就落在像上面，她便叫道：“圣母啊！给我们出点主意吧！”

“今天晚上，”年轻贵族接着说，“我到你那里去。”

“那又怎样呢？”她天真地问。

他们处在极度危险之中，最温馨的话语仿佛都缺乏情意似的。

“今天晚上，”那贵族说，“我以学徒身份登门拜访国王的银器商柯内留斯老板。我会弄到一封介绍信，受到接待。那老板的住宅靠着你的家。在那老吝啬鬼的家里，我可以用一条丝绸软梯，翻到通往你卧室的路上。”

“啊！”她吓得呆住了，“要是你爱我，就别到柯内留斯老板家里！”

“啊！”他嚷了起来，用年轻人的全部力量把她搂在胸前，“你真爱我呀！”

“是的，”她说，“你不就是我的希望吗？你是贵族，我把名节都交给你了！”她看着他时充满了尊严。“我是太不幸了，你不会忍心辜负我的信任的。不过，何必这样做呢？噢，我宁愿死，你也别进柯内留斯老板的家！难道你不知道，他所有的学徒……”

“都上了绞刑，”那贵族笑着接茬说，“你以为他的财宝会引诱我吗？”

“噢！别到他家去，你会受到魔术连累的。”

“为了得到给你效劳的幸福，再大的代价我也甘心。”他对她投射出火一般的目光，使她垂下了眼睛。

“那我的丈夫呢？”她问。

“用这个东西使他沉睡不醒。”年轻人从腰带上掏出一个小瓶。

“不会永远不醒吧？”伯爵夫人抖抖索索地问。

作为回答，贵族做了一个吓人的手势。他又补上一句：

“如果他不是这样年老，我早就向他挑战，单独搏斗了。上帝又不允许我给他下毒药，使你摆脱他！”

“请你原谅我，”伯爵夫人红着脸说，“我要是犯罪，会毫不容情受到惩罚的。我在绝望的时候，也曾想杀死伯爵，你有过同样的愿望真叫我害怕。我还不能忏悔这个恶毒的想法，心里感到十分痛苦，我一直害怕我的想法会给他发现了，那时他就会报复了。”年轻人保持沉默叫她很不自在，她又说：“我让你感到羞愧了。我该受到责备。”

她用力将瓶掷到地上，把瓶打碎了。

“你不要来，”她嚷着说，“伯爵很警觉。我的职责就是等待上天的救助。我以后只有这样！”

她想走了。

“啊！”那贵族叫起来，“太太，你下命令吧，我就去把他杀死。今天晚上你一定会见到我的。

“我把这药水全都洒掉，做得很明智，”她看到他这样热烈地爱她，快乐得连声音都憋住了，“害怕惊醒我的丈夫，这种心情倒可以使我们不出事。”

“我的生命已同你结成一体。”年轻人握紧她的手说。

“如果国王同意，教皇可以解除我的婚约。那时我们才可以结合。”她说时对他投了一瞥，充满了美好的希望。

“老爷来了！”侍从一面跑过来一面叫道。

那贵族没料到待在情人身边的时间会这样短促，对伯爵如此神速感到吃惊，他匆匆吻了吻他的情人，她也不予拒绝。

“晚上见！”他边说边溜出经堂。

借着黑暗，这情人绕过一个又一个柱子，穿过教堂里一个个大圆柱投下的长长的阴影，到达正门。一个年老的司教会教士马上从忏悔室走出来，来到伯爵夫人身旁，轻轻把栅栏门关好，那侍从庄重地、带着杀人不眨眼的人具有的那种自信心在栅栏门前踱来踱去。强烈的光亮预告着伯爵要到来了。有几个朋友和擎着火把的随从陪伴着他，他手里拿着一把出鞘的长剑。他阴沉的双眼仿佛要穿透浓重的黑暗，搜遍大教堂最幽暗的角落。

“大老爷，夫人在这儿。”侍从迎上前去对他说。

圣瓦里埃老爷看到他的妻子跪在祭坛脚下，司教会教士站着，念着祈祷。看到这幅景象，他剧烈地摇晃着栅栏，好像要给他的狂怒火上添油。

“您在教堂里，手中却拿着一把出鞘的长剑，要干什么？”司教会教士问。

“神父，这位先生是我的丈夫。”伯爵夫人回答。

教士从袖管里掏出钥匙，打开了经堂的门。伯爵几乎是情不自禁地环视着忏悔室，然后走了进去；他开始聆听着大教堂里的一片寂静。

“先生，”他的妻子对他说，“你应该感谢这位可尊敬的司教会教士，是他让我暂避到这儿的。”

圣瓦里埃老爷气得脸色煞白，不敢正视他的朋友们，他们到这儿来，与其说是帮助他，还不如说是要耻笑他；临走的时候他简短地迸出这句话：“感谢上帝，我的神父，我有法子报答您的！”

他挽起妻子的臂膀，也不让她向司教会教士行完礼；他对随从做了个手势，对陪伴他来的朋友一句话也不说，便走出了教堂。他一言不发包含着恶狠狠的表示。他急于回到家里，一心在考虑发现真相的方法，他穿过弯弯曲曲的街道，就是把大教堂同掌玺大臣府正门分隔开来的那几条街；掌玺大臣府是座漂亮的官邸，由掌玺大臣儒维纳·戴·于尔散新近修建起来的，坐落在一个古代堡垒的旧址上，这座堡垒是查理七世赠给这个忠心的臣仆的，以褒奖他硕果累累的工作。从那时起，就开辟了一条街，名叫掌玺府路，以纪念长期以来住在那儿的掌玺大臣。这条路把老都尔城同新堡村连接起来，新堡村有座著名的圣马丁修道院，为数不少的国王都是这修道院的普通教士。近百年来，经过长时期的讨论，这座村落终于合并到城里。毗邻着掌玺府路的、如今构成现代都尔城中心的许多街道，那时都已经建成；但最漂亮的府第，特别是财政总监克桑库安的府第，就坐落在新堡镇上；克桑库安府如今还保存在贸易路上。圣瓦里埃老爷的持火炬的随从，正是通过这新堡镇把伯爵带往紧傍着罗亚尔河的村子里去；伯爵机械地跟随着家人，一面时不时阴沉地瞥一眼他的妻子和那个侍从，想抓住他们之间互相串通的一个眼色，那他就会多少明白一点这次令人绝望的遭遇了。伯爵终于到达桑树路，他的住宅就坐落在那里。一行人进了屋，沉重的大门关上以后，这条当时住着几个领主的狭窄街道上，笼罩着一片死寂，因为这个城市新区紧靠着普来西斯，即国王的行宫，大臣们只消一会儿就可以走到国王那里。

这条路的最后一幢房子，也是城里最靠边的一幢，是属于柯内留斯·霍格沃斯特老板的，他是个布拉邦特的老商人，国王路易十一在金融交易上很信任他；路易十一执行狡猾的政策，也在王国以外进行金融交易。

圣瓦里埃伯爵为了要对妻子实行专制，就把家安置在与柯内留斯老板的住宅相连的一幢府第中。这一带的地形可以解释清楚这种局面能给一个忌妒鬼带来多少好处。伯爵的房子叫波瓦蒂埃府，北面有座花园，边上是围墙和堑壕，那是以前的新堡村用作城垛的，沿着墙和堑壕，横亘着一道堤岸，是路易十一新近在都尔城和普来西斯之间修筑的。这一面有狗守卫着住宅的进口；在东面，一个大院子将住宅同邻屋隔开；西面就靠在柯内留斯老板的房屋上。正面朝南临街。这个多疑和狡黠的领主，他的府第有三面突出在外，只有布拉邦特人那幢房子里的人才能偷袭进去；那幢房子的顶楼和石砌雨溜同波瓦蒂埃府的互相衔接。临街的窗户是在石头中凿开的，非常狭小，安装着铁条；门又是低矮、拱形的，如同最古老的监狱里的小窗洞，结实到万无一失。有张石凳，是用作蹬马石的，就靠近门楼。看到柯内留斯老板和波瓦蒂埃伯爵居住房子的侧面，那真会以为这两幢房子是同一个建筑师修造的呢，而且是专门为专制暴虐的人而建造的。这两幢房子外表都阴惨惨的，活像小碉堡，满可以长期守卫，成功地抵御愤怒的民众的进攻。房子的四角有小塔楼卫护，就像古物爱好者今日在某些城市里所注意到的那样；拆房人的锤子还没有深入到那里去。门窗上的猫眼洞都很窄小，能给包铁皮的护窗板和房门以惊人的抵御力。在这混乱不宁的年代，暴动和内战频繁不断，所有这些小心设防就都可以得到充分解释。

圣马丁修道院的钟楼一敲过六点，伯爵夫人的情人已走过波瓦蒂埃府前，他站定了一会儿，倾听着低矮的大厅里伯爵一家人吃晚饭发出的声音。他估摸着他意中的贵妇人该在哪间房里，打量了一下，然后走向邻屋的门口。一路上，年轻的贵族在家家户户随处都听到节日晚餐的欢笑声。凡是关得不严实的窗户都漏出光亮，壁炉烟囱冒着烟，香喷喷的烤肉味使街道充满热闹气氛。祈祷一过，全城便欢腾起来，到处发出窃窃私语声，那是言语难以描绘的，只有想象才能更好地领会。可是在这一隅，却笼罩着一片死寂，因为在这两幢住宅里，住着两个有某种狂热的人，他们从来也不享乐欢宴。再过去，田野里万籁俱寂；在圣马丁修道院钟楼的阴影下，这两幢房子也是悄然无声，同别的房屋隔开，坐落在街道最曲里拐弯的尽头，活像一所麻风病院一样。对面那所房子是关押犯人的，关得严严实实。一个年轻人，面对这突兀的对比，很容易感受到强烈印象。因此，就在投身于这困难重重的冒险之前，年轻贵族站在龙巴人的屋前沉思起来，回想起关于柯内留斯老板生活中的一个个故事；这些故事使伯爵夫人引起不寻常的恐惧。那时，一个军人，甚至一个情人，大家听到闹鬼这个词都会浑身发抖。对怪异的事儿不予置信，或者对美妙的故事无动于衷的人，在当时是并不多见的。圣瓦里埃伯爵夫人是路易十一做王太子时，和沙丝纳日夫人的私生女；她的情人，不管多么大胆，在走进一所闹鬼的房子之前，也得瞧它两遍。

柯内留斯·霍格沃斯特老板的故事可以完全解释清楚，为什么这个龙巴人会让圣瓦里埃老爷产生安全感，为什么伯爵夫人会表现出恐惧，为什么这个情人会止步犹豫。为了使十九世纪的读者充分了解，有些表面上平淡无奇的事件怎样会变得异乎寻常，同时让他们感受到遥远的过去人们的恐惧，就有必要中断一下这篇故事，迅速回顾一下柯内留斯老板的奇异经历。

柯内留斯·霍格沃斯特原是根特最富有的商人之一，由于同蒲高涅公爵查理交恶，才到路易十一的宫廷来，找到保护和栖身之所。国王感到，他能够从一个与佛兰德尔、威尼斯和东方的主要商号有联系的商人身上得到好处，于是便让柯内留斯老板成为贵族，让他入了国籍，给他以宠幸，这在路易十一来说，是很罕见的；然而，这个佛兰德尔商人欢喜国王的程度，相当于国王对他的欢喜。这两个人都很狡猾、多疑、悭吝，一样的多计谋，一样的有知识，在当时都是高人一等的，他们彼此极其了解；这一个是既可以丢掉又可以马上恢复他的良心，那一个是既可以丢掉又可以马上恢复他的虔敬，而且都一样的易如反掌；他们都同样爱处女，一个是出于信念，另一个是出于逢迎；末了，如果相信麃头奥里维埃和特里斯当忌妒的话，国王还到龙巴人家里去消遣取乐，就像路易十一平时那样玩乐。流传的故事还特意说到，这个国王对挥霍并不满足，而且生性淫邪。国王这个主顾尽管趣味随意转换，老布拉邦特商人却能安排满足，不用说，内中既有乐趣，又有利可图。

柯内留斯在都尔城已住了九年。九年来，他家发生了几件非同寻常的事件，使他成了众矢之的。刚来的时候，他修理房子花费了大笔款子，为的是把财宝放置在安全的地方。城里的锁匠秘密地为他制作了新发明的门锁，他小心翼翼到有点奇特：先把锁匠领回家里，好确信他们是否会守口如瓶；长期以来，这成了千百个奇妙故事的题目了，这些故事使都尔人的夜间值勤变得富有魅力。这老人令人惊异的巧妙手段，使人想象他拥有东方传说那样的财富。这个地方是法兰西故事的故乡，讲故事的人把佛兰德尔商人的家杜撰成金银珠宝砌成的房间，同时还把这巨大财产的来源归之于缔结了有魔法的条约。柯内留斯老板从前随身带来两个佛兰德尔的男仆，一个老妇人，外加一个面目清秀和蔼的年轻学徒；这个小伙子充作他的秘书、出纳、总管和信使。他安顿在都尔的第一年，家里发生了一次大偷窃案。司法调查证明，是家里人作案的。老吝啬鬼将两个男仆和他的伙计关进了监狱。小伙子身体羸弱，拷问时受不了苦而死去，但他一直矢口否认，说自己是无辜的。两个男仆为了避免受刑，招认了罪行；但当法官盘问他们，偷走的钱放在哪里时，他们却缄口无言，于是又受拷问，被判决上了绞刑。上绞刑架时，两人都坚持说是无辜的，但一切上绞刑架的人向来都是如此。都尔全城很长时间都在谈论这件奇案。犯人既然是佛兰德尔人，于是这两个不幸的人和年轻的伙计引起的兴趣，一时之间又迅速消散了。因为这时战争和请愿不断引起激动情绪，当日的惨剧会使昨天的黯然失色。柯内留斯老板对三个仆人的死倒也无所谓，他对自己遭受的巨大损失更感忧伤，只有他的姐妹，那个老佛兰德尔女人同他单独相处。他得到国王的恩典，可以支使国家的信使，办理他的特别事务。他把几匹骡子放在邻近的骡夫那里，从那时起，便生活在茕茕孤独之中，他只同国王见面，并通过犹太人的渠道做买卖，他们都是能掐会算的，忠实地为他服务，以便得到他强大无比的保护。

第二章　高利贷者

这件怪事过后不久，国王亲自给他的老“多索尼埃”（tocon-nier）物色了一个年龄不大的孤儿，柯内留斯老板对他关心备至。路易十一亲切地管柯内留斯老板叫“多索尼埃”这个古老的名字，在圣路易统治时期，意为高利贷者，收税人，用强暴的方法盘剥大众的人。形容词 tortionnaire 还残留在司法界，可以给“多索尼埃”这个词做个注脚，如今这个词往往写成“多西奥纳”（tortionneur）。可怜的孩子细心周到地忙于龙巴人的事务，懂得怎样讨他欢心，也得到他的宠爱。一个冬夜，英国国王为安全起见放在柯内留斯那里的值一万艾居的钻石被偷走了，怀疑落到孤儿身上；路易十一对他表现得特别严厉，因为他早先曾对孤儿的忠诚负责。因此，经过大法官的简短审问之后，不幸的孩子就上了绞刑。当时是没有人敢到柯内留斯老板那里去学银行业务和兑换的。然而，城里有两个年轻人，名誉很好，渴望能发家致富，先后来到他家。巨额的偷窃同接纳这两个年轻人在时间上刚好巧合；作案的情况和方式都清楚证明，盗贼同住在房子里的人是暗中串通的；这就不能不对新来者提出指控了。布拉邦特商人变得越来越多疑和报复心重，他马上把了解到的情形告知路易十一，路易十一责成大法官查清此案。每个案情都迅速审理，了结得更加快捷。都尔人出于乡土观念，暗中都在指责特里斯当断案过于迅速。不管是不是有罪，两个年轻人都被看成是受害者，而柯内留斯则是一个刽子手。做丧事的两家受到尊敬，他们的诉冤人人都侧耳细听，从推测开始，逐步发展，终于使人相信，被国王的银器商送上绞刑架的那些人，都是无辜的。有的人认为，残忍的吝啬鬼要仿效国王，企图把恐惧与绞刑架置于众人和他之间；他从来没有被偷窃过；这几次凄惨的行刑是出于冷酷的算计，他想这样可以做到对自己的财宝高枕无忧。民间这些流言最初的效果，是孤立了柯内留斯；都尔人把他看作瘟神，管他叫“高利贷恶鬼”，管他的住宅叫“凶宅”。即使龙巴人能找到敢到他家的外地人，全城居民也能用舆论加以拦阻。那些把他看作一个不祥人物的人，他们的言论就算是对柯内留斯老板最有利的一种了。他使有的人产生本能的恐惧，使另外一些人心生深深的尊敬，那是对无限权力或金钱才有的，对还有一些人，他具有神秘的魅力。他的生活方式，他的面貌，以及国王的恩宠，都可以证明有关他的故事的真实性。

自从一再威逼他的蒲高涅公爵死后，柯内留斯常常到外国去旅行；而他外出的时候，国王派他的苏格兰卫队守卫这个银行家的住宅。国王的这种关怀使大臣们得出这样的想法：老人把他的财产事先遗赠给路易十一了。高利贷者深居简出，宫廷显贵常常拜访他；他很慷慨地借钱给他们，但脾气却很怪僻：在某些日子，他连一个巴黎铸造的铜子也不给他们，第二天，却又借给他们巨额款子，不过利息丰厚，押金很高。但他是个好天主教徒，规规矩矩去听祈祷，早早就来到圣马丁修道院；他长期预订下一个经堂，同样，他与别的基督徒分开。末了，当时有句民间谚语，在都尔留传了很久，谚语说："你在龙巴人面前走过，就有横祸飞来。""你在龙巴人面前走过"，就意味着突然而至的灾祸，不由自主地忧愁和要破财。甚至在宫廷里，都把柯内留斯说成有这种致命的影响，意大利、西班牙和亚洲的迷信称为"歹毒眼光"的那一种。路易十一的可怕权力就像一件大衣盖在这幢房子上面，否则一有机会，人民就会拆毁桑树路这幢"凶宅"。然而，柯内留斯家那最先在都尔栽种的几棵桑树都被推倒了；都尔人那时都将他看作是个精灵。真是需要依靠民众的保护呀！

有几个显贵在国外碰到过柯内留斯老板，看见他心情畅快都很吃惊。在都尔，他总是阴沉而耽于梦幻；但他总要回家。有股不可解释的力量把他拉回到桑树路他那黑洞洞的房子。有如蜗牛，它的生命同壳的存在紧密相连那样，他向国王承认，唯有待在蚌壳形的石头下和他那上了门闩的小巴士底狱里，他才感到舒适，他明明知道，只要路易十一一驾崩，这个地方对他就是世界上最危险的地方。

"魔鬼取乐是在拿'多索尼埃'老爹的钱开销呢，"圣徒节的前几天，路易十一对他的理发师说，"他又在抱怨被人偷了。但他再也不能吊死任何人了，除非自己上绞刑架。这个老家伙来问过我，昨天他想卖给我的那串宝石项链，我有没有随手带走了？我对他说：‘上帝！我可以随便要的东西，怎么会偷？’”

“他害怕了？”理发师问。

“吝啬鬼只怕一样东西，”国王回答，“‘多索尼埃’老爹知道得一清二楚，我不会无缘无故硬拿他的东西，否则我就不是公正无私的了，我从来只做有理的事和一定要做的事。”

“老家伙过分相信你了。”理发匠说。

“你以为事情真是这样，嗯？”国王对理发师狡猾地瞥了一眼。

“真是活见鬼，陛下，您同魔鬼平分的这份遗产很可观呢。”

“够了，”国王说，“别把坏念头安到我身上。比起我让他们发财致富的所有人，老爹都要来得忠心耿耿，因为他可以说一丝一毫不欠我的情分。”

两年来，柯内留斯老板同他的老姐妹单独生活，她被人看成是女巫。附近的一个裁缝说是在夜间看见过她站在屋顶上，等待着去赴魔鬼夜会的时刻到来。

尤其是老吝啬鬼把他的姐妹关在一间房里，窗上都安上了铁栅，所以这件事就显得更加不同寻常了。柯内留斯越来越老，却老是失窃，他一直担心是受人欺弄，因此他恨一切人，除了国王，那他是非常尊敬的。他陷入过度的愤世嫉俗中。同大多数吝啬鬼一样，他对金子的狂热，他仿佛真要把这种金属吸收到体内的愿望，变得越来越难割舍和与日俱增了。连他的姐妹也引起他的疑心，虽然她兴许比自己兄弟更吝啬，更撙节，在别出心裁的小气方面，她还有过之而无不及呢。因此，他俩能生存下去就使人难解和变得神秘莫测了。老妇人那样少到面包铺去买面包，她那样少在市场上露面，连不爱轻信的善于观察的人，最后都以为这两个奇怪的人知道某种生活的秘密。懂点炼金术的人则说，柯内留斯老板会炼金子。学者认为他找到了万应灵丹。很多乡里人听到城里人介绍，都把柯内留斯看成神怪，有几个还好奇地去看了看他府第的正面。

那贵族坐在柯内留斯老板住宅对面的长凳上，轮番瞧着波瓦蒂埃府和“凶宅”；月亮的清辉给建筑的凸出部分镶了边，光和影的混合使雕刻的凹凸部分像上了彩色似的。洁白的光辉的任意变化，给这两幢建筑蒙上了不祥的面貌；仿佛大自然本身也在助长这种迷信气氛，笼罩在这住宅之上。所有把柯内留斯变成一个令人好奇的可怕人物的传说，年轻人都一一回忆起来。尽管他出于强烈的爱情，决意要进入这幢房子，在里面一直待到完成计划，但他还是在行动的前一刻，犹豫着要不要冒险走这最后一着。有谁在一生的严重时刻，不爱聆听一下预感，衡量一下未来的深渊呢？年轻人是真心实意地爱着，他怕得不到伯爵夫人爱情的支配，就一命呜呼了。他心里默默地考虑着，竟想得入了迷，居然感觉不到腿部和房子凸出部分呼啸而过的冷风。他要进入柯内留斯家里，就得改名换姓，同他已经脱下贵族的漂亮衣装相符。遇有不测，他也不能要求履行他出身的特权，或者得到朋友的保护，否则就会无可挽回地失去圣瓦里埃伯爵夫人。如果这个老领主怀疑到有个情人深夜前来相会，他是做得出把她关在铁笼里，用慢火烤死她，或者把她关在某个坚固的宫堡深处，天天折磨她，直至把她弄死的。这个贵族看着自己身上乔装打扮的破旧衣服，不禁有点自惭形秽。看到身上的黑皮腰带，宽大的鞋，羊毛围身，粗呢裤子，灰呢紧腰外套，他觉得自己就像最可怜的捕快协理。对十五世纪的贵族来说，扮演一个身无分文的布尔乔亚角色，放弃本阶级的特权，那就无异于寻死一样。可现在他就要爬上那幢宅第的屋顶，他的情人正在屋里啜泣，他要从烟囱爬下去，或者要飞快地从回廊顶上越过，从这个雨溜跳到那个雨溜，才到达她房间的窗下；他要冒着生命危险才能来到她身边，她坐在熊熊炉火前的锦缎靠垫上，阴鸷的丈夫打着瞌睡，发出的呼噜声更增加他们的欢乐；他们为了最大胆的一吻，敢于向天地挑战；说一句话都要危及生命，或者至少要引起一场血腥的战斗；所有这些欲火炎炎的想象，这件事所包含的浪漫传奇般的危险，使年轻人下定了决心。不管他的周思密想所得如何微薄，哪怕只能吻一吻伯爵夫人的手，越是这样，他越迅速下决心去尝试这一切，这当中还有当时那种狂热的骑士精神推动着。他也不去猜想，经过这样的千难万险，伯爵夫人还会不会拒绝给他最温馨的爱情欢乐。这次冒险实在险阻重重，太难以实现，却反倒使他非要去完成不可。

这当口，城里所有的钟都敲响了，回家将息的时候到了，这条法律本来早就废止不用，但在外省，一切都消失得很慢，所以依然遵守着。尽管灯光不熄，但各区区长却下令在街上拉起铁链。家家户户都关门闭户了，有好些迟归的布尔乔亚，成群结队地行走，仆人们提着灯笼，武装到牙齿，他们的脚步声在远处回响，不一会儿，封锁得密密匝匝的城市似乎睡着了，对于坏人的袭击，可担心的只有屋顶这一方面。那时，家家的顶楼都是夜间穿梭往来的通道。在外省，甚至在巴黎，街道非常狭窄，盗贼可以从一边跳到另一边。据当时的回忆录所传，国王查理九世[①]年轻时把这危险的行当长期当作娱乐消遣。

那贵族担心拜见柯内留斯老板时间太晚了，便起身去敲“凶宅”的大门。瞅着大门的时候，他的注意力被某种幻觉吸引住了，当时的作家把这种幻觉称作奇异现象。他揉了揉眼睛，仿佛要看清一点，在这一瞥中，他的心头掠过千百种不同的情感。在这扇门的两边，各有一张人的脸，镶嵌在一个像枪洞口的两根铁棍之间。起先他把这两张脸看作雕刻在石头上的滑

① 查理九世（1550—1574），法国国王，曾一手制造了屠杀新教徒的“圣巴托洛缪之夜”事件。

稽脸谱，上面满脸皱纹，棱棱角角，凹凸不平，骨突耸起，木然不动，黄褐颜色；但寒冷和月光使他分明看到那两只酱紫色鼻子由于呼吸翕动而喷出的淡淡的白雾；他终于看到，每张扁脸的眉毛的阴影下，都有两只蓝瓷样的眼睛，投射出明亮的火焰，活像卧在树丛中听到围猎呼喊的狼的双眼一样。不安的目光向他扫来，死死盯着，他观察着这奇异的景象，一碰到这眼光，犹如一只鸟儿受到扒在那儿窥伺的一群猎狗袭击一样，他心头微微一颤，但马上又压抑下去了。这两张脸，紧紧绷着，疑虑不安，不用说，就是柯内留斯和他姐妹的脸孔。那贵族假装看看自己到了哪里，他从口袋里掏出一张卡片，在月光下看着，尽力辨认上面写着的一处住址；然后，他径直走到高利贷者的门口，叩了三下，响声在屋里回应着，听来好像这是在一个地窖的入口。一道微弱的亮光穿过门楼，在一个坚固异常的小铁栅后面，有只眼睛闪闪发光。

“是谁？”

“是奥斯泰林克·德·布吕日派来的。”

“您要干什么？”

“要进来。”

“您叫什么？”

“菲力普·古勒努瓦。”

“您有介绍信吗？”

“在这儿！”

“从这个箱缝里塞进来吧。”

“缝在哪儿？”

“在左边。”

那个菲力普·古勒努瓦将信从铁箱缝投进去，缝就在那个像枪眼的洞口下面。

“真见鬼！”他心想，“看来国王到这儿来了，因为这儿采取了小心谨慎的措施，就像在普来西斯一样！”

他在街上等了将近一刻钟。之后，他听到柯内留斯对他的姐妹说：“把门上的暗洞关上。”

可以听到在大门顶下回响着链锁的银铛声。菲力普听到门闩在拉动，锁眼嘎吱作响；最后，一小扇低矮的包铁皮的门打开了最小的角度，只有瘦子才能侧身而过。菲力普几乎要撕破衣服，他不是走进来，而是挤进这“凶宅”的。

一个没齿的老女人，鬼样的脸孔，两道眉毛活脱是小锅的两个提耳，她的鼻子和翘起的下颏之间，恐怕连一个核桃也放不了；脸孔苍白，病容满面，两鬓内陷，仿佛全身仅由骨头和神经构成似的，她一声不响领着这个冒充的外国人来到一个低矮的大厅，而柯内留斯小心地在背后跟着。

“您坐在这儿，”她向他指着一张三脚凳，凳就放在一个有雕刻的、石砌的大壁炉的边角上，清洁的炉膛没有生火。

壁炉的另一边放着一张曲腿核桃木桌，桌上有个碟子，盛着一只鸡蛋，还有十到十二小片硬邦邦的干面包，那面包切削得真是吝啬到家了。有两张凳子，老女人坐在其中一张上，表明两个吝啬鬼正在进晚餐。柯内留斯走过去把两个铁护窗推上，不用说，是把窥测窗关好，刚才他就从这窗张望街上，张望了很久；然后他回来重新坐在位置上。那个所谓的菲力普·古勒努瓦看着兄妹两个庄重地轮流把面包片蘸一蘸生鸡蛋，动作精确，如同士兵们把勺子放到大锅里的时间相等一样，他们仅仅是蘸一下生鸡蛋，看准面包片的数目，刚好把生鸡蛋蘸完。这场技艺操演静悄悄地进行着。柯内留斯一面吃饭，一面观察着这个假学徒，那种专注，那种锐利，同他在估量古钱币时一模一样。菲力普感到有一件冰雪大衣落在他的肩上，他想打量一下周围，但爱情冒险给了他一种狡狯，他忍住了，连墙壁也不去偷偷瞥上一眼；他懂得，要是给柯内留斯看到了，他是不会让一个好奇的人留在他家里的。因而他仅仅有时谦卑地瞧一下鸡蛋，有时瞧一下老姑娘；有时他端详着这个未来的师傅。

路易十一的银器商很像这个国君，他甚至学会了国王的某些手势，那些亲密地生活在一起的人，往往都会这样。佛兰德尔人的粗眉毛几乎把眼睛也盖住了；可当他略略抬起眼睛的时候，就闪射出明亮的目光，洞人肺腑，充满力量，这是惯于安静的人的目光，对于他们，积聚起内心力量的现象已经习以为常了。薄薄的嘴唇，直上直下的褶皱，使他有一种精明到难以令人相信的神态。脸庞的下半部有点近似于狐狸的嘴部；而高高的圆鼓鼓的前额，布满皱纹，仿佛显露着崇高优美的品质和心灵的高贵，由于经验的制约，不会过分冲动出来，生活中得到的残酷教训，无疑埋入到这个怪人隐蔽不露的深处。然而这不是一个普通的吝啬鬼，他的情欲无疑包藏着深深的享受愿望和隐秘的思念。

“威尼斯古金币是什么兑换率？”他突然盘问这个未来的学徒。

“在布鲁日是四与三之比，在根特一对一。”

“莱斯科的货运费是多少？”

“三个巴黎铸造的铜子。”

“根特没有什么新闻吗？”

“李埃旺——戴尔德的兄弟破产了。”

“啊！”

情不自禁发出这声感叹以后，老人把他的一幅长袍盖住膝盖，这种长袍是黑丝绒料子，开前襟，宽袖子，无领襟，华丽的衣料已油光可鉴。这件曾经算得很漂亮的衣服是他从前当分产法庭庭长时穿的，就是这个职务给他招来了蒲高涅公爵的敌意；现在这件衣服只剩下一幅破布了。菲力普一点儿不觉得冷，却在这套破旧衣服底下冒着冷汗，生怕要被盘问其他问题。他救过一个犹太人，犹太人前一天刚简单地指点过他，凭着犹太人对柯内留斯的举止习惯了如指掌，也凭着他自己的记忆，总算能对付到现在。在最初情感冲动的时候，他还没有考虑到这么多，现在他开始看到事情的全部困难了；可怕的佛兰德尔人威严庄重，不慌不忙，对他起了作用。他觉得自己被关禁起来，仿佛看见大法官在柯内留斯老板的命令下，准备好了各式各样的绳索。

“您吃过晚饭了吗？”银器商的问话口吻意味着：别在这儿吃晚饭！

尽管她的兄弟是这种声调，老姑娘还是抖抖索索起来，她瞧着桌旁这个年轻人，似乎在估量这个人有多大肚量，她于是带着假惺惺的微笑说：“您真是名实相符呀[①]，您的头发和胡须比魔鬼的尾巴还要黑！”

“我吃过晚饭了。”他回答。

“那么，”吝啬鬼接着说，“您明天再来看我吧。我早就习惯不需要学徒了。再说，黑夜会给我出主意。”

“唉！先生，以圣巴冯的名义起誓，我是佛兰德尔人，这儿我什么人也不认识，街上已经拉起铁链，我会被关到监狱里的。”他怕自己的话太过热烈冲动，便添上说：“不过，如果您觉得合适的话，我马上就走。”

他的发誓对老佛兰德尔人起着奇怪的作用。

“好吧，好吧，以圣巴冯的名义，您就睡在这儿吧。”

---

① 他的假名古勒努瓦含有黑色的幽灵之意。

“不过……”他的姐妹吓慌了。

“别说了，”柯内留斯反驳说，“有了他的信，奥斯泰林克要对这个年轻人负责的。”

“我们不是有十万利佛尔放在奥斯泰林克那里吗？”他俯在他姐妹的耳旁说，“这是一笔保金！”

“要是他偷了你那套巴维埃尔的首饰呢？你瞧，他不像一个佛兰德尔人，更像一个小偷。”

“嘘！”老头尖起了耳朵。

两个吝商鬼谛听着。“嘘”声之后不久，不太明显地，有几个人的脚步声在远处回响着，就在城堑的那一边。

“是普来西斯的巡逻队。”他的姐妹说。

“哦，你把学徒房间的钥匙给我吧。”柯内留斯说。

老姑娘伸手想去拿灯。

“难道你要让我们孤零零地没有灯？”柯内留斯叫了起来，尽量让人领会他的声调。“在你这样的岁数，居然还没学会不要照明。拿这把钥匙就这样困难？”

老女人懂得这些话内中隐含的意思，于是走了出去。菲力普·古勒努瓦瞧着这个奇怪的女人走到门口，他趁机不让师傅看见，偷偷瞥眼看了看这个厅堂。厅堂安装着齐肘高的橡木护壁板，墙壁蒙上黑斜纹的黄牛皮，最吸引他注目的，是一支火绒手枪，外加一把玩赏的长匕首。这可怕的新式武器就放在离柯内留斯不远的地方。

“您打算怎样学做生意？”高利贷者问他。

“我钱很少，”古勒努瓦回答，“不过我知道一些有用的要则。如果我替您挣一个马克，您只要给一个铜子我就心满意足了。”

“一个铜子，一个铜子！”吝啬鬼重复着，“这够多的了。”

说到这儿，那个老女巫回来了。

“来吧。”柯内留斯对菲力普说。

他俩走到门楼下，登上螺旋形的石级楼梯，那圆形的楼梯间就在一个高高的小塔楼的大厅旁。走到第二层，年轻人就站住了。

“还没到呢，”柯内留斯说，“真见鬼！这一层是国王玩乐时居住的地方。”

建筑师把学徒的住室设在这个螺旋楼梯通上去的塔楼尖顶下，这是一个圆形的小房间，全用石块垒成，阴森森的，毫无装饰。这个塔楼居于楼房的正中，楼前的天井同外省的一切院子一样，狭窄而幽暗。穿过安着铁栅的拱顶，可以看到尽里头是个荒瘠的花园，只有几棵桑树，不用说，是柯内留斯料理的。好在月光明亮清澈，透过楼梯空当射进来的光亮，那贵族看清了房里的一切。一张破床，一把凳子，一只水瓮和一只散架的食橱，就组成这间住室的家具。正方形的小窗口，沿着塔楼外墙的凸形装饰，按距离开设，从这幢幽雅建筑的品类来看，无疑也就是一种装饰了；亮光就从这些窗口射进房里。

“这就是您的住房，简单、牢固，睡觉的用具一应俱全。晚上好！不要学别人的样，从房里出去。”

柯内留斯向他的学徒瞥了含意无穷的最后一眼，然后把门关上了，钥匙转了两转，随后他把钥匙带走，下楼去了，留下那贵族在那里傻了眼，有如铸钟匠发现模具里一无所有时那样。他孤零零一人，没有灯光，坐在凳子上。就是这间顶楼，在他之前的四个人出去时都上了绞刑台，在这儿他觉得自己就像一头野兽困在一个口袋里。他跳到凳子上，挺直身子，踮起脚尖，想够着上面的小窗口，白蒙蒙的亮光就从那儿照射下来。他眺见了罗亚尔河，圣西尔美丽的山坡和普来西斯幽暗的奇异景致，那儿，有几个窗户的缝隙里，闪烁着三三两两的亮光；远处，平展着都尔近郊美丽的田野，还有银光闪闪的、平坦的河面。这美丽的大自然层层叠叠都有着还无人知晓的妩媚：玻璃、水面、屋顶，都如同宝石一样，在跳荡的月光下闪烁发光。年轻贵族禁不住心头一阵激动，又柔美，又忧郁。他自言自语说："要诀别是多么可惜呀！"

他待在那儿，这次冒险他早就预料要会有强烈的激动，现在他已经尝到滋味了，他沉浸在惊惶恐惧之中，就如囚犯还存着一线希望时那样。每遇一个困难，他的情人就越美一分。对他来说，她不再是一个女人了，而是透过欲望的炭火隐约可见的超乎寻常的实体。他似乎听见波瓦蒂埃府那儿发出微弱的喊叫声，于是他清醒和回复到现实境界中来。

他翻身从床上坐起来，思前想后，这时他听到，螺旋形楼梯发出轻微的窸窣声，于是聚精会神地倾听着，老妇人说的"他睡着了？"这几个字传到他的耳朵里。建筑师也没有料到，一点儿声响都会在学徒的房间引起回响，因而吝啬鬼和他的姐妹窥伺他时的一举一动，这个假古勒努瓦都没有漏掉。他脱了衣服，躺下睡觉，佯装睡着了，他的两个主人在楼梯上窥看的时候，他正想着法儿走出这牢笼，进入波瓦蒂埃府。

约莫十点时，柯内留斯和他的姐妹深信不疑他们的学徒睡着了，便退回到自己房里。那贵族细细辨认这两个佛兰德尔人远去的微弱脚步声，琢磨出他们住的地方；他们该是住在整个第三层。同当时所有的房屋一样，这一层是加盖在平顶上的，窗户上端有三角形的装饰，雕刻华丽。屋顶四周围着栏杆，遮住了接水的雨溜，溜口像鳄鱼嘴一样，从这里把雨水一直喷到街上。那贵族像只猫那样，仔细研究过地形，想找到一条从塔楼到达那屋顶的通道，他打算攀住雨溜嘴越过去，翻到圣瓦里埃太太房里；但他没有想到，小塔楼的窗户太小，他钻不出去。于是他决定从螺旋形楼梯当中的窗口爬到屋顶上去，这扇窗照亮着第三层的廊柱。要实现这个大胆的计划，就必须先走出这房间，可是柯内留斯已经把钥匙带走了。年轻贵族出于小心提防，身上带着一把匕首；从前决斗时，对手哀求结果他性命，于是痛痛快快给他一刀，用的就是这种匕首。这件可怕的武器一边锋利得像剃刀，另一边成锯齿形，但同匕首刺进人体的方向相反。那贵族打算用匕首锯断锁边的木头。万幸的是，锁框露在外面，由四个大螺丝固定住。他可以用匕首，不需要费多大劲儿，就能卸下这禁闭着他的锁框。然后他把螺丝小心翼翼地放在食橱上。

将近午夜时，他感到可以自由行动了，便脱了鞋，下楼去熟悉地方。当他看到有条走廊的门洞开着时，这一惊非同小可；这条走廊通到好几个房间，尽头有一个窗口，正对着一道峡谷似的地方，那是在这儿相连的波瓦蒂埃府和“凶宅”的屋顶形成的。他的快乐真是无法形容，他马上对圣母许愿，要在都尔著名的埃斯克里尧尔教区设立赞颂她的一台弥撒。

察看过波瓦蒂埃府又高又大的烟囱后，他便要回去带上匕首；可他瞥见一道亮光照得楼梯明晃晃的，便恐惧得颤抖起来。他看到柯内留斯穿着宽袍子，拿着灯，睁着双眼，站定不动，就像幽灵一样出现在走廊口上。

“打开窗，跳上屋顶，那他会听到我的声响的！”那贵族这样想着。

这个可怕的柯内留斯一直往前走着，就像罪犯一步步接近死刑的时刻一样。在这紧急关头，古勒努瓦得到爱情的帮助，完全清醒过来；他向一个门洞扑去，挤在角落里，等吝啬鬼走过去。高利贷者把灯擎在前面，刚好站在那贵族一口气就能吹到的地方，于是灯被吹灭了。柯内留斯不清不楚地嘟囔着，用荷兰话骂了一句；他又按原来的方向回去了。那贵族于是跑回原来的房间，拿着他的武器，又来到那天公作美的窗口。他轻轻地打开窗，跳上了屋顶。一旦自由自在地待在天幕底下，他便感到浑身瘫软了，他是多么幸福呀，或者是危险，或者是此行的大胆，使他极度激动，才使得他这样，因为成功往往就如战斗一样，充满了困难险阻。他靠在雨溜上，快乐得颤抖不已，一面思忖着："从哪根烟囱进去，我才可以下到她房里呢？"他每根烟囱都瞧过了。出于一种爱情的本能，他用手去触摸，看看哪根里面生过火。这个大胆的贵族做出判断之后，便把匕首插入两块石头的接合处，把软梯的一头挂在上面，然后把软梯从烟囱口扔下去，他对刀刃的精良深信不疑，没有丝毫胆怯害怕，一骨碌便下到情人的房里。他不知道圣瓦里埃是醒着还是睡着，但他是决意要把伯爵夫人搂在怀里，哪怕要付出两个人的生命！他轻轻地把脚踩在热灰上，加倍悄悄地弯下身来，他看到伯爵夫人坐在一张靠椅上，在灯光下，那胆小的女人因幸福而变得煞白，心房扑扑乱跳，她用手指着圣瓦里埃，他睡在床上，离她只十步远。请相信，他们热烈的、无声无息的接吻，只在他们的心里引起回声！

第三章　巴维埃尔公爵的首饰失窃

第二天，早上九点左右，路易十一听过弥撒。正从教堂出来，半道遇上了柯内留斯。

“老爹，好运气。”他举了举帽，没有多说。

“陛下，我愿意付出一千金艾居，好得到您接见一会儿，因为我已经找到了宝石项链和所有首饰的偷儿……”

“那咱们就来看看。”路易十一说，走进了普来西斯的庭院，后面跟着他的银器商，他的医生柯伊克蒂埃，魔头奥里维埃和他的苏格兰卫队长。“把你的案子说给我听吧。按你的办法，我们又得判一个上绞刑架的了。不是吗，特里斯当？”

那位大法官正在庭院里来回踱步，他慢慢走过来，就像一条狗，忠实听命，悠然自在。这群人在树下停住了脚步。国王坐在一条长凳上，廷臣在他面前围成半圆形。

“陛下，一个假冒的佛兰德尔人把我耍得够呛。”柯内留斯说。

“那这个人一定很狡猾啰。”路易十一摇晃着头说。

“噢！是的，”银器商回答，“不过我不知道，他是不是也能引你上钩。在奥斯泰林克那里我存了十万利佛尔，他推荐给我这个穷小子，我怎能不相信呢！我敢打赌，犹太人的签名是假造的。陛下，总之一句话，今天早晨，我发现您那么欣赏的那些首饰没了，真是漂亮好看的首饰啊。陛下，现在却被人偷走了！偷走了巴维埃尔选侯的首饰！这些叫花子什么也不在眼里，您要不注意，他们会把您的王国都偷走的。我立刻上楼到这个学徒的房里去，他在偷窃方面真可以成为师傅了。这回，我们可不会缺少证据。他把锁上的螺丝都卸了下来，但他回到房里，已经没有月光了，他找不全螺丝！凑巧我进门时，感到脚底下有一颗螺丝。他睡着了，这个臭要饭的，他太疲倦了。各位先生，你们想想看，他是从烟囱下到我的房间里的。明天，不，就在今天晚上，我要在烟囱口装上铁条。同窃贼打交道，总能学到一点东西。他身上带着丝绸做的软梯，他的衣服带着沿路经过屋顶和烟囱的痕迹。他打算留在我家，这个胆大包天的家伙，他想毁了我！他把首饰埋在哪儿呢？附近村里的人大清早看到他从屋顶回到我家里。他有同伙，他们在您修筑的堤岸上等待着他。啊！陛下，这些贼是坐船来的，您实际上成了他们的同伙了，嘿，他们把一切都席卷而去，而且不留痕迹；不过钥匙是在我们手里。这个坏蛋狗胆包天，什么事情都做得出来。啊！这是一块上绞刑架的料，拷问他一下，就什么都知道了！这难道不关系到您治理的声誉吗？在这样伟大的国王治下，是绝对不该有盗贼的。”

国王早就不在听他说话。他已陷入沉思冥想之中，在他的晚年，这是常有的事。周围一片寂静。

“我的老爹，这同你有关，”他终于对特里斯当说，“你去好好审理一下这个案子吧。”

国王站起来，往前走了几步，他的臣属都留在后头。他看到柯内留斯登上了骡子，就要同大法官一起离开了，便说：“那一千艾居呢？”

“啊！陛下，您是一个功德无量的国王！您执法公正，多少钱也不能偿付得清……”

路易十一微笑着。个个廷臣羡慕老银器商能直言不讳，享受别人得不到的权利，他转眼已消失在都尔城和普来西斯之间的桑树林荫道上。

那贵族筋疲力尽，酣睡不醒。从这风流远征归来之后，他不去防备或设想一下今后的危险，也许他以为就不会有危险，于是他先前投身于危险的欢愉所具有的勇气和热情便不复存在了。因而他把刷净脏衣服的事儿放到第二天去做。这就铸成了大错，后来的一切便都由此酿成。他在爱情中销魂的时候，月沉大地，因为没有月光，他对找到这把该死的锁的所有螺丝失去了耐心。他带着欢尽思歇的人的随便，相信命运会给他好机会，因为直到如今，命运都没有亏待过他。他给自己规定好了，天蒙蒙亮就要醒过来，可是白天经过的事和晚上经历的激动，不容他对自己守约。幸福是健忘的。这张硬邦邦的破床上，多少个不幸的人醒来就上了绞刑架；这个年轻贵族在上面熟睡的时候，也感觉不到柯内留斯是如何可怕无忧无虑将他毁了。等到国王的银器商从都尔城近郊的普来西斯返回，并由大法官和凶神恶煞般的弓箭手陪伴着那时，这个假冒的古勒努瓦正由老妇人看守着。她坐在螺旋形楼梯的阶梯上，也不在意寒冷，替柯内留斯织着毛袜。

年轻贵族还在梦里回味这甜蜜的一夜神不知鬼不觉的欢乐，殊不知不幸正飞速而至。他做着好梦。青春时期的梦总是染上了鲜明的色彩，他在梦里也弄不清幻想从哪儿开始，现实在哪儿结束。他觉得自己倚在靠垫上，就在伯爵夫人脚边；他的头枕在她情意绵绵的膝盖上，一面听着叙述，伯爵是怎样一直折磨、虐待他妻子的；他同伯爵夫人一起心酸难过，她本是路易十一最喜欢的一个私生女。他答应第二天把这一切都去告诉她脾气暴烈的父亲，他俩一厢情愿地把怎么做都想好了，废除婚约呀，毒死丈夫呀，而这时一有响动，把伯爵惊醒，他俩就可能挨上他一剑。在梦里，灯光、他俩眼里射出的火焰、布帛和壁毯的色彩都变得更加强烈；从夜服中散发出来的香气变得更加沁人心脾，比起原来的场面，空气中更加充满爱情的气息，他们周围也更加欲火如焚。因而梦中的玛丽就远不如真玛丽那样，抵挡着那软绵绵的目光，温柔的哀求，有迷惑力的询问，巧妙的静默，情切切的体贴，假装的爽气，这些手段会使情欲一开始就变得炽热，爱情每进一步，就使心灵充满新的醉意。从当时的爱情学的角度看，玛丽·德·圣瓦里埃只让她的情人享有表面的权利。她任他吻脚、吻袍子、吻手、吻颈；她承认爱他，她接受情人对她的关心和表示愿为她献出生命，她不反对他要为她赴汤蹈火，她坠入一种沉醉之中；但还保持着半真半假的贞洁，显得那样严肃，可又那样忍心，一直使这种沉醉处于炽烈状态之中；她变得很乖戾，为了得到自身的解放，她愿付出爱情的最高报偿。

那时，解除婚约需要到罗马去，要有几个红衣主教鼎力协助，并要带着国王的恩许去觐见教皇。玛丽想得到爱情上的自由，献给那贵族。当时，几乎所有的女人都有办法在某个男子的心里建立她们的威权，使这种爱情写下充满活力的一页，这是她们最高决心的准则！在法国，贵妇互有尊严，她们个个都等于女王，带着令人赞赏的高傲。她们虽委身于情人，但情人却在更大的程度上属于她们。要得到她们的爱情，往往要付出鲜血四溅的代价；要属于她们，必须历尽艰险。可是，梦中的玛丽要仁慈得多，她被心上人的忠诚感动了，对俊美的贵族强烈的爱情半推半就。哪一个玛丽是真正的玛丽呢？这个假冒的学徒在梦里真的看到了真玛丽吗？他在波瓦蒂埃府看到的贵妇难道是假装坚守贞操吗？这个问题不好解答，贵妇的名节就是要让它悬而难决。

也许梦中的玛丽这时快要忘记做情人的高度尊严了。在这当儿，他感到被一只铁臂膀抓住，大法官酸溜溜的声音在他耳边响着："喂，半夜出来摸索寻找上帝的好基督徒，醒醒吧！"

菲力普睁开眼看到特里斯当黑黝黝的脸孔，看出他的微笑带着揶揄的意味；然后他瞥见在楼梯上站着柯内留斯和他的姐妹，在他们后面，站着法警。看到这个场面，看到这些鬼怪般的脸孔满含着仇恨，带着对执行绞刑习以为常的人那种阴郁的好奇，菲力普·古勒努瓦便一翻身坐了起来，揉着眼睛。

"真是活见鬼！"他嚷了起来，一面抓住枕头下的那把匕首，"该是动刀的时候了。"

"哈，哈！"特里斯当这样回答，"这就叫贵族风度！我好像看到的是弓箭队大队长的侄子乔治·德·埃斯都特维尔。”

听到特里斯当叫他的真名，年轻的埃斯都特维尔先想到的不是自己，而是他不幸的情人要遭到危险了，如果他被认出来的话。为了转移视线，他叫了起来：“真见鬼！你们这些叫花子，都对我来吧！”

这声吓人的叫骂只有真正处于绝境的人才喊得出来，接着，这个年轻的廷臣手里握紧匕首，纵身一跳，跳到楼梯台上。但大法官的随从对这类遭遇早就习惯了。等到乔治·德·埃斯都特维尔要下楼梯，他们就飞快地抓住了他，他对着其中一个猛捅一刀，幸亏顺着护甲滑开了，随从们并没有惊惶慌乱；他们马上解除了他的武装，捆上他的手，把他扔到床上，他们的头儿一动不动，若有所思地站在床前。

特里斯当一言不发地瞧着囚徒的手，一面捋着胡子，他指着这双手对柯内留斯说：“他的手既不像叫花子的，也不像学徒的。这是一个贵族！”

“不如说是个绿林大盗，”高利贷者痛苦地嚷着说，“我的好特里斯当，不管是贵族还是农奴，这个大坏蛋可把我毁了！我早就想看到他的双脚双手受火烤，或者夹在你那出色的小夹具里。不用怀疑，他就是这伙隐身或显形的魔鬼头儿，这伙魔鬼了解我所有的秘密，打开了我的锁，到处翻遍，把我给坑害了。我的老爹，他们可富了！啊！这回我们可以得到他们的宝库，那真是埃及王的宝藏呢。我可以收回我珍贵的红宝石和那几笔巨款了，我们的好国王就可以有大笔艾居收入……”

“嗬，我们的密室比你的可要牢固得多！”乔治微笑着说。

“啊！这十恶不赦的强盗，他招认了。”吝啬鬼叫着说。

大法官一心一意地仔细观察乔治·德·埃斯都特维尔的衣服和门锁。

“是你把所有这些搭扣都旋下来的吗？”

乔治保持沉默。

“好吧，你要愿意，你就沉默吧。不用多久，你就会向绞刑架忏悔了。”特里斯当接着说。

“话就这样说定了！”柯内留斯嚷了起来。

“把他带走。”大法官说。

乔治·德·埃斯都特维尔要求让他穿上衣服。随从们在头儿的示意下，给囚犯穿衣服，他们动作灵活而迅速，像奶妈一等婴儿静下来就换下襁褓一样。

一大群人挤满了桑树路。喃喃的话语声越来越响，就像一次请愿的前兆。一清早盗窃的新闻就传遍了全城。传说这个学徒年轻俊美，因此到处都唤起了对他的同情，加深了对柯内留斯的仇恨；以至于品性淳厚的男子和面目清秀、手脚玲珑的年轻女子莫不想看看受害者。等到乔治走出来，由一个法警带领着，法警骑着马，臂上缠着一道宽皮带，皮带连着犯人，犯人双手被紧紧捆绑着，这时响起一阵可怕的喧嚣声。抑或是想再看看菲力普·古勒努瓦，抑或是想营救他，后到的人把前面的人推到“凶宅”前的拴马柱旁。这时，柯内留斯在他的姐妹的协助下，关上了大门，他惊恐万状，气急败坏地插上门闩。那时候，人民还不是至高至尊的，所以特里斯当并没有把这伙人放在眼里，根本不在乎要闹起事儿来。

“往前推，往前推！”他对手下人说。

弓箭手们听到令声，便催着坐骑向路口冲去。聚集着的人群看到有一两个围看的人跌倒在马蹄下，还有几个人被紧紧挤到墙上，连气都透不过来，于是都决定走为上策，还是各自回家的好。

“王法至上，”特里斯当喊着，“你们在这儿要干什么？想给你们自己判处绞刑吗？我的朋友们，你们回家吧，家里的烤肉要烧着了！喂！这个女人，你丈夫的裤子都破了，快回去拿起你的针线吧。”

尽管这几句话表明大法官心绪愉快，但还是把那些恋恋不舍的人都吓跑了，仿佛他在传播黑死病一样。当人群掀起第一阵骚动的时候，乔治·德·埃斯都特维尔看到他心爱的玛丽·德·圣瓦里埃在波瓦蒂埃府的一个窗口旁正在同伯爵说说笑笑，于是怔住了。她是在嘲笑他这个忠实的可怜的情人为她去赴死吧。不过，也许她是对那些人的帽子被弓箭手的武器挑走了感到好玩吧，必须年龄是二十三岁，想象丰富，放胆去相信一个女人的爱情，尽自己最大努力去恋爱，在一吻之下甘愿九死一生，可是却看到自己被背弃了，这样的人才能懂得乔治·德·埃斯都特维尔看到他的情人谈笑风生，报以他冷漠无情的一瞥时，心里所生的狂乱，怨怼和绝望。她一定待在那里好久了，因为她的双肘支在靠垫上；她悠然自得，她那个老头看来高高兴兴的。他也在笑着，这个该死的驼背！年轻人眼泪夺眶而出，可是，等到玛丽·德·圣瓦里埃看到他在哭泣，她马上向后退走了。乔治的眼泪于是突然止住，他瞥见了忠于他的侍从红黑两色的羽翎。这个谨慎小心的仆人踮起脚尖走路，伯爵没有发觉他来了。那侍从在他的女主人耳边说了几句，玛丽于是又在窗口出现了。她避开她的暴君的不断监视，向乔治投了一瞥，里面闪现着一个女子能骗过百眼巨人的精细，爱情的烈火和希望的欢乐。

或许她叫一声“我在照看着你”也没有这一瞥表达的意思那么多，这一瞥包含着千百种思想，恐惧、欢乐、他们两人处境的危险都表现出来了，有如从天堂到受难，再从受难到天堂一样。于是年轻贵族轻松、愉快、欢乐地前去受刑，心里感到，拷问的痛苦还顶不上他爱情的欢愉。特里斯当正要离开桑树路时，他的随从看到一个苏格兰卫队的军官骑马飞奔而至，便都站住了。

“什么事？”大法官问。

“不关您的事，”那军官轻蔑地回答，“国王派我来找圣瓦里埃伯爵和伯爵夫人，陛下请他们赴宴。”

大法官刚走到普来西斯堤岸，伯爵同他的妻子就登上坐骑。她骑一匹白骡子，他骑在自己的马上，后面跟着两个侍从，一行人赶上了那队弓箭手，以便一块儿进入都尔近郊的普来西斯。人人都走得很慢，乔治步行，走在两个卫兵之间，其中一个用皮带和他连着。特里斯当、伯爵和他的妻子理所当然走在前头，犯人跟在他们后面。那个年轻侍从夹在弓箭手中间，问他们几个问题，有时也对犯人说话，他巧妙地抓住机会低声对犯人说："刚才我越过花园的围墙，跳了出去，跑到普来西斯向国王呈递夫人的一封信。夫人得知您被指控偷盗，都曾经不想活了。您鼓足勇气吧！夫人会为您说情的。"

爱情已经给了伯爵夫人以勇气和计谋。刚才她谈笑自如，她的态度和笑容都是出之于这种英勇行为，那是女子在生活中的严重危急时刻常常展露的。

虽然《昆丁·达沃德》[①]的作者想象奇特，把都尔城近郊的普来西斯王宫置于一块高地之上，但妥善的办法还是把王宫还回它当时所处的地方，远处两边由谢尔河和罗亚尔河卫护着；还有圣安娜运河，那是路易十一为表彰他宠爱的女儿博日夫人而命名的。这条运河将都尔城和普来西斯之间的两条河流连接起

① 《昆丁·达沃德》，英国作家司各特的小说。

来，既给强固的王宫筑成一道骇人的天堑，又构成一条宝贵的贸易通衢。在辽阔的肥沃的布雷埃蒙平原那边，有一道堑壕保卫着花园，从堑壕的遗址今日还可以看出那惊人的宽度和深度。当时，大炮还处在初级阶段，射程有限，普来西斯的方位被认为是不可攻克的，因而早就被路易十一选作他避居的地方。王宫是砖石结构，没有什么出色的地方；但是四周绿树成荫，从窗口远眺，通过花园的缺口，可以发现世界上最美的景致。再则，没有什么可媲美的房子耸立在这孤独的宫堡旁边，王宫恰好就位于这个国王独占的小平川的中央，四周环绕着可怕的水堑。按照传说，路易十一住在西侧，从他的房间可以看到罗亚尔河的水道，在河的那一边，可看到舒瓦席尔河流贯的美丽峡谷和一部分圣西尔的山坡；从面临庭院的窗口望出去，这座堡垒的入口和堤坝路易十一都可以一览无余；这条堤坝把他偏爱的居处同都尔城连接起来。这个君王多疑的性格给这些推测以可信之处。不过，路易十一在建造这座城堡时处处显示建筑的华美，后来弗朗索瓦一世[①]在商博尔又加以发展，法国历代国王的居处

① 弗朗索瓦一世（1494—1647），法国国王。

此后便一直采用都尔式了。只要看一看这一令人赞叹的位置和迷人的景致，就足以相信它胜过其他王宫的景色了。

路易十一刚满五十七岁，但他留在世上只有三年了，在疾病的打击下，他已感到死之将至。他已摆脱了自己的敌人，就要将蒲高涅伯爵的全都领地增添到法国的疆域之内，这靠的是王太子和蒲高涅领地的女继承人玛格丽特的婚姻；那是经他在佛兰德尔的司令官戴盖德斡旋撮合的。他到处都建立了自己的权威，考虑着怎样百业俱兴。他看到时日不多了，自己已年迈体衰。所有的人，甚至他的孩子们都欺骗他，经验更增加他理所当然的疑虑。生的愿望在这个人民化身的国王身上有着自己的目的，他渴望延长自己的生命，以完成他的宏愿。著作家的理智和革命的天才在王国内带来的一切变化，路易十一都考虑到了。统一税收，臣民在法律面前平等（当时王爷就是法律），都是他大胆尝试的对象。就在圣徒节的前一天，他咨询过博学的金银器商，想在法国建立统一的度量衡，就像他已建立了统一政权一样。这一广阔的思想就这样像雄鹰翱翔在整个帝国之上，当时，在路易十一身上，除开君王的谨慎小心，还要加上才高智深的人常有的怪僻。任何时代也找不出比这个伟大人物更富有诗意、更美好的形象了。真是从未见过有这么多的对比汇集在一起！在一个衰弱的身体内蕴藏着巨大的能力，怀疑人间事物而相信宗教教规，同比自己更为强大的两种威权即现在和将来做着斗争，说到将来，他害怕要遇到磨难，因而他对教会做了许多捐献；说到现在或者他的生命本身，他只得服从医生柯伊克蒂埃。这个国王摧毁着一切，却被内疚，更被疾病压垮了，压垮在诗意的氛围之中，那是权力集于一身、小心多疑的国王离不开的。这是人同自然比试，最高地表现了他的力量的巨大而永远壮丽的战斗。

当时午饭是在十一点半左右开饭的，路易十一等着这个定好的时间到来，他刚刚做了一次短暂的散步，回来后就坐在壁炉旁铺着毯子的大椅子里。麂头奥里维埃和医生柯伊克蒂埃默默无言地相对而视，就站在一扇窗棂旁边，不敢打扰王上瞌睡；唯一能听到的声音，就是两个侍从长蒙特雷佐老爷和让·迪甫即蒙巴宗老爷在前厅踱步的声音。这两个当地贵族看着那个苏格兰卫队长，他可能按习惯已在靠椅里睡着了。国王看样子也在迷迷糊糊之中。他的头耷拉在胸前；他的帽子戴在脑门前边，差不多把眼睛全遮住了。他就这样安顿在饰有王冠的高椅子里，蜷缩着，仿佛在思考之中睡着了。

这时，特里斯当和他的行列正出现在运河的圣安娜桥上，桥位于离普来西斯入口两百步远的地方。

“是谁？”国王说。

两个廷臣惊奇地交换了一眼，相互询问着。

“他在做梦。”柯伊克蒂埃低声说。

“见鬼！”路易十一又说，“你们当我有神经病？有人走过桥上。不错，我是在壁炉旁边，但我比你们都更容易听到声响。这种自然音响效果大可利用。”

“真厉害！”麂头奥里维埃说。

路易十一站起来，有一个窗口可以鸟瞰全城，他向那儿走去；于是他看到了大法官，便说：“哈！哈！是老爹和小偷。还有我的小玛丽·德·圣瓦里埃，我把这个案子全忘了。”他又对理发师说：“奥里维埃，你去告诉蒙巴宗先生，叫他给我们上布格伊好酒。你去看看厨子有没有忘了给我们准备鲤鱼，这两样东西是伯爵夫人非常喜爱的。”

“我可以吃鳗鱼吗？”过了一会，他不安地望着柯伊克蒂埃，添上说。

这个臣仆端详起他主子的面孔，算是回答。这两个人本身就是一幅图画。

从前，小说家和历史都认为路易十一穿着褐色普通布外套和裤子。他的帽子缀满了铅质勋章，还有他的圣米歇尔勋级的项链，也是同样有名的；可是没有一个作家和画家再现过这个可怕的君主晚年的肖像；他病容满面，双颊深陷，蜡黄中带灰褐色，整个容貌流露出严峻狡黠和冷冷的讥诮。在这副面具下面，是一个伟人的脑门，布满了皱纹，充满了睿智；而在脸颊和嘴唇上，有一种说不出的平庸一般。看到这副面孔的某些细部，您会说是一个沉湎酒色的老葡萄农或者吝啬的商人；但透过这些隐约的相似和垂危老人的衰朽，占主导地位的还是国王和有能耐、善行动的人。他的淡黄色的眼睛看起来已暗淡无光了，而里面却孕育着勇敢和愤怒的闪光，只消一击，便会从中射出火焰，包住一切。医生是个大块头布尔乔亚，一身穿黑，容光焕发，干脆利落，贪婪无餍，神气十足。这两个人所在的房间装着核桃木护壁板，挂着佛兰德尔的直纹壁毯，雕刻的梁木支撑着的天花板，已经被烟熏黑了。家具和床都镶嵌着一条条斜纹形的锡，当时确实是很珍贵的，但今天看来也许更珍贵一些；那时艺术已经开始产生多少杰作呀。

“鳗鱼，您根本不能吃。”那个“物理学家”回答。

“物理学家”这个词新近由“没药师傅”这个词代替了，但在英国还给医生保留着。在当时，这个称号到处一样都是给医生的。

“那么我吃什么呢？”国王谦恭地问。

“可以吃腌雁肉。否则，您身上活动着的胆汁太多，在死人节那天便会丧命。”

“那就是今天啰。”国王恐惧得叫喊起来。

“嗨！陛下，您放心吧，”柯伊克蒂埃接着说，“有我在这儿呢。您千万不必烦扰，您尽管快乐好了。”

“啊！”国王说，“这可不容易，但我的女儿从前却有办法做到使我快乐。”

说到这儿，安贝尔·德·巴斯塔内伊，就是蒙特雷佐和布里多雷的领主，他轻轻地叩着国王的房门。得到国王的允许以后，他走了进来，向国王禀报圣瓦里埃伯爵和夫人已到。路易十一示意可以进来。玛丽出现了，后面跟着她年老的丈夫，他让她走在头里。

“我的孩子们，你们好。”国王说。

“陛下，”伯爵夫人一面拥抱他，一面低声回答，“我想私下对您说几句。”

路易十一样子不像在听。他转身对着门，瓮声瓮气地叫道：“喂，迪甫！”

迪甫，就是蒙巴宗的领主兼国王侍餐长，他急急忙忙跑来了。

“你去看看御膳长，我要吃雁肉。然后你再去博日夫人家里，告诉她今天我想单独在家吃午饭。”

“夫人，你知道吗，”国王佯装有点恼怒，“你把我忘了吧？我没看到你，一转眼已经三年了。”他坐下来，对她伸出双臂，说：“喂，你过来，小乖乖。你瘦多了！”路易十一突然问波瓦蒂埃老爷：“为什么你会使她瘦成这样？”

这个好忌妒的人胆怯地瞥了他妻子一眼，她几乎都要怜悯他了。

“陛下，那是因为幸福。”他回答。

“啊！你们夫妻太恩爱了。”国王把她的女儿夹在双膝之间，“嗨，我觉得以前管你叫可爱的玛丽是对的。柯伊克蒂埃，你可以走了！”医生出去后，他对女儿说：“你对我有什么要求？你派你的……”

在这危险的当口，玛丽果敢地将手捂住国王的嘴，在他耳边说：“我一直深信您是小心审慎、明察秋毫的……”

“圣瓦里埃，”国王笑着说，“我想，布里多雷有事要同你谈谈呢。”

伯爵出去了。但他耸了耸肩，他的妻子非常熟悉这个动作，她猜到了这个凶狠的爱忌妒的人想的是什么，认为应该防范他卑劣的意图。

“我的孩子，你告诉我，你觉得我身体怎么样？嗨！我大变样了吧？”

“喔，陛下，您要我讲真心话吗？还是要我瞒着您？”

“不要瞒我，”他低声说，“我需要知道我现在到什么地步了。”

“要实说的话，您今天脸色很不好。但愿我说了实话不会妨碍我的事儿成功。”

“什么事？”国王皱起眉毛，一只手掠过脑门。

“唉！陛下，”她说，“您下令在银器商柯内留斯家里逮住的那个年轻人，现在正解往您的大法官那里。他是无辜的，并没有偷巴维埃尔公爵那套首饰。”

“你怎么知道的？”国王问。

玛丽低下了头，脸都红了。

“我不用问这里面有没有爱情，”路易十一温柔地抬起他女儿的头，抚摩着她的下颏，“如果你不是天天早上做忏悔，我的孩子，你就会下地狱。”

“您没有打开我的内心思想之前，怎么能指点我呢？”

“贪欢会走到哪一步呀？”国王嚷着说，他看到这件事是个饶有兴味的题目。

“啊！您想拿我的烦恼来开心？”

“噢！精灵鬼，难道你不信赖我吗？”

“那么，陛下，请下令释放这个贵族。”

“啊，这是个贵族。”国王叫了起来，“那么这不是个学徒了？”

“这肯定是个无辜的人。”她回答。

“我却不这样看，”国王冷冷地说，“我是我的王国的执法人，应该惩罚作恶分子……”

“好了，别装出忧国忧民的样子了，把这个年轻人的生命赐给我吧！”

“是不是要重新得到你的宝贝？”

“陛下，”她说，“我是明智的和守贞操的！您是嘲笑……”

“那么，”路易十一说，“既然我一点儿摸不透这个案子，就让特里斯当去廓清吧……”

玛丽·德·沙丝娜日脸色煞白，肌肉剧烈地抽搐着，她叫道：“陛下，我向您担保，您会为此后悔不迭的。这个所谓的罪犯什么也没有偷。如果您给我开恩宽恕他，我就将一切都对您和盘托出，哪怕您要惩罚我。”

“噢！噢！这就得严肃一点了！”路易十一说。一面把帽子推到一边，“我的孩子，说吧。”

“好吧！”她低声说，一面把嘴唇凑在她父亲的耳旁，“这个贵族整夜待在我的房里。”

“他满可以既到你那儿，又去偷柯内留斯的东西，这是一箭双雕……”

“陛下，我的血管里有您的血液，我生来不是为了去爱一个叫花子的。这个贵族是您的弓箭手统领的侄子。”

“好啊！”国王叫起来，“你不肯好好地忏悔。”

说毕，路易十一把浑身颤抖的女儿远远推到一边，向门口跑去，不过是踮起了脚尖，不发出任何声响。已经有好一会儿了，从另一个大厅的窗口射进来的亮光透过门框底下，让他看到有个好奇的人的脚影投进他的房间里。他突然打开包铁皮的门，当场发现圣瓦里埃伯爵在偷听。

“真见鬼！”他嚷了起来，“这样胆大包天，非受斧劈不可。”

“陛下，”圣瓦里埃傲然地答话，“我宁愿头上挨一斧头，也不愿脑门上徒有结婚的花彩。”

“你两样都可以兼而有之。”路易十一说，“先生们，你们当中没有人能免除这两个方面。你们都退到另一个大厅里去。”国王又对他的卫队长说：“柯南刚，你睡着了吗？布里多雷先生在哪儿？你们就让人这样靠近我吗？真见鬼！都尔城最末等的布尔乔亚也比我得到更周到的侍候。”

路易十一这样发了一通脾气，然后回到房里；他很细心，把织毯的门帘拉上，门帘在室内形成第二道门，与其说用来挡住北风的呼啸，还不如说可以消去国王的说话声。

“我的孩子，”国王同她一起玩耍感到的乐趣，犹如猫儿耍弄逮住的老鼠一样，“昨天，乔治·德·埃斯都特维尔就这样做了你的情人啦。”

“噢！不，陛下。”

“还说不！啊！以圣卡皮翁的名义，他应判死刑！这个坏蛋也许觉得我的女儿还不够漂亮！”

“噢！就为了这个？”她说，“我向你实说，他吻我的脚和我的手时，那种热情连最贞洁的女人也要感动。他爱我是一片真心，一片坦诚。”

“你就这样把我看作圣路易，以为我会相信这样编出来的话吗？一个长相像他这样的年轻小伙子，冒着生命的危险，就为了吻你的鞋底或你的袖子？肯定是为别的。”

“噢！陛下，这是千真万确的。不过他昨晚来还有别的原因。”

说了这句话，玛丽感到会危及丈夫的生命了，因为路易十一马上问：“什么原因？”

这场历险使国王感到兴味盎然。不过，他没有料到，他女儿先提出要原谅她丈夫，最后才对他讲出一段奇异的贴心话儿。

“啊！啊！圣瓦里埃先生，你就这样让王族的血流溅。”国王嚷起来，眼睛被激怒得闪闪发光。

这时，普来西斯的钟声敲响了，是国王进餐的时候了。路易十一倚在女儿的臂上，眉头紧锁，出现在门口，他的仆从都全副武装。他向圣瓦里埃伯爵投了怀疑的一瞥，考虑着是不是马上要宣布下令逮捕他。这时，笼罩着的一片沉寂被特里斯当的脚步声打破了，他正从大楼梯上来。他一直走进大厅，向国王走去：“陛下，案子都审完了。”

“什么！一切都结案了？”国王问。

“犯人眼下在教士手里。经过一阵拷问，他终于承认了偷窃。”

伯爵夫人叹息了一声，脸色苍白，竟至说不出话来，就只看着国王。她的眼光被圣瓦里埃看到了，他低声说着：“我受骗了，小偷同我妻子相识。”

“别说话！”国王叫道，“这儿有人想让我不得安生。”他对大法官说：“你快去缓期执行这个判决。老爹，你要对我负责犯人的人身安全！这件案子最好细细审察，我要亲自了解它。暂时把犯人释放了！必要时我会再把他抓起来的，这些小偷有他们喜欢的避身所和隐藏的巢穴。去告诉柯内留斯，今晚我要到他家去，我想亲自了解案情。”国王瞧着圣瓦里埃说，“圣瓦里埃先生，我知道你干的好事了。你是否知道，你所有的血还抵偿不了我一滴血？以克来里的圣母起誓，你犯了辱君之罪。我给了你这样可爱的妻子，是要你把她弄得这样苍白和瘦弱吗？好，你马上回家去，做好出远门的准备。”

国王由于严厉惯了，说到这儿，停了一下，然后添上说：“你今晚就动身，去威尼斯同在那儿的几位先生料清我的事务。你不用担心，今晚我会把你妻子带到我的普来西斯宫堡里，在那儿她就安全了。往后，不像你们结婚后那样，我要多加照看她。”

听到这几句，玛丽默默地搂紧父亲的臂膀，似乎要感谢他的宽宏仁慈。至于路易十一，心里则暗暗感到自得其乐。

路易十一很喜欢干预他的臣属的事，很乐意在平民生活的场面中掺进王室的威仪。这种趣味受到某些史家的严厉指责，其实不过是微服而行的一种激情，这是王爷们的一种最大的乐趣，这样暂时离开本身职务，使他们可以在缺少对立而显得平淡的生活中加进一点儿普通生活的气息；只不过路易十一是公开玩弄微服出游的把戏。碰到这种情况，他脾气就好，并竭力使第三等级的人高兴；他同他们结成同盟军，反对封建的陈规陋习。他很久没有找到机会装扮普通人，在旷日持久的事务中待腻（这个古字至今在都尔还沿用着）的人的生活里加进家庭的趣味了，因而他热切地要把柯内留斯老板的不安和圣瓦里埃伯爵夫人心里的烦恼都揽在自己身上。进餐时他好几次对女儿说："不过到底是谁偷老爹的东西呢？八年来，赃款已经超过一百二十万艾居。"他又对在一旁侍候他的贵族说："诸位先生，是一百二十万艾居。圣母！用这笔款在罗马宫廷可以得到多少罪孽赦免呀。真见鬼！我可以疏通罗亚尔河，甚至于征服皮埃蒙，这个地方对王国来说是天然的坚固堡垒。"吃完午饭，路易十一带走他的女儿、医生，大法官，后面跟着一队全副武装的卫士，来到波瓦蒂埃府。在那儿，不出他所料，他看到圣瓦里埃老爷还在等待他的妻子，也许是要同她分手吧。

"先生，"国王对他说，"我早就吩咐过你快点动身。同你的妻子分别吧，赶到国境线去，你会有一支护送队。至于你的委托书和信用证，会在你之前先到威尼斯。”

路易十一下了命令，又给苏格兰卫队的一个军官作了几点秘密指示；他命令派出一个排，将他的使节护送到威尼斯。圣瓦里埃给他妻子冰冷的一吻，他真想这一吻有置她于死命的效果，然后匆匆地出发了。伯爵夫人回到家里的时候，路易十一已来到“凶宅”，急于要解开高利贷老爹家里演出的这场令人忧虑的闹剧；他作为国王，自诩能洞察幽微，发现小偷的秘密。柯内留斯不无恐惧地看到他的主子带来一帮随从。

“这么些人来呀，何必要兴师动众呢？”他低声地问。

路易十一看到吝啬鬼和他姐妹的恐惧，不由得微笑了。

“老爹，没什么，”国王说，“你放心吧。他们要回宫里去吃晚饭，然后留下我们做调查。我是个公道的执法人，我提出给你找到窃犯，可以得到一万艾居赏金。”

“陛下，偷儿要找到，但不要给赏金。”

他们马上就到龙巴人藏宝的房间。在那儿，路易十一先让人展示存放巴维埃尔选侯首饰的小保险箱，然后察看了那个“小偷”需要从上面爬下来的那管烟囱，于是很容易就让布拉邦特人明白，他的猜测是错误的，因为炉膛里说实在的，很少生火，没有一点儿煤垢；烟囱管里也没有任何爬过的痕迹；再则，烟囱的入口设在屋顶几乎不可接近的部分。最后，经过两小时明智的审察，那最能显示路易十一多疑的才干，他终于清楚地指出，没有人能潜入老爹的宝库。无论是在锁孔内，还是在存放富有的储户交托的金银宝贝的保险箱外，都没有任何使用强力的痕迹。

“如果小偷打开了这个小保险箱，”路易十一说，“那为什么只拿走巴维埃尔的首饰？他干吗就看中这串珍珠项链呢？真是奇怪的偷儿！”

听到这样分析，可怜的高利贷者脸色泛白了，国王和他一时之间相对而视。

“陛下，那么您保护的这个小偷深更半夜在这儿逛来逛去，是要来干吗呢？”柯内留斯问。

“老爹，你猜不出的话，我命令你永远不要知道，这是我的一个秘密。”

“那么是魔鬼到我家来了。”吝啬鬼哭丧着脸说。

在别的场合，国王兴许就会对银器商的感叹发笑；但这时他陷入了沉思，然后对柯内留斯老板投以能透过头骨的眼光，这在才智卓绝的人是常有的；因而布拉邦特人感到恐惧，生怕触犯了他可怕的主子。

“不管是天使还是魔鬼，或是坏蛋我都要抓住，”路易十一突然叫着说，“如果你今天晚上被盗，我明天就会知道是谁偷的。”他又添上一句：“把你称为姐妹的这个老丑八怪叫上来。”

柯内留斯几乎有点犹豫，是不是让国王单独一个人留在他藏宝贝的房间里；他看到路易十一干枯的嘴唇上掠过的苦笑，被震慑住了，于是走了出去。尽管他放了心，但还是迅速返回，后面跟着那老女人。

“你有面粉吗？”国王问。

“噢！不过，我们是贮存着准备过冬的呢。”她回答。

“那好，给我弄点上来。”国王说。

“陛下，您要用我们的面粉干什么？”她害怕得叫起来，国王的威严对她全无影响了，一切人受到强烈冲动时就是这样的。

“疯婆子，你想不想执行我们恩主的命令？”柯内留斯叫道，“国王会缺面粉吗？”

“您买的是好面粉呢，”她下楼时嘟嘟囔囔地说，“啊！我的面粉！”她又返回对国王说：“陛下，难道国王的脑子里也会想到要看看我的面粉吗？”

最后，她提着一只布口袋进来；自古以来，这种口袋在都尔一带用来装东西到市场上去，或者用来从那里带回核桃、水果和麦子。口袋装了半袋面粉，管家婆把口袋打开，胆怯地递给国王看，她对国王投以急遽的、凶狠的目光，老姑娘们仿佛就想以这种目光把毒液射向男人的。

“一塞蒂雷要六个铜子呢！”她说。

“没关系，”国王回答，“把面粉撒在地板上。特别要注意铺成均匀的一层，就像下雪那样。”

老姑娘没有明白过来。这个建议比世界末日的到来还要使她惊诧。

“陛下！我的面粉撒在地上……但是……”

柯内留斯老板隐隐约约开始想到国王的意图，他一把抓过口袋，轻轻地把面粉撒在地板上。老女人浑身颤抖，她伸着手想夺回口袋；等到她的兄弟把口袋还给她，她长长吁了一口气就消失不见了。柯内留斯拿了一个拂尘掸子，从房间的一头开始，把面粉铺开，如同一层雪花那样，他一步步后退，国王跟在后面，对这种做法感到有趣得很。他们到达门口时，路易十一对老人说：“是不是有两把钥匙？”

“没有，陛下。”

国王看了看门的构造，那是由大块木板和铁条加固而成的；这件防护器械的各部分最后集结于一个暗锁上，锁的钥匙由柯内留斯掌管。一切都察看过后，路易十一把特里斯当叫来，告诉他晚上安上几个最秘密的哨兵，或者在堤岸桑树上，或者在附近府邸的雨溜旁，并集合整个卫队，回到普来西斯，使人相信他不是在柯内留斯老板家吃晚饭。然后，他向吝啬鬼千叮万嘱，要他关严窗户，不要让一线光亮漏出来，只要准备一顿简单的饭餐，不要让人想到他晚上睡在这里。国王仪仗煊赫地从堤岸上走了，然后又秘密地回来，第三次通过城门，回到高利贷者家里，一切都这样安排妥当了，邻居、城里和宫里的人都认为国王兴之所至，又回到普来西斯，大概要到第二天晚上才到银器商家进晚餐。柯内留斯的姐妹在名牌老店里买来酱油，更加证实了这种想法；这店就在“绿草地广场”附近，后来又叫“博纳广场”，这是由于不幸的桑布朗赛（雅克·德·博纳）从意大利运来的宏丽的白大理石喷泉建筑，装饰首府而得名的。约莫在晚上八点，国王在他的医生、柯内留斯和苏格兰卫队长的陪伴下进晚餐，谈笑风生，同时忘了自己已经病病歪歪，行将就木。这时，外边万籁俱寂。行路人，甚至小偷，都会把“凶宅”看作是没人住的地方。

“我希望，”国王微笑着说，“老爹今晚会被窃，那样，我的好奇心就可以满足了。不过，诸位先生，没有我的命令，明天早上以前，这个房间里的任何东西都不能拿走，否则就要受到严厉惩罚。”

于是，人人都去睡觉了。第二天早晨，路易十一第一个从他的房间出来，径直朝柯内留斯藏宝的地方走去；当他看到屋子里的楼梯和走廊盖满了一只大脚的脚印时，这一惊非同小可。他小心翼翼，珍惜这些宝贵的印迹，往钱库的房门走去，发现房门紧闭，没有任何损伤的痕迹。他研究了脚步行走的方向，可是，脚印越来越模糊不清，终于一点儿痕迹也没有了，他不能发现小偷是从哪儿逃走的。

“啊！老爹，”国王对柯内留斯嚷道，“小偷真偷得干净利索。”

听到这句话，老布拉邦特人的恐惧形之于色，他走出房来。路易十一领着他去看地板上留下的脚印；国王重新察看时，偶然看了看吝啬鬼的拖鞋，认出了鞋底的型号，在石板上就印着许许多多。他没有吭声，忍着没笑出声来，心里想到那些被吊死的无辜的人。吝啬鬼急遽地奔向他的宝库。国王要他在已经印上脚印的旁边踏一个新的脚印，向他证明小偷就是他自己。

“我缺了一串珍珠项链。”柯内留斯喊了起来。“这里面一定有鬼。我没有从自己房间出来过。”

“我们要尽早摸个水落石出！”国王说，银器商很明显是可以信托的，这使他更加深思起来。

他马上把监视的哨兵叫到他的房里，询问他们：“喂，你们夜里看到什么啦？”

“啊！陛下，真像一幅幻景！”那军官说。“银器商先生像只猫一样从墙上溜下来，灵活敏捷，乍看我们还以为是个影子。”

“是我！”柯内留斯叫起来，然后，他伫立着，默默无言，好似四肢麻木不动的人一样。

“你们这些人都出去，”国王对那些弓箭手说，“去告诉柯南刚、柯伊克蒂埃、布里多雷和特里斯当先生，他们可以起床到这儿来了。”路易十一冷冷地对布拉邦特人说，幸而他没有在听。“你早就该被判死刑，说实在的，你至少要被判上十次！”说到这儿，路易十一露出一丝笑容，停了一停。他注意到吝啬鬼的脸上泛出一片奇异的惨白色，便又说：“不过你放心，你最好还是放点血，不要杀头！只要拿出一大笔罚款给我，你就可以从王法的利爪下解脱出来；如果你不肯至少盖一座圣母教堂，那么你就会在来世受尽煎熬。”

“一百二十三万艾居加上八万七千艾居，就是一百三十一万七 千艾居，”柯内留斯机械地回答，他已沉浸在计算之中。“一百三十 一万七千艾居不翼而飞了！”

“他可能把这笔钱埋在某个隐蔽的地方。”国王心里想，他开始感到这笔钱真够可观。总把他吸引到这儿来的磁力就在这里。他觉得这是他的财库。

这时，柯伊克蒂埃进来了。国王给他叙述这段怪事时，他看着柯内留斯的态度，十分内行地观察着他。

“陛下，”医生回答道，“这件事没有什么可奇怪的。我们的财神爷有睡着了起来走路的怪癖。这种奇怪的病我碰到的这是第三个例子，要是您有兴趣目睹它的症状，您可以看到这个老头在发病的头一夜，会毫无危险地在屋顶边缘行走。在我曾经观察过的两个人身上，我注意到这种夜间生活的癖好同白天的事务或思虑之间有着令人感兴趣的联系。”

“喔！柯伊克蒂埃大夫，你真博学。”

“我不就是您的医生吗？”“物理学家”神气活现地说。

听到这一答话，路易十一做了一个习惯的动作：把帽子猛地往上推一推，他有了一个好主意就会这样做。

“在这种情况下，”柯伊克蒂埃继续说，“就会在睡着时料理事务。这一个正是喜欢聚财，他会悄悄地投入这种嗜好之中。因此，每当他在白天担心起他的财宝时，他就会发病。”

“真见鬼！那是多少宝贝呀！”国王嚷着说。

“宝贝在哪儿？”柯内留斯问，由于人所具有的一种特殊能力，他一面陷入沉思和不幸之中，几乎麻木不仁了，一面又能听到医生和国王的谈话。

“啊！”柯伊克蒂埃带着一个怪样的笑容，接着说，“患夜游症的人醒来以后再也不记得自己的所作所为了。”

“你走吧。”国王说。

等到路易十一单独同老爹在一起时，他带着冷冷的讥笑神态望着吝啬鬼。

“霍格沃斯特先生，”他躬了躬身说，“在法国，一切埋藏的财宝都是属于国王的。”

“不错，陛下，一切都属于您，您是我们的生命财产的绝对主宰；但迄今为止，您宽宏大量，只拿您需要的东西。”

“你听着，老爹！要是我帮你重新找到这份财宝，你可以不必害怕，大胆同我分享。”

“不，陛下，我不愿平分，不过我可以在死后全部赠送给您。您用什么办法来寻找财宝？”

“我只要在你晚上起来行走时亲自窥伺你就行了。换了别人，这样做会害怕的。”

“啊！陛下，”柯内留斯扑到路易十一的脚下，

“在这个王国内，我只愿意对您一个人说出这件事：您肯用我，让我跑一遭，促成王太子殿下和蒲高涅的女继承人结婚，对您的仆人就算优渥相加了，我的感激之情是会给您作出证明的。这才真是一大笔财宝呢，不过不是钱财，而是领地，那您的王冠就完美无缺了。”

“是佛兰德尔领地，你弄错了，”国王皱起眉头说，“否则你就不是给我好好办事。”

“怎么，陛下，您会怀疑我的忠诚吗？您是我唯一爱戴的人。”

“一言为定，”国王端详着布拉邦特人，“你不该等到这个时候才替我出力。你是在向我路易十一出卖保护你的条件。真见鬼！难道你是主子，我却是臣仆吗？”

“啊！陛下，”老高利贷者反驳说，“我给您提供的关于根特的情报消息，我想使您高兴地吃一惊；我等着证实奥斯泰林克的学徒带来的消息。他现在怎样了？”

“够了，”国王说，“你又犯新的错误了。我不喜欢别人违拗我的意愿，干预我的事情。够了！我想全盘考虑一下。”

柯内留斯老板又恢复了年轻人的灵敏，直奔楼下的低矮大厅，他姐妹就在那里。

“啊！让娜，我亲爱的，我们家里有一个宝库，我存放了一百三十万艾居！是我！是我！我就是小偷。”

让娜·霍格沃斯特从凳子上站起来，挺直了腿，仿佛她离开的座位是烧红的铁。这个老姑娘长年习惯于自觉自愿的节食，身体虚弱；这个震动是那样强烈，她全身都颤抖起来，背脊上感到一阵剧烈难忍的痛苦。她越来越苍白，她的面孔很难透过层层褶皱看清脸容变化，就在她兄弟给她解释他怎样害了病，他们两人处境怎么奇异的时候，她脸色大变。

“路易十一和我，”他最后说，“刚才我们就像两个干果商一样互相欺骗。亲爱的，你明白，假如他跟踪着我，那他就单独一个人知道宝库的秘密了。世上只有国王一个人可以窥伺我夜间的行踪。国王虽然已经离死不远了，但我摸不准他内心是不是抵挡得住一百三十一万七千艾居的引诱。必须防他一手，不如先把雀儿掏走了，把我们所有的财宝都运到根特，你一个人……”

柯内留斯突然停住不说了，样子像是在掂量这个国君的心，路易十一在二十二岁上已经在谋划弑父篡权了。银器商对路易十一考虑了一番之后，骤然站起身，如同急于要逃脱危险一样。看到这个动作，他的姐妹太虚弱或者太激动了，受不了这突如其来的一击，直挺挺地倒了下去，她死了。柯内留斯老板抓住他的姐妹，使劲摇她，对她说："你不能死呀。等事做完了，你有的是时间去死。噢！她完了。你这个老丑八怪从来也不会赶巧做事。"他帮她合上眼睛，让她在地板上躺平；这时，在他心灵最深处的一切高贵而善良的情感便都涌了上来；他有一半不再去想连他也不知在哪儿的宝库，痛苦地叫喊着："我可怜的伴儿，我就这样失掉你啦，你多么了解我呀！噢！你是一个真正的宝库。宝库就在这儿。我的安宁、我的喜好都同你一起一去不复返了。如果你事先知道你再多活两个晚上会有多大好处，可怜的小东西，你就不会死了，而且仅仅是为了使我快乐！唉！让娜，一百三十一万七千艾居啊！啊！这还不能使你苏醒过来……不行，她死了！"

说到这儿，他坐了下来，不再吱声，两大颗眼泪夺眶而出，淌在深陷的脸颊上；接着，他发出几下呀呀的叫声，关上大厅的门，上楼来到国王房里。路易十一看到他的老朋友沾湿的脸上深印着痛苦，感到诧异。

“怎么啦？”他问。

“啊！陛下，真是祸不单行呀。我的姐妹死了。她比我先走一步，到阴间去了。”他做了一个可怕的手势，指着地板说。

“够了！”路易十一嚷了起来，他不爱听人说到死。

“我让您做我的继承人。我无所依靠了。这儿是我的钥匙。吊死我吧，只要你高兴，拿走一切，搜遍屋子，里面都塞满金银财宝呢。我一切都给您……”

“好了，老爹，”路易十一看到这不同一般的痛苦场面，有点儿感动了，“遇上一个好夜晚，我们会重新找到宝库的，那时，看到这么多财宝会使你心里重生生活的愿望。这星期我还要再来……”

“陛下，悉听尊便……”

路易十一已朝门口走了几步，听到这个回答，突然转过身来。这时，两个人相对而视，脸上的表情是笔墨难以形容的。

“老爹，再见！”路易十一终于掀了掀帽子，用短促的音调说。

“愿上帝和圣母保佑您万事如意！”高利贷者谦卑地回答，一面将国王领出去。

在这以前，这两个人有着忘年之交，在金钱和疑虑方面彼此总是相互理解的，而现在，在他们之间，由于疑虑和金钱关系而筑起了一道障碍；他俩互相十分了解，而且惯于互相领会，因此，国王从柯内留斯讲出“陛下，悉听尊便”这句欠考虑的话的声调里，便琢磨出今后他再登门的话，定会引起银器商的不快，正如银器商从国王口中的“老爹，再见”看出一种宣战一样。路易十一和高利贷者分手时彼此对自己的行为都感到十分窘困。国王掌握着布拉邦特人的秘密；而后者由于关系广泛，也可以保证法国国王完成最出色的征服，成功地占有属于蒲高涅家族的领地，当时，这引起欧洲各国君主的欣羡。大名鼎鼎的玛格丽特的婚姻，决定了周围的根特人和佛兰德尔人的命运。柯内留斯的金钱和影响对戴盖德将军进行的谈判起了很大作用，路易十一就把驻扎在比利时边境上的军队的统辖权交给了这个将军，这两个狐狸般狡猾的大师就像两个决斗者，双方力量只是偶尔才停止交锋。因此，抑或是路易十一的身体从那天早晨起愈加羸弱，抑或是柯内留斯对玛格丽特·德·蒲高涅嫁到法国来起了作用（她实际上是在1483年7月到达昂布瓦兹，嫁给王太子的，并在王宫教堂内订的婚），国王并没有取消要银器商付罚金这一条，也没有采取任何手段，他们处于妥协之中，既有友谊，又剑拔弩张。对高利贷者有利的是，都尔城流言传开了，说是他的姐妹才是窃犯，她是被特里斯当秘密处死的。否则，如果大家都知道了真相，全城就会骚动起来，在国王赶来保卫之前，就把“凶宅”给毁了。虽然历史上所有关于路易十一已不能行动的推测有某些根据，但柯内留斯·霍格沃斯特老板的情形就不一样了。在紧接着这个不吉利的早晨之后的头几天，高利贷者是在终日不停的忙碌中度过的。他有如关在笼子里的肉食兽一样走来走去，在房子的各个角落里去嗅有没有金子，他研究裂缝，察看墙壁，在花园的树丛中，在基石中，在小塔楼的屋顶上，在地下和空中，要找出他的财宝。他常常几个小时伫立不动，眼光四顾茫然。他期待着出现想象的幻景和具有魔法师的法力，竭力想透过空间和障碍，看到他的财宝。他持续不断地陷入折磨着他的思想里，有个愿望燃烧着他的五脏六腑，吞噬着他；自从他对金钱的欲望起着反作用，他就被内心斗争始而复生的烦恼更加严重地咬啮着；这种情况类似自杀未遂，却要尝遍生与死之间的一切痛苦。

嗜癖是从来不会自熄自灭的，因为吝啬人把自己禁闭在藏金的地窖里是有欠考虑的，这样他会像萨达纳帕尔[①]那样，要享受死在财产之中的乐趣。柯内留斯既是窃贼又是被盗者，对这内中的情况又茫无所知，既掌握着又没有掌握着他的财宝：这种折磨反来复去，奇特怪异，始终来势汹汹。有时，他变得十分健忘，让门上的小铁栅敞开着，这时，行人可以看到这个人变得已经干瘪了，直挺挺站在荒芜的花园中央，完全木然不动，对观看他的人投以呆滞的目光，这令人难以忍受的眼光会使行人害怕得周身冰凉。他偶尔在都尔城的街上行走，别人都会说这是个外邦人；他再也不知道他在哪儿，也不知道是太阳当空还是月光洒满大地。他常常向过路的人问路，以为自己在根特，好像一直在找寻他丢失的财产。人类一切思

---

① 萨达纳帕尔，传说中善于挥霍的王子。

维中最活跃、最具物质性的思维，也就是体现人类本身、同时在它自身之外创造的纯想象体——财产的思维，这个精神魔鬼每时每刻都把它的钢爪戳进他的心里。在这酷刑当中，恐惧连同随之而来的种种情愫巍然屹立着。

实际上，这两个人都各有秘密，而这秘密本人却不知道。路易十一或者柯伊克蒂埃可以布置岗哨，监视柯内留斯睡着时的行动，发现这个不为人知的深坑，柯内留斯把沾满那么多无辜者鲜血的财富投入其中去了。伴随着他的恐惧，内疚也油然而生。他不想在自己生前被人夺去这尚未发现的财宝，于是在他遭到不幸之后的头几天，他采取了最严格的防范措施，以防睡着时有失；他靠商业上的联系得到最有效的防瞌睡药。他守夜时感到很恐怖，他独个儿同黑夜、静寂、内疚、恐惧相搏斗，同各种思念相搏斗，人正是在这些思念中最形象化地显现自身，这也许是出于本能，要服从精神上无须得到显著证明的一种真理。末了，这个如此强有力的人物，这颗被政治生活和商业活动弄得如此冷酷的心，这个在历史上默默无闻的有才干的人，沉浸在自己制造的酷刑的恐惧之中。在比先前更加难以抵挡的带刺激性的思想困扰下，他用剃刀割断喉咙死去了。他同路易十一是差不多同时死的，因而“凶宅”被民众抢劫一空。都尔城地区从前有人认为，有个叫博伊埃的包税商找到了高利贷者的财宝，用这笔钱修筑了什农梭那座美轮美奂的宫堡，尽管他拥有几个国王的财富，又有蒂亚娜·德·波瓦蒂埃和她的劲敌卡特琳娜·德·美第奇对楼房的雅趣，可还是没有修建完成。

对玛丽·德·沙丝娜日来说，幸运的是圣瓦里埃老爷据说在出使任上死了。这个家族没有绝后。伯爵夫人在伯爵走后有了一个儿子，他在弗朗索瓦一世治下的命运是名传史册的，他的女儿救过弗朗索瓦一世。她就是著名的蒂亚娜·德·波瓦蒂埃，没有得到合法承认的路易十一的重外孙女。她是亨利二世宠爱的情妇和非法的配偶，因为私生和爱情在这个高贵的家庭是世代相传的！

1831年11至12月于萨谢宫堡

不为人知的杰作

献给一位爵士

一、吉莱特

约莫在一六一二年末，十二月的一个凛冽的早晨，有个年轻人，外表衣衫单薄，踯躅在巴黎大奥古斯丁街一座楼房的门前。他在这条街上徘徊了很久，怀着一个情人不敢求见他的第一个心上人——不管她随和与否——那种犹豫不决；终于他跨过门槛，询问弗朗索瓦·波布斯[①]大师是不是在家。一个正忙于打扫一间低矮大厅的老女人给了他肯定的回答，于是年轻人慢慢地登上楼梯，每一级都歇上一歇，好像一个新上任的廷臣对国王要召见他一样惴惴不安。等他到达楼梯顶，他在楼梯台伫立了好一会儿，决定不下来

① 弗朗索瓦·波布斯（1570—1622），比利时佛兰德尔地区的画家，旅居巴黎后，成为亨利四世的宫廷画家。

抓不抓住挂在画室门上那个形状滑稽的敲门小槌。不用说，那个后来被玛丽·德·美第奇所抛弃，用鲁本斯来接替的亨利四世的宫廷画家[①]，就在里面工作。年轻人感到深深的激动，大凡伟大的艺术家，处于青春年华，对艺术着了魔的当儿，他们走近一个天才人物抑或某幅杰作时，内心都会由于这种激动而颤抖不已。在人类的一切情愫中，存在着一朵原发的鲜花，那是由一种高尚的激情培育出来的，它会越来越凋谢，直至只留下对幸福的回忆，荣耀也成了梦幻。在那些脆弱易变的激情中，没有什么较之初入世的艺术家刚萌发的激情更像爱情的了，那时他刚尝到荣誉和不幸交替的命运令人美不可言的酷刑，这种激情充满了勇气和胆怯，模糊的信念和十足的气馁。那些看轻金钱，才能臻于成熟，站在大师面前心也不会怦然跳动的人，往往心里还缺少一根弦，缺少不可名状的一笔，作品里缺少一种感情，某种诗意的表现。有些华而不实、自我骄矜的人过早地以为前途无量，那只有笨伯才把他们看作有才具的人。在这方面，不知名的

---

② 玛丽·德·美第奇（1573—1642），法王亨利四世之妻；鲁本斯（1577—1646），佛兰德尔地区的大画家。1622 年，玛丽，德·美第奇聘请鲁本斯到巴黎，装饰卢森堡宫的画廊。

年轻人看来倒真有值得赞扬的品质，如果才能应以这最初的胆怯来衡量，应以这不可界说的羞耻心来衡量的话；这种羞耻心，一般有希望获得荣誉的人在经营他们的艺术中都会丧失殆尽，正如漂亮妇女在风月场中会丧失羞耻心一样。对胜利习以为常会使怀疑越来越小，而羞耻心也许就是一种怀疑。

这个可怜的初学者为穷困所迫，这时对于自己的唐突无礼也感到吃惊，假如不是偶然得到异乎寻常的帮助，那他是不会踏入这个给我们留下亨利四世出色肖像的画家家里的。有个老人也刚上楼。年轻人看到他的服装奇特，花边胸饰华丽，举止威严庄重，便琢磨出这个人不是画家的保护人，就是画家的朋友；他在楼梯台上退后几步，让出地方，好奇地打量着老人，希望在他身上找到艺术家的优良气质，或者艺术爱好者助人为乐的品格；他在这张脸上却看到某种怪异的东西，特别是这种吸引着艺术家们的说不出名目的东西。请设想一个圆鼓鼓的、异常突出的秃脑门，耸立在一个顶端翘起、中间凹陷的小鼻子之上，有如拉伯雷或者苏格拉底的鼻子那样；一只笑盈盈和布满皱纹的嘴巴，下颏很短，骄傲地往上翘着，留着一部修成尖儿的灰白胡子，海青色的眼睛看来因年岁而失去光泽，但眼珠在闪光的眼白中滑动，由于眼白的衬托，眼睛有时会在愤怒之极或者激情勃发时投射出有魔力的目光。由于年岁、疲惫所致，更由于将灵魂和躯体全都掏空了的思维的结果，他的脸憔悴得出奇。眼睛已经没有眼睫毛了，在突出的拱形眉骨之上，约略可以看到一些眉毛的痕迹。请把这个头安放在一个单薄瘦弱的躯体上，脑瓜围上一道织成卖鱼刀形状、白得耀眼的花边巾，在老人的黑外套上挂上一条沉甸甸的金链，但这个人的形象还不完全，因为楼梯微弱的亮光还使他带上奇异的色彩。你会说这是伦勃朗的一幅油画，画中人在静悄悄地走着，没有画框，笼罩在这个大画家所擅长的暗黑的气氛中。老人向年轻人投了睿智的一瞥，在门上叩了三下，来开门的人约莫有四十来岁，病恹恹的模样，老人对他说："您好，大师。"

波布斯尊敬地还了礼，他让年轻人进了屋，以为他是老人带来的。这个初学者沉浸在赞美欣赏之中，那是天生的画家看到第一个画室，看到其中展现的某些带实质性的艺术方法，都会感受到的，因而波布斯对他更没有表示不安之感。穹顶上打开的一扇玻璃窗，照亮了波布斯大师的画室。光线集中于绷在画架的一张画幅上，上面只画了三四条白线。这间大房间的角落旮旯一片墨黑，亮光达不到那些地方；但有几缕散乱的反光，在灰褐色的暗影中照亮了挂在墙上的一副古代骑士的护腹甲胄，发出星星点点的银光，一道光柱突然一闪，映照出一个摆满奇奇怪怪碗具的古代食橱经过镂刻并上过油漆的顶角。有时，反光射向扔在那里当作模具的古老窗帘，那是金线织成的，褶皱宽大，但弯弯曲曲，粒状的线纹便发出点点的闪光。人体经络石膏模型，古代女神像经过世世代代岁月的抱吻，已经被爱抚磨平的残肢和躯干，这些东西堆满在搁板和托柱之上。数不清的草图，三色铅笔画[①]，红铅笔画或者羽毛笔画，从墙脚一直延伸到天花板。到处是颜料盒、油瓶和汽油瓶，还有倒翻的凳子，只留出一条狭窄的路径通到房间的穹顶之下，高高的玻璃窗从上而下照射着光线，落满了波布斯苍白的面庞和那个怪人象牙般的头顶。年轻人的注意力不久全为一幅画吸引住了，在这个充满骚动和革命的年

① 用白色、浅黑和深黑的铅笔画在彩色纸上的一种画，当时是不多见的。

月里，这幅画已经变得十分有名，有几个在艰难时世仍葆有神圣激情的执着者曾前来一饱眼福。这张美丽的画页塑造的是“埃及的玛丽”，她正准备偿付摆渡费。这幅为玛丽·德·美第奇而画的杰作，她本人在贫困潦倒的日子里给卖掉了。

“我很喜欢你这幅圣女，”老人对波布斯说，“我可以比母后的出价多付十个金艾居，不过，要同她去争夺？……真见鬼了！”

“您很欣赏这幅画？”

“哦！哦，”老人说，“欣赏？……也是也不是。这个好女人的画像画得不坏，可是她没有生命。你们这些人，当正确地画好一幅肖像，依据解剖学法则，每个部位都各得其所时，就以为一切都做到了！您在调色板上先调好颜色，用肉色给这幅草图着色，煞费苦心将一边画得比另一边稍暗，因为您时不时瞧一眼站立在桌上的一个裸体女人雕像，您认为是模拟了自然，您自以为已厕身画家的行列，窃取了上帝的奥秘！……嗨！要做一个伟大的诗人，仅仅深入了解句法和不犯语病，那是不够的！波布斯，好好瞧瞧你这幅圣女！乍一看，她是画得出色的；但瞧第二眼就会发现，她是贴在画布背景上的，看不到她全身的轮廓。这是一个侧影，她只有一个侧面；这是一幅剪影，这个形象既不能回转身，也不能变换位置。在这只手臂和画幅的背景之间，我感觉不到气息；缺乏空间与深度；远看一切都好，天空变化的层次观察得很准确；尽管做了如此值得赞赏的努力，但叫我相信不了，生命的温暖的气息在激发着这美丽的身体。我觉得，假如我把手放在这圆鼓鼓的、结实的胸脯上，那我会感到像大理石一样冰凉！我的朋友，血液不会在这象牙般的皮肤下流动；两鬓和胸脯琥珀般透明的表皮下交织如网的血管和细纤维，生命也不会以绯红的琼浆使它们鼓胀起来。这个地方翕动着，而另一个地方木然不动，生命与死亡在每一个细节中斗争着：这儿显出是个女人，那儿却是个雕像，再过去一点是一具尸首。你的创作并非十全十美。你只能将自己心灵的一部分注入你珍爱的作品。普罗米修斯的火炬在你手中多次熄灭，你的画幅许多地方都没有得到上天的火焰的触发。”

“那是为什么呢，我亲爱的大师？”波布斯对老人说，而年轻人好不容易才抑制住想揍他一顿的强烈愿望。

“是这样，”小老头说，“你游移不决，摇摆在两种体系之间，即素描和彩绘之间，以前德国大师巨细无遗的淡漠、精确无误的死板，以及意大利画家耀人眼目的热情、处处逢源的丰富这两者之间。你想同时模仿汉斯·霍尔拜因和提香，阿尔布莱希特·丢勒和保尔·维罗奈兹[①]。这个雄心是壮丽的！不过结果会怎样？你既没有粗放的严峻魅力，也没有明暗对比的诱人魔力。在这个地方，就像熔化的青铜使脆弱的模子爆裂了一样，提香丰富的金黄色使你注入里面的、丢勒瘦弱的线条爆裂了。另外一个地方，草图经受住并容纳下威尼斯画派华丽的满溢的色彩。你笔下的脸庞既没有完美地勾勒出来，也没有完美地绘色，处处带上这种不幸的游移不决的痕迹。如果你感到还没有能力把这两种相匹敌的方法，在你才能的烈火中熔为一炉，那就干脆选择这一种或那一种，获得这种统一性，这是生命存在的条件之一。你的画唯有环境是真

① 汉斯·霍尔拜因（1497—1543），德国画家，后到英国，成为亨利八世宫廷画家，善画肖像；提香（1490—1576），意大利画家，威尼斯画派领袖，首创彩色画，亦善画肖像；阿尔布莱希特·丢勒（1471—1528），德国画家、雕刻家，擅长素描；保尔·维罗奈兹（1528—1588），意大利画家，属于威尼斯画派，善用色彩，爱画雄伟壮丽的建筑。

实的，轮廓线条却虚假不真，没有内涵，透过画面不能给人以遐想。”

“这儿表现出真实”，老人指着圣女的胸脯说，然后又指着肩部末端，“还有这儿。”

“但这儿，”他回到胸脯中间，指着说，“完全不真实。咱们丝毫不用分析，这会使你感到绝望。”

老人在一张凳上坐下，双手捧着头，缄默不语。

“大师，”波布斯对他说，“这胸脯部分的裸体我可是细细研究过的呢，但不幸的是，在自然界中实实在在的东西，在画布上却不再可能有这样的效果……”

老人做了个专断的手势，打断了波布斯，急促地嚷道：

“艺术的任务不在于摹写自然，而是再现自然！你不要做一个平庸的摹画者，而要做一个诗人！否则，一个雕刻家只要在一个女人身上铸造模子，就可以了却他的一切工作了！要不，你可以试试看，按你情人的手铸出模子来，摆在面前，你就会得到一段骇人的尸骸，同真的没有任何相同之处，那时你就不得不去找到真正雕刻家的凿子，使你不用准确地摹写，却可以再现其动态和生命。我们要的是抓住事物的精神、灵魂和面貌。效果！效果！但效果是生命的现象，而不是生命。一只手——我还是举这个例子，一只手不仅从属于身躯，它还表达和延续一种思想，我们必须抓住和再现出来。无论画家、诗人和雕刻家，都不应当把因果分开，这两者是不可分割的！真正的斗争就在这儿！许多画家出自本能，取得了胜利，却不了解这个艺术命题。你们在画一个女人，却看不到她的整体！这样做是不能达到攫取自然的奥秘的。不知不觉地，你们的手重现了你们以前在老师那儿描画的模型。你们还没有直达形式的底蕴，在它的迂回曲折、迷离扑朔中，你们追逐它，还不够热烈，不够持久。美是严峻的、难以捕捉的东西，它不会自动让人得到，必须等候它到来的时刻，窥测着它，抱住它，捆紧它，逼它就范。'形式'比寓言中的普罗地[1]更难抓住，更富于跌宕起伏，只有经过长久的搏斗才能逼使它露出真面目；你们这些人，你们只满足于它显现的第一种外形，或者至多第二种和第三种；获得胜利的斗士却不是这样做的！那些不可战胜的画家不受所有这些化身迷惑，他们坚持到底，直至本性被迫赤

① 普罗地：希腊神话中的海神，能作预言，为了摆脱追问，往往随意变形。

裸裸显现出它真正的精神。拉斐尔就是这样做的。”

老人边说边脱下黑丝绒帽，表达他对艺术之王的尊敬。

“他的高明之处来自内心的感触，在他身上，似乎能突破形式。他笔下的肖像中，就如我们身上所表现的那样，形式是交流思想和感觉的媒介，是一首宏大的诗章。一切脸孔都是一个世界，肖像画的典范要具备崇高的幻想，染上光辉，表于心声，由出神入化的手指所剥露；只有穷毕生精力发现了再现奥秘的天才手笔才能使之显形。你笔下的女子都画成以肉体当丽裳，以长发当华巾，但是，孕育平静或者激情，产生特殊效果的血液又在哪儿呢？你这幅圣女是个褐发女子，可是，我可怜的波布斯，这应是金黄头发！你笔下这些脸孔虽然都上了色彩，却是苍白的幽灵，你展示给我们看，称之为绘画和艺术。因为你们画了一点东西，更像一个女人，而不是一幢房子，你们便以为达到了目的，有如初出茅庐的画家，沾沾自喜于再也用不着在这些肖像画旁边写上‘华丽的马车’或者‘美男子’，你们便自认为属于最优秀的画家之列！哈！哈！你们还不是呢，我正直的同僚，你们必须善于运用铅笔，在达到这一步之前，还必须涂抹许多画布。肯定无疑，有个女人，她的头摆的这种姿势，这样穿着她的裙子，眼睛倦慵无力，一派忍心养性、柔情蜜意的样儿，眼睫毛下颤动着的阴影在脸颊上这样荡漾着！要的就是这个，但又不是这个。里面缺少什么呢？缺少一丁点儿，可这一丁点儿就是一切。有了生命的外表，但还没有表达出满到要往外溢的情景，这个我叫不出名儿，或许就是灵魂，像乌云般飘浮在外表之上，最后，提香和拉斐尔攫取到的就是这朵生命之花。从你到达的顶点出发，也许能制作出杰出的绘画来，但你厌倦得太快了。平庸的人赞赏，而真正的行家微露笑容。”

这个怪人又添上说：“啊，玛布兹[①]，啊，我的老师，你是一个小偷，你把生命同你一起带走了！”然后他又接着说：“撇开这个，这幅画要胜过鲁本斯这个庸才的绘画，他的画面堆满了佛兰德尔地方色彩、涂满朱红色的肉山，褐色长发波浪起伏，用色杂乱斑驳。至少，你的画里具有色彩、感情和素描功夫这艺

① 玛布兹（约1470—1532），佛兰德尔画家，他不可能是弗朗霍费（即说话的老人）的老师。

术的三要素。”

“可是这个圣女像真画得美妙卓绝呀，老先生！”年轻人从沉醉入迷的状态中回转过来，大声嚷着说。“这两张脸，圣女的和船夫的，有着意大利画家不知道的感情细腻，我不知道有哪一个意大利画家能创作出这个船夫的犹豫不决。”

“这个小把戏是您的人？”波布斯问老人。

“啊！大师，原谅我的大胆，”初学者红着脸回答，“我默默无闻，只会凭本能乱涂鸦，不久以前才来到这个成为一切科学源泉的城市。”

“你画画看！”波布斯冲他说，同时递给他一支红铅笔和一张纸。

陌生人依样灵巧地勾画出玛丽的像来。

“啊！啊！”老人叫了起来。“你的名字呢？”

年轻人在画的下面写上尼古拉·蒲散[1]。

“对一个初学者来说，这就算不坏了！”刚才那样情不自禁地大发议论的怪人说道。“看得出来，你听得懂别人论画。我并不指责你欣赏波布斯的圣女

① 尼古拉·蒲散（1594—1665），法国古典画家，十八岁来到巴黎，但只逗留了几个月，因贫困和疾病被迫返回家乡。

像。对所有人来说，这都是一幅杰作，只有深谙艺术个中奥秘的内行才能发现它的漏洞在哪儿。既然你还配得上给以指点，还能理解，我不妨就给你指出，只需要略加几笔，这幅作品就可以十全十美了。你全神贯注听清看准了，你这样受教育的机会恐怕永远不会有了。波布斯，你的调色板呢？”

波布斯找来调色板和画笔。小老头以痉挛的急促的动作挽起袖子，波布斯递给他五颜六色的、挤满色彩的调色板，他将拇指伸进卡口，他从波布斯手里夺过，而不是接住一把型号不等的画刷，修成尖儿的胡子由于咄咄逼人的努力，表现出对向往中的幻想心痒难熬的感觉，突然颤动起来。他一边用画笔蘸满了颜色，一边嘟囔着说：“什么色调，简直可以同调色的人一起扔到窗外，颜色滞重和虚假得讨嫌，这怎么能作画呢？”然后，他带着神经质的热切，把笔端蘸入各色小堆颜料中，有时上下左右都蘸遍了，比大教堂的大风琴家在复活节唱《啊，圣子》时弹遍琴键的速度还要迅疾。

波布斯和蒲散各站在画布一边，动也不动，沉浸在激赏之中。

“你看到吗，年轻人？”老人并没回转身。“你看看怎样用三四笔，用淡蓝的透明色彩涂上去，使这个可怜的圣女头上的空气流动起来，她被禁锢在这重浊的气氛中，都要窒息了！你瞧，现在这件衣服飘拂起来了吧，使人觉得是和风把它掀起来的！刚才它画得好像用别针别住和贴紧在画布上似的。你注意到了吗？我刚画在胸脯上闪闪发光、光滑如缎的一层，恰到好处地还原了少女皮肤的丰腴柔软，褐红和朱红混合成的色调使得这一大片阴影造成的灰冷感觉重新变得温热起来，而在这儿，刚才血液不是畅流，而是凝固着。年轻人，我给你指点的，任何老师都教不了你。只有玛布兹才掌握给人像以生命的秘密。玛布兹仅有一个学生，那就是我。我没有学生，而我现在已经老了！你很聪慧，通过我给你的点拨，其余的你也可以不言自明了。”

奇异的老人一面说着，一面在画的各个部分点抹几笔：这儿两笔，那儿只有一笔，可是总那样恰到好处，真可以说这是一幅新的绘画了，而且是一幅光芒四射的绘画。他忘怀地工作着，光秃秃的脑门渗出了粒粒汗珠；他走动快捷，细碎的动作急不可耐，短促突兀，在年轻的蒲散看来，似乎这个怪人身上有个魔鬼，由不了他地附魔于他的手上，通过他的手指挥他的动作。他眼里异乎寻常的光辉，仿佛做着抵抗的拘挛的动作，给年轻人的这种想法带来近于真实的感觉，这种真实感当然对一个年轻人的想象起着作用。老人一边走一边说："啪，啪，啪！年轻人，瞧瞧这是怎样加厚而变得丰润的！来吧，我的碎点画法，让我用来把这冰冷的色调改为褐色！加把劲！蓬！蓬！蓬！"说着说着他将刚才指点出的缺乏生命的部分改得显出热力来，加上几抹颜色，消除了气质的不一，恢复了一个热情的埃及女子所要求的色调一致。

"你看见了吗？小家伙，重要的是最后一笔。波布斯画了一百笔，我只要一笔就行了。此中奥妙没有人知道得比我们多。你好好学会这个！"

末了，这个怪人停住了，转向波布斯和蒲散，两人只顾欣赏，一言不发，他对他俩说："这幅还比不上我的《美丽的诺瓦塞女人》，不过，人们可以在这样的作品底下签上自己的名字。是的，我可以签名。"他站起身，拿起一面镜子，瞧着映在里面的画，然后说："现在，咱们去吃饭吧。你们两个都到我家去，我有熏火腿，有好酒！唉！唉！尽管天气不好，我们可以聊聊绘画！我们彼此都有一手。”他拍着尼古拉·蒲散的肩膀添上说：“这儿又是一个好小伙子，画起来轻灵自如。”

看到这个诺曼底人穿着寒碜的外套，他从腰带抽出一个皮钱包，从里面掏出两块金币，递给年轻人说：“我买下你的画。”

“你拿着吧。”波布斯对蒲散说，看到他因羞耻而索索发抖，脸变得通红，因为这年轻的初学者人穷志不穷。“你就拿着吧，在他的钱袋里，装有两个国王的赎金呢！”

他们三个人从画室下来，一路上边走边谈论着艺术，一直走到位于圣米歇尔桥附近的一幢漂亮的木屋，这幢房的装饰、敲门小槌、窗框、阿拉伯式的图案，都使蒲散神往。这个大有希望的画家突然置身于一个低矮的客厅，跟前是熊熊的炉火，身边的一张桌上摆满了美味的菜肴，而且有两个忠厚善良的大画家陪伴，真是从没有过的幸福。

“年轻人，”波布斯看见他站在一幅画前呆住了，便对他说，“别太过久盯着这幅画看，不然你会陷入绝望的。”

这是玛布兹为了出狱而画的《亚当》，他的债主曾长时间让他待在狱里。说实在的，这幅人像给人以这样强烈的真实的力量，尼古拉·蒲散从这时起方始理解老人难解的话语的真正意义。老人怡然自得地瞧着那幅画，一点儿也不显得激动，仿佛在说：“我画过更好的！”

“里面有生命，”他说，“我可怜的老师的这幅画超过了往常的；可是，在画的背景上还缺少一点儿真实。人画得栩栩如生，他站起来，就要朝我们走来。不过，我们可以呼吸到、看到和感触到的空气、天空和风，画里都不存在。再则，那时就只有一个人！然而，上帝手里刚刚造出的第一个人，这上面缺少某种神圣的东西。玛布兹没有喝醉的时候，不无怨尤地亲口说过的。”

蒲散既好奇又带着不安地轮流瞧着老人和波布斯。他走近波布斯，似乎要询问主人的名字，而画家神秘地把一只手指放在嘴唇上，于是年轻人尽管怀着强烈的兴趣，仍然保持着沉默，希望迟早能通过一言半语，琢磨出主人的名字来；他的财富和才能，从波布斯对他表示的尊敬，以及堆积在这个大厅里的杰作珍品，已充分得到了证明。

蒲散看到在幽暗的橡木护壁板上绘有一个华美的女子肖像，不禁嚷了起来：“多美的吉奥乔娜！”

“不是的，”老人回答，“你看见的是我最初乱画的其中一幅！”

“天哪！我是到了绘画之神的家里了。”蒲散天真地说。

老人微笑着，就像早就对这种赞颂之词习以为常的人那样。

“弗朗霍费大师！”波布斯说，“您能送给我一点来因美酒吗？”

“给你两大桶，”老人回答，“一桶是为了酬谢今天早上看到你画的漂亮的女罪人时给我的快感，另一桶是作为友谊的礼物。”

“啊！”波布斯接着说，“如果我不再处在摸索的苦磨阶段，如果您让我看看您的《美丽的诺瓦塞女人》，那我就可以画出几幅有高度、广度和深度的画来，里面的人像就会显出自然的崇高气概。”

“展示我的作品，”老人激动异常地叫了起来，

“不，不，我还要使它更加完美。昨天傍晚时分，我以为大功告成了。我觉得她的眼睛显出湿润了，她的肉体活动起来了。她的发辫也在晃动。她在呼吸！虽然我已找到了方法，在平展展的画布上画出实体的突出部分和圆鼓鼓的形状，但今天早上，在白天，我发现了毛病。啊！为了达到这光荣的最后一步，我深入研究过色彩的大师们，剖析过并且一层一层把光线之王提香的画掀了起来；如同这个画圣，我运用灵活的、饱满的杂色，明快的色调，勾勒出自己的肖像，因为暗影只是表现层次，小家伙，记住这一点。之后，我又回到作品上来，我采用不明不暗和逐步递减的透明色彩，使阴影变得极其强烈有力，直至达到浓黑处为止，因为一般画家笔下的暗影，性质不过是同明亮色调不同的一种色彩；这等于是木头，是青铜，是一切随便什么东西，除了在暗影中的肉体。人们觉得，如果脸孔改变了位置，有阴影的地方是涂抹不掉的，而且不会变亮。我避免了这种缺陷，那是许多最有名的画家也在所难免的，在我笔下，白色却在持续不断的、穿不透的阴影中显现！那些无知的人，画了一幅经过细心修饰的线条画，就自以为在正确地素描，而我并没有死板地画出我的脸的外缘，把解剖学上最小的细节都画出来，因为人体是线条画不完全的。在这方面，雕刻家比我们这些人更接近真实。实体包含着一系列突出部分，彼此层层包裹。严格讲来，绘画并不存在！年轻人，你别笑！不管这句话怎样令人奇怪，有一天你会懂得它的理由的。画线条是这样一种方法，通过它，人可以意识到光线对物体照射的结果；但在一切都是饱满充实的自然界中，是没有线条的：人们是按照模型绘画，也就是说，把事物从它们存在的环境中分离出来，只有光的分布照射才能显出身体的外形！因此，我没有停留在画轮廓上，我在轮廓线之上分布了一层金黄的、热烈的、半明半暗的色彩，使人分不清轮廓线和背景相交之处在哪里。近看，这样画显得毛茸茸的，好像不够精确，离开几步看，一切都很扎实，变得固定起来和突现出来；身体在旋转，外形棱角突出，可以感到空气在四周流动。然而我还是不满意，我心里拿不准。也许不该只画一道轮廓线，或者从当中开始画脸，先画最明亮的突出部分，然后再画最暗的部分，这样更好。宇宙的神圣画家——太阳不就是这样做的吗？啊！大自然！大自然！在你倏忽而逝时，有谁抓住过你呢！要知道，太多的学问，同无知一样，都通到否定。我怀疑自己的作品！”

老人停了半晌，然后接着说：“年轻人，我工作了十年了；可是，同自然作斗争，短短十年算什么？皮格玛里翁[①]大师雕塑的、会行走的唯一雕像，我们不知道他用了多少时间！”

老人陷入深深的沉思之中，目光呆呆的，机械地玩弄着小刀。

“瞧，他在同自己的精神谈话呢。”波布斯低声说。

听到这句话，尼古拉·蒲散感到处于一种不可解释的艺术家的好奇心支配之下。这个淡眼珠的老人，一心专注，呆痴不动，在他看来已不像一个人，而像生活在无人知晓的环境中的神灵。这神灵在心灵中唤起了千百种隐隐约约的观念。这种幻觉精神现象难以确定，有如一首歌曲在流亡者心中唤起对祖国的怀念，他的激动无法表达一样。这个老人有意对艺术的美好意愿表示轻蔑，他的财富，他的举止，波布斯对

① 皮格玛里翁，传说为古代著名雕刻家，爱上了自己的一座作品，维纳斯满足了他的愿望，赋予他的作品以生命。

他的尊敬，这幅多年秘而不宣的作品，经过耐心持久的工作，因而不消说是天才的作品——如果年轻的蒲散这样坦率地表示欣赏，即使放在玛布兹的《亚当》旁边仍然显得很美的处女头像能令人折服的话——所有这些都证明艺术之王具有无上的技巧；老人身上的一切都越过了人类的界限。尼古拉·蒲散的丰富想象在他看到这个异乎寻常的人物时所能抓住的、明晰可见的东西，是一种出于艺术家本性的完美意象，这是一种狂热的本性，它拥有多方面的能力，但艺术家常常过于滥用这些能力；它把有冷静理智的人、布尔乔亚，甚至某些艺术爱好者，带领着走过千百条崎岖坎坷的道路，却引导到空无所有的地方，它犹如长着白翅膀的天使，想象热烈奔放，在那里能发现史诗、宫堡和艺术作品。这种本性爱嘲弄人，又很善良，既丰富而又贫乏！因此，在激情满怀的蒲散看来，这个老人突然变形，成了艺术本身，带着它的秘密、激情和梦幻的艺术本身。

“是的，我亲爱的波布斯，”弗朗霍费接着说，“直到如今，我还没有机会碰上一个白璧无瑕的女人，具有轮廓尽善尽美的躯体，而且肉体……”说到这里他顿住了。“这个活生生的女人在哪儿呢？这个古人心目中的维纳斯，人们长期寻找却寻觅不到，只能碰到某些分散的美。啊！这神圣的、完美的自然，总之是理想美，只要看一会儿，看一次，我愿意献出全部财产。无上的美啊，我愿意到虚无缥缈的地方去寻找你！我要像峨尔菲[①]一样，下到艺术的地狱，把你的生命带回。”

“我们可以离开这儿了，”波布斯对蒲散说，“现在他再也不听我们说话，再也不看我们了！”

“我们到他的画室去吧。”着了迷的年轻人回答。

“噢！老家伙知道怎样不让人家进去。他的宝库把守严密，我们进不去的。否则我用不着等你发表意见和想象，早就要攫取秘密了。”

“真有秘密吗？”

“有，”波布斯回答，“弗朗霍费老人是玛布兹唯一愿意栽培的学生。弗朗霍费成了他的朋友，救命恩人甚至父亲，献出自己的绝大部分宝藏，去满足玛布兹的激情；作为交换，玛布兹给他留下立体感的秘密

---

① 峨尔菲，传说中的大音乐家。他结婚时，妻子被毒蛇咬死了，他下到地狱，用歌曲迷惑冥神，冥神让他走出地狱边界前不能回身看他妻子，但他没有做到。

和给人像以不同寻常生命的才具；生命这朵实体之花也是我们永恒绝望的所在。但玛布兹却非常擅长再现生命的技巧，有一天，他喝酒卖掉了那件印花缎衣衫，那是觐见查理五世时他要穿的服装，于是他穿了一件仿画的纸衣服来陪伴他的主子。玛布兹身上衣服的特殊光辉使皇帝十分吃惊，皇帝本想夸奖老酒鬼的保护人，这时发现了是他捣的鬼。弗朗霍费是个对绘画艺术满怀激情的人，他比别的画家看得更高和更远。他曾深入思考过色彩、线条的绝对真实；由于探索研究，他竟然怀疑起他探索研究的对象本身。他在绝望时以为绘画并不存在，用线条勾画只能还原几何图形的人像；这是言过其实了，虽然黑色不算颜色，但用黑色和线条，可以画出一幅人像来；这就证明，我们的艺术像自然一样，由无限的分子组成：素描是骨架，色彩是生命，但没有骨架的生命比没有生命的骨架更不完全。末了，还有比这更真切的东西，这就是：实践和观察在画家身上即是一切；如果议论和诗意发展到同画笔有矛盾的地步，那就会导致怀疑，如同那个老先生一样，他既是画家，又是疯子。作为崇高的画家，生来富有是他的不幸，这样他可以议论，而不去模仿！工作吧！画家只该考虑手中的画笔。”

“我们会摸到这秘密的。”蒲散叫起来，不再听波布斯说话，心里再没有什么疑惑。

波布斯对陌生的年轻人的热情报以微笑，邀请他来访，然后分手了。

尼古拉·蒲散朝竖琴街缓步走回家，没有发觉自己借居的那间简陋旅舍，竟走过了头。他怀着不安的心情，快步踏上恶俗不堪的楼梯，来到一间位于斜屋顶之下，顶部很高的房间，上面覆盖着老巴黎旧屋质朴轻巧的那种屋盖。他走近房里唯一的幽暗的窗户，看见一个少女，她听到开门声，突然站起身来，动作中充满着爱情，她从画家上门闩的动作认出是他。

“你怎么啦？”她对他说。

“我，我，”他快乐得接不上气来，“我感到自己成了画家！在这以前我还怀疑自己，但今天早上我相信自己能行！我可以成为一个伟人！嗨，吉莱特，咱们就会有钱和幸福了！在这些画笔中有着金子。”

可是他突然闭口了。他把希望的无垠同他手段的微弱一比较，他庄重而线条有力的脸庞便失去快乐的神色。墙上贴满了普通的纸，画满了铅笔草图，油画还不到四幅。那时，颜料价格昂贵，这个穷贵族眼看自己的调色板差不多是光光的。在贫困之中，他拥有和表现出难以想象的丰富的心灵和能过量地吞噬的才能。他由一个贵族朋友带到巴黎，或许是由自己的才能引导到巴黎的，他不期然地遇到一个爱他的人，她具有崇高而宽宏的心灵，这样的心灵能在一个伟人身边受苦，分担他的贫困，千方百计了解贫困的肆虐情形；她能忍饥挨饿，而又情意绵绵，如同有的人爱穿戴奢华，毫无顾忌，冷漠无情，形之于外一样。吉莱特挂在嘴边的微笑，给这阁楼镀上金边，能同天穹的光辉相比美。太阳不会一直照耀着，而她永在那儿，沉浸在对他的激情中，与他的幸福和痛苦紧密相连，安慰这个天才，他在未驾驭住艺术之前便沉浸在爱情中。

“吉莱特，你过来听我说。”

顺从而快乐的少女跳到画家的膝头上。她遍身透着妩媚，美丽，像春天一样动人，具有女子的一切魅力，给美好的心灵的火焰照得雪亮。

“噢，上帝！”他嚷了起来，“我永远不敢说出它来……”

“是秘密？”她接过来说，“我想知道。”

蒲散陷入沉思默想之中。

“你倒是说呀。”

“吉莱特，可怜的心肝儿！”

“噢！你有什么需要我的地方吧？”

“是的。”

“如果你想要我像那天一样，还在你面前摆样儿，”她有点儿赌气地说，“那我再不会同意，因为，这时你的眼睛不再向我说话。你不再想着我，而你却盯着我。”

“那你是否宁愿看我描画另一个女人？”

“也许是，”她说，“要是她很丑的话。”

“那么，”蒲散用严肃的声调说，“如果为了我未来的荣誉，为了使我成为一个大画家，需要你去给别人摆样儿呢？”

“你是想考验我，”她说，“你一清二楚，我不会去的。”

蒲散把脑袋耷拉到胸前，宛如一个人由于欢乐或者心灵上过度的痛苦颓然倒下一样。

“你听着，”她拉着蒲散穿旧的外套袖子，拽他过来，“我对你早说过了，尼克，我可以为你献出生命；但我从来不曾答应过你，放弃我的爱情，只要我活着。”

“放弃爱情？”蒲散叫了起来。

“如果把我这样显示给另一个人看，你就会不再爱我了。而我呢，我也会感到同你不配。顺从你的任性，难道是简单自然的事情吗？虽然我不情愿，但照你喜欢的意思去做，我还是高兴的，甚至是自豪的。而给别人去做，呸！”

“请你原谅，我的吉莱特，”画家投到她的脚下说，“我宁愿得到爱，而放弃荣誉。在我看，你比财产和荣誉更要美。好吧，把我的画笔扔掉，把这些画稿烧掉。我判断错了。我的禀赋就是要爱你，我不是画家，我是情人。但愿艺术连同它的一切秘密都消灭掉！”

她欣赏着他，幸福得着了魔似的！她统治着，她本能地感到，为了她，艺术要被忘却，像一撮灰那样扔在她的脚下。

“不过，这只是一个老人，”蒲散又说，“他在你身上才能看到女子是怎样的。你是多么完美无缺！”

“那要爱得深，才能这样做。”她嚷着说，已经准备着放弃她爱情的疑虑，以报答她的情人对她做出的一切牺牲。“但是，这要把我毁了。啊！我要为你毁掉自己。是的，那是很美的！可你会忘掉我的。噢！你怎么会有这样不好的想法！”

“我是有过，而我现在还爱着你，”他有点内疚地说，“我真是可悲可恨。”

“我们征求一下阿杜安老爹的意见？”她说。

“噢，不！这是咱俩之间的秘密。”

“好吧，我去，不过你不要在场，”她说，“你就待在门口，拿着匕首，要是我叫喊，你就进来杀死那个画家。”

蒲散一心只想着他的艺术，这时把吉莱特紧紧抱在怀里。

“他不再爱我了！”等到吉莱特单独一个人的时候，她这样想。

她对自己下的决心开始后悔了。但随即又陷入更难忍受的恐惧之中，她竭力要驱散兜上心头的可怕念头。她以为怀疑他不如以前值得爱慕，那就是不那么爱他了。

二、卡特琳娜·莱斯科

蒲散和波布斯相见三个月之后，波布斯去看弗朗霍费大师。老人正陷于油然而生的、深深的气馁之中，按医学家的推算，原因是消化不良、受风、受热，或者是上腹旁侧加厚所致；而按精神病学家看来，是由于精神禀性不完善。其实，老人是为了他那幅神秘的画好上加好而累垮了。他倦慵地坐在一张橡木雕刻的、包着黑皮的宽椅里；他保持着忧郁的态度，朝波布斯投以厌倦烦躁的人的那种目光。

“怎么，大师，”波布斯对他说，“是不是您到布鲁日去搜求的湛蓝颜料质量不好？还是您不会调制一种新的白色？是您的油彩质地恶劣，还是画笔不好使呢？”

“唉！”老人感叹说，“有时我以为大功告成了，其实有几个细节没画好，我要澄清了自己的怀疑之后才能平静下来。我决定去旅行，我要到土耳其、希腊、亚洲去寻找模特儿，将我的画和各种不同的实物比较。”他露出一个满意的笑容，又说：“也许我在这上面已找到自然本身。有时我真怕呼一口气就会唤醒这个女人，她就消遁而去。”

说完他陡地站起来，仿佛要马上出发。

“噢！”波布斯冲着他说，“我来得恰是时候，可以免去你旅行的花费和疲劳了。”

“怎么？”弗朗霍费惊讶地问。

“年轻的蒲散被一个女子爱着，她无可比拟的美真是白璧无瑕。不过，亲爱的大师，如果他同意把她借给您，至少您该让我们瞧瞧您的画吧。”

老人站着，一动不动，完全惊呆了。

“怎么！”他终于痛苦地嚷起来，“展出我的创造，我的妻子？在这幅画上我圣洁地倾注了我的幸福，难道要把它撕掉？这等于可怕的卖淫！我同这个女人已经生活了十年，她属于我，专属于我一个人，她爱我。她对着我给她加上的每一笔，不是都对我露出微笑吗？她有灵魂，是我给她的。如果不是我而是别人的眼光落在她身上，她会脸红的。让人看她！坏到把自己的妻子推到耻辱的地步，这样的情人，这样的丈夫是什么东西？你为宫廷作画时，不会把整个心灵都倾注其中，你卖给廷臣的都是些上彩的纸人儿。我的画不光是画，而是一种感情，一种激情！她生在我的画室，就应在那里保持处女身，穿戴好了才能出来。诗意和女子只能献身于情人！我们能据有拉斐尔的模特儿，阿里奥斯托的安杰丽嘉和但丁的贝雅特丽齐[①]吗？不能！我们只能看到她们的形状。而我禁闭在楼上的作品则是艺术中的一个例外。这不是一幅画，而是一个女子！我同她一起哭泣、嬉笑、谈天和思索。难道你想让我同持续十年的幸福突然分手，像扔掉一件大衣一样？那是要让我一下子不再做父亲、情人和上帝。这个女子不是一个生物，而是一个创造。把你那个年轻人叫来，我会把我的宝藏都给他，把柯莱奇[②]、米开朗琪罗、提香的画都给他，我会吻遍他在尘埃中的足印；不过，让他成为我的情敌？那对我就是耻辱！哈！哈！说我是画家，还不如说我是情人。是的，我咽气时还有力气把我的《美丽的诺瓦塞女人》烧毁的；要让她承受一个男人，一个年轻男人，一个画家的注视？不，不！我会第二天就把那个用目光玷污她的人杀死的，我会马上把你杀死的，我

① 安杰丽嘉为阿里奥斯托（1411—1533）的叙事诗《疯狂的罗兰》的女主人公；贝雅特丽齐为但丁（1265—1321）作品中所讴歌的女子。
② 柯莱奇（1489—1534），意大利画家，创作了帕尔玛教堂的壁画，善画人体。

的朋友，如果你不跪着向她致意的话！现在你还要我让我的偶像去忍受那些蠢货的冷眼注视和评头品足吗？啊！爱情是一种秘密，它的生命只藏在心灵深处，一个人竟至于对他的朋友说：‘这就是我所爱的女子！’那就一切都完了。”

老人仿佛又变得年轻了，他的眼里充满光辉和生机，苍白的双颊泛出绯红，双手颤抖不已。波布斯对他说这些话时强烈的冲动感到吃惊，对这样既深沉又新颖的情感一时无言以对。弗朗霍费究竟是理智健全的，还是头脑错乱了？他是不是被艺术家的狂想所主宰了？长期孕育一部大作品会在我们身上产生难以表达的狂热，他表达的思想是不是出于这种狂热呢？同这种奇异的激情妥协，有没有希望呢？

波布斯百感交集，他对老人说：

“不过这不是以女人对女人吗？蒲散不是把他的爱人置于您的注视之下吗？”

“那是什么爱人？”弗朗霍费回答。“她迟早会对他变心。我的爱人可对我忠贞不渝！”

“那么，”波布斯说，“咱们先不谈这个。在您远至亚洲去找到一个女人，像我说的一样美丽、一样十全十美之前，您也许来不及完成您的画就会与世长辞了。”

“噢！画会完成的，”弗朗霍费说，“谁看到它，都会以为看到一个女人睡在一张丝绒床上，罩着床幔。在她身边，有个金鼎散发着香气。你会心痒难熬，想抓住拉开床幔那条绳索的流苏，你就会仿佛看到卡特琳娜·莱斯科，又叫‘美丽的诺瓦塞女人’的漂亮妓女的胸脯，看到她呼吸的动作。不过，我想确实知道……”

“那你到亚洲去吧。”波布斯回答，同时瞥见在弗朗霍费的目光里有点踌躇不定。

波布斯朝客厅门口走了几步。

这时，吉莱特和尼古拉·蒲散已快到弗朗霍费的住所了。等到少女就要跨进门槛的当儿，她挣脱开画家的臂膀，后退了几步，似乎被某种突发的预感攫住了。

“究竟我到这儿来干什么？”她用深沉的声调问她的情人，目光呆呆地盯着他。

“吉莱特，我让你自己作主，我一切都服从你。你是我的良心和光荣。你回去吧，也许我会更幸福，如果你……”

“你这样对我说话，我能属于自己吗？啊，不，我不过是一个孩子。”她好像做出极大的努力，添上说：“喔，即使我们的爱情夭折了，即使我在心里埋下长久的悔恨，但由于我顺从了你的愿望，不是换来了你的名气吗？咱们进去吧，能像回忆一样永远留在你的调色板上，我就觉得始终活着。”

两个情人刚打开门，就迎面碰上波布斯，吉莱特泪珠涟涟，波布斯对她的美丽十分惊异，一把抓住浑身颤抖的吉莱特，把她带到老人跟前，他说：“瞧，她难道比不上世界上的一切杰作吗？”

弗朗霍费战栗起来。吉莱特站在那儿，态度率真纯朴，犹如一个年轻的格鲁吉亚少女，天真无邪，抖抖索索，容光焕发，被强盗展示在奴隶贩子面前一样。一片流露羞耻的绯红染上她的双颊，她低下眼睛，双手垂在两侧，似乎瘫软无力，她的眼泪表示抗议对她的廉耻使用暴力。此时此刻，蒲散后悔莫及，感到不该把这藏在阁楼里的瑰宝拿出来，于是咒骂着自己。这时他更多的是作为情人，而不是艺术家了。他看到老人的目光变得年轻了，由于画家的习惯，可以说，这目光在剥落少女的衣裳，琢磨出她最隐秘的形体，于是千百种疑虑折磨着蒲散的心房。因真正的爱情而产生的来势凶猛的嫉妒又袭上身来。

“吉莱特，我们走吧！”他嚷道。

听到这声叫唤，这个声调，他的情人欢乐地对他抬起眼来，瞧着他，跑过去投在他怀里。

“啊！你是爱我的呀。”她眼泪潸然而下。

她已经竭尽全力，对痛苦保持缄默，如今再也无力隐藏自己的幸福。

“噢！请让她留在我这儿待一会儿，”老画家说，“你可以将她同我的卡特琳娜比一比。是的，我同意这样做。”

在弗朗霍费的声音里依然有着爱。似乎他对那个相当于妻子的人像仍有风情，预先享受到胜利的喜悦：他笔下那个处女的美定会胜过一个真实少女的美。

“别让他食言，”波布斯拍着蒲散的肩膀叫道，“爱情之果瞬息即逝，艺术之果才是永恒的。”

“在他看来，”吉莱特仔细盯着蒲散和波布斯，“我不就只是一个女人吗？”她骄傲地抬起了头；她以炯炯的目光朝弗朗霍费投了一瞥，回头看到她的情人又在一心观赏那幅被他当作吉奥乔娜的肖像，便说：“啊！咱们上楼吧！他从来没有这样看过我。”

“老家伙，”蒲散听到吉莱特的声音，从沉思中醒悟过来说，“你看看这把剑，要是听到这个姑娘发出求救的呼喊，我马上就把它插入你的心脏，放火烧掉你的房子，任何人都出不去。你听明白吗？”

尼古拉·蒲散阴沉沉的，他的话十分可怕。年轻画家这种态度，尤其是他的手势，使吉莱特得到安慰，她几乎要原谅他把她牺牲给绘画和满载美誉的未来。波布斯和蒲散待在画室门口，默默地相对而视。《埃及的玛丽》的作者自言自语地感叹：“啊！她脱衣了，他对她说走到亮光中来！他在对比！”但他看到蒲散的脸愁苦万分时便沉默不语了；虽然老画家在艺术面前是不再顾忌这些小地方的廉耻的，但波布斯还是欣赏蒲散的羞耻心，它是多么率真，多么美呀。年轻人的手握着匕首的柄，耳朵几乎贴在门上。两人在暗影中站着，好像两个密谋者等待着攻打暴君的时刻到来。

“进来，进来，”老人焕发出幸福的光彩，对他们说，“我的作品现在完美无缺了，我可以自豪地让你们观看。从来没有一个画家，一支画笔，任何色彩、画布和光线能作出一幅画，可以同卡特琳娜·莱斯科这个漂亮的妓女并比。”

波布斯和蒲散受着强烈好奇心的催逼，直跑到盖满灰尘的大画室当中，房里一切凌乱不堪，他俩看到这里那里挂满了画幅。两人先停在一幅自然庄重的半裸体的女子画像面前，欣赏得愣住了。

“噢！你们别尽瞧这个，”弗朗霍费说，“这幅画我是乱涂一气，用来研究一种姿势的，没有丝毫价值。”他给他俩指着周围挂在墙上悦人心目的作品，接着说：“这都是错误百出的作品。”

听到这句话，波布斯和蒲散惊讶于对这样的作品竟然表示轻蔑，寻找着那幅杰作，却怎么也没看到。

“喏，在这儿！”老人对他们说，他的头发乱糟糟的，脸孔由于异乎寻常的冲动，像火烧一样通红，眼睛熠熠放光，好似一个迷醉于爱情的青年人那样气喘吁吁。

“哈！哈！”他叫着说，“你们没有料到有这么完美的作品吧！你们站在一个女子面前，却在寻找一幅画。这幅画深邃广邈，空气画得很真实，你们再也分不清画幅同你们周围空气的界线了。艺术在哪儿呢？没有了，消失了！这就是一个少女的形体本身。难道我没有抓住色彩和限制躯体的线条本身？呈现在我们面前的物体像处于空气之中，犹如鱼处于水中，两者难道不是同一现象吗？你们欣赏一下，轮廓线是怎样从背景中游离出来的？你们难道不是仿佛可以用手去触摸这背部吗？对于亮光和物体结合产生的效果，我研究了七年。这些头发上，不是浴满了光亮吗？……我相信她呼吸过！……你们看到这胸脯吗？啊！谁不想跪着欣赏它？肉体在翕动着。你们等着，她就要站起来了。”

“您看到了什么东西没有？”蒲散问波布斯。

“没有。你呢？”

“什么也没有。”

两个画家让老人独自在那儿悬想发愣，他们想看仔细，要知道亮光垂直落在老人指出的画幅上，是不是会消除所有效果。于是他们从右、从左、从正面、蹲下又站起，轮番地审察这幅画。

“是的，是的，这是一幅画，”弗朗霍费对他俩说，不屑于这番严密审察的目的，“瞧，这是画框、画架，最后这是我的颜料、画笔。”

他抓起一支画刷，动作天真，递给他们看。

“这个老家伙在耍弄我们，”蒲散回到那幅所谓杰作的面前说，“我只看到色彩乱堆在一起，混杂着大量怪线条，像堵厚墙一样。”

“你看我们是受骗了？”波布斯说。

走近看他们才发现画幅的一角有一只赤裸的脚，从这堆混浊一片的颜色、色调难以分辨的细微处，不成形的雾一样的东西中伸出来；但这是一只优美的脚，栩栩如生的脚！这个局部幸免于一场难以想象的徐徐逼近的毁灭，他们在它面前欣赏得目瞪口呆。这只脚显现在那儿，犹如帕罗斯的维纳斯大理石像的躯体出现于一个被焚毁的城市废墟之中一样。

“这底下有一个女人。”波布斯给蒲散指出那一层层颜料，老画家逐层增加上去，以为这是在使他的绘画日臻完美呢。

两个画家自然而然地转向弗朗霍费，虽然还很模糊，但已开始有点明白弗朗霍费的痴想状态。

“他没有瞎说。”波布斯说。

“是的，我的朋友，”老人醒悟过来，回答说，“必须要有信念，在艺术中必须要有信念，要同自己的作品长期生活在一起，才能产生这样一幅创作。有几处阴影部分我花费了大量的劳动。瞧，在脸颊之上，眼睛之下，有一处不太强的半明半暗的地方，如果你们在真人身上观察到的话，你们会觉得几乎不能再现。怎样，你们是否相信，为再现这种效果我花费了闻所未闻的艰苦努力？同样，我亲爱的波布斯，你仔细看看我的劳作，你会更好地懂得我对你说过的关于如何对待模特儿和轮廓线的手法。你看看胸脯的光，看看我怎样运用连续的点画和大力加厚使之突现的手法，终于抓住了真正的光，同色调明亮的、闪闪发光的白色合而为一，看看我怎样通过相反的工作，消去突出部分和结成粒状的地方，我抚摩人像的轮廓，使之融入半明半暗之中，从而我产生了不需要描画和运用人为方法的想法，这样也可以给人像以本来面貌和圆凸的形状。你们走近一点，看仔细一点这种手法。从远处看，它便消失不见。看到吗？我相信，这种手法清晰可见。”

他用画刷的柄端给两个画家指出一摊色彩明亮的地方。

波布斯拍着老人的肩膀，同时转向蒲散，他说：“我们在他身上看到他确是一个大画家，你说呢？”

“他更像诗人，而不是画家。”蒲散庄重地回答。

“这儿，”波布斯指戳着画布，“就是我们人间艺术达到至境的地方。”

“而从这儿，他将没入天国。”蒲散说。

“从这幅画上能得到多少享受呀！”波布斯大声说。

沉浸在幻想之中的老人没有听他们说话，他对着这个想象中的女人痴笑着。

“而迟早他总会发觉画布上什么也没有。”蒲散叫道。

“在我的画布上什么也没有。”弗朗霍费轮番瞧着两个画家和他的所谓画幅，重复着说。

“你怎么这样！”波布斯冲着蒲散说。

老人使劲抓住年轻人的臂膀，对他说：“你什么也没有看见，真是没有教养，无知无识，混账之极，像头骡子！那你为什么上楼到这儿来？”他转向另一个画家接着说：“我的好波布斯，您，您也在耍弄我吗？回答呀！我是您的朋友，说呀！难道我在糟蹋这幅画吗？”

波布斯踌躇不定，不敢搭腔，显露在老人苍白的脸上的焦急不安到了骇人的地步，他指着画布说：

“瞧呀！”

弗朗霍费有好一会儿欣赏着自己的画，然后摇晃起来。

“什么也没有，什么也没有！工作了十年啊！”

他坐了下来，啜泣着。

“我真是一个笨蛋，一个疯子！我既没有才赋，也没有能耐，我只不过是一个有钱人，只能随波逐流而已！我什么也没有创作出来！”

他透过泪眼蒙眬，欣赏着自己的画，突然，他骄傲地站了起来，向两个画家投以炯炯的目光。他叫道：

“以基督的鲜血、身体和头颅的名义，你们是出于嫉妒，才让我相信是乱画，好把画偷走！我呀，我看得清楚！她画得精美绝伦！”

这当儿，蒲散听到吉莱特的呜咽声，她被遗忘在角落里。

“你怎么啦，我的天使？”画家马上又变成情人，这样问她。

“杀死我吧！”她说。“我再爱你就太卑劣了，因为我蔑视你。我崇拜你，你使我恐惧。我爱你，但我相信我已经憎恨你。”

在蒲散倾听吉莱特说话的当口，弗朗霍费用一块绿色斜纹布覆盖上他的《卡特琳娜》，严肃而宁静，就像一个首饰商以为旁边就有手脚利落的小偷要关上他的抽屉一样。他对两个画家投以异常狡黠的一瞥，充满了蔑视和疑惑，一言不发地把他们送出画室门口，动作迅速，带着神经质。他在家门口对他们说："再见，我的小朋友们。"

这声告别使两个画家感到冰凉。第二天，波布斯感到不安，又来看弗朗霍费，才知道他在夜里死了，死前先把画幅烧掉。

1832 年 2 月于巴黎

费拉居斯

——帮工会领袖

献给埃克托·柏辽兹

第一章　儒勒夫人

在巴黎，有一些名声不好的街道，犹如罪恶累累的强徒那样臭名昭著；也有品德高尚的街道，还算正直体面的街道，公众还没有定论的年轻街道；也有杀人越货的街道，比老态龙钟的老妪还要老的街道，令人肃然起敬的街道，保持清洁的街道，一贯腌臜不堪的街道，工人和劳动者的街道，从事商业的街道。总之，巴黎的街道具有人的品质，它们的面貌给我们猝不及防的印象。有的缺乏教养的街道，你真不想住在里面，而有的街道你却乐意安居。有的街，像蒙马特尔路，入口美观，尽头形成鱼尾状。和平路是一条宽阔的大街；但它不能令人产生华美壮丽的感觉，一个善于判断的人走在王家大街上则会油然而生这种感觉，而且不消说，笼罩着旺多姆广场的庄严它也没有。倘使你在圣路易岛的街道上漫步，那种袭上心头的神经性忧郁感只有在孤独时、在空寂无人的房子和大宅第的阴郁气氛中才会产生。这个岛宛如包税人的僵尸[①]，是巴黎地区的威尼斯城。交易所广场闹闹嚷嚷，人来人往，到处是妓女；它唯有在凌晨两点钟月光如洗时才是美丽的。白天，这里是巴黎的一个缩影；夜晚，它如同一首希腊梦幻曲那样优美。特拉韦西埃尔一圣奥诺雷路不就是一条名声不好的街道吗？那儿有些恶俗不堪的、每层开两扇窗的小楼房，恶德败行、作科犯法、穷困潦倒，层层可见。朝北的窄巷每年阳光只能照上三四次，那里谋财害命是不受惩罚的，时至今日，正义女神还未插足过问那里；而在从前，大理院也许会传见警察总监，对他提出起诉，至少会对街道治安作出某些判决，就像过去判决反对博韦教务会戴假发[②]一样。可是，伯努瓦斯通·德·沙

① 在圣路易岛上曾有不少包税人建造豪华邸宅。

② 1885年，有个教士在博韦大教堂戴假发做弥撒，受到警告。但这警告不是大理院作出，而是由这个教堂的教务会作出的。

托讷夫[1]证实，这些街道的风气远远高出其他街道。试举一例，用以概述：弗罗芒托路难道不是常常发生人命案子和藏污纳垢之地吗？

这些考察在巴黎之外是不可理解的，只有爱研究、爱思索、爱诗意和爱消遣的人才能心领神会；他们整天在巴黎的墙垣之间闲逛，善于撷取飘拂而过的各种赏心乐事。就因为有这些人，巴黎才是最美妙的神魔之地；那边有漂亮的女人，隔开一些是老人和穷人；这儿像开国新货币一样崭新，这个角落宛若穿着时髦的女人一样风雅。这可真是个完整的魔鬼！它的阁楼住满了饱学之士和天才人物，中间几层大腹便便，底层铺面是强健的腿脚，从里面走出忙忙碌碌、事务缠身的人。啊！魔鬼的生活不总是活跃异常的吗？在它的心脏区域，从舞会归来的最后几辆马车刚刚停止颤动，它的臂膀已经在城边晃悠，它在慢慢地活动起来。家家的门扇都咿呀作响，顺着铰链旋转，仿佛大虾的薄壳，由三万个男女在暗中操纵；人人都在六尺见方的斗室生活，有一间厨房，一间作坊，一

① 沙托讷夫（1776—1856），外科医生，后成为经济学家，并进入道德科学院。

张床，几个孩子，一个庭院，屋里光线黯淡，却要求什么都看得清楚。不知不觉中关节咔嚓作响，活动连贯起来，街道开始熙攘。晌午，一切都活跃起来，烟囱冒烟，魔鬼吃饭；随后它吼叫，千百只脚舞动着，多美的景象呀！噢，巴黎！你并没欣赏你阴惨的景色、明亮的闪光、深邃幽静的死胡同，你并没倾听午夜至凌晨两点之间的窃窃私语声，你还一点儿不认识你真正的诗意和奇异的雄浑的对比。

有少数爱好游逛、走路从不思索的人，他们品味着他们的巴黎，对它的面貌了如指掌，连一个疵疣、小疱和红斑都看在眼里。在其他人看来，巴黎总是个巨大的奇迹，是个活动、机器和思想的惊人综合体，是充满千奇百怪故事的城市，是世界的头脑。但对某些人来说，巴黎既忧郁又快活，既丑又美，既活跃又死气沉沉，巴黎是一个生物体，每个人、每幢房子都是这个巨大的妓女细胞组织的一部分，他们十分熟悉她的头颅、心脏和荒诞不经的品行。因此，他们是巴黎的情人：他们只要在街角耸耸鼻子，便有把握找到大钟一只；哪个朋友鼻烟壶空了，他们会指点，走这条路，靠左有爿烟草店，附近有个糕点铺，里面有个漂亮的女人。依这些诗人看来，在巴黎游荡是一种奢侈的享受。这个好动的城市女后，以招贴为衣，没有一处干净的角落，对法兰西民族的恶习百依百顺；倘若身临其中，种种惨剧、灾祸、脸庞、出奇的事故便会迎面袭来，你又怎能不花几分钟去观看呢？早上你从家里出发，要到巴黎的另一头去，直到吃晚饭的时辰，你还未能离开城市的中心。有些人会为这初到巴黎的头一次跋涉打圆场，说是可以有一次极其有用和崭新的观察机会，崭新的程度是就巴黎的情形而言，这儿其实毫无新的东西，甚至昨天刚安放的塑像，顽童已经在上面刻上他的名字。不错，有的街道，或者有的街道尽头，还有的房子，大多数上流人士是一无所知的，如果上流社会的贵妇在这些地方走动的话，定会引起种种飞短流长的闲话。假若这个贵妇有钱，又有马车，却乔装打扮，以步当车，夹在巴黎这个区域的人流中，那么，她就会玷污自己清白的名节。她要是偶然在晚上九点来到这儿，目击者会做出种种揣测，后果不堪设想。末了，倘使这个贵妇年轻俏丽，走进这些街道的一幢楼房里，楼内过道又长又暗，又潮又臭，尽头有盏灯，微弱的亮光闪烁不定，灯下显现出一个指骨嶙峋的老妇骇人的面孔，那么，说实在的，从年轻漂亮的妇女的利害出发，这个贵妇算是毁了。在巴黎的这些沼泽地带碰到她，又认识她的男人就能摆布她。在巴黎这样的窄巷中的相遇，会演成惨绝人寰的悲剧，一出充满血和爱的现代格式的惨剧。可惜，这种罪案，这种戏剧性，就像现代惨剧一样，只为寥寥无几的人所理解；对不能领略这种具有地方色彩的全部价值的人讲述故事，实在可悲之至。但是，谁又能夸口永远为人理解呢？我们作为人，至死都是互不了解的，这是妇女们和作家们的一个警句。

本篇故事发生在约莫十三年前[①]的二月初，那时节，帕日万路还没有那堵墙，听不到脏话的回声；旁边那条索利路是巴黎所有街道中最狭窄、最难以行走的小巷[②]，但这条阒无人迹的街道的拐角却是人来人往的地方。晚上八点半，有个年轻人，出于偶然（一生中不会有第二次），步行走到帕日万路的拐角，想转入维厄—奥古斯丁路，右边正好是索利路。这个年轻人住在波旁路，他正悠然自得地走着，在离他几步

---

① 即 1820 年。

② 帕日万路和索利路是两条平行的窄巷。

路的一个女人，他发现有点儿像巴黎一个最漂亮的女子，她打扮雅致，非常贞洁，他私底下热恋着她，却是毫无希望的爱：她已经结了婚。一刹那他的心怦然乱跳，一股难以忍受的热气从横膈膜直往上涌，进入所有的血管，而他的背脊发冷，他觉得大脑皮层在颤动。他在恋爱，年纪轻轻，熟悉巴黎；凭他的洞察力，他不会不知道，一个优雅、有钱、年轻、俊俏的女人，迈着鬼鬼祟祟的步子，在此逡巡，会招来什么样的恶谥。她，在这种泥泞路上，在这种时候！这个年轻人对这个贵妇的爱情看来非常热烈，尤其他是禁卫军的军官。倘若他在步兵任职，那么他还会要求核实；而他是骑兵高级军官，他所属的法国部队要求以迅雷不及掩耳的速度拿下目标，他看重自己的风流韵事，不下于看重自己的军服。这个军官的激情是真诚的，同许多年轻人相比，它是伟大的。他爱这个女人，因为她贤淑端庄，他爱她的美德懿行，亭亭玉立的风度，令人肃然起敬的圣洁，视作他不为人知的激情最珍贵的财宝。这个女子也真值得勾起这样柏拉图式的爱情，这种爱情犹如中世纪史描绘的血迹斑斑的废墟中的鲜花。她值得一个年轻人暗地里拿来作为一切行动的准则。这爱情像湛蓝的天空一样高洁、纯粹；这爱情毫无希望却又缱绻于怀，是因为他从来没有判断错误；这爱情产生极度的快感，尤其在他这样的年龄，心是火热的，想象力旺盛，目光锐利。在巴黎，常会遇到一些稀奇古怪、意想不到的夜间现象，唯有乐于观察这些现象的人才会明白，女人在黄昏会变得多么神奇。你偶然或有意在这时尾随的女人，有时显得窈窕，而有时她的袜子如果是白色的话，会使你觉得她的腿细长优美；她虽然裹着披巾或身穿皮袭，在幽暗中身段仍然显得年轻诱人；又有时店铺或路灯摇曳不定的亮光给这陌生女人蒙上转瞬即逝、总是似真实假的光泽，这光泽会唤起和点燃想象，使它远离真实。于是你的感官激动起来，一切都蒙上色彩，变得活跃；这女人换了全新的外貌；她的形体变美了；一段时间里，这不再是一个女人，这是个魔鬼，是鬼火，它以强烈的魔力把你带到一幢住着清白人家的房子里，那个可怜的女市民，害怕你咄咄逼人的脚步或橐橐的皮靴声，瞧也不瞧你一眼，便对你迎面关上便门。

一爿鞋店的橱窗投射出来的摇曳灯光恰好照在那

个女人身腰的下部，骤然间照亮了她的腰身，她站在年轻人面前。啊！她就这样挺着胸！只有她明白这样圣洁的姿态，它纯洁无邪地突出了诱人体态的美。她裹着早晨的披巾，戴着丝绒帽。她的灰丝袜没有污点，她的鞋也没有溅上泥。披巾紧贴着胸部，隐约勾勒出优雅的轮廓，年轻人在舞会上看见过她雪白的肩头，他明白这披巾掩盖着多少财宝。根据巴黎女子身裹披巾和在街上抬足举步的姿势，一个有头脑的人能猜度出她避开人赶路的秘密。在女子的举止中有一种难以形容的颤动和轻巧：她好似变轻，来来去去，或更像流星一样穿掠而过，她的裙子的褶裥和摆动会显露出某种思想，她就乘着这思想的快风飘飞。年轻人加快步子，赶过那女人，掉转身来看她……咦！她已经消失在一条甬道中，有扇带铃的栅栏门咿呀作响和丁零零地响着。年轻人又踅回来，看见这个女人已经走到甬道尽头，一个看门的老女人巴结地向她打招呼，她登上弯弯曲曲的楼梯，开头几级照得亮晃晃的；那贵妇动作灵巧，但很匆促，仿佛急不可耐的样子。

“她急什么呢？”年轻人暗自思忖，他退到街道另一边靠墙栽种的树旁。这个不幸的人带着侦探追缉密谋者的细心，打量着这幢楼的上上下下。

这种房子巴黎有千千万万，难看、俗气、狭窄、发黄，上下五层，每层开三扇窗。这幢楼的铺面和假二楼属于鞋匠所有。二楼的百叶窗紧闭着。这位太太要到哪儿？年轻人似乎听到三楼套房的铃声响。本来，三楼有个房间闪动着一片光，将房间的两扇窗照得通明，现在突然照亮了原来处于黑暗中的第三扇窗，这说明它是前房间，不用说，是客厅或餐室。旋即有顶女帽的影子隐约显现出来，房门关上，前房间复又处于黑暗中，后房间的两扇窗随即罩上红色。年轻人只听得一声“当心”，肩上挨了一下打。

“您可是什么都不留神。”一个粗嗓门说，这是一个工人的声音，他肩上扛着一块长木板。工人走了过去。他是个普罗旺斯人，对这个好奇的年轻人说：“关你什么事？想想自个儿的事吧，让巴黎人去料理他们的琐事得啦。”

年轻人抱着手臂，看到周围没有人，于是愤怒的泪水顺着脸颊淌下来，他也没擦去。临了，看到那两扇亮窗上晃动着的人影，心里实在难受，他偶然朝维厄一奥古斯丁路的上首望去，看到一辆出租马车靠墙停着，那儿既看不到楼门，也看不到店铺的亮光。

她是谁？会不会是她？对一个情人来说，这是生死问题。这个情人在等候，二十分钟等于一个世纪。这个女人终于下楼了，他认出就是他暗地里爱着的那位太太。但他宁愿心存疑窦。陌生女人朝出租马车走去，上了马车。

"这幢楼总在那儿，以后我可以好好搜索一下。"年轻人心里想着，跑步跟着马车，想消除自己最后那点怀疑，不一会儿，他再不用怀疑了。

出租马车停在黎希留路，靠近梅纳路一家花店的前面。那贵妇下了车，走进店里，派人将车钱送给马车夫，她挑了点秃鹳羽毛就出来了。她的黑发要戴秃鹳羽毛！她本是褐黑色头发，羽毛跟头发颜色相近，倒显出效果。那军官似乎听到这个女人同卖花女的谈话。

"太太，这羽毛没有比褐色头发的人更合适的了，褐色头发的人轮廓太鲜明，秃鹳羽毛能给她们的发式添上一点恰好缺少的柔和感。朗热公爵夫人说，这能给一个女人添上点朦胧的、峨相[1]风格的、非常典雅

① 峨相，苏格兰传说中三世纪的诗人。

的色彩。”

“好的，马上给我送一点来。”

那贵妇敏捷地转到梅纳路，回到自己家里。待到她住宅的大门关闭，那年轻的情人便失去一切希望，更不幸的是，失去他最珍贵的信念。他像个醉汉走在巴黎的街道上，一会儿不知不觉地回到家中。他跌坐在扶手椅里，双脚搁在炉前架上，头埋在手里，烤干他湿漉漉的靴子，甚至都烤焦了。这是可怕的时刻，在人的一生中，性格就在这一刻改变，优秀人物的行为在这一刻决定了他第一个行动的成败。是天赐还是命中注定，都任你选择。

这个年轻人属于名门之后，贵族世系还不算太古老；可是，今日世家望族是如此之少，这些年轻人无疑都算世家出身了。他的先辈买下巴黎大理院顾问一职，做了庭长。几个儿子都有巨大家私，进过军队，靠联姻挤入宫廷。大革命扫荡了这个家庭，只留下一个顽固的老孀妇，她不愿流亡国外，被投入牢狱，差点儿没死，热月九日得救被释，重新挟得财产。1804年左右，适值有利时机，她将孙子奥古斯特·德·莫兰古叫回国，他是沙博农·德·莫兰古的唯一后嗣，好心的孀妇以母亲、崇高的女性和固执的老太太的三重关心把他扶养长大。复辟王朝一建立，年轻人那时十八岁，进了“红房子”禁卫军，因跟随王室到过根特，当了禁卫军的军官，又转入步兵联队，后来调回禁卫军，二十三岁上当了骑兵团的大队长，这个显赫的职位全仗着他祖母的周旋，她尽管年事已高，却深谙世故。凡是流亡过，拥有财产又负过债，既有孀妇又会应酬的世家，它们一般的和特殊的历史都可以概括到这部小史中，除去那些改变成分的家庭。莫兰古男爵夫人有个朋友帕米埃主教代理，这老头做过马耳他教会的长老。他们持久的友谊建立在六十余年的联系基础上，什么也不能破坏它，因为在这种交往的内里，总有些心灵的秘密，闲来无事时颇值得猜度，但在二十行内解释清楚却又平淡无味。这可以写成四大卷著作，像《吉勒里纳长老》[①]一样有趣，年轻人都在谈论这类作品，虽然没有看过，也要评论一番。奥古斯特·德·莫兰古由他祖母和主教代理安排，定居在圣日耳曼郊区。他只要上溯两个世纪，就可以同那

① 《吉勒里纳长老》，普雷伏斯特神甫（1897—1763）的一部小说，写于1735年。

些自诩家世追溯至克洛维斯王族[①]的人平起平坐。这个小伙子苍白、颀长、细瘦，表面身体羸弱，看重名誉，真正勇敢，只消一句是或否就毫不迟疑地进行决斗，还没有上过任何战场，胸前却佩戴着荣誉军团十字勋章。不用说，这是复辟时期最明显，也许是最可原谅的弊病之一。这个时代的青年不同于任何时代的青年：他有帝国时期的回忆，又有流亡生活的回忆；他见过宫廷的古老传统，又见过资产阶级勤奋的探讨；他熟悉宗教，又熟悉化装舞会；他要在两种政治信念中抉择；他面对只看现在的路易十八和太向前看的查理十世；他不得不尊重国王的意志，尽管王权处于谬误之中。这一代青年事事犹豫，盲目而又明智，那些死命把管理国家的缰绳抓在自己软弱无力的手中的老人，根本不把他们看在眼里，而实际上，他们要是引退，君主制可能会得到挽救，成为年轻的法兰西；目下，那些年老的教权派、复辟时期的流亡者还在嘲笑这样的法国。

奥古斯特·德·莫兰古是那些压抑着这一代青年的思想的受害者，事情是这样的。主教代理还只有

① 克洛维斯王族是法兰克人的统治者，从五世纪中叶一直掌权至七世纪末。

六十七岁，非常机智，见多识广，经历丰富，谈吐不俗，看重声誉，举止风雅，但对女人见解刻毒：他既钟爱又蔑视她们。她们的名节、她们的情感如何？胡调，微不足道，装腔作势！在她们身旁时，他相信她们，作为怪物一般的前贵族，他从不与她们相左，并奉承她们。但在私下里，当谈到妇女时，主教代理则作为原则提出，欺骗女人，玩弄诡计，应该成为年轻人全力关心的事，他们奢望介入国事是误入歧途了。勾画出一幅这样过时的肖像真是件讨厌事。这样的人不是比比皆是吗？从文学角度来看，如同帝国时代的掷弹兵肖像一样，这幅肖像不是旧而又旧吗？可是，主教代理对莫兰古的命运有莫大的影响，他以自己的方式培育莫兰古的道德，试图让他改信风雅时代的信条。老祖母是个温柔虔诚的女人，位于主教代理和上帝之间，她是妩媚和柔和的典范，又具有高格调的韧性，久而久之总能战胜一切的韧性。她本想让孙子对生活保持美好的幻想，用美好的原则培育他；她把自己的精细都给了他，使他成为一个胆怯的人，表面看来蠢而又蠢。这个小伙子的敏感性保持得很纯粹，好像没有任何磨损，显得非常腼腆易怒，上流社会不屑一顾的行动和格言都会使他激怒。耻于自己的多疑，年轻人用一种自欺欺人的自信把它掩盖起来，暗暗受着煎熬；但他同别人一起，嘲弄只有他一人欣赏的事物。他有淡淡的哀愁，在爱情上疑神疑鬼；也是命运惯常的捉弄，他第一次激情的对象就没有找准，这个女人十分恐惧德国式的敏感。年轻人怀疑起自己来，变得耽于幻想，郁郁寡欢，因不被人了解而叫苦不迭。正如越难得到的东西就越想得到一样，他继续怀着温情脉脉、柔顺娇弱的态度去爱女人，其实这种态度的奥秘只属于女人，或许她们能保持垄断。说实在的，尽管女人抱怨男人爱得不够，她们对半女人气息的男人却不感兴趣。她们的高明之处在于让男人相信，在爱情上他们不及她们。因此，当情人经验不足，不能消除她们以此护身的恐惧时，她们就会轻易地离开他；恐惧是假嫉妒引起的能令人回味无穷的烦恼，是希望幻灭时的心绪紊乱，是徒劳的等待，最后，是女人的一系列苦中作乐。她们害怕格兰蒂逊式的人物[①]。还有什么比平静、完美的爱情更同她们的

---

① 格兰蒂逊是英国小说家理查逊（1689—1761）的小说《查理士·格兰蒂逊爵士的故事》（1753）的主人公，他品行端正，彬彬有礼，却不能博得女人的欢心。

天性相悖的吗？她们渴望激动，没有风暴的幸福在她们来说不是幸福。心胸广阔，能在爱情中兼收并蓄的女性十分罕见，好比男人中出类拔萃的天才一样稀少。伟大的激情有如杰作一样寥寥无几。如果不是这样的爱情，就会出现考虑怎样安排，出现转眼即逝、猥琐可憎的恼怒，如同一切卑劣的事物那样。

顺便说说，追逐女人是我们时代情爱的疯狂；奥古斯特就正在追求一个能理解他的女人，在他的心暗暗感到不幸的当儿，他在最远离自己阶层的圈子里，在大银行占据首位的金融界的次上层，遇到了一个十全十美的女人，一个难以形容的圣洁女性，她使人产生无比的崇敬，需要有长期亲密的关系，才敢对她吐露爱情。于是奥古斯特沉醉在最动人、最深沉的激情欢乐中，沉醉在一种纯粹是赞赏的爱情中。无数的愿望受到压抑，这种细微的激情模模糊糊又深入内心，倏忽即逝又动人心魄，简直无法比拟；它们酷似芬芳、云彩、阳光、暗影，以及大自然中一刹那间闪现又消失，活跃又死去，但在心灵里留下长久激动的东西。当一个人的心灵还很年轻，尚可容纳愁闷和遥远的希望，并在女子身上找到超过女性的东西时，心里爱得真切，触摸一下白手套和头发、倾听一言一语、投出一个眼风所感到的快乐，甚于最狂热的占有给予幸福爱情的快乐，难道这不是一个男子所能遇到的最大幸福吗？因此，遭到拒绝的人、长得丑陋的人、不幸的人、单相思的人、胆怯的男女，唯有他们才了解自己所爱的人声音里包含的奇珍异宝。空气里仿佛充满了火，变得颤颤悠悠，这都是从相爱者的心灵发出和形成的，使两人的心产生强烈的感应，使思想变得明晰，很少会弄错，只要声音稍稍改变，往往事情就到此为止。一个柔和的声音和谐地颤动，在诗人心里会产生多大的魅力呀！这声音会唤起多少思绪呀！它能散播多少快意呀！爱情在目光泄露出来之前已隐含在声音里。奥古斯特是情人中的诗人（有的诗人会感受，有的诗人会表达，前者更幸福），他品尝了初恋时的所有欢乐，宽阔无边，源源不绝。她拥有最令人艳羡的体态，最矫揉造作的女人都渴望有之，以便随心所欲地欺弄别人；她有一个金嗓子，悦耳动听，对于被她拨动和扰乱、扰乱而又抚摩过的心灵，更显得响亮悠扬。这个女子每晚都去帕日万路附近的索利路，她偷偷出现在一幢下等楼房里，这就把最美妙的激情粉碎了！主教代理的逻辑取得了胜利。

“如果她对丈夫不忠，我们男人是要报复的。”奥古斯特说。

是不是内中有什么爱情纠葛……笛卡尔的怀疑哲学是一种婉转的借口，颂扬德行总要用着它。十点敲响了。这当儿，莫兰古男爵想起，这位太太该到他能出入的一幢府邸去参加舞会。他马上穿好衣服，离开了家，赶到那里，带着狡狯的神情到大小客厅去寻找她。纽沁根夫人看见他这样忙不迭的，便对他说：

“你没看到儒勒太太吧，她还没到呢。”

“你好，我亲爱的。”一个声音说。

奥古斯特和纽沁根夫人掉转身来。儒勒太太一身穿白，朴素而高贵，头上不偏不巧插着鹳鸟羽毛，正是年轻的男爵看到她在花店选购的。这充满了爱情的声音直透奥古斯特的心房。假若他能得到些微的权利，有资格嫉妒这个女人，他就会使她大吃一惊地说：“索利路！”但他这个局外人即使在儒勒太太耳畔上千次重复这几个字，她也会惊讶地问他想说明什么；他只能目瞪口呆地瞧着她。

对那些心肠歹毒、玩世不恭的人来说，了解一个女人的秘密，知道她的贞洁是骗人的，她平静的面孔隐藏着沉郁的思想，她纯洁的额角下有着惊心动魄的惨剧，兴许这是莫大的愉快。可也有某些人，这样的场面会使他们从心底里难过，有不少人当时笑过，回到家里，单独扪心自问时，会诅咒上流社会，藐视这样一个女人。奥古斯特·德·莫兰古面对儒勒太太，就正是如此。多么古怪的局面呀！他们之间的关系，仅仅是在社交场合，每年七八次，交谈过几句话。眼下他却同她交涉，要她归还他的幸福，而这幸福她还蒙在鼓里。他要判决她，而她却不了解案情。

许多年轻人都有这样的处境，他们回到家里，绝望于同一个暗地里爱上的女人从此一刀两断，她私下里受到谴责和蔑视。这是无人知晓的内心独白，在幽居独处时面对四壁而发的。这是一场风暴，掀起又平息下去，没有从心底爆发出来。这是精神领域令人叹为观止的场面，须得有个画家描绘下来。儒勒太太离开她的丈夫，找个位置坐下；她丈夫在客厅里转圈周旋。她坐下以后，感到很不自在，一面同邻座交谈，一面朝她的丈夫儒勒·德玛雷先生偷偷瞥了一眼；她丈夫是纽沁根男爵的证券经纪人。这对夫妇有如下一段故事。

德玛雷先生在结婚的前五年曾在一个经纪人那里做事，当时他的所有财产只是一个雇员的微薄薪金。但他属于这样的人，不幸快速地教会他处世之道，他像一只昆虫爬上顶点那样坚忍不拔，直线前进。他属于这种固执的年轻人，谁阻挡他的路就会死于非命，他像一只鼠妇那样，使别人的耐心都相形见绌。他很年轻，拥有穷人的一切共和美德：简朴，吝惜时间，与寻欢作乐无缘。他在等待时机。造化赋予他俊美外貌这巨大有利条件。他的脑门平静纯洁，脸型温文尔雅，富于表情，举止纯朴，透露出他过的是勤奋忍让的生活，具有令人肃然起敬这高贵的尊严，还有能应付一切境遇的不外露的正直心灵。他的谦逊使得认识他的人油然而生一丝敬意。他在巴黎孑然一身，只能间或遇上什么节日，在老板的客厅里逗留一下，才见识过上流社会。正像大多数如此生活的青年一样，这个年轻人身上，激情所达到的深度是令人惊异的；正因为激情浩瀚，所以在小挫折中能自身分毫不损。他财产微薄，只得过淡泊的生活，死命工作，压制自己的幻想。他埋头于数字之中，熬得脸色苍白，业余时间消除疲劳的办法是，锲而不舍地获得全部知识，今日凡是想扬名于上流社会、商业界、司法界、政界或文艺界的人都必不可少地要知道这些知识。这些优秀才智要遇到的暗礁就是诚实本身。他们要是看到一个贫穷的女子，爱上了她，娶她为妻，他们的生活就只能在贫困和爱情中挣扎。雄心壮志要消失在家庭开销的小本中。儒勒·德玛雷就迎面遇到这暗礁。有天晚上，他在老板家看到一个绝色少女。唯有那些正缺乏爱情，在冗长的工作中耗尽青春年华的不幸者，才能了解自己荒凉的、无人问津的心灵激情如何来势汹汹。他们自信能热烈地去爱，所有的精力全都迅速集中在心爱的女子身上，在她身边，他们会得到惬意的感受，而往往丝毫不用给予对方这种感受。有的女子能琢磨出这种表面平静的激情，琢磨出这种需要时日才显现的隐患；对这样的女子来说，这是最能使她愉快的私情。

这些可怜的人在巴黎城中深居简出，他们的享受不外乎隐居者的享受，因此常常会陷入欲念之中；但他们时常上当受骗，不被了解，要撷取这爱情的蜜果希望渺茫，在他们看来，爱情犹如从天而降的一朵鲜花。他妻子的一丝微笑，声调稍为一变，儒勒·德玛雷都能想象出内中无边的激情。幸好的是，这积聚在心里的激情之火天真无邪地袒露在唤起者的眼前。两人于是当真相爱了。一言以蔽之，他俩仿佛两个孩子，兄妹一样，毫不害羞地当众手拉着手，穿过人群，大家一面给他俩让道，一面欣赏他俩。那少女正处在私情给某些孩子带来的可怕境况中。她没有出生户籍，名字叫克莱芒丝，她的年龄赫然写在众所周知的身份证上。至于她的财产，那是微不足道的。儒勒·德玛雷获悉这些不幸情况后，真是觉得运交华盖。倘若克莱芒丝家道豪富，那他就没希望得到她；而她竟然是爱情产生的穷孩子，是强烈的奸淫之情的果实。他俩结婚了。

从此，儒勒·德玛雷开始一帆风顺。人人都嫉羡他的幸福，嫉妒者自此只说他是福星高照，却不归因于他的品德和勇气。克莱芒丝的母亲在社交界被看作女孩子的教母，她的女儿结婚之后不几天，她便吩咐儒勒·德玛雷买下经纪人一职，答应给他筹备一切必要的资金。那时，这类职务出价不高。那天晚上，在他的经纪人老板家的客厅里，有个豪富的银行家在那位贵妇的委托下，对儒勒·德玛雷提出最有利的合同，他有能力签订；银行家还给他必要的资金，以利用他的特许权。翌日，幸运的雇员买下了他老板的职务。四年来，儒勒·德玛雷成了同行中最富有的一个，有地位的主顾纷至沓来，扩大了他的前任给他留下主顾的数目。他拥有无边的信誉。他目睹业务的发展变化，不可能不了解他的岳母在暗暗施加影响，或者暗中有人保护，他认为这是天公作美。到第三年的末了，克莱芒丝失去了她的教母。这时，儒勒先生（人们这样称呼他，以区别于他的哥哥，他把哥哥安置在巴黎当公证人）约拥有二十万利佛尔年金收入。在巴黎，还没有第二个例子，像这对夫妇享有这样的幸运。五年来，这异乎寻常的爱情只受过一次污蔑的纷扰，儒勒先生的报复非常出色。他的一个同窗把他的财产归之于儒勒太太，解释为他受到上层的保护，代价昂贵。污蔑者在决斗中被杀身亡。这对夫妇彼此怀有深厚的激情，经受住婚后的考验，在上流社会声誉斐然，尽管有几个女人心中不悦。这对漂亮的伉俪受到尊敬，人人莫不称善。人们真诚地喜欢儒勒夫妇，兴许是因为没有什么比看到幸福的人儿更使人愉悦的了；他俩从不在沙龙里待久，总是急不可耐地离席而去，像两只迷途的鸽子，展翅飞回他们的窠穴。这个窠可是梅纳路上一幢巨大而漂亮的府邸，爱好艺术的趣味冲淡了豪华的气氛；金融界人士至今还按传统炫耀这种奢侈。这对夫妇接待来客十分排场，尽管上流社会的客套礼节他们并不习惯。儒勒还得忍耐着去社交界，心里明白一个家庭迟早用得着它，但他妻子和他待在这种场合，总像温室的花卉遭到暴风雨的袭击一样。出于很自然的细心周到，儒勒小心不让他妻子知道这次污蔑和污蔑者的死，这个家伙差点扰乱了他们的幸福。儒勒太太有精巧的艺术家禀赋，趋向于喜欢奢华。即令出现过决斗的可怕教训，有几个不够谨慎的妇女仍然在咬耳朵，说什么儒勒太太常常处境尴尬。据她们的估算，她丈夫给她两万法郎的衣装费和各种花销费不够她开支。说实话，人们往往发现她在自己家里穿得比到社交场合还要花哨。她喜欢只为自己的丈夫打扮，以此向他证明，对她来说，他比社交界更重要。这真正的、纯洁的、幸福的爱情表现得就像私情一样，只不过人人都看得到。因此，儒勒先生一直像个情人，爱情与日俱增，他在妻子身边就感到幸福，甚至喜欢她的任性，看不到反而不安，仿佛这是她得病的预兆。奥古斯特·德·莫兰古不幸产生这种激情，爱这个女人爱得昏了头。他心里怀着这样崇高的爱情，表面却并不显得可笑。他让自己适应军人生活习惯的各种要求，但他即使在喝香槟酒时仍然保持这种沉思神情，对生活不露声色的蔑视态度和阴郁的面容；诸如心情烦躁的人、不满于生活空虚的人、自以为得了肺病的人或觉得心脏有毛病的人，都会有这种脸色。毫无希望的单相思，厌倦生活，在今日构成了社会上的几种现象。试图去占有一个女工的心灵，这样做的希望要大于对一个幸福的女人抱有疯狂的爱情。因而莫兰古蛮有理由显得心事重重，阴霾满面。一个女王尚且对她的权力怀有虚荣心，她还想有更高的权力；而一个信教的平民女子则像一只刺猬或河蚌那样，龟缩在粗糙的外壳之中。

这当儿，年轻军官正站在他心目中的情人旁边，她可是不晓得自己双倍地不贞。儒勒太太坐在那儿，举止率真，就像社交场中最少矫揉造作的女子，而且很温柔，宁静而端庄。人心真是莫测高深呀！在开始交谈之前，男爵先瞧瞧这个女人，再瞧瞧她的丈夫。

他脑海里闪过多少念头呀！一刹那间他重新编写出杨格的《夜歌》[①]。而这时屋内响起了音乐声，成百上千支蜡烛放射出光芒，这是银行家的舞会，盛气凌人的节日，黄金世界企图以此来嘲讽金漆的沙龙；圣日耳曼郊区的贵族圈子就在那里嬉笑作乐，不去预料有朝一日，银行界要占领卢森堡宫，雄踞王位。于是阴谋活动四起，现政权要垮台还是银行界要垮台都无所谓。纽沁根男爵的描金客厅就有这种特别热烈的气氛，巴黎的社交界至少表面是欢乐的，使巴黎具有节日气息。有才干的人在那儿同蠢货交流思想，而蠢货则向他们传达这种快乐气氛，蠢货的特点就在其中。经过这样的交流，一切都活跃起来。巴黎的节日总有点酷似放烟火的场面：思想荟萃，卖弄风情，寻欢作乐，一切都在闪烁发光，然后像火炮一样熄灭。第二天，人人都忘却了他的思想、卖俏和作乐。

“怎么！”奥古斯特像做结论一样想道，“女人果真像主教代理所见到的那样？可是，所有在这儿跳舞的女人都不像儒勒太太那样该受指责，儒勒太太到过索利路。索利路是她的心病，只要说出这几个字，就

① 爱德华·杨格（1681—1765），英国诗人，他的诗篇《夜歌》充满忧郁情调。

要叫她心惊胆战。”

“太太，您从来不跳舞吗？”他这样问她。

“入冬以来，这是第三次您问我这个问题。”她微笑着回答。

“可您大概从来没有给我回答。”

“这倒是真的。”

“我明白您会作假，像所有的女人那样……”

儒勒太太仍然微笑着。

“您听着，先生，如果我把真正的理由告诉您，您准会觉得好笑。我不认为对社交界惯于嘲弄的秘密保持沉默，就是作假。”

“凡是秘密，需要友谊才能得到，不用说，我是不配领受的，太太。不过，您的秘密必定是很高尚的，您认为我会嘲笑值得尊敬的东西吗？”

“不错，”她说，“您像所有人一样，您会嘲笑最纯洁的感情，您会加以指责。可是，我没有什么秘密。我有权利当众爱我的丈夫，我这样说，感到骄傲；如果您知道我只跟他跳舞，还要嘲笑我，那么我对您的心灵只能有最坏的看法。”

“您结婚以后，就只跟您的丈夫跳过舞吗？”

“是的，先生。只有他的胳臂我曾经搭靠过，我从来没有接触过任何别的男人。”

“连医生也没按过您的脉搏？”

“嗨！瞧您在嘲笑人。”

“不，太太，我赞赏您，因为我了解您。您让人听到您的声音，让人看到您的行动……总之，您让我们的眼睛赞赏……”

“啊！这就是我烦恼的地方，”她打断他的话，“是的，但愿一个结过婚的女人同她丈夫生活在一起，就像一个情妇同她的情人那样生活：因为，那样的话……”

“那样的话，您为什么两个钟头以前乔装打扮，步行在索利路上呢？”

“什么是索利路？”她问道。

她音清气朗，根本看不出任何激动。她脸上的线条纹丝不动，脸也不红，十分平静。

“怎么！您不是爬上索利路拐角、维厄—奥古斯丁路那幢房子的三层楼吗？不远的地方停着一部出租马车，您没有回到黎希留路，而是上花店去，选购了秃鹳羽毛，眼下就戴在您的头上，不是吗？”

“今儿晚上我没出去过。”

她这样撒着谎，居然不动声色，笑脸盈盈，扇着扇子。但是，谁有权利把手探到她的腰部和背脊，准会发觉是湿漉漉的。这当儿，奥古斯特想起主教代理的经验教训。

“那么这个女人同您出奇地相像。”他疑惑地添上说。

“先生，如果您竟会跟踪一个女人，偷看她的秘密，那么，恕我直说，这样不光彩，很不光彩。我给您面子，不信您的话。”

男爵走开了，他站在壁炉面前，仿佛在沉思。他耷拉着头，但目光狡猾地投向儒勒太太；她并未想到镜子的作用，朝他瞥了两三眼，眼光恐惧万分。儒勒太太对丈夫作了个表示，挽起他的胳臂，起身到客厅里转悠。

她走到莫兰古身边，他正在同一个朋友交谈，仿佛回答问题似的大声说：“这个女人今夜可睡不了安稳觉……”儒勒太太停住了脚，向他投以又庄重又轻蔑的眼光，然后继续往前走，心里在琢磨，要是多看一眼，被丈夫发现了，她的幸福和两个男人的生命是否就会成问题。奥古斯特情绪激动，竭力压抑在心头，过了一会就告辞了，一面发誓一定要搞个水落石出。临走之前，他又去找儒勒太太，想再见她一面，但她已消失不见。如同所有那些从未经历过爱情在头脑中翻腾滋味的年轻人那样，他爱作胡思乱想的脑袋陷入纷乱状态中。如今他以新的形式去爱儒勒太太，带着嫉妒的狂热，烦恼不堪中又怀着希望。这个女人不忠实于丈夫，也就庸俗下贱了。奥古斯特便可以沉醉在桃花运的极乐世界中。他的想象于是给他打开广阔的前景，展示占有的乐趣。他失去了天使，却又找到了最有情味的魔鬼。他躺在床上，幻想着空中楼阁，以为儒勒太太会做出他意想不到的浪漫举动，给他甜头。随后，他决意从翌日起全力探索这个秘密的起因、内容和纽结。这就像一部耐看的小说，或者更像一出上演的戏剧，他在其中担当了角色。

第二章　费拉居斯

当一个人为自己打算，要满足情欲时，做密探可是件来劲的事。既要装好人，又要做小偷，岂不是很有乐趣吗？但必须不要恼火，沉得住气，能忍耐双脚在泥泞里冻得发僵，也能挨冻受热，画饼充饥，聊以自慰。还必须相信别人指点，走向渺茫的目标，落空而回，骂骂咧咧，为自己即兴写作哀歌和赞美歌，在欣赏你的并无恶意的路人面前傻里傻气地大喊大叫；然后推倒善良的女人和她们的果篮，跑一阵，歇一阵，来到一扇窗户前，胡思乱想起来……这是一种狩猎，在巴黎的狩猎，会遇到各种各样的麻烦，但没有猎狗、猎枪和追捕的喊叫声！这些场面只有赌徒的生活场景可以比拟。“需要”好比一颗心，充满爱和复仇，埋伏在巴黎，它像头老虎急于扑向猎获物，它要从巴黎的各种事件中得益，独占一个区域，虽然甜头已经不少，还要加上利息。这样看来，难道脑子不要变得复杂一点吗？难道不要经历千百种激情或情感，才能生活得更好吗？

奥古斯特·德·莫兰古满怀爱情投入到这炽烈的生活中，因为他感受到生活中的一切不幸和欢乐。他乔装打扮，走遍巴黎，监视着帕日万路和维厄—奥古斯丁路的各个角落。他像个猎人，奔走在梅纳路和索利路、索利路和梅纳路之间，他这样小心翼翼、耍手腕、弄诡计，会受赏还是受罚，得到好处还是受到报复，都没有个下文。不过他还没有到心急如焚，以致汗流满面的程度，他满怀希望地转悠着，心想，儒勒太太开头几天是不敢回到她被发现的地方的。因此，这几天他都用来了解街道上形形色色的秘密。在这方面他是初出茅庐，既不敢询问门房，又不敢盘问儒勒太太进入的那幢楼房的鞋匠。他想在那个神秘套间对过的楼房里设下一个观察台。他研究了地形，既谨慎又耐心，既怀着爱情，又有猜不透的秘密。

到了三月初，他正深思熟虑，设计来个狠狠的一击。虽然他坚持不懈地监视，还一无所获。这天他刚离开阵地，约莫四点光景回到府邸，因为他要执行勤务。走到科基耶路时，遇上一场骤雨，路面立刻水流成渠，雨滴噼啪地打落在马路的积水面上。一队步兵不得不立即停止前进，躲进店铺或咖啡店里；咖啡店的好客是迫不得已的，并不是有钱慷慨招待。这些士兵或者是急得没法，躲在便门之下，那是穷人或衣着蹩脚的人躲雨的地方。不知为什么还没有一个画家去试图再现一群巴黎人在风雨天挤在潮湿的门洞下的景象？哪儿能找到一个内容更为丰富的画面呢？首先是沉思默想的行人，抑或是正在兴趣盎然地观察着的哲学家，背景是灰蒙蒙的天空；雨点画出一条条线，具有玻璃丝散射开来一般的镂刻效果；风儿卷起团团泛白的雨水，散成闪光的微点，落在屋顶上；冒着泡沫、汩汩作响的泄水管喷涌着雨水；最后还有无数值得赞赏的细节，尽管房主飨以扫帚，游手好闲的人还是津津有味地加以研究。还有，爱唠叨的行人怨天怨地，当看门女人像掷弹兵拄着枪一样扶着扫帚时，便和她攀谈起来；穷苦的行人靠在墙上出神，他的破衣烂衫已习惯同街道打交道，对此他根本无所谓；好学的行人在研究，在拼读或者在看招贴告示，往往只读到一半；爱开玩笑的行人在嘲弄那些街上的倒霉鬼和溅了一身泥浆的女人，对待在窗口的人做鬼脸；沉默寡言的行人瞅着每个窗口和每层楼；做买卖的行人揣着钱包或拿着包裹，用得利和失利来解释这场雨；讨人喜欢的行人像炮弹一样一面挤过来说："啊！什么样的鬼天气，先生们！"一面对大家打招呼。最后是巴黎真正的小市民，带着雨伞，摸透了阵雨的脾气，他早就预料到有雨，不顾妻子的劝告，照旧出门，眼下坐在门房的椅子上。这群萍水相逢的人，每个都按自己的脾性望着天空，跳跳蹦蹦地离开了，生怕弄脏了衣服，抑或是因为急着要走，抑或是因为看到别人冒着风雨赶路，抑或是因为院子里太潮湿，待久了要感冒，俗话说，床单边要比中间差。每人都有他的理由。剩下的是谨慎的行人，要到云开天晴才肯上路。

莫兰古同一大群行人一起，躲在一幢老房子的门洞下，这家的院子活像一个巨大的壁炉烟囱。在抹灰泥的、起硝的、发绿的墙上，布满了铅皮管，房子的四个主体部分层层叠叠，简直像圣克卢公园的人造小瀑布。雨水从四面八方倾泻而下，沸沸扬扬，跳荡跌宕，哗哗作响，黑白蓝绿，五色缤纷；在看门女人的扫帚下欢叫着，源源不断。这是个没齿的老女人，专为暴雨而设的，她仿佛在祝福暴雨，把各种垃圾扫到街上，垃圾真是无奇不有，足可看出每一个房客的生活和习惯。印花布屑，茶叶残渣，褪色掉落的纸花瓣，菜帮，纸屑，碎铜烂铁。老女人每扫一下，都能见到下水道的底部，这是个黑乎乎的裂缝，砌成棋盘格，看门人总往里面扫脏水。年轻人观察着这幅图画，这是热闹繁忙的巴黎天天可见的景象之一；但他是机械地看着，陷入了沉思之中，当他抬起目光时，迎面走近一个人来。

至少从表面看来，这是个乞丐，但不是巴黎的乞丐——在人类语言中还无以名之；不是的，这个人是一种新的类型，引人注目，与乞丐这个词唤起的概念毫无关联。陌生人的与众不同，绝不是那种巴黎人独特的性格，在不幸者身上这常常抓住我们的心，沙尔莱[1]往往以绝妙的观察力再现出来：那是些沾满泥污的粗糙的脸，声音沙哑，鼻子殷红，长满酒刺，嘴里没牙，但咄咄逼人，既卑微又骇人，眼里闪烁着睿智，似乎很不相衬。这类粗野无礼的流浪汉，有的皮色像大理石，龟裂绽开，青筋突起；脑门凹凸不平，头发稀疏肮脏，仿佛一顶假发挂在界石的角上。笑意逐渐化开，逐层消失在享乐中，而且打上耽于酒色的印记，留下无言的责备。他们的态度透露出头脑中可怕的思想。他们处于犯罪与乞讨之间，心中再没有悔恨的感情，谨慎地绕着绞刑架转圈，而不跌倒在上面，作恶时是无辜的，无邪时却又可恶至极。他们常常使人露出微笑，但总要令人深思。这一个给你展示

① 沙尔莱（1792—1845），法国画家，擅长于画军事场面和老兵，为巴尔扎克所喜爱。

出发育不良的文明，他包含着一切：苦役监的威严、祖国、德行，还有一般刑事犯罪的狡猾和手段高明的作恶的精巧。另一个有一副忍让的面孔，是个出色的哑剧演员，但愚蠢可笑。他们只有淡薄的守法和工作的愿望，但社会不愿在乞丐这些巴黎的流浪者身上发现诗人、伟人、勇敢的人和体格健美的人，而将他们推到泥淖里。民众之中有非常之好和非常之坏的人，一切熬受过苦痛的人都可以这样区分；民众已习惯于忍受闻所未闻的痛苦，有一股强大的力量逼使他们总是陷在烂泥中。他们都有梦想、希望和向往幸福，赌博、彩票和喝酒。在莫兰古面前无所谓地靠着墙的那个人，却没有这种古怪生活的任何痕迹；他活像一个灵巧的艺术家在他的画室的某幅画背面随手乱涂的肖像。这个人颀长干瘦，铅色的脸孔显露出深邃隽冷的思想，在好奇者的心里引不起怜悯，他的神态爱挖苦人，还有黑森森的目光，都表明他不愿低人一等。他的脸呈灰白色，额角满是皱纹，头发稀稀拉拉，有点儿像用大理石凿成。几绺灰色平滑的头发分披在头的两边，一直垂到肮脏的上衣领，上衣一直扣到颔下。他活脱脱像伏尔泰和堂吉诃德；他爱揶揄人，满脸忧郁，神气鄙夷，有哲学家派头，但有点疯疯癫癫。他看来没穿内衣，胡子很长，俗气的黑领带已用旧撕裂，露出脖颈，青筋粗得像绳子一样，根根隆起，纵横交错。眼睛下方显出骇人的褐色的宽宽的一圈。看来他至少有六十岁。他的手白皙干净。他脚穿打蜡的靴子，已经洞穿。他的蓝裤打了好几个补丁，毛茸茸地泛白，不堪入目。抑或是他淋湿的衣服散发出一股臭味，抑或是这种贫穷的气味属于巴黎贫民窟所常有的，就像司法界、宗教界和医疗界各有它们的气味一样，这种带哈喇味的臭气难以形容。他旁边的人离开自己的位置，留下他单独一人。他先是对他们，然后对年轻军官投以平静的毫无感情色彩的目光，有如塔列朗先生[①]闻名遐迩的目光，晦暗而没有热力，像一层穿不透的纱幕，在它背后，一个强有力的灵魂藏起深沉的感情以及对人、事物和事件准确无误的算计。他的脸颊没有深陷的褶皱。他的嘴和脑门冷漠无情，而双眼活动起来缓慢威严，有点悲壮意味。在干瘪的眼皮的翕动中，似乎在演出一台戏。

---

① 塔列朗（1754—1838），法国历史上一个善于变色的政客。他在大革命前是主教，1790年任国民大会主席，随后任外交部长，复辟时期留职使用，七月王朝时期任大使。

看到这副坚忍不拔的脸孔，使莫兰古油然而生遐思冥想，这种沉思总是以一个普通问题开始，末了各种思考纷然杂陈。骤雨过去了。莫兰古转眼间看不到那个人，只瞥见他大氅的下摆掠过墙基石；正要离开的当儿，他发现脚底下有一封信，是刚掉在地上的，心想信准是那个陌生人的，因为刚才看到他用了一下薄绸手帕，又放回口袋里。那军官捡起了信，想交还给他，不由自主地看了一下信上的地址。

巴黎格朗—奥古斯丁路、索利路口

费拉居斯先生　亲启

信没有打邮戳，信封上所写的字使莫兰古不愿交还这封信：因为激情久而久之会变得不诚实起来，这种情况很少有例外。男爵预感到获得这封信机会难得，想留着这封信，就可以名正言顺进入那幢神秘的房子，再把信还给那个人，他确信这个人就住在那可疑的房子里。他心里的疑惑像曙光一样，猜想到这个人跟儒勒太太有关系。嫉妒的情人会猜测到一切；正是在猜测，在各种可能的推想中做出选择，法官、间谍、情人和观察家才能琢磨出有关事件的真相。

“这封信是他的吗？信是儒勒太太发出的吗？”

在他疑惑不安的想象中，成百上千个问题向他袭来；面对开头几个字，他不由得微笑起来。这封信拼法错误百出，句法幼稚，却力求华丽，要将它复录下来，不可能不添点什么，但又不能加以润色，否则就不是原信了，不过需要加上标点符号。原文既没有逗点，也没有句点，甚至没有惊叹号；这同某些现代作家差不多，他们试图描绘形形色色情欲的肆虐时，完全取消标点符号。

昂利！

在我对你做出的无数牺生（牲）中，我本来不想再告诉你我的音信，但有一个不可抗拒的声音在咬吃（啮）着我，要让你知刀（道）你对我所犯的罪。我早就知刀（道），你的心令（灵）作恶多端，已经变音（硬），不会可怜我。你的心已麻木不人（仁）。不管它是不是听从天性的呼喊，我应该让你了解，你犯了多大的罪，你将我之（置）于多么可怕的地位。昂利，你知刀（道）我初次失足受了多大的罪，你使我先（陷）入不幸之中，起（弃）我于绝望和痛苦之中。是的，说实话，由于相信我会得到爱和遵（尊）敬，给了我勇起（气），忍入（辱）受命。但眼下我所乘（剩）何几？你让我失去了我最珍贵的一切，与我生命优（攸）关的一切：亲人、朋友、荣雨（誉）、名节，我为你牺生（牲）了一切，我只乘（剩）下耻入（辱），我毫不脸红地对你说，还有贫贱。我的不幸还要天（添）上你的妙（藐）视和仇恨。眼下我有了下一步打算所需要的勇起（气），我会有的。我主意已定，我家庭的荣雨（誉）要求我这样做：我要结束我的痛苦。你别管我的计划，昂利。它是吓人的，我知刀（道），但我的处境迫使我这样做。没有援助，没有支持，没有朋友安慰，我怎能活下去？不能。命运已经做出决定。再过两天，昂利，再过两天伊达就不配值得你遵（尊）敬了；但请接收（受）我的诺言，我的良心是平静的，因为我一直对得起你的友谊。噢，昂利，我的朋友，因为我从不对你变心，请你愿（原）谅我马上要干这种营生。我的爱情给了我勇起（气），支持我保持美德。我的心充满你的形象，给了我防备引诱的能力。永远别忘了，我的命运是你造成的，你评短（断）一下自己的所作所为吧。即（既）然老天爷不惩法（罚）你的罪业（孽），那我就跪请他愿有（原宥）你。因为我感到，知刀（道）你不幸，我只有更加痛苦。尽管我生活吉居（拮据），我拒绝你的一切援助。倘使你是爱我的，我还能接受，看作来自友谊的愧（馈）赠。可是，出自怜敏（悯）的恩赐，我的心令（灵）要拒之不受。我如果收下，那就要比劝我收受的人更缺（怯）弱。我有一事相求。我不知刀（道）我在梅娜蒂太太家还该待多长时间，请你宽宏大量，不要在我面前路（露）面[1]。你最近两次来访使我很难受，我久久摆脱不了，我不想细说你这方面的行为。你恨我，这句话名（铭）刻在我心上，使我的心变得冰凉。唉！我正需要勇起（气）时，我却浑身没了力气。昂利，我的朋友，在我们分手之前，请你给我最后一点证明，你还是敬重我的：给我写信，给我回音，告诉我，你仍然遵（尊）敬我，尽管已不再爱我。虽然我的目光同你的相遇时毫无愧色，我却不希望约会：我怕会流路（露）出我的弱点和我的爱情。但请发善心给我写几句话，给我勇起（气），对

① 据《交际花盛衰记》的描写，梅娜蒂太太家是妓院。

付厄运我十分需要。再见，我一切痛苦的制造者，我心令（灵）所选择的，永远不能已（遗）忘的唯一朋友。

伊达

这个失足少女的生涯，她的抑郁、痛苦、贫困和难以支撑的境况，都概括在这封信里。信纸弄脏了，但写在上面的是一首不为人知的诗篇，完全是巴黎式的，一时之间感染了莫兰古。末了，他猜想这个伊达会不会是儒勒太太的一个亲戚，那晚他偶然看到的约会是否要去做什么善事。那个穷苦的老汉会引诱伊达吗？……会引诱的话，真是奇迹了。他的思索纷然杂陈，又逐一消失，他正在这个迷宫里嬉戏时，来到帕日万路附近，看见一部出租马车停在贴近蒙玛特尔路的维厄一奥古斯丁路的尽头。凡是停在附近的出租马车他都觉得说明一些问题。他暗想：她会在里面吗？他心里发热，扑扑乱跳。他推开那扇带铃的便门，但低垂着头，多少有点羞耻，因为他仿佛听到内心有个声音在对他说："你干吗要插手这件秘密呢？"

他上了几级楼梯，迎面碰上那个看门老女人。

"费拉居斯先生在家吗？"

“我不认识……”

“怎么，费拉居斯先生不住在这儿？”

“这楼里可没有。”

“不过，我的好大娘……”

“我不是什么好大娘，先生，我是门房。”

“可是，太太，”男爵接着说，“我有一封信要交给费拉居斯先生。”

“啊！如果先生有封信，”她改变了语气说，“事情就不一样啦。把您的信拿出来瞧瞧，好不好？”

奥古斯特拿出那封折好的信。老女人疑惑地摇摇头，犹豫了一下，仿佛想离开这屋子，去告知神秘的费拉居斯这件意外的事。然后她说：“那么请上楼，先生。您该知道在哪儿……”这个狡黠的老女人很可能向他张开一个陷阱；那军官并不作答，灵巧地爬上楼梯，使劲摁第三层楼的门铃。他的爱情的本能告诉他：“她在这儿。”

门洞里相遇的那个陌生人，那个费拉居斯，或者伊达痛苦的制造者亲自来开门。他穿着一件印花的睡衣，长裤是白色莫列顿双面起绒呢，脚穿漂亮的绣绒拖鞋，头洗得干干净净。儒勒太太的头正越过第二个房间的门框，她的脸变得煞白，跌坐在椅子上。

“怎么啦，太太？”军官嚷着说，扑向她身旁。可是费拉居斯伸出臂膀，猛地一挥，把军官推得直往后退，奥古斯特觉得当胸挨了一下铁棍。

“往后站！先生，”那人说，“您要干吗？五六天以来您在这个区里转悠，您是个密探吗？”

“您是费拉居斯先生吗？”男爵问道。

“不是，先生。”

“可是，”奥古斯特接着说，“我要将这封信交给您，我们俩躲雨时，您掉在门洞里的。”

男爵一边说着，一边将信递给这个人，他不由得环视着费拉居斯接待他的房间，觉得布置得不错，虽然很简单。壁炉里生着火，旁边摆着一张桌子，菜肴丰盛，超过了这个人的表面境况和普通住屋的水准。最后，虽然他不让看里间，但他瞥见一张椭圆形双人沙发上放着一堆金子，还听到一种声音，这只能是女人的啜泣声。

“这封信是我的，谢谢您。”陌生人说着转过身来，那模样是要让男爵明白，他想把男爵马上打发走。

奥古斯特过分好奇，没留意自己受到仔细观察，也没有看到陌生人那颇有魔力的目光，似乎要把他吞噬掉；倘若他遇上这蛇怪般的目光，他就会明白自己处境的危险。奥古斯特太过激动，没有想到自己，他告辞之后，便下了楼，回到家里竭力寻找这三个人——伊达、费拉居斯和儒勒太太——凑到一起的含义。这种执着的念头在精神上相当于去拼怪模怪样的七巧板，却不得要领。但儒勒太太看见他，儒勒太太在那儿，儒勒太太对他撒谎。莫兰古准备第二天去拜访这个女人，她不会拒绝见他，他成了她的同谋，完全插手到这件不可告人的勾当中。他已经摆出苏丹的姿态，幻想着以无上的威严要儒勒太太向他吐露所有的秘密。

那时节，巴黎流行建筑的狂热。倘使巴黎是个怪物，不消说，那是最有怪癖的怪物。它有各种各样的胡思乱想：时而它像个大阔佬，爱用抹子造房，时而它扔掉抹子，变成军人，时而他从头到脚穿上国民近卫军的服装，边操演边抽烟；突然，他丢下操演和烟卷；他满腹烦恼，破了产，在沙特莱广场拍卖家具，呈报清理；但几天以后，他又重整旗鼓，喜庆跳舞。这天他满捧、满嘴大嚼麦芽糖，昨儿个他购买韦南纸

[1]，今儿个这怪物却又牙痛，服用所有墙上都有广告的解毒剂，明儿个他又采购祛痰镇咳膏。它有日、月、季、年的怪癖。这时节，人人都在建筑和拆除，原因不得而知。很少有街道看不到脚手架：搭起竹竿，铺上踏板，层层叠叠固定在横楞上。这些由里摩日人[2]搭成的建筑并不牢固，摇摇晃晃，但由粗绳扎结得很结实，上面落满了白色的灰泥，由于木板围成一堵墙，同不在修建的建筑物隔开，也防止了车辆的碰撞损坏。在这些高耸的木杆、梯子、粗绳和泥瓦匠的呼喊声中，有着某些航海的色彩。

在离莫兰古家不远的地方，就有这样一个临时性的建筑，耸立在一幢方石砌成的房子前面。翌日，正当莫兰古男爵坐着车从这脚手架前经过，驰往儒勒太太家的时候，一块两尺见方的大石头，已经运到脚手架的顶部，突然脱出系住的绳子，翻滚而下，落在仆人身上，砸烂了马车后部。惊叫声使泥瓦匠们吓了一跳，连脚手架也为之颤动。有个泥瓦匠差点儿摔下来，狠命抓住长杆，像是被石块碰伤了。人群马上聚

① 韦南纸系1830年左右流行的一种纸张。
② 里摩日人多半做泥瓦匠。

集拢来。泥瓦匠统统爬下脚手架，叫喊、赌咒地说，莫兰古的马车引起了起重机的晃动。只差两寸，军官的头就被石块盖帽一般压上了。仆人身死，马车砸坏。这个事件震动了全区，报纸纷纷做了报道。莫兰古分毫未损，提出控告。司法介入，进行调查，证实有个小伙子拿着一块木板条值勤，吆喝行人避开。事情就到此为止。莫兰古因为仆人的死和受惊吓，好几天卧床不起；因为马车后部受砸使他受了震伤，加以受惊引起的神经震动而得了寒热。他没去成儒勒太太家。这个事件过了十天以后，第一次出门他坐着修复的马车径直奔往布洛涅树林。正当奔下布戈涅路，走到众议院对面的阴沟处时，车轴突然从中间折断，车跑得飞快，车轴一断，车轮便靠拢来，有可能震伤男爵的头；但由于带风帽军大衣的反作用，他才得以幸免。可是，他身侧伤得很重。第二次整整十天，他半死不活地被送到泪流满面的老祖母家里。这第二个事故使他产生了某些疑虑，他模模糊糊地联想到费拉居斯和儒勒太太。为了弄清真相，他把折断的车轴留在房内，叫来了马车车匠。马车车匠看过车轴和断口，给莫兰古说明了两点。首先，这车轴不是他作坊的产品，他绝不会供应这种严重损害他声誉的车轴，他无法解释用什么方法调换了他原来的那一根。其次，这根可疑的车轴的断裂是由于断口处有意造成了一个空洞，十分巧妙地形成一些气孔和裂罅。

“嗨，男爵先生，”他说，“干得真漂亮，真狡猾，铸成这样一个车轴真不简单，完全可以说是自然形成那样的……”

莫兰古吩咐车匠对这件事千万守口如瓶，他这回可是完全明白了。这两次暗杀企图策划得极其巧妙，表明了某些手段高明的人的敌意。

“这是一场殊死的战斗，”他在床上辗转反侧，心中思忖着，“是因为儒勒太太的缘故而宣布的野蛮人的战争，一场突然的袭击，埋伏战。她究竟属于哪个男人呢？这个费拉居斯能掌握多大的权力呢？”

临了，莫兰古虽然很勇敢，又是军人，却不由得战栗起来。在纷纷袭上心头的想法中，有一个使他感到无法防御，失却了勇气：他暗中的敌人难道不会使用毒药吗？他这时的虚弱，还有禁食和寒热，使得他愈加恐惧；他赶紧叫来一个老女人，她长年跟随他的祖母，她对他的感情已经有一半像母亲，这是一般人最崇高的感情。他没有把事情向她和盘托出，吩咐她每天秘密地在不同的地方购买他所需的食品，嘱咐她锁上食物，由她亲自端给他，她做饭时不许任何人靠近她。他谨小慎微，处处提防，避免中毒而死。他孑然一人，生病躺在床上，有的是时间去考虑怎样防护自己，他只有这种需要，非常明晰，这种需要使人的利己心样样都会想得起。可是，这个不幸的病人因恐惧而损害了自己的生命，疑虑的重重阴影消耗了他的时光。这两次暗杀教会了他政治家所必需的一种美德，他懂得了在生命攸关的游戏场中，必须会高度隐蔽。对秘密缄默不语便什么也没有；而先是沉默，在三十年中做出忘掉这件事，如果需要就像阿里—帕沙①那样，以保证三十年中深思熟虑的报仇得到成功，这样做在一个只有很少人能隐瞒三十天的国家中，是多么难以学到啊！莫兰古只一味想着儒勒太太，念念不忘，认真考虑在这场从来没遇到过的斗争中能够运用什么方法，战胜不认识的对手。他对这个女人无人知晓的激情，正因有这些障碍而愈加增长。儒勒太太始终屹立在他的思想中和心坎里以前，他确

---

① 阿里—帕沙（1741—1822），被看作善于隐瞒复仇心的人物。

信她有德行使她成为他的偶像，而如今他猜测她有堕落行径，她反而更有吸引力。

病中的男爵想了解敌人的情况，以为可以毫无危险地把这桩秘密告诉主教代理老人。这个长老很爱奥古斯特，就像父亲爱妻子的儿女一样，他精细灵活，有外交家的头脑。他听着男爵讲述，摇着头，两人商量起来。奥古斯特对他说，他们所处的时代，警察和当局能够了解一切秘密，倘使必须去求救于他们，一定会得到他们强有力的帮助，而好心的主教代理可没有他年轻朋友那份信心。

老人严肃地回答他："我亲爱的孩子，警察是世界上最笨拙无能的，而当局对私人问题最束手无策。警察和当局都不了解人的内心。较为合理地要求于他们的，是让他们追究事情的起因。可是，当局和警察又不会干好这种事，它们基本上缺乏这种人类的关切感——对需要知道一切的人披露一切。任何人间的力量都不能阻止杀人犯或下毒者刺中一个王爷的心，或叫一个好人肚里中毒。激情履行着警察的职责。"

主教代理竭力劝告男爵到意大利去，再从意大利到希腊，从希腊到叙利亚，从叙利亚到亚洲，直到使他暗中的敌人深信他的悔恨，这样无声地同他们握手言和，才能返回法国；否则，他只能待在他的宅邸，甚至待在他的房间里，才能避免这个费拉居斯的侵害，只有在肯定消灭他以后才能走出家门。

“攻敌先攻头。”他严肃地对男爵说。

老人答应他喜欢的年轻人，运用老天爷给他的聪明才智，用不着损害任何人，就可以深入虎穴，侦察情报，以夺取胜利。主教代理有个老朋友，是个退隐的费加罗[①]，像具有人形的猴子那样狡猾，像魔鬼那样聪明，像苦役犯那样不要命，像小偷那样灵活，像女人那样精细，可是时运不济，缺乏机缘，打从巴黎社会重建以来[②]，一直如此；这个社会培育出喜剧里的仆人。这个退休的司卡班[③]依附于他的主人，就像依附于上级。狡黠的主教代理每年除了给他风月场中的旧部一笔薪金外，还添上一大笔钱，用利害关系来加强原有的友谊，因之，老人得到的照顾连最热恋的情妇在照顾患病的情人时也想不出来。这是旧剧仆人

① 费加罗，博马舍（1732—1799）的著名喜剧《塞维勒的理发师》《费加罗的婚礼》中的人物，是个精明而有能耐的仆人。

② 指复辟时期。

③ 司卡班，莫里哀的喜剧《司卡班的诡计》中的主人公，是个仆人。

中的一颗珍珠，上一世纪的遗留物，是个无法腐蚀的执行人，没有什么激情要满足，主教代理和莫兰古都为之而扬扬自得。

“男爵先生把事情都搞糟了，”这个了不起的仆人被叫来商量时这样说，“男爵先生尽可以安心吃喝睡觉。一切包在我身上。”

果然，商议之后八天，莫兰古已经完全复原，正同祖母和主教代理共进午餐，瑞斯坦进来报告情况。等到老祖母回房休息，他带着有才干的人假装的谦虚说：“那个缠住男爵先生的敌人，眼下名字不叫费拉居斯。这个家伙，这个魔鬼叫作格拉蒂安·昂利·维克多·让—约瑟夫·布里尼亚。格拉蒂安·布里尼亚以前做过建筑承包商，非常有钱，是巴黎最俊的小伙子之一，一个能够带坏格兰蒂逊的勒夫列斯式[1]的人物。我的情报到此为止。他早先是个普通工人，‘责任派’帮工会当时选他做首领，管他叫费拉居斯二十三世。警察应该知道这些情况，如果设立警察是要了解情况的话。这个人已经搬家，眼下不住在维厄—奥古斯丁

① 勒夫列斯，理查逊的小说《克拉瑞萨·哈洛维》（1747—1748）中的人物。

路，在若克莱路找了个窝儿，儒勒太太时常去看他。她的丈夫上交易所时，经常把她带到维也纳路，有时她带丈夫上交易所。主教代理先生对这些事很在行，他要我弄清，究竟是丈夫带妻子，还是妻子带丈夫。儒勒太太长得真漂亮，这点我敢打包票。所有这些都绝对可靠。那个布里尼亚常常到 129 号[①]赌博。先生，他哪里比得上您，这是个爱找娘儿们的轻薄家伙，他想学您那种风度，像个有地位的人。还有，他常常赢钱，像演员那样乔装打扮，随意化妆成老人，要过上流社会最别出心裁的生活。我敢肯定，他有好几个住所，因为在大部分时间里，他总能避开主教代理先生所说的司法调查。如果先生愿意，考虑到他的习惯，是可以体体面面摆脱他的。要摆脱一个喜欢娘儿们的家伙，总是很容易的。不过，这个财主又说要搬家了。眼下，主教代理先生和男爵先生有什么事要吩咐我吗？”

“瑞斯坦，你干得很帅，没有我的话不要走远了，就在这儿监视着，让男爵先生什么也不用担心。”

“我亲爱的孩子，”主教代理对男爵说，“照老样

---

① 指王宫市场 129 号，是个赌场。

子生活，忘掉儒勒太太吧。”

“不，不，”奥古斯特说，“我不能让位给格拉蒂安·布里尼亚，我要把他活活缚住，也要把儒勒太太活活缚住。”

奥古斯特·德·莫兰古新近提升为禁卫军更高一级的军官，每晚他都到贝里公爵夫人的爱丽舍—波旁府参加舞会。在那儿，他没有什么危险可担心。可是，莫兰古男爵同别人有一件名誉攸关的事需要澄清，这件事是无法调解的。对方是龙克罗勒侯爵，他怪罪奥古斯特完全名正言顺，奥古斯特给人口实之处是他同龙克罗勒侯爵的姊妹塞丽季伯爵夫人的老关系引起的。这个贵妇不喜欢德国式的多情善感，对自己老老实实的服装每一个细小地方都要求严格。出于不可解释的天数，奥古斯特开了一个无恶意的玩笑，塞丽季伯爵夫人感到很不是味儿，也惹恼了她的兄弟。交涉是在角落里小声进行的。作为有身份地位的人，两个对手一点儿不声张。只是在翌日，圣奥诺雷郊区、圣日耳曼郊区的上流社会和公爵宫邸才获悉这件事。塞丽季伯爵夫人受到热烈的维护，人人都派莫兰古的不是。几个素有威严的人物进行干预，莫兰古和龙克罗勒都被指派了最有身份的证人，决斗场上已经安排妥当，防止一方被杀。奥古斯特的对手是个爱寻欢作乐的人物，但人人都认为他看重名誉；奥古斯特站在他的对面时，不可能想到他是“责任派”首领费拉居斯的工具，但他心底里想服从一种无法解释的预感，了解一下侯爵的想法。

“诸位，”他对证人说，“我并不拒绝同龙克罗勒先生交火，但我现在宣布，是我错了，我请他原谅，只要他要求我这样做，甚至可以按他的意思公开承认。因为，既然关系到一个女人，我认为不至于会污辱一个高尚文雅的男人。因此，我呼吁他的理智和他的宽宏大量，连公理也在所不顾，决斗岂不是愚蠢的事吗？”

龙克罗勒侯爵不答应事情以这种方式了结，于是男爵变得更加疑心，他走近对方说：

“喂，侯爵先生，请您在诸位先生面前，以贵族身份起誓，在这次决斗中，除了众所周知的理由外，不掺杂任何别的复仇理由。”

“先生，没有必要问我这个问题。”

龙克罗勒侯爵走到他的位置上。预先商定，两个对手各自只开一枪。虽然确定的距离看来要置莫兰古于死地很成问题，如果不说不可能的话，龙克罗勒侯爵还是打倒了男爵。子弹穿过内侧，离心脏两寸的地方，幸亏没有造成重伤。

“您打得真准，先生，”禁卫军军官说，“总算给已经消失的激情报了仇。”

龙克罗勒侯爵以为奥古斯特必死无疑，听到这句话禁不住露出一丝冷笑。

“先生，儒勒·赛扎的姐妹是不能受到怀疑的。”

“总是儒勒太太。”奥古斯特回答。

他昏厥过去，一句辛辣的玩笑到了嘴边，说不出来。尽管他流了很多血，他的伤却并不危险。半个月里，老祖母和主教代理精心护理他，这种老年人的照顾，只有长期的生活经验才能摸到其中的奥妙。一天早上，老祖母给他带来沉重的打击。她对他透露了自己晚年还要忍受的令人揪心的不安。她收到一封署名F[①]的信，信里详详细细讲了她的孙子等而下之，干密探营生的事。莫兰古受到指责，说他做了正直的人不配做的行为。他将一个老女人安置在梅纳路停放出

① 费拉居斯的法文名字第一个字母为F。

租马车的广场，这个做密探的老女人表面上专给车夫卖水喝，其实任务是窥测儒勒·德玛雷太太的行止。他是在窥探世界上最不犯人的女子，想刺探到她的一切秘密，而这些秘密决定着三个人的生死。只有他才愿意招来这场无情的斗争，他在这场斗争中已经三次受伤；他准定完蛋，因为他的死已经被人赌过咒，不择手段也要兑现。莫兰古先生即令答应尊重这三个人秘密的生活内情，他的命运也不能幸免，因为不能相信一个低贱到做密探的贵族的诺言。而且，为什么要无缘无故搅乱一个无辜的女人和一个令人尊敬的老人的生活呢？莫兰古男爵老夫人对奥古斯特只做了温和的责备，奥古斯特觉得这封信没有什么了不得。这只不过是对一个女人缺乏尊敬和信任，没有权利去窥测她的行动而已！该不该窥测一个自己爱上的女人呢？这类出色的，但从来不能证明什么的理由如潮水般涌来，使年轻的男爵生平头一遭陷于极大的愤怒中，这种愤怒能使人做出一生中最有决定意义的行动。

“既然这次决斗是要致人死命的决斗，”他下结论说，“我就应该利用我能拥有的一切手段，去杀死我的敌人。”

主教代理旋即按照莫兰古的吩咐，去找巴黎特别警察处处长，在讲述这件事的过程中，不涉及儒勒太太本人和她的名字，虽然她是这件案子的纽结。主教代理告诉处长，这个陌生人已经给莫兰古家带来了惊恐不安：他竟敢无视法律和警察，赌咒要一个禁卫军军官丧命。警察处长惊讶得往上推推他的墨镜，擤了几次鼻涕，向主教代理让过烟草，后者出于面子，坚持不吸烟末，尽管他鼻子痒痒。副处长记下了要点，并答应说，在维多克[1]和他的警探协助下，用不了几天工夫，就能向莫兰古家报告这个敌人的情况；他声称对巴黎警察局来说，不存在什么秘密事。几天后，处长到莫兰古府邸看望主教代理先生，见到年轻的男爵的枪伤已经痊愈。他用官方的口吻向他们表示道谢，因为他们好意给他提供了情况，使他知道这个布里尼亚是一个判决了二十年苦役的囚犯，但从比塞特尔转往土伦的途中奇迹般地逃脱了。十三年来，警察局想捉拿他归案，可是毫无成效，只获悉他自由自在地住在巴黎，避开了千方百计的侦查，纵使他常常插

① 维多克（1775—1857），本是个囚犯，多次越狱，于1809年投靠当局，组织侦缉队。王政复辟时期继续任职，做过政治警探，巴尔扎克认识此人，据说伏脱冷的原型就是他。

手许多黑暗勾当。总之，这个家伙的生活奇谲诡秘，但不久就会在他的一个居所被擒获归案。这个官员结束他的官方报告时对莫兰古说，如果他十分关切这个案子，要亲眼看到擒获布里尼亚，他可以第二天早上八点到圣富瓦路的一幢房子去，门牌这就告诉他。莫兰古不想去亲眼见证这个场面，他非常尊重警察局在巴黎的威望，相信当局办事勤勉。三天过去了，在报上却看不到这次逮捕的任何消息，虽然这已经给几篇有趣的文章提供了材料。莫兰古不安起来，但下面这封信使他心头云开雾散。

男爵先生：

我荣幸地通知您，对于有关案子，您不必再心存疑惧。那个格拉蒂安·布里尼亚，即费拉居斯，已于昨日死于他的住所若克莱路七号。我们对他的身份所产生的怀疑，已被事实全盘推翻。我们已让警察局的法医同市政府的法医合作，保安警察处处长做了一切必要的验证，终于确信无疑。况且，那个布里尼亚临终时，喜讯教堂德高望重的副本堂神父在场张罗，布里尼亚在忏悔讲坛前许过愿，以基督徒的身份死去；

在死亡证书上签字的见证人的道德品质，以及临终前照顾过他的人的证明，都不容我们稍有怀疑。

此致

布礼！

莫兰古、老祖母和主教代理都感到难以形容的高兴，松了一口气。善良的女人拥抱她的孙子，禁不住涌出了眼泪，她离开他去做祈祷，感谢天主。爱孙心切的老祖母为奥古斯特的得救在念九日经，她以为天从人愿了。

“好啦！”主教代理说，“眼下你可以去参加对我提起过的舞会了，我再没有异议反对你。

莫兰古急于要去参加这次舞会，尤其因为儒勒太太也该在那里。这次喜庆活动是塞纳区区长举办的，巴黎的两个上流社会[①]在他家，就像在一个中立地点相会。奥古斯特跑遍了几个客厅都没有看到那个女人，她对他的生活起了举足轻重的影响。他踅进一个还阒无一人的小客厅，房里的一张张赌桌正等待着赌客。他坐在沙发上，沉浸在对儒勒太太无法自圆其说

① 指贵族上流社会和资产阶级的上流社会。

的思考中。这当儿有个人抓住年轻军官的臂膀，男爵看到科基利埃尔路的那个穷汉，伊达的费拉居斯，索利路的房客，瑞斯坦所说的布里尼亚，警察局所指的苦役犯，昨儿个刚病逝的死鬼，不由得目瞪口呆。

“先生，别叫喊，别吱声。”布里尼亚对他说，他认出这人的声音，而别人看来是不熟悉的。他穿着很讲究，佩戴金羊毛级勋章和另一枚奖章。他的声音像只鬣狗：“先生，你去报警求救，那我就可以不择手段了。你就要完蛋，先生。必须如此。你爱儒勒太太吗？她爱你吗？你有什么权力扰乱她的安宁，给她的品德抹黑呢？”

有人猝然而至，费拉居斯站起身想出去。

“您认识这个人吗？”莫兰古抓住费拉居斯的衣领，问道。但费拉居斯灵活地挣脱了，一把抓住莫兰古的头发，嘲讽地摇晃着他的头说：“非得吃点铅弹，头脑才会学乖吗？”

“我个人看，不必这样，先生，”看到这个场面的玛赛回答说，“可我知道，您是芬卡尔先生，葡萄牙富豪。”

芬卡尔先生消失了。男爵旋即追踪在后，却没能追上他。当男爵来到列柱廊下，在色彩绚烂的一群人中，他看到费拉居斯一面说笑，一面瞅着他，随即大步流星地走了。

“先生，劳驾请问，”奥古斯特回到大厅，对他认识的玛赛说，“芬卡尔先生住在哪儿？”

“我不知道，不过这儿的人一定会告诉您的。”

男爵问过区长，了解到芬卡尔伯爵住在葡萄牙大使馆。他的头发还能感到费拉居斯冰冷的手指，这时他看到儒勒太太容光焕发，鲜嫩妩媚，率真地流露出这种女子的圣洁光彩，这正是他一见钟情的地方。这个女人对他来说真是个尤物，在他心里只能激起仇恨，这种仇恨从他的目光中流露出来，气势汹汹，带有血腥味。他瞅准了没有人听到他们说话的机会，对她说：

“太太，您害我的行动已经落空三次了……”

“您说什么来着，先生？”她回答时脸涨得通红。“我知道您遇到几次麻烦事，我很关切，可是，这跟我有什么关系呢？”

“您肯定知道，索利路那个人几次要对我下毒手！”

“先生！”

“太太，眼下我不是一个人要请您考虑，不是考虑我的幸福，而是考虑我家的传宗接代问题……”

这当儿，儒勒·德玛雷走了过来。

“先生，您对我妻子说什么来着？”

“如果您感到好奇，先生，请到我府上了解好了。”

莫兰古扬长而去，留下儒勒太太脸色惨白，几乎瘫了下去。

第三章　受怀疑的妻子

大多数女人一生中总有一次要面对一件无法否认的事实，面对准确、尖锐、直统统的询问，这是她们的丈夫毫不容情地提出的；只要一明白这问话的意思，就会打冷战；头一个字直钻心房，犹如匕首的钢刃直插心窝一样。所以有这样一句格言：凡是女人都在撒谎。善意的谎话，轻微的谎话，卓越的谎话，可怕的谎话，不得不说的谎话。如果承认这种不得已，那么是否应该懂得善于撒谎？法国女人谎撒得极妙。我国风俗教会她们善于弄虚作假！总之，女人在说谎时即使很不得体，仍然纯真可爱，体态优美，举止优雅，令人信以为真。女人非常了解撒谎极其有用，可以在社会生活中避开她的幸福抵挡不住打击的剧烈冲突，因此，撒谎十分必要，如同放首饰要用的棉絮一样。在女人看来，撒谎成了说话的根本内容，而真话则成了例外。她们说真话，是因为她们心血来潮，抑或出于心计，要显得品德高尚。按每人的性格不同，有的女人笑嘻嘻地撒谎，有的爱哭哭啼啼，另一种一本正经，还有的大吵大闹。她们其实最爱听恭维话，在生活中却往往先装出对恭维话冷漠得很，结果不过是自欺欺人。她们为自己爱情的秘密心惊胆战时却面不改色，这高超的表现有谁不表赞叹呢？她们在生活中面临极端困厄的处境时表现得灵活自如，得心应手，睿智机敏，这又有谁研究过呢？在她们身上，什么都用不着转借过来：欺骗像雪片从天而降一样自然而然涌出。她们又是多么精明，能发现别人的真情实感！天真幼稚的男人走到她们身边，提出问题，触到她们心灵的秘密，对于这种激动人心的提问，她们是多么巧妙地施展灵活的策略！追问一个女人，不就等于自投罗网吗？凡是想对她隐瞒的事，她不是都能知道吗？她不是一面口若悬河，一面又能对秘密缄默不语吗？

有哪个男人敢同巴黎女人斗智呢？女子会一面躲开刺过来的匕首，一面说："您真好奇！这关您什么事？为什么您要知道？啊！您嫉妒了！我不想回答您，又怎么样？"一个女人拥有十三万七千种说"不"的方式和无数种说"是"的手段。论述运用"不"和"是"，难道不是我们所能做出的外交、哲学、辩护和道德方面最出色的作品之一吗？要完成这繁难之极的作品，难道不需要一个男性气质的天才吗？所以，从来没人尝试过这个工作。在一切名不见经传的作品中，这一种难道不是女人完成得最好，也最有名吗？你研究过撒谎者的步态、举止和从容潇洒的风度吗？请观察一下。儒勒·德玛雷太太坐在马车的右角落里，她的丈夫坐在左角。走出舞会，她竭力恢复平静，佯装若无其事。她的丈夫刚才没对她说什么，如今仍然没说什么。儒勒先生从车窗往外看着沉寂的房屋黑魆魆的墙壁向后掠去；骤然间，仿佛心血来潮，在转弯的时候，他观察起妻子来，尽管她裹着皮袭，看来依然感到寒冷。他觉得她在沉思凝想，或许她当真在思索。在一切能互相贯穿感染的东西中，要数思考和严肃的神态最有传染性。

“莫兰古先生究竟对你说了什么话，叫你这样激动？”儒勒先生问道。“他要我到他家里去干吗？”

“眼下我无可奉告，你到他家，他也无可奉告。”她回答。

这种女性的精明往往有损于本人的美德，儒勒太太等待着另一个问题。她的丈夫又扭过头去望着房屋，继续观察每家的便门。再追问下去不就是疑惑和不信任吗？怀疑女人，在爱情上不啻是犯罪。儒勒要是怀疑自己的妻子，早就杀掉一个男人了。克莱芒丝不晓得她丈夫的沉默中隐含着澎湃的激情和深沉的思索，同样，儒勒也不晓得他的克莱芒丝的心中郁结着起伏激荡的思绪。马车在寂静的巴黎的街区行走着，载着一对夫妇，两个热恋的情侣，两人轻轻相倚，同坐在丝垫上，却有一道鸿沟分隔开来。在这些午夜和凌晨两点之间从舞会归来的华丽马车中，会有多少稀奇古怪的场面呀！有的马车的提灯照亮了街道和车辆，窗玻璃亮晃晃，里面载着合法的爱情，夫妇可以争吵斗嘴，用不着害怕被行人看见，因为他们的身份使男人可以在车上或在任何别的地方怪罪、殴打、拥抱女人。有的年轻人是坐车来赴舞会的，由于某种原因，不得不回家时以步当车，这些夜间巡行的步兵就看不到这一幕幕秘密。儒勒和克莱芒丝头一遭各坐在自己的角落里。丈夫像平时一样紧挨着妻子。

“天气真冷。”儒勒太太说。

那丈夫什么也没有听见，他研究着店铺上方黑乎乎的招牌。

“克莱芒丝，”他终于说，“请原谅我问你一个问题。”

他再挨近些，搂住她的腰肢，让她靠着自己。

“我的天，终于来了。”可怜的女人暗忖。

“哦！”她先发制人地说，“你想知道莫兰古先生对我说什么来着。我会对你说的，儒勒，但不免要寒心。我的天，咱们之间难道还有什么秘密吗？这会儿我看到你内心在斗争，想着咱们的爱情，隐约感到担心。咱们的内心不是光明磊落的吗？你的怀疑不是很荒唐吗？为什么不坦然若素，这样对你更好呢？我把什么都告诉你，你准保还想进一步了解，可是我自己也不知道这个人莫名其妙的话意味着什么。唉！兴许你们两个之间有什么麻烦的纠葛。但愿咱们俩都忘掉这讨厌的时刻。无论如何，你要对我起誓，等待着这件怪事自然而然得到解释澄清。莫兰古先生对我提起那三次意外事件，就是你听说过的：大石块落在他仆人身上，他的车轴折断而挨撞，因塞丽季夫人而引起的决斗，说是我策划的预谋。另外，他威胁我对你解释我要去暗杀他的利害关系。你明白究竟是怎么回事吗？看到他的脸孔疯狂的模样，他凶狠的目光，他因内心激动，语不成句，我不由得骚乱不安。我相信他有神经病。事情就是这些。现在，如果我从此不露面，我就没有立身之地，别人会说，一年来我成了莫兰古先生追求的对象。他以前只在舞会上能见到我，他也没有说过什么话，都是舞会上的应酬。也许他想拆散咱们，让我有朝一日孤孤单单，没人保护。你看清是这样吗？你已经双眉紧锁。噢！我恨透了上流社会。没有他咱们多幸福！何必去找他呢？儒勒，我请求你，答应我忘掉这一切。明儿个咱们一定会听说莫兰古先生发了疯。”

“真是怪事！”儒勒在连接楼梯的柱廊下面下了车，心里思忖着。

他把手臂伸给妻子，两人上楼来到卧室。

要进一步展开这个故事细节的真实性，看到情节的曲折发展，就必须在这儿披露一点爱情的奥妙，潜入某个绣房，不能肆无忌惮，而要像特里尔比[①]那样，既不激怒杜加尔，也不激怒贞妮，不激怒任何人，要像高贵的法国语言一样圣洁，像热拉尔[②]绘出《达夫尼斯和赫洛娅》的画笔一样大胆。儒勒太太的卧室是个神圣的地方。只有她、她丈夫和她的贴身女侍可以进屋。豪华的场所必是禁脔之地，能够充分发展豪华的意趣，尽量满足各色各样奢华的愿望，使之变得光辉灿烂，庄严崇高，纯洁美好，细腻妩媚，更加诱人，做到这样的人是最令人艳羡的。如果你厌恶在草地上进餐和招待不周的饭局，如果你乐意看到白得耀眼的缎纹桌布，银器餐具，高雅宜人的瓷器，镂金雕刻的桌子，蜡烛照得晔然雪亮，桌上刻着家徽的银球，最考究的菜肴争奇斗胜，那么，你就得撇下楼房顶端的阁楼，大街上的女工、雨伞、用就餐登记卡付账的人所穿的防湿木鞋。还有，你应该将爱情理解为一种心理成分，它的优雅柔媚只有在萨沃纳里制造

① 特里尔比——法国作家沙尔·诺蒂埃（1780—1844）同名小说中的小妖精。它的出现扰乱了苏格兰渔夫杜加尔和他的妻子贞妮的亲昵关系。

② 热拉尔（1770—1837），法国画家，擅长历史画。他根据古希腊作家隆戈斯的小说《达夫尼斯和赫洛娅》绘出一幅油画，画面上赫洛娅的头枕睡在达夫尼斯的腿上。此画存卢浮宫博物馆。

的地毯上，在大理石座的罩灯椭圆形的光焰下，在蒙上丝绸壁衣、避人耳目的墙壁之间，在金黄色的炉火前，在百叶窗、护窗板和褶裥起伏的窗帘隔开邻人、街道和一切声响的房间里，才能得其所哉。你必须安置许多面镜子，照出身姿体态，反映出女子的无数影像，在爱情的想象中，你往往想把她的形象幻成各种各样。要有低矮的沙发，卧床好像隐没在暗室中，让人觉察得出而不显露在外。这幽雅的卧室铺上毛皮，专供跣足行走，带玻璃罩的烛台放在打褶的平纹细布中间，为展卷夜读而设，鲜花幽香淡雅，床单细洁，足可使安娜·德·奥地利[①]满意。

这美妙的蓝图儒勒太太都付诸实现了，这还不算什么。大凡有鉴赏力的女子都能做到这样，不过，在布置上有一种个人印记，给细微处和装饰方面打上不可模仿的风格。今日较之往昔更加盛行注重个性的狂热。我们的法律愈是趋向于不可能实行的平等，我们之间在习俗上就愈加远离。因此，在法国，有钱人开始变得越发趣味固执，不容他人接触属于自己的

① 安娜·德·奥地利（1601—1666），法王路易十三的妻子，在路易十四未成年时曾摄政。

东西，这是三十年来从未有过的。儒勒太太知道这样布置的效果，她把这种奢华安排得和谐有致，完全适合爱情的氛围。一千五百法郎和我的宝贝这种茅屋里的激情，是那些穷人饿汉巴望的理想，这些人开始时有黑面包就能满足，随后因恋爱而变得贪吃，最后总在留恋珍馐美食。有了爱情会厌恶工作和贫困。恋爱的人宁愿死去也不愿拮据度日。大多数女子从舞会回来，急于睡觉，把裙子、凋谢的花朵、失去香味的花束扔得周围都是。她们把小巧玲珑的舞鞋脱在椅子底下，穿上轻飘飘的拖鞋，拆下拢子，让辫子披散开来。她们不在乎丈夫看到搭扣、双别针，别致的小钩——使头发高高耸起，首饰显露在外。再没有什么秘密，一切都在丈夫面前袒露出来，不再化装打扮。胸衣多半时间都是小心束好的，这时就扔在那里，如果女仆睡得太死，忘了拿走的话。最后，鲸骨撑裙，上树胶的塔夫塔绸做里子的袖笼，假首饰，理发师出售的假发，所有女人的代用品都乱扔在那里。Disjecta membra poetae[①]，有如诗人为意中人所酝

① 拉丁文，引自古罗马诗人荷拉斯（公元前65—8）的《讽刺诗》，意为“诗人散失的诗句”。

酿和写成的美妙诗句散轶各处一样，漂亮的女子把衣装扔得满处都是。丈夫在打哈欠，原形毕露的妻子也在打哈欠，一顶天天戴着的打皱的便帽扣在夜间随便挽起的发髻上。——因为说到底，如果你想每晚都能戴一顶漂亮的睡帽，那你得提高我的佣金。生活的本来面目就是这样。在丈夫眼里，妻子是年老色衰，而对别人，对情敌，对毁损女人的上流社会来说，她却是娇艳、优雅、花枝招展。爱情像别的事物一样，有保护自己的本能，儒勒太太在真正爱情的启发下，行动与众不同，她为了自身幸福的长远利益，找到了必要的力量，去完成那些永不该松懈的琐细责任，因为这些责任能使爱情历久不衰。这些关切、这些责任，难道不是来自非常得体的个人尊严吗？这难道不是一种曲意奉迎吗？难道不是内心对所爱的人的尊敬吗？因此，儒勒太太不许她丈夫走进内室，看到她卸去舞装；她出来时已穿上夜服，装束得非常神秘，因为内心有秘而不宣的快乐。来到这个一向保持幽雅的房间，儒勒总看到他的妻子身披一件俏丽的梳妆衣，楚楚动人，头发简单编成粗辫，盘在头上；因为她不必担心凌乱，无论从视觉和触觉来说，这样都无损于爱情。一个女子不为社交场合打扮时要更朴素、更美丽动人。她沐浴后，变得更加有生气，一切打扮都为的是显得比衣服更白皙，比香水更芬芳，比最机灵的交际花更诱人，更温柔，也就能永远得到爱。对女子打扮能有这样出色的了解，正是约瑟芬取悦拿破仑的奥秘所在，恰如当年塞索妮迷住卡里古拉，吉娅娜·德·普瓦蒂埃讨得亨利二世欢心一样[①]。倘若三四十岁的女人还这样富有成效，那在年轻女子手里握有多么强大的武器呀！丈夫会如醉如痴地沉浸在妻子忠贞的幸福中。

可是，舞会上的谈话使她吓得浑身冰凉，一直激动不安；回到家里，儒勒太太格外细心地打扮起来。她想显得娉婷诱人，果然达到这样的效果。她束紧细麻布梳妆衣，半敞开内衣，乌黑的头发披在圆滚滚的肩膀上；用香皂沐浴使她身上发出醉人的香味；光溜溜的脚套着丝绒拖鞋。打扮停当，她满有把握地迈着细碎步子，冷不防用手蒙住儒勒的眼睛，儒勒穿着睡衣，手肘支着壁炉，一只脚蹬着架条，陷入沉思之

① 塞索妮是罗马皇帝卡里古拉（12—41）的情妇；吉娅娜·德·普瓦蒂埃用色相引诱法王亨利二世（1519—1559），做了公爵夫人。

中。她凑在他的耳畔，热气呼在他脸上，牙齿都要擦着他的耳根，轻轻地说："您在想什么，先生？"然后双臂灵巧地紧紧抱住他，想将他从胡思乱想中拉出来。在恋爱中的女子总意识到自己的力量；她越是贞洁，她的卖俏就越起作用。

"想你。"他回答。

"只想我吗？"

"是的！"

"噢！这个'是的'说得多么轻巧！"

他俩睡下了。就寝时，儒勒太太心里想：莫兰古先生肯定要遭到不幸。儒勒若有所思，心不在焉，脑子里有些想法不肯告诉我。大约凌晨三点钟光景，儒勒太太出于预感，惊醒过来；这预感入睡时就敲打着她的心房。她在精神上和肉体上都感觉到丈夫的不在。她感觉不到儒勒垫在她头下的臂膀，五年来，她在这臂膀里睡得香甜、平静，从不使这臂膀疲累。有个声音对她说着："儒勒很难受，儒勒在哭泣……"她抬起了头，坐起身来，发现她丈夫睡觉的地方早没有热气。她瞥见他坐在炉火前，双脚架在挡灰板上，头靠在大扶手椅的椅背上。儒勒的脸颊淌着眼泪。可怜的女人一骨碌跳下床来，扑倒在她丈夫的膝头上。

“儒勒，你怎么啦？你难过吗？你说话呀，说呀，告诉我呀！要是你爱我，就告诉我。”一时间她的话像雨点般落下来，表现了最深沉的柔情蜜意。

儒勒匍匐在妻子的脚边，吻着她的膝盖、双手，一面说着一面又涌出了泪水。“我亲爱的克莱芒丝，我真是活受罪！怀疑起自己的意中人，就已经不再爱了，而你就是我的意中人。我一面怀疑你，一面热恋着你……今儿晚上那人对我说的话敲打着我的心，由不得我，就停留在我心头，叫我不得安宁。他的话里有某种秘密。末了，我感到脸红，你的解释不能满足我。我的理智向我投射出亮光，我的爱情又让我拒绝接受。这场战斗真可怕。我能一直这样，抱着你的头，又疑心里面有些不让我知道的想法吗？”他看到她脸上苦笑，张口欲言，又急促地对她嚷着说：“噢！我信得过你，我信得过你，什么也别对我说，什么也不要责备我。你只要一开口，就会要我的命。不过你可不可以告诉我一件事，就是三个小时以来我心里一直嘀咕的那件事？是的，三个钟头以来，我躺在那儿，瞧着你睡觉，你那么漂亮，我欣赏你纯洁平静的脑门。噢！是的，你总是将你所有的想法都告诉我，是不？你的心灵里只有我一个人。欣赏你的时候，盯着看你的时候，我在你眼里什么都看得见。你的生活纯洁无疵，你的目光也就明亮澄澈。不，在这样透明纯净的目光背后，不会有什么秘密。”他抬起身，吻着她的眼睛。“我亲爱的，不瞒你说，五年来使我的幸福与日俱增的，就是不知道你有什么亲戚情谊，这总会多少影响爱情。你没有姐妹、父母和女友，在你心里我不会在别人之上，也不会在别人之下，我是独一无二的。克莱芒丝，你经常对我诉说的甜蜜的心里话，再给我重复一遍吧，不要责备我，安慰安慰我，我真是不幸。我在责备自己，起疑心真可恶，你心里清清白白，没什么可亏心的。我亲爱的，告诉我，我能这样待在你身边吗？咱们俩这样融洽无间，睡在同一个枕头上，怎么会一个在受煎熬，另一个却平静无事呢？……”看到克莱芒丝凝神思索，缄默不语，止不住流下了眼泪，他陡地嚷着说：“你究竟在想什么？”

“我在想我的母亲，”她声调低沉地回答，“儒勒，你不了解你的克莱芒丝的痛苦，她听到你像音乐一样柔和的声音，不免想起了她母亲死前诀别的语音；在你对我做了许多表示，流露你美妙的爱情时，我感到你的手的抚摩，不免想起了母亲死前冷冰冰的手庄重的一捏。”她扶起她的丈夫，以超过男人的神经质的力气抱紧他，吻着他的头发，眼泪洒满他身上。“啊！我愿意为你被活活劈死！你说呀，我会使你幸福，对你来说，我是最漂亮的女人，抵得上千百个女人。你得到的爱是谁从来也得不到的。我不知道‘责任’和‘美德’这两个词是什么含义。儒勒，我爱你，爱你我感到幸福；我永远会最爱你，直到最后一口气。我为自己的爱情自豪，我相信自己一生只感受到一次这种感情。兴许我要对你说的话是可怕的：我很欣慰我没有孩子，一无所求。我感到自己更适于做妻子，而不是母亲。怎么，你心里害怕不安？听我说，我亲爱的，答应我忘掉这个疯子的话，而不是这个掺和着温柔和怀疑的时刻。儒勒，我希望你这样做。答应我别去看他，别到他家里去。我相信，如果你在这个迷宫里再往前走一步，咱们都要滚落到深渊中，我会为此丧命，但嘴唇上挂着你的名字，我的心里只有你的心。为什么你在心里把我捧得这样高，实际上却看得非常低？怎么，你对那么多人肯赊账，就不肯开恩免去对我的怀疑？你生平头一遭肯对我证明无边的信任，就会把我从你的心头推倒？在疯子和我之间，你相信的是疯子，噢！儒勒。”她停了下来，把散落在脑门和脖颈上的头发撩开，然后又声嘶力竭地添上说：“我说得太多了，再说一句话就够了。如果你的心灵和你的脑门保留一丝疑云，不管多么淡薄，你得明白，我会为此送命！”

她不由得打了个冷战，脸色刷白。

“噢！我会杀死这个人。”儒勒一边心里这样想，一边抓住他的妻子，把她抱到床上。

“安心睡吧，我的安琪儿，”他说，“我已经忘掉这一切，我对你起誓。”

克莱芒丝听到这句温柔的话，酣然入睡了，一面更加温柔地重复说着这句话。儒勒瞅着她睡熟，心里暗想：“她说得很对，爱情这么纯洁，怀疑会使它黯然失色。这个心灵那么鲜嫩，这朵花儿那么娇艳，是的，一点儿枯萎都会带来死亡。”

一对夫妇彼此热烈相爱，心灵随时交流，一块乌云骤然而至，须臾消失，但还是在他们的心中留下了过往的痕迹。抑或温存变得格外热烈，如同雨后的大地变得分外美丽；抑或震撼依然发出回响，如同纯净的天空中传来远方的雷鸣。但已经不可能回复到先前那种生活，爱情不是增长就得减弱。吃午饭时，儒勒夫妇彼此都十分殷勤，内中多少有点造作。目光中有点强颜为欢的意味，仿佛要竭力欺骗自己。儒勒不由自主有些怀疑，他的妻子无疑有些惶恐。不过，他俩彼此心里踏实地睡了一觉。眼前这种窘迫局面难道是出于缺乏信赖，想起夜里的场面？他俩自己也不知道。他们过去彼此相爱，目下两人的爱情也纯洁无疵，这一夜既酷烈又甜蜜的印象不能不在他们的心灵留下某些痕迹；两人都急于想使这些痕迹消失，头一个回复到当初的关系，他们不由得想到第一次不和的起因。对相爱的心灵来说，这不会引起烦恼，离活受罪相距尚远；但这是一种如丧考妣的气氛，很难加以描绘，倘使颜色和心灵的激动之间存在关系，倘使像洛克笔下的盲人所说的，猩红色给视觉所产生的效果恰如铜管乐给听觉所产生的效果，那么，就可以拿这种有反射效应的郁闷同灰色相比。那种忧郁的爱情，它的幸福状态受到一时的骚扰，尚留下一些真情实感，会产生一些快感，或者是痛苦，或者是欢乐，可都是新鲜的。儒勒研究他妻子的声音，窥探她的目光，那种年轻人的情感正是当初激励着他追求她的激情。五年幸福生活的回忆，克莱芒丝的美貌，他的爱情的纯真无邪，迅速消除了最后一点难以忍受的痛苦。这一天是星期日，交易所不开门，也没有什么事务，这对夫妇待在一起，彼此比任何时候都更加牵挂，仿佛两个孩子恐惧时本能地挤在一起，抱成一团，互相倚靠一样。在夫妇生活中会偶然出现非常幸福美满的日子，同前后毫无关联，就像昙花一现！儒勒和克莱芒丝尽情地享受着，似乎他们预感到这是他俩爱情生活的最后一天。暴风雨来到之前，使行人加快步伐的就是这种不可知的力量；使垂危的人死前数天焕发出生命力和美，并设想出美妙喜人的计划的就是这种不可知的力量；在问题完全澄清之前，给学者出点子，把他手里的明灯再提高一点的就是这种不可知的力量；使母亲看到眼光敏锐的人向她的孩子投以含有深意目光的也是这种不可知的力量，这种力量何以名之呢？我们大家在遭到厄运时都感受到这种影响，而我们还叫不出名儿来，也没有研究过：这比预感还要有过之而无不及，但还不是幻觉。这一天一切都很顺心。星期一，儒勒·德玛雷不得不按时上交易所，依照老习惯，他出门之前总要问一下妻子，是否想用他的马车。

“不需要了，”她说，“天气不好，不能散步。”

这时确实下着滂沱大雨。德玛雷先生上检察院和国库去时约莫是两点半。四点他从交易所出来，迎面同莫兰古先生碰上了，后者在那儿候着他，那种死等到底的劲头是仇恨和复仇的心理产生的。

“先生，我有重要的情况要告诉您，”军官挽住经纪人的手臂说，“您听我说，我是个正直的人，不会去写匿名信，叫您不得安宁，我宁愿当面对您说。总之，请您相信，如果不是关系到我的生命，我是绝对不会去插手别人夫妇间的事情，即使我认为有权利这样做也罢。”

“如果您要告诉我有关德玛雷太太的事，”儒勒回答，“先生，我请您住口别说了吧。”

“先生，要是我闭口不说，不用多久，您就会看到儒勒太太坐在刑事法庭的被告席上，紧挨着一个苦役犯的旁边。我应该住口不说吗？”

儒勒脸色刷白，但他漂亮的面孔旋即恢复了硬装出的平静；然后，他把军官拉到两人所在的临时交易所的一块挡雨板下面，嗓门因为内心深深的激动而变得沙哑。

“先生，我听您说下去，不过，我们是要拼死决斗的，如果……”

“噢！一言为定，”莫兰古嚷着说，“我对您仰慕之至。先生，您说到死这个字，是不？您肯定不知道，您的妻子在星期六晚上大概要让人毒死我。是的，先生，从前天起，我身上发生某种不同寻常的事；我的整个脑壳从头发根发出一股热量，叫人懒洋洋的真难受死了。我一清二楚，在舞会上是谁摸过我的头发。”

莫兰古什么也没有遗漏，连他对儒勒太太柏拉图式的恋爱和故事开场那次奇遇的细节都一一讲了。任何人都会像经纪人那样聚精会神地谛听，但儒勒太太的丈夫比任何人都感到格外惊讶。他的性格就表现在这里，他不是垂头丧气，而是惊诧不已。倘若要成为一个法官，审判自己所爱的女人的话，他觉得自己的心灵里既有法官的刚直，又有法官的坚定。他还是个情人，想的不是自己的身败名裂，而是这个女人的身败名裂；他倾听时不是自己的痛苦，而是远方的一个声音冲着他叫喊："克莱芒丝不会撒谎！她干吗会背叛你呢？"

"先生，"禁卫军军官下结论说，"星期六晚上我肯定认出那个芬卡尔先生就是费拉居斯，警察局以为他死了，于是我派了一个精明的人去跟踪他。那天回到家里，我心血来潮，想起梅纳蒂太太的名字，就是那个伊达写的信提到的人，伊达可能是迫害我的那个家伙的情妇。得到这个线索后，我的密使马上报告我这件可怕的事，因为他比警察更为灵活，准能发现真相。"

"先生，"经纪人回答，"我不会感谢您告诉我这番心里话。请您拿出证据和证人来，我将恭候着。我会勇敢地追查这件怪事的真相，但请允许我存疑，直到证据确凿为止。无论如何，您会得到满足的，因为您应该明白，我们需要得到某种满足。"

儒勒先生回到家里。

"你怎么啦，儒勒？"他的妻子对他说，"你的脸白得吓人。"

"天气冷啊。"他说着，在房间里徐徐踱步。这个房间的一切都在表白着幸福和爱情，里面是多么平静，却酝酿着一场能致人死命的风暴。

“今儿个你没有出去？”他表面上很随便地问。

不消说，他脑海里默默地反复思考，虽然嫉妒使他有些手忙脚乱，但还是做出了清晰的考虑，所以才会提出这个问题。

“没有出去。”她用假装的诚实嗓音回答。

这当儿，儒勒瞥见他妻子的梳妆室那顶她每天要戴的丝绒帽上有几滴水珠。儒勒先生是个暴躁的人，但又非常精细，他不忍把妻子看成一个撒谎的人。在这样的局面下，某些夫妇的生活就算一切都要完结了。这几滴水珠确像一道闪光，撕裂开他的脑壳。他走出房间，下楼来到门房，确信没有旁人，便对看门人说：

“福克罗，如果你如实地说，就给你一百艾居年金；如果你骗我，那就得滚蛋；如果你对我说了真话，却又把我的问题和你的回答都说出去，那就什么也没有。”

他住了口，把他的看门人拉到窗口的亮光底下，想看个仔细，然后说：

“今儿早上太太出门了吗？”

“太太是三点差一刻出门的，半个钟头以前我好像看见她回来了。”

“你以荣誉担保，这是当真？”

“当真，先生。”

“我先头答应给你的那笔年金，你会到手的，不过，要是你说出去，请记住我说定的话！到时候你什么都得不到。”

儒勒回到他妻子的房间里。

“克莱芒丝，”他冲着她说，“我需要料理一下家里的开支，我要你做的事你不要恼火。年初我不是交给你四万法郎吗？”

“不止，”她说，“是四万七千。”

“你都用在该用的地方吧？”

“是的，”她说，“首先，我得付清去年的几笔账单……”

“我这样什么也知道不了，”儒勒心里想，“我干得真蠢。”

这当儿，儒勒的当差进来了，交给他一封信，他沉着地拆开来看；可是，他看到签名以后，便贪婪地读起来。

先生：

为了您和我们家得到安宁，我打定主意写信给您，即令还没有荣幸认识您，但我的地位、我的岁数和担心遭到不幸，迫使我请求您发发善心，可怜我们愁云密布的家的麻烦处境。奥古斯特·德·莫兰古先生近几天来使我们觉得有点精神失常，我们担心他会用幻觉来扰乱您的幸福，他第一次发病时，就对我们——帕米埃的宗教长老和我——这样胡言乱语。我们事先告诉您他的病状，眼下这病肯定还是可以治愈的，但病情严重，影响着我家的荣誉和我孙子的前途，所以我只有指望您的谨慎行事了。先生，倘若长老先生和我能够专程到府上拜访，也就不必给您写信；我不怀疑，您听到一个老祖母在此对您做出的请求之后，会小心烧掉这封信。

顺致

崇高的敬意！

德·莫兰古男爵夫人（世家在里厄）

“真折磨人啊！”儒勒嚷叫起来。

“你怎么啦？”他的妻子对他说，显得十分不安。

“我正在纳闷呢，”儒勒回答，“是不是你叫人向我进言，好消除我的疑心。”他将信掷给她，又说：“就这样让我自己来解决我的痛苦吗？”

“这个不幸的人，”儒勒太太让信掉到地上，“我很同情他，尽管他给我造成很多痛苦。”

“你知道他跟我说过话吗？”

“啊！你失信于我，竟然去看了他。”她显出惶恐不安的模样。

“克莱芒丝，咱们的爱情处于破裂的危险之中，生活的一切常规我们都顾不得了，大祸当前，细小的礼节只得撇在一边。你听着，告诉我，今儿个你为什么出去？女人自以为有权偶尔对我们撒点小谎话。她们想让我们快活，却又掩盖起来，往往这样自得其乐，对不？刚才，你肯定是言不由衷，该说‘不’而你说了‘是’。”

他走进梳妆室，把那顶帽子拿出来。

“喏，你看！别在这儿学霸尔多洛了[①]，你的帽

① 在博马舍的喜剧《塞维尔的理发师》第二幕第六场中，霸尔多洛看到罗丝娜的手指有墨水，就怀疑她给情人写信。

子叫你露了馅儿。这些痕迹难道不是雨滴吗？你是坐出租马车出门的，滴到这些雨点可能是在找车的时候，也可能是在你走进那间要去的屋子的时候，或者是在离开那屋子的时候。不过，一个女人要出门是无可非议的，即使她对丈夫说过她不出门。改变主意理由有的是！任性难道不是你们的权利吗？你们不必始终如一。你可能忘了某件事，需要办一下，要去拜访，或者要去做好事。可是，没有什么东西阻止妻子告诉丈夫她做过的事。在一个朋友的怀里不会脸红吗？唉！这不是嫉妒的丈夫在对你说话，我的克莱芒丝，说话的是情人、朋友、兄弟。他热情满怀地投到你的脚下。你说话呀，不要替自己辩白，平息一下我可怕的痛苦吧。我知道你出去过。那么，你去干什么呢？你到哪儿去了呢？”

“是的，我出去过，儒勒，”她回答，嗓音变了，虽然脸色平静，“但不要再多问我。放心等待，否则你会永远后悔。儒勒，我的儒勒，信赖是爱情的美德。不瞒你说，这会儿，我心乱如麻，不能回答你；不过，我不是弄虚作假的女人，我爱你，你知道。”

“可眼下这一切却能动摇一个男子汉的信赖，勾起他的嫉妒心，我在你心里不占第一位，我就不是你的心上人……唉！克莱芒丝，眼下我愿意相信你，相信你的声音，相信你的眼睛！要是你欺骗我，你会罪有应得……”

“噢！千刀万剐都可以。”她打断他说。

“我呀，我不对你隐瞒我的任何思想，而你呢，你……”

“嘘，咱们的幸福取决于互相保持沉默。”

“啊！我想什么都知道。”他喊道，激动得都要癫狂了。

这当儿，传来妇女的叫喊声，一个尖细的嗓门发出的刺耳呼喊从前厅一直传到这对夫妇身边。

“我要进去，我对您说！”有人在叫嚷。“不错，我要进去，我想看看她，我会看到她的。”

儒勒和克莱芒丝奔向客厅，他们随即看到两扇门猛然打开了。一个年轻女人蓦地出现，后面跟着两个仆人，忙不迭地对主人说：“先生，这个女人不顾我们阻拦，硬要进来。我们已经对她说过，太太不在家。她回答我们，她知道太太出去过，可是她刚看到太太回来了。她好大口气，说什么要待在门口，一直到能对太太说话。”

“你们下去。”德玛雷先生对仆人说。

“小姐，您要干吗？”他转过身，对陌生女人说。

这位小姐的类型唯有在巴黎才能遇到。如同烂泥、巴黎的石子路和塞纳河水一样；水先储在大蓄水池里，经过上十次的过滤，然后才装到多面形的水瓶里，不管它原先多么混浊，也会清澈纯净，闪闪发光；这类女子在巴黎也是这样造就的。因此，这个女子是真正独特的。画家的铅笔，漫画家的画笔，素描家的石墨笔，多少次描绘过这类女子，但未曾作过深入分析，因为她的衣着打扮捉摸不定，就像大自然一样，又像这奇异的巴黎一样。说实话，只有一条线能画出她的诟病，而其他成千上万个点都只能使她远离社会范畴之外。她只让人看出性格上的一个特点，使她变得可憎可厌的特点；她的美德都隐藏不露，她天真的放荡却炫耀在外。在戏剧和书本里，她得不到完整的体现，她是带着诗情画意出现的；其实她唯有在阁楼里才是真实的，因为在别的地方她不是受到诬蔑，就是受到过分的揄扬。有钱的时候，她变得堕落；贫穷的时候，她不被人了解。而且不会有例外的情况！她缺陷太多，优点也太多；她不是处于崇高的压抑状态，就是露出凄惨的苦笑；她既太美，又太丑；她太像巴黎的人格化，这类人为巴黎输送缺牙没齿的看门女人、洗衣妇、扫街女工、女乞丐，偶尔还有厚颜无耻的伯爵夫人，红得发紫的女演员和女歌星；甚至从前还给君主制贡献了两个近乎女后的人物。谁能抓住这样一个普罗地[①]的特点呢？她是所有的女人，比女人少点什么，又比女人多点什么。一个风俗画家只能画出这幅巨大肖像的某些细部，整幅肖像是无限。这是巴黎的一个女工，但是光彩照人的女工；她乘坐出租马车，幸福、年轻、漂亮、鲜嫩，但她是女工，是个缝纫女工，像西班牙少女那样大胆泼辣，像假正经的英国女人要求夫妇权利那样吵闹撒泼，像贵妇人那样高雅风流，但性格更直爽开朗，什么都好商量；她多少次梦想内室挂上红色细布窗帘，摆上套着乌得勒支丝绒的家具、茶几、有绘画的瓷器茶具、椭圆形双人沙发、小块割绒地毯、大理石挂钟、有玻璃罩的烛台、柔软的鸭绒被，房间布置成黄色，从里面出来的是一头真正的牝狮。总之，各种女工——

① 普罗地——希腊神话中的海神，能随意变换形态。

女佣、打过工的、长胡子的，她们的生活的一切乐趣，看戏呀，随意吃吃栗子呀，乱买丝绸连衣裙和帽子呀，末了，是在妇女服饰店的柜台上惬意地花钱，但没有随从，在柜台旁边有随从出现，有如士兵做梦要当元帅一样困难。是的，一个女工不管有没有这种热望，要得到这一切往往一天花一小时就够了，她可以从一个老头子的魔掌里得到这种捐税，而且是随意支付的捐税！这个站在儒勒先生和太太面前的年轻女人，鞋破脚露，在她的白袜子和地毯之间只能见到鞋底的黑边。巴黎的漫画把这种鞋表现得特点鲜明，使巴黎的女工变得特别妩媚；善于观察的人能细心辨别出，她的衣服轮廓清晰地衬托出她的体态，显出她的标致轻盈。为了不至于让法国士兵创造一个别致的说法湮没无闻，可以说，这个陌生女人扎起绿色连衣裙和无袖胸衣真是俏得很，能让人琢磨出她上半身的美，实际上是隐约可见的；因为她的泰尔诺工场出品的开司米披巾垂到地面，只有两个角半缠在她的手腕上，才不致滑落下来。她的面孔皮肤细洁，脸颊白里透红，灰色的眼眸晶莹闪烁，额角隆起凸出，头发仔细梳得光溜溜的，大绺的鬈发从小帽中逸出，披在脖颈上。

“我叫伊达，先生。如果我有幸同儒勒太太说话，我要对她说出我心里所有怨恨她的话。一个人，她要办的事儿都办妥了，家里像你们这儿一样摆满家具，却要夺走一个穷姑娘的男人，实在不地道。这个男人我已经同他立下了精神上的婚约，他说要到衙门里同我结婚，弥补他的错儿。在交际场所有的是漂亮的年轻男人，对不，先生？可以不必出花倒样，夺走我的男人，我的幸福可就在他身上。唉，我不就是没有一幢漂亮的住宅吗，可我有我的爱情！我恨漂亮的男人和金钱，我是真恨……”

儒勒太太扭转身对着她的丈夫：“先生，请允许我不再听下去。”说完，便回到房里。

“依我看，”伊达又说，“如果这位太太是同您在一起的，我就做了蠢事啦，管他呢。干吗她天天要去看费拉居斯先生？”

“您弄错了吧，小姐，”儒勒惊诧莫名，“我的妻子不可能……”

“啊！你们俩是结了婚的！”那女工显出几分吃惊的表情。“先生，那么就更不像话了，一个女人有了正式结婚的福分，又同昂利这样的男人勾勾搭搭……”

“什么，昂利？”儒勒先生抓住伊达，把她拉到隔壁房间，不让他妻子听到一个字。

“是呀，就是费拉居斯先生……”

“可他死了呀。”儒勒说。

“真是笑话！昨儿晚上我跟他一起去弗朗科尼，像该做的那样，他带我去的。您的太太可能对您提起过。她不是下午三点去看过他吗？我心里有底：我在街上候着她。一个可爱的人，茹斯坦先生，说不定您认识的，是个小老头，戴着小玩意儿，穿着紧身衣，他预先告诉我，我有一位情敌儒勒太太。先生，这个名字常常有人用作假名。既然这是您的名字，可别见怪。即便儒勒太太是宫廷里的公爵夫人，昂利是很阔的，她想出什么新花样，他都能满足。保住我的利益是我分内的事，我有权这样做；因为我呀，我爱他，爱昂利！这是我头一遭恋爱，关系到我的爱情和将来的命运啊。我什么也不怕，先生；我光明正大，从未撒过谎，也没偷过别人的东西。即便我的情敌是个皇后，我也要朝她直冲过去；要是她夺走我将来的丈夫，我会把她杀死，管她是皇后也罢，先生，因为一切漂亮的女人都是平等的……”

“够了！够了！”儒勒说，“您住在哪儿？”

“住在庙之绳路十四号，先生。名叫伊达·格吕热，紧身衣缝纫女工，随时为您效劳，因为我们给先生老爷们服务周到。”

“您说的那位费拉居斯，这家伙住在哪儿？”

“先生，”她瘪起嘴唇说，“他可不是什么家伙。说不好他比您还阔呢。您的妻子知道他的地址，干吗您还要问我呢？他告诉过我，绝不要把他的地址告诉别人。我有义务回答您吗？……上帝保佑，我不是在忏悔室，也不是在警察局，我可是自己作主。”

“要是我给您二万、三万、四万法郎，您是否告诉我费拉居斯先生所住的地方？”

“啊！也——不告诉您，我的小朋友，话说死了！”她说出这个奇怪的回答，外加一个民间的手势。“再大的款子也别想叫我说出来。我这边有礼了。从这儿怎么出去？”

儒勒不知所措，放伊达走了，脑子里已不再想她。整个世界仿佛崩塌在他的脚底，天穹在他头顶似乎炸裂坠下。

“先生，开饭了。”当差对他说。

当差和侍候吃饭的仆人在饭厅等了约莫一刻钟，也不见主人到来。

“太太不吃晚饭了。”女仆过来说。

“怎么回事，约瑟芬？”当差问。

“我不知道，”她回答，“太太哭着上床了。先生准定在城里有相好，这事儿发现了真晦气，你明白吗？我可不负责太太的生命安全。凡是男人都这么蠢！他们也不留神，总给你好看的。”

“根本不是这么回事，”当差低声说，“相反，是太太……最后你会明白的。五年来，先生一次也没有在太太房外过夜，他哪有时间待在城里；他总是十点下楼到书房，直到晌午才出来吃饭！大家都知道他的生活非常有规律，相反，太太天天三点钟都要溜出去，天知道到哪儿去。”

“先生也出去的。”贴身女仆站在女主人一边说。

“先生他可是上交易所。我已经三次告诉他，饭准备好了，”当差歇了一会儿又说，“就像对石头说话一样白说。”

儒勒先生走了进来。

“太太在哪儿？”他问。

“太太就寝了，她犯偏头痛。”贴身女仆神情严肃地回答。

儒勒先生于是非常镇定地对仆人们说：“你们把饭菜撤下去，我要去陪太太。”

他回到妻子那里，她泪流满面，用手帕捂住呜咽。

“您哭什么？”儒勒问她。“我既不打您，也不骂您。我为什么要报复呢？如果您不忠实于我的爱情，您就不配……”

“不配！”这两个字重复说出，透过呜咽声传出来，声调真能感动人，除了儒勒。

“我要杀死您的话，兴许我必须比现在爱得更深，”他继续说，“但我没有这个勇气，我宁可自杀，让您把幸福给……给谁？”

他没说完这句话。

“自杀！”克莱芒丝惊叫着扑到儒勒的脚下，抱住他的双腿。

但他想摆脱这拥抱，摇撼着他的妻子，拖着脚步走到他的床边。

“放开我。”他说。

“不，不，儒勒，”她叫道，“如果你不再爱我，我就活不了。你要知道一切吗？”

“是的。”

他抓住她，紧紧地抱住她，坐到床沿上，让她坐在自己的腿上；然后，用严厉的目光注视着这副漂亮的脸庞，如今已变得火样通红，泪水阑干。他再重复一遍：“得，你说吧。”

克莱芒丝又响起抽泣声。

“不，这是一个生死攸关的秘密。要是我说出来，我就……不，我不能说。饶恕我，儒勒！”

“你始终在欺骗我……”

“啊！你对我不再尊重了！”她嚷着说。“是的，儒勒，你可以认为我在欺骗你，但不用多久，你什么都会知道的。”

“可是，这个费拉居斯，你刚才去看望的这个苦役犯，这个靠行凶作恶发财致富的家伙，如果他不属于你，你又不属于他……”

“噢！儒勒，那怎么样？……”

“那么，你的不露面的恩人是他吗？我们的财产，像人们所说的那样，全靠的是他吗？”

“谁这样说来着？”

“我在决斗中杀死的一个人。”

“噢！上帝！已经死了一个人。”

“如果这不是你的保护人，他又没有给你金银财宝，而是你给他金钱，那么，这是你的兄弟吗？”

“唉，是又怎样？”

德玛雷抱着手臂。

“为什么不让我看到他？”他接着说。“你母亲和你，你们大概欺骗了我？不过，天天，或者几乎天天，都到你的兄弟那里去，嗯？”

他的妻子昏倒在他的脚边。

“她晕过去了，”他说，“难道是我的错吗？”

他扑过去抓住拉铃的绳子，叫来约瑟芬，把克莱芒丝抬到床上。

“我要死了。”儒勒太太恢复知觉后说道。

“约瑟芬，”德玛雷先生喊道，“快去叫德普兰先生来。再到我兄弟家里去，请他尽快赶来。”

“叫您兄弟来干什么？”克莱芒丝说。

儒勒已经走了出去。

五年来头一回儒勒太太独自躺在床上，不得不让一个医生走进她神圣的卧房。这是双重的强烈痛苦。德普兰发现儒勒太太情况严重，情感如此起伏冲动，来得太不是时候。他不敢加以预测，留到第二天再发表见解。他开了几个处方，但病人都没有服用，心事重重使她丈夫忘了照料。将近早晨，克莱芒丝还没有入睡。她记挂着那窃窃私语声，两兄弟谈了好几个小时；但厚厚的墙壁不让她的耳朵听到一个字，使她了解这次长时间商议的内容。当公证人的德玛雷先生不久就离去了。黑夜的寂静，还有激情对感官的奇异作用，使克莱芒丝听到写字的沙沙声，以及一个人专心致志写字的下意识动作。那些习惯熬夜、观察到万籁俱寂时听觉的不同效果的人，都知道均匀而持续的细微声响似乎辨别不清的场所，会很容易让人觉察到轻轻的回响。到四点钟，响声停止了。克莱芒丝不安地，抖抖索索地起了床。光着脚，也不穿晨衣，既没想到潮湿，也没想到她眼下的身体；可怜的女人打开两室相通的门时，幸好没有发出声音。她看到丈夫手里拿着一支笔，酣然熟睡在扶手椅里。蜡烛在烛台上燃烧着。她慢慢向前走去，看见一个封好的信封上写着：我的遗嘱在内。

她仿佛跪在坟墓面前，吻着她丈夫的手，他突然惊醒过来。

“儒勒，我的朋友，给判处死刑的罪犯再宽容几天吧，”她盯着他，双眼被寒热和爱情烧得通红，“你无辜的妻子只向你要求多宽容两天。给我两天时间自由支配……再等一等！然后我会幸福地死去，至少你会留恋我。”

“克莱芒丝，我给你两天时间。”

正当她发自心灵的流露，动情地吻着丈夫的双手时，儒勒受到这无辜的呐喊的吸引，抱住了她，吻着她的额角，对自己受到这崇高的美貌所主宰而羞愧万分。

翌日，休息了几小时之后，儒勒走进妻子的房间，机械地服从自己的习惯，不见过她不出门。克莱芒丝睡着了。从窗户的最高缝隙透进来的一线阳光，落在这个受够煎熬的女人的脸上。痛苦已经改变了她的脑门和嘴唇的红润。一个情人的目光，看到几条深色的皱纹和病态的苍白代替了脸颊的均匀色调和洁白的肤色，是不会产生错觉的；这两种纯净的色彩纯真地显现出这个美丽的心灵的情感。

“她在受罪，”儒勒心里想，“可怜的克莱芒丝，但愿上帝保佑我们！”

他轻轻地吻了吻她的脑门。她惊醒过来，看见丈夫，便什么都明白了，但她说不出话，执着他的手，泪水盈眶。

“我是无罪的。”说这句话也就做完了她的梦。

“你不出去吧？”儒勒问她。

“不出去，我身体太虚弱，离不开床。”

“如果你改变主意，请等到我回来。”儒勒说。

他下楼来到门房。

“福克罗，你好好看着门，我要了解哪些人进来，哪些人出去。”

然后，儒勒先生坐进一辆出租马车，来到莫兰古府邸，要求拜见男爵。

“老爷生病了。”家人对他说。

儒勒坚持要进去，报了他的名字；见不到莫兰古先生，他也想见见主教代理或者老孀妇。他在年老的男爵夫人的客厅里等了一会儿，她出来见他，对他说，她孙子身体很不舒服，不能接待他。

“夫人，”儒勒回答说，“通过您给我的信，我了解到他得的什么病，我请您相信……”

“给您的信！先生！是我写的？”老孀妇打断他的话，叫嚷着说。“我可是什么信也没有写。先生，这封信里以我的名义写了些什么？”

“夫人，”儒勒接着说，“我想今天到莫兰古先生的府上，把这封信还给您，即使信的结尾有过吩咐，我以为还是保留为好。信在这儿。”

老孀妇拉铃要她的眼镜，待她的目光落到纸上时，她显露出万分惊讶。

“先生，”她说，“我的字迹被模仿得一模一样，如果不是最近的事，我自己也会弄错。我的孙子卧病不起，倒是真的，先生；但他的理智压根儿没变。我们成了某些坏人的玩物；但是，我猜不透这件卑鄙勾当目的何在……您来看看我的孙子，先生，您准定看出，他的精神完整无损。”

她再一次拉铃，叫人去问男爵能不能接待德玛雷先生。当差回禀可以。儒勒上楼来到奥古斯特·德·莫兰古的房间，他坐在扶手椅里，挨着壁炉一角，因身体过于虚弱，站不起来，只打了一个忧郁的手势向儒勒致意，帕米埃的主教代理给他做伴。

“男爵先生，”儒勒说，“我有几件特殊的事要告诉您，我希望我们能单独待一会儿。”

“先生，”奥古斯特回答，“主教代理先生对这件事情全都知道，您可以不用担心，尽管当着他的面说就是了。”

“男爵先生，”儒勒声调严肃地说，“您没有权利，却扰乱了，并几乎毁掉了我的幸福。至今我们俩还不知道该由谁要求赔礼或做出赔礼，您把我投入到一条漆黑的路上去，您必须帮助我继续走下去。我这次来是想从您那儿了解这个神秘人物目前的住处，他对我们的命运起着致命的影响，看来他的命令有着无上的威力。昨儿个听到您的由衷之言，我回到家里时，收到了这样一封信。”

儒勒递给他那封伪造的信。

“这个费拉居斯，这个布里尼亚，或者这个芬卡尔先生是个魔鬼，”莫兰古看完信后叫嚷着说，“我走进了一个多么可怕的迷宫呀！我会走到哪里？”他瞅着儒勒又说：“我犯了错误，死是最大的赎罪，我的死期临近了。凡是您想着手做的，只管吩咐我好了，我听命于您。”

“先生，您大概知道这个面目不可知的人物住在哪里，哪怕要我以我目前的所有财产作为代价，我也非要摸透这个秘密不可；面对着一个这样狡诈残忍的敌人，时间非常可贵。”

“瑞斯坦会将所有的情况都告诉您。”男爵回答。

听到这句话，主教代理机陧不安。

奥古斯特拉铃。

“瑞斯坦不在家里。”主教代理嚷着说，那副急匆匆的样子意味深长。

“不要紧，”奥古斯特马上说，“仆人知道他在哪里，叫人快点骑上马去找他。您的当差在巴黎，对不？把他找来吧。”

主教代理明显地表现出惶悚不安。

“瑞斯坦不会回来了，我的朋友，”老人说，“他死了。我本想对你隐瞒这意外事件，可是……”

“他死了，”莫兰古惊叫起来，“死了吗？什么时候，怎么死的？”

“在昨天夜里。他跟几个老朋友去吃晚饭，一定是喝醉了；他的朋友同他一样，也酩酊大醉，让他躺在街道上，一辆马车从他身上辗了过去……”

“这个苦役犯没有放过他，先把他杀了，”奥古斯特说，“他跟着我真是不够运气，他不得不再三摸索追踪。”

儒勒变得脸色阴郁，沉思默想。

“那么我什么都不会知道了，”良久，经纪人嚷着说，“您的当差恐怕罪有应得！可能他越出了您的吩咐，污蔑儒勒·德玛雷太太，让一个叫伊达的女人知道了，唤醒了她的嫉妒心，对着我们发泄。”

“啊！先生，是我恼火的时候，让他去阴损儒勒太太的。”

“先生！”丈火恼怒得喊起来。

“噢！先生，”军官做了一个手势，要求听他说话，“眼下，我一切都准备好了。您的行动不会比这安排更好，您要对我说的也超不过我的良心对我自己所说的。今儿早上我等候着毒物学最著名的教授，想了解我的命运。如果我注定要忍受巨大的痛苦，我决心已定，我将要开枪自杀。”

“您真像个孩子在说话，”主教代理被男爵说这番话时的镇静吓慌了，“您的祖母会忧郁而死。”

“这样的话，先生，”儒勒说，“现在没有任何办法知道这个怪人住在巴黎的什么地方了？”

“先生，”老人回答，“我似乎听到这个可怜的瑞斯坦说过，芬卡尔住在葡萄牙大使馆，或者是巴西大使馆。芬卡尔先生是个贵族，兼有这两国的国籍。至于那个苦役犯，他已经死了，给埋葬了。迫害您的那个人，不管他是谁，依我看，神通广大，又会化作新的形式，让您混淆不清，直到您有办法收拾他；不过，我亲爱的先生，行动起来要小心。要是莫兰古先生听从我的劝告，什么事也不会发生。”

儒勒冷冷地，但有礼貌地告辞，他不知道该怎么办才能见到费拉居斯。回到家里，看门人告诉他，太太出去过，到梅纳街对过的小邮局去投一封信。儒勒看出门房尽忠守职的惊人机智和灵活之后，羞愧得无地自容。下人们的殷勤，他们的灵活会连累主人，这个他是知道的；不管什么事，冒险让他们做帮手，这样做他十分欣赏；但当他突然感到有失身份时，他才想到自己的个人尊荣。奴仆本不能上升到与主人平起平坐，却使主人降低到自己的水平，那是多大的胜利呀！儒勒是很暴躁严厉的，这是又一个毛病。他心里多么难受！他的生活至今一直老老实实，清清白白，如今却变得多灾多难，他必须捣鬼撒谎。克莱芒丝也在撒谎捣鬼。这一时刻真是令人厌恶。儒勒沉浸在苦不堪言的思想深渊里，呆立在他的府第的门口。时而他堕入绝望的思考中，他想逃走，离开法国，怀着爱情，带走各种各样疑惑不定的幻想；时而他不怀疑克莱芒丝投入邮筒的信是给费拉居斯的，要寻找方法截取这个神秘人物给她的回信；时而他分析婚后生活中的怪事，琢磨他要寻机报复的污蔑是不是实有其事。末了，又想到费拉居斯的回信，他心里思忖："这个人那么灵巧机智，一言一行都逻辑严密，能看到、预感到、算计到和捉摸出我们的思想，这个费拉居斯会回信吗？他的手段难道不同他的广大神通配合一致？他会不会派出灵活的同伙送出他的回信？或者可能把信放在首饰匣里，让一个正派的人送出，而他不知道送的是什么？或者把信塞在鞋子的夹里，让一个女工大大咧咧地交给我的妻子？克莱芒丝与他是否有默契？他什么都要怀疑，做出各色各样的设想，在各种自相矛盾的主意之间游移不定，觉得在家里比在别的地方更安全，便决定在家困守，像蚁蛉[①]一样藏在涡形的

① 蚁蛉是沙地上的一种昆虫，它藏在涡形的洞里，专候小虫落入洞中。

沙洞里。

“福克罗，”他对看门人说，“有人来看我，我马上就出来。如果有人想见太太，或者交给她什么东西，你就拉两下铃。还有，送到这儿的信统统都交给我，不管是给谁的！”

“这样安排，”他一面想着，一面上楼到位于假二层的书房里，“我蛮可以对付费拉居斯大师的狡黠了。如果他派人来狡猾地打听，太太是不是独个儿待着，我至少不会像笨蛋一样给耍弄啦！”

他贴近玻璃窗往外看，书房的窗子是临街的。嫉妒使他想出狡猾的最后一招，他决定让他的大伙计坐上他的车，全权代表他上交易所，还带上一封信给他的一个经纪人朋友，信里解释明白他的买卖情况，请朋友代他张罗一下。他把最微妙的交易挪到第二天处理，顾不上价格的涨落和归还欧洲各地的债务。爱情享有多大的特权啊！它摧毁一切，使一切苍白无光：祭坛、王位和总账册都在内。三点半，正当交易所处于延期交割、月底具结、手续补贴、行情坚挺等等的炽热高潮中，儒勒先生看到福克罗容光焕发地走进他的书房。

“先生，刚才来了一个老太婆，但打扮得干干净净的，真是一只精明的苍蝇。她打听先生来着，找不到您显得很扫兴，还交给我一封给太太的信，就在这儿。”

儒勒忧心如焚，赶紧拆开信，随即颓然倒在扶手椅里。这封信用毫无意义的字句写成，必须找到开锁的钥匙，才能读懂它。原来信是用密码写成的。

“你走吧，福克罗。”看门人走了出去。“这个秘密比测深器探不到底的海域还要深邃。啊！这里有爱情！只有爱情才使通信人这样睿智精明。我的天呀！我会杀死克莱芒丝的。”

这当儿，他的脑海里闪出一个绝妙的念头，他几乎感到神清意爽。在他婚前忙忙碌碌、贫苦度日的时候，儒勒结交了一个真正的朋友，他可以算得上半个佩美雅。他感情非常细腻，不会触怒一个朴实的穷朋友，而是恭恭敬敬，礼节周到，手腕灵活，非常得体地让朋友也分享他的豪华生活，不使对方脸红，这些使得他俩的友谊与日俱增。雅凯虽然富有，却始终忠实于德玛雷。

雅凯是个廉洁勤奋的人，生活俭朴，慢慢地一级级提升，他所在的部欺骗捣鬼和诚实公正都一样登峰造极。他是外交部的职员，他负责管档案中最微妙的部分。雅凯在部里犹如一条会发光的青虫，工作时射出光来，照在那些密信上，译出密码电报，然后归档。他比一般平民身份的人地位要高，在外交部处于下层职员最高的位置。他默默无闻，倒也免遭厄运，满足于小笔地清偿对祖国的债务。他世袭区长助理，按报刊文笔的说法，获得了应有的一切尊敬。靠了儒勒，他攀了一门好亲事，地位又有改善。他是个不为人知的爱国者①，作为部里的职员，他只能在炉火旁对政府的政策发发牢骚。再有，雅凯在家里是个宽厚的国王，一个普普通通的男人，他交给妻子一笔钱，自己从来也不动用。末了，还要给这幅不自知的哲学家肖像添上最后一笔：作为一个经纪人的挚友，而且天天早上都知道国家机密，他还没有想到过，甚至从来不去想想从中可以获得什么利益。这个了不起的人就像一个默默无闻的士兵，为了搭救拿破仑，在警戒中死去而无憾，他如今却待在一个部里。

过了十分钟，儒勒已经来到档案室。雅凯让过

① 指反对复辟王朝，因为波旁王室是凭借外国军队返回法国的。

他一张椅子，不紧不慢地把绿塔夫绸遮光眼罩放在桌上，搓搓手，拿起鼻烟盒，站起身来松动一下肩胛骨，做几下扩胸动作，然后说：

“怎么这样赶巧到我这儿来，德玛雷先生？你找我有什么事？”

“雅凯，我找你要弄清一个秘密，生死攸关的秘密。”

“同政治无关吧？”

“如果我想知道这一类事，是不会来请你帮忙的，”儒勒说，“不是的，这是一件家事，我要求你守口如瓶。”

“克洛德—约瑟夫·雅凯，向来是嘴严的，难道你还不了解我吗？”他笑着说。“谨慎是我最拿手的本领。”

儒勒一面把信递给他，一面说：“一定得给我译出这封写给我妻子的情书……”

“见鬼！见鬼！一件棘手的事，”雅凯研究那封信的态度恰如一个高利贷者那样在细看一张流通票据，“啊！这是一封密码信。等一等。”

他让儒勒独个儿留在办公室，很快又返回来。

“无聊得很，我的朋友！这是用旧密码写的一封信，当初葡萄牙大使舒瓦泽尔先生在辞退耶稣会士时就用这种密码。你瞧，译好了。”

雅凯在信上叠放一张镂空纸，像糖果商包在杏仁糖果上面的镂花纸一样镂空得很规则，儒勒于是很容易读出显露的句子。

用不着担心，我亲爱的克莱芒丝，我们的幸福不会再被别人扰乱了，你的丈夫会除掉疑心的。我不能去看望你。你不管病多重，也必须鼓起勇气来一趟；努力寻找并找到气力，在你的爱中吸取它。我对你的爱逼使我忍受最残酷的医术，我不能离床一步。昨儿晚上我的脖颈和两肩之间做过拔罐，艾绒烧了好长时间。你能体谅我吧？我惦记着你，所以痛苦也减轻了。莫兰古对我们的迫害不会长久了，为了摆脱他的种种搜索，我离开大使馆这个庇护所，躲到红孩子路十二号一个名叫艾蒂安娜·格吕热太太的老女人家里，她是伊达的母亲，伊达为了自己愚蠢的过失要付出高昂的代价。明儿早上九点到我这儿来。我所在的房间只有一条暗梯相通。去找加缪索先生吧。明儿见。吻你的额角，我的亲爱的。

雅凯瞅着儒勒的神情带上某种坦率的恐惧，内中包含真正的同情，一面说着他的口头禅："见鬼！见鬼！"用的是不同的声调。

"你看事情真相大白了吧？"儒勒说。"唉！我内心深处有一个声音在为我妻子辩护，这声音很响，压过一切嫉妒的痛苦。我忍受这最可怕的酷刑要一直挨到明天，但明天九十点钟，我就什么都知道了，不是倒霉就是幸运。记着我，雅凯。"

"明儿十一点我到你家。咱们一起到那里去，你要愿意，我在街上等着你。你会遇到危险，身边需要一个忠心耿耿的人，你一说话就能明白你的意思，而且你可以放心支使他。一切包在我身上。"

"甚至帮我去杀人吗？"

"见鬼！见鬼！"雅凯冲口而出，仿佛在重复几个音符，"我有妻子和两个孩子……"

儒勒握了握克洛德·雅凯的手，然后走了。可又急急忙忙返回。

"我忘了封好信，"他说，"这样不行，必须把信封好。”

“见鬼！见鬼！幸亏火漆是自动裂开的，你打开信时没有留下痕迹。得，信交给我吧，我会完整无损地还给你的。”

“几点钟？”

“五点半……”

“要是我还没有回家，就直接交给看门人好了，告诉他把信送给太太。”

“明儿你要我去吗？”

“不用了。再见。”

儒勒马上赶到庙亭广场，下了马车，步行到红孩子路，去观察艾蒂安娜·格吕热太太的房子。秘密要在这儿得到澄清，而多少人的命运同这秘密有关啊！费拉居斯就在里面，这件案情的线索根根都导向费拉居斯那里。儒勒太太、她的丈夫和这个人的会合，不就是这场已经有点血腥味的惨剧难解的症结吗？快刀斩乱麻，解开这互相纠结的关系不就在这里吗？

这幢房子属于所谓“卡巴茹蒂”型。这个很有意思的名字被巴黎人用来称呼那种复合结构，即互相连接的房子。情况往往是这样的：原来分开的房子由于不同房客的怪念头不断把房子扩大而连接起来；或者是有的房屋刚开始兴建就废弃在一边，后来重新建筑而成。这些倒霉的房屋就像某些民族一样，经历了好几个朝代的任性主人治理。各层之间和各个窗户都不能构成一体，这儿是借用一个最美妙的绘画术语。一切都很不调和，连外部装饰也是这样。卡巴茹蒂型房屋在巴黎建筑中，犹如卡法纳乌姆[1]与公寓套房之比，这是真正的混乱：不成比例的东西乱七八糟地堆在一起。

“艾蒂安娜太太在家吗？”儒勒问女门房。

这个女门房住在大门下面一间类似鸡舍的房子里，这是一种小木头房子，下面安着小轮子，颇像警察局在每个出租马车场地建造的小板房。

“嗯？”女门房放下正在编织的袜子说。

在巴黎，各色各样的人是同这个怪模怪样的城市任何一部分的面貌相配合的，而且同整体特征奇妙地和谐一致。因此，看门人、门房或瑞士守门人，不管这个巴黎怪物的肌腱叫什么名字，他总是和所在区域相调和，通常还是这个区域的概括。在圣日耳曼郊

① 卡法纳乌姆——原是伽利略时代的商业城，用来比喻杂乱无章的地方。

区，周围都是缝纫铺，看门人无所事事，靠年金度日；在绍塞一当坦区，守门人相当舒适安逸；在交易所那个区里，他可以看各种报纸；在蒙玛特尔郊区，他有点地位；在妓女出没的区域，女门房过去是个娼妇；在玛雷区，她有自己的一套习惯，爱发脾气，有各种怪念头。

看到儒勒，这个女门房拿起一把小刀，拨动她的脚炉快要熄灭的炭块；然后她对他说："您要找艾蒂安娜太太，是艾蒂安娜·格吕热太太吗？"

"是的。"儒勒·德玛雷说，神情近乎要发火了。

"她是做花边活儿的吗？"

"是的。"

"那好，先生，"她一面说，一面走出她的小屋，捏住儒勒的手臂，把他带到一条像地窖一样拱顶的长巷的尽头，"您走到院子里边，上到第三层楼就到了。您看到窗口上放着紫罗兰吗？艾蒂安娜太太就住在那儿。"

"谢谢，太太。您知道她家里就她一个人吗？"

"这个女人是个寡妇，干吗她不是一个人呢？"

儒勒敏捷地爬上黑魆魆的楼梯，梯级上粘满了疙里疙瘩的硬泥块，都是来往的人留下的。在第三层，他看到三扇门，但没有紫罗兰。幸好，在三扇门中最油腻污黑的一扇门上，他看到用粉笔写着这几个字：伊达今晚九点要来。他心里想："就是这儿。"他拉了拉那条墨黑的拉铃的绳子，绳结打成鹿脚模样。他听到瓮声的嘶哑铃声，还有一只患哮喘病的小狗的吠声。声音在室内回响的效应，表明房间里摆满了东西，发不出任何回声，这正是工人和小户人家的住屋的特点，因为缺少地方和空间。儒勒机械地寻找着紫罗兰，终于在两条龌龊的铅条卡住的拉门玻璃窗的外沿窗台上看到了。那儿种着鲜花，有一个长两尺、宽六寸的小花圃，还可以见到麦粒，整个生活都概括在其中，生活的贫困拮据也约略可见。一缕阳光仿佛出于上天的恩赐，从天而降，在瘦弱的花朵上和挺拔的麦秆的衬托下更显出到处是灰尘和油腻，还有巴黎贫民窟难以形容的特别色彩，布满潮湿的墙壁使之变得又破又旧的污秽，楼梯被虫蛀蚀的栏杆，脱榫的窗框和原先是红色的房门。不一会儿，一声老女人的咳嗽和一个女人艰难地拖着粗布条编的便鞋的沉重脚步声，预告着伊达·格吕热的母亲来了。这个老女人打开了门，走到楼梯的平台上，仰起头说："啊！是布基永先生。不对，哦，您真像布基永先生。兴许您是他兄弟。有什么事？请进，先生。"

儒勒跟着这个女人走进前房，他看到东一堆西一堆的鸟笼、碗碟、炉子、家具、专给狗和猫装满食物和水的小陶碟、一只木质挂钟、床单被褥、艾藏①的雕刻、乱七八糟堆在一起的破铜烂铁，构成一幅十足滑稽可笑的画面，巴黎的真正大杂烩，有好几期《立宪报》没放过这种场景。

儒勒出于谨慎，没有听寡妇格吕热说话，她对他说："进来吧，先生，这里面暖和。"

儒勒生怕被费拉居斯听见，他心想，自己到这儿来是要同老妇人做笔交易，最好在这前房谈妥了。一只老母鸡咯咯叫着从阁楼跑出，把他从默想中唤回来。儒勒已经打定主意。于是他跟着伊达的母亲走进生火的房间，一只喘着气的小哈巴狗伴随着他们，这不会说话的角色爬上一只旧矮凳。格吕热太太在说让她的客人暖和一下时，对于这不算太寒碜的境况颇有

① 沙尔—多米尼克·艾藏（1720—1778），擅长用熔铅铸出的版画和装饰图案。

点自鸣得意。她的炭盆的灰烬盖没了两块明显劈开的木柴。漏勺掉在地上，而柄埋在灰里。壁炉顶装饰着一个蜡制的耶稣像，上面盖着一只方玻璃罩，罩边贴着淡蓝的纸，壁炉顶还堆满了羊毛、线轴和镶花边用的工具。儒勒既好奇又关切地察看房里的各种家具，不由得暗暗觉得满意。

“怎么！先生，您说说，您想给我布置家具吗？”寡妇一面对他说话，一面坐到黄色的藤椅里，这把椅子仿佛是她的司令部。里面乱放着她的手帕、鼻烟壶、编织物、没去净烂叶的蔬菜、眼镜、日历、刚开手做的制服饰带、一副油腻的扑克牌、两本小说，这些东西围了一圈。这个老妇人靠此安稳度日的家具，酷似到处游历的女人携带的百宝袋，里面有简单的家庭用品，从丈夫的肖像到健身的蜜里萨药酒，从孩子吃的杏仁糖果到绑扎伤口的英国塔夫绸。

儒勒一一加以细察。他非常仔细地端详格吕热太太黄蜡蜡的脸，灰色的、没有眉毛和眼睫毛的眼睛，缺牙没齿的嘴巴，黑黑的皱纹，褐色珠罗纱的便帽，便帽蜂窝状的褶裥饰边是深褐色的，满是破洞的印花布裙子，穿旧的拖鞋，生着火的脚炉，摆满碟子、丝绸和棉毛针线活的桌子，桌上还立着一只酒瓶。他心里想：这个女人有嗜好，有不外露的恶习，她捏在我手心里。

“太太，”他一面大声说话，一面和她做了个暗号，“我到这儿来是向您定饰带的活儿……”然后他降低了声音说：“我知道，您这儿有一个生人，名叫加缪泽。”老妇人骤然瞪着他，但没有一点儿惊讶的神情。“您说，他会听见我们说话吗？要知道，这关系到您的命运。”

“先生，”她回答说，“放心讲吧，我这儿没有外人。不过，我楼上有一个人，他不可能听见您说话。”

“啊！狡猾的老太婆，她回答起来滴水不漏，”儒勒暗想，“我们会谈拢的。”他接着又说：“太太，您用不着撒谎了。首先，您要知道，我不想害您，也不想害您那位拔过罐的房客和您的女儿伊达，她是个胸衣女工，费拉居斯的女友。您瞧，我什么都知道。您放心吧，我不是警察局的人，也根本不想知道触犯您良心的事。明儿个九十点钟有位年轻的太太要到这儿来，同您女儿的朋友会面。我想一切都能看到，一切都能听到，但不让他们看到和听见。如果您给我提供方便，我将以两千法郎一次付清作为报酬，外加六百法郎终身年金。今晚我的公证人将同您办理文契，我将款子交给他，明儿个，在我想看看的那次会面以后，而且在我证实了您守信用之后，他会把钱款交付给您。”

“这会损害我的女儿，我亲爱的先生。”她对他投以惴惴不安的猫样的目光。

“绝不会的，太太。不过，看来您的女儿待您很坏。她被一个像费拉居斯这样有钱有势的人爱上了，本该很容易让您生活得比眼下更好。”

“啊！我亲爱的先生，她要去就去的杂耍剧场和快乐剧场，我是连一张蹩脚的戏票都没有。真是忘恩负义！为了让女儿当学徒，得到爱怎么花钱就怎么花钱的地位，我卖掉了我的银餐具，眼下我这么大岁数，还要用德国餐具吃饭。她有现在这一天，也是因为她像我，她灵活得就像仙女，这一点倒是要给她说公道话。末了，她满可以把她的旧绸长裙送给我，我最爱穿丝绸衣服。先生，她上蓝钟面饭馆，每人要花五十法郎，像王妃一样坐车坐马，瞧不起她的亲妈，看成是科兰一唐蓬。我们培养的这一代青年真是说是说，做是做，这可是我们的不光彩。一个母亲，先生，作为一个好母亲，因为我掩盖了她的言行不一，我总是把她抱在怀里，她夺走我嘴里的面包，我什么都满足她。唉！她会耍一套，对您温存，会说：‘您好，我的妈妈。’她们对生身母亲算是责任尽到了。日子就这样过去。有朝一日她有了孩子，便会看到假戏真做会怎么样，可是人们还是爱这一套。”

“怎么？她什么也不给您？”

“啊！不是什么也不给，先生，我不是这个意思。我说她不给我东西，是指那些鸡毛蒜皮一类的事。她替我付房租，给我劈柴，还有每月三十六法郎……可是，先生，像我这样的岁数，五十二岁，一到晚上眼睛就发花，我还得干活吗？再说，干吗她不认我呢？我给她丢脸不成？就让她直说好了。说实话，这些狗养的一转眼工夫便将你忘了，你还不如入土算啦。”她从口袋里抽出手帕，带出一张彩票，落到地上，她马上捡起来说：“瞧！这是我付税的收据。”

儒勒骤然间领悟了这个老太婆自艾自怨、精打细算的原因，他于是更有把握在这场交易中收买这个寡妇格吕热。

“那么，太太，”他说，“就接受我对您的提议吧。”

“先生，您刚才是说两千法郎现钞和六百法郎年金吗？”

“太太，我改变了主意，只答应给您三百法郎终身年金。我觉得这样安排更符合我的利益。不过我现付给您五千法郎，您不觉得这样更好吗？”

“当然更好啰，先生。”

“您可以生活得更舒适，到杂耍剧场，到弗朗科尼马戏园子，坐上出租马车，自由自在地到处兜风。”

“啊！我可一点儿不喜欢弗朗科尼马戏园子，那儿没有说说唱唱。先生，我之所以接受，是因为这对我的孩子有利。我终于可以不再靠她来养活了。可怜的孩子，说到底，我一点儿也不埋怨她寻欢作乐。先生，青年人就该玩儿呀！嗨，如果您向我保证，我不会损害别人的话……”

“不损害别人，”儒勒重复着这几个字，“不过咱们得看看，您准备怎么着手进行？”

“先生，今儿晚上我给费拉居斯吃点罂粟药水，这个好人就会睡得死死的！看他受罪，也真需要这样，因为他是真痛啊，这样做是可怜他。兴许您要问我，怎么会想出这种法儿，一个健康的人要烧自己的背，止住疼痛的抽搐，这病每两年要折腾他一次。话说回来，我有我的女邻居房间的钥匙，她住在我的上面。她的住房跟费拉居斯先生的卧室只隔一道墙。她在乡下，要去十天。今晚您叫人在隔墙上凿一个洞，您就可以随意瞧见他们，听他们说话了。我跟一个锁匠很熟，他为人甭提多好了，说话像个天使，替我办这件事既不会有人看见，也不会有人知道。”

“这儿是给他的一百法郎，您今晚到德玛雷先生的家里去，他是公证人，这是他的地址。九点钟文契都准备齐了，不过……什么也别声张。”

“行了，先生，就像您说的，什么也别伸长（声张）！再见，先生。”

儒勒回到家里，深信第二天会真相大白，心境差不多平静下来。到家的时候，他在门房那里看到那封重新封得好好的信。

“你身体怎么样？”他问妻子，虽然不免有些冷淡，使两人疏远起来。

一个人的心境真是不容易完全摆脱啊！

“还不错。儒勒，”她的嗓音很迷人，“你肯陪我吃晚饭吗？”

“好的，”他回答，一面拿出那封信，“瞧，你这封信是福克罗交给我的。”

克莱芒丝本来脸色苍白，看到这封信涨得通红，这突然变红的脸色使她的丈夫痛苦万分。

“你很高兴吧？”他笑着说，“等急了吧？”

“噢！事情真多。”她一面说一面瞧着火漆印。

“我失陪了，太太。”

他下楼到书房，给他哥哥写信，说明自己的意图：给寡妇格吕热立个终身年金的户头。待他回到妻子房间，看到靠近克莱芒丝的床边的一张小桌子上，已经准备好晚餐，约瑟芬在一旁侍候用饭。

“要是我能站起来，侍候你吃饭，那我多高兴呀！”约瑟芬走开时她这样说。“噢！即使跪着也愿意，”她将苍白的手插进儒勒的头发里，又说，“你有颗高贵的心，刚才待我关心备至。你的信赖比世上一切医生用药方医治我，对我的效果更大。你有女人的细心，因为你懂得像一个女人那样去爱……啊！你的体贴像给我的心灵敷上了说不出名儿的膏药，我差不多病都好了。儒勒，咱们和好吧，把你的头伸过来，让我吻一吻。”

儒勒无法拒绝抱吻克莱芒丝的快乐。可是，心里总有点内疚，他老是力图相信这个女人是无辜的，在她面前感到自惭形秽。她的快乐中间带着忧郁。一丝圣洁的希望透过忧愁的神情在她脸上闪射出来。他俩彼此不得不互相欺骗，看起来是一样的不幸，只要再温存一会儿，他俩就会忍受不住自己的痛苦，互相吐露一切。

“到明儿晚上，克莱芒丝。”

“不，先生，到明儿晌午，您就什么都知道了，您会跪在您妻子面前。噢！不，你不会受屈辱的；不，你会得到原谅的；不，你没有错儿。听我说：昨儿个，你把我的心都砸碎了；不过，兴许不经过这次烦恼，我的生活就不够完全，这道阴影更显出生活的无上欢乐。”

“你使我着了魔似的，”儒勒嚷着说，“你叫我感到内疚。”

“可怜的朋友，命运支配着我们，我不知道命运的安排。明儿个我要出门一次。”

“什么时候？”儒勒问。

“九点半。”

“克莱芒丝，”德玛雷先生回答，“多加小心，请德普兰大夫和奥德里大夫来看看。”

“我看病只问自己的心和勇气。”

“我让你自由活动，明儿中午再来看你。”

“你今晚不来陪陪我，我不是更难受吗？”

儒勒料理完事务，又被不可抑制的吸引力拖回到妻子身边。他的激情比痛苦更为强烈。

第四章 但求一死

翌日，九点左右，儒勒悄悄从家里溜出去，奔往红孩子路，上了楼，拉寡妇格吕热家的铃。

“啊！您真是说话算数，像天亮一样准时。请进，先生，”做花边活计的老女人认出是他，这样说着，“我给您准备好一杯牛奶咖啡，要是……”门一关上她又说：“啊！是真正的牛奶，我有一小罐，我亲眼在红孩子路市场的牛奶棚看人家挤出来的。”

“谢谢，太太，不用了，一点儿也不要。请带我去……”

“好，好，我亲爱的先生。从这边走。”

那寡妇领着儒勒上到正好在她的房间上面的一间屋里，她得意扬扬地给他指点一个有四十苏的钱币大小的洞，是昨夜凿出来的，开在通到费拉居斯房间糊墙纸最高最暗的圆花饰的位置上。这个洞口正好在两个房间的大橱上方。锁匠的活儿破损不大，在两边的墙上几乎没留下什么痕迹，在暗影憧憧中很难看出这个枪眼一般的洞。因此，儒勒趴在上面想看个仔细，就不得不处在一个十分累人的位置上，他要一直站在寡妇格吕热事先给他摆好的踏凳上面。

“他同一位先生在一起。”老太婆出去时说。

儒勒果然看到一个人，正在忙于绑扎一长溜伤口，那是烧炙引起的，就在费拉居斯的肩部；他根据莫兰古先生对他所作的描绘，认出这是费拉居斯的头。

“你看我什么时候能治好？”费拉居斯问。

“我不知道，”陌生人回答，“照医生说，还得要包扎七八次。”

“那么，晚上再见。”费拉居斯一面说，一面伸出手去，那人刚刚包扎完毕。

“晚上见。”陌生人回答，热情地紧握费拉居斯的手。“我真想看到你摆脱痛苦。”

“芬卡尔先生的证件总算明儿移交到咱们手里了，昂利·布里尼亚也真死了，”费拉居斯又说，“那两封要命的信叫咱们破费不少，眼下不存在了。我又可以变成社会上的一分子，人群里的一个人，我等于被鱼儿吞噬掉的水手。天知道我生来是不是伯爵！”

“可怜的格拉蒂安，你呀，你是我们当中最有头脑的，我们最信得过的兄弟，你是最受宠的人，这你知道。”

“再见！好好看住我那个莫兰古。”

“请放心吧。”

“咦，侯爵呢？”老苦役犯叫道。

“怎么？”

“经过昨儿晚上那个场面，伊达什么都干得出来。要是她投水自杀，那我不会救她，她会守口如瓶，保住我名字的秘密，她就只有这个秘密；不过，还是好好看住她；不管怎么说，这是个好姑娘。”

“好的。”

陌生人抽身走了。十分钟后，儒勒仿佛听到丝绸衣裙特有的窸窣声，他旋即认出这是他妻子走路发出的声音。

“你好，爸爸，”克莱芒丝说，“可怜的爸爸，您身体好吗？您真有勇气！”

“来，我的孩子。”费拉居斯回答，向她伸出了手。

克莱芒丝把额头迎上去，他抱吻着。

“瞧，你怎么啦，可怜的孩子？又有什么烦恼啦……”

“这烦恼，爸爸，就是您疼爱的女儿要死了。我昨儿个已经写信告诉您，您的脑子那么管使，您一定得想个法儿，今天就去看我可怜的儒勒。他对我起了疑心，表面看来这是合情合理的，可您知道，他待我多好呀！爸爸，我的爱情就是我的生命。您愿意看着我死去吗？啊！我受罪受够啦！我感觉到，我的生命处在危险之中。”

“要失去你，我的女儿，”费拉居斯说，“由于一个可怜的巴黎人的好奇心，就要失去你！我会烧掉整个巴黎。啊！你知道什么是情人，可你不知道什么是父亲。”

“爸爸，您这样瞪着我，叫我害怕。不要比较这两种截然不同的感情。我先有一个丈夫，然后才知道我父亲活着……”

“如果你的丈夫是第一个亲吻你的额角，”费拉居斯回答，“那么我是第一个把眼泪洒在上面……你放心，克莱芒丝，你推心置腹地说吧。我很爱你，知道你很幸福我很高兴，尽管你的父亲在你心里几乎不算什么，而你却充满了他的心头。”

“我的天哪，这样的话叫我听了多么心旷神怡！您叫我更爱您了，我觉得这等于偷了儒勒的一点什么。不过，我的好爸爸，请想想他在绝望之中。再过两小时该对他说什么呢？”

“孩子，我等着你的信，不就为了救你，使你摆脱威胁着你的不幸吗？那些企图了解你的幸福或者介入我们之间的人，会有什么好结果？难道你从来没有看出，有第二个上帝在保护着你吗？你难道不知道，有十二个身强力壮、聪明机智的人组成一个卫队，保护你的爱情和生命，为你赴汤蹈火吗？你的父亲不是冒着死的危险去看你散步，或者在黑夜到你母亲家里欣赏你躺在小床上的模样吗？你可知道，作为一个爱惜名誉的人，本该自尽，免受屈辱，可你父亲一想起你孩子的温存，就有了活下去的力量？末了，你可知道就是我，只通过你的嘴巴呼吸，只通过你的眼睛观看，只通过你的心感受？我不是会用狮子一般的利爪，用一个父亲的灵魂，去保护我唯一的财产，我的生命，我的女儿吗？……自从你母亲这个天使去世以后，我只梦想一件事，梦想承认你是我女儿的幸福，梦想在大庭广众中把你抱在怀里的幸福，梦想消灭这苦役犯身份……”说到这里有一会儿停顿。接着他又说：“梦想给你一个父亲，梦想毫无羞愧地紧握你丈夫的手，梦想不用引起你们心头的恐惧不安，梦想看到我能对大家说：‘这是我的孩子！’末了，梦想能自由自在做个父亲！”

“噢！爸爸，我的爸爸！”

“历尽艰难，把地球都翻遍，”费拉居斯继续说，“我的朋友们才给我找到一张人皮，可以披在身上。再过几天我就是芬卡尔先生，一个葡萄牙的伯爵。咦，我亲爱的女儿，在我这样的岁数，很少有人有耐心学会葡萄牙语和英语，这个水手好家伙可是精通娴熟。”

“我亲爱的爸爸！”

“一切都已准备就绪，再过几天，葡萄牙国王约翰六世陛下就是我的同谋。你只要再耐心等一等，你父亲可是耐心等了多久啊。不过在我，这也没有什么。为了报答你这三年来的忠诚不渝，要干什么我都在所不辞！你是这样虔诚地跑来安慰你的老父亲，拿你的幸福来冒险！”

“我的爸爸！”克莱芒丝拿起费拉居斯的双手，亲吻起来。

“得了，再鼓起一点勇气，我的克莱芒丝，把这要命的秘密保守到底。儒勒不是个庸夫俗子，但咱们不能断定，他高贵的品格和极端热烈的爱情是否会瞧不起你的父亲是个……”

“噢！”克莱芒丝嚷着说。“您看到您的孩子的心里去了，”她用凄厉的嗓音添上说，“我没有别的担心，这个想法使我浑身冰凉。可是，爸爸，请想想，再过两小时，我答应给他讲出真相。”

“那么，我的女儿，告诉他，叫他到葡萄牙大使馆去，拜望你的父亲芬卡尔伯爵，我马上就到那里。”

“可是莫兰古先生对他说过费拉居斯，我的天，爸爸，撒谎，撒谎，多受罪呀！”

“你对谁撒谎？再过几天，就不会有人揭穿我的身份。况且，莫兰古先生大概也记不起来了……得了，疯丫头，抹干眼泪，想一想……”

这当儿，在儒勒·德玛雷先生待着的那个房间里，响起一声惨叫。

“我的女儿，我可怜的女儿！”

那声惨叫透过大柜之上的小洞传过来，使费拉居斯和儒勒太太惊骇不已。

“去看看怎么回事，克莱芒丝。”

克莱芒丝飞快地奔下小楼梯，发现格吕热太太的房门敞开着。她听到从楼上发出叫声，便又上楼。她被呜咽声所吸引，一直走进那间要命的房间；还未进去，这句话已经传到她耳朵里：“先生，正是你胡思乱想，才造成她的死。”

“住口，贱货。”儒勒一面说着，一面用手帕堵住寡妇格吕热的嘴，她喊起来；“抓杀人犯！救命呀！”

这当儿，克莱芒丝正走进门去，看到是她的丈夫，惊叫一声，逃得无影无踪。

“谁会救我的女儿呀？”寡妇格吕热歇了好大一会，问道。“您害了她。”

“怎么？”儒勒见被妻子认出，手足无措，机械地问道。

“您看，先生，”老妇人叫道，泪流满面，“有什么年金能安慰这个吗？”

永别了，妈妈！我把自己所有的东西都流（留）下给你了。我请求你宽如（恕）我的错吴（误）以及我了缺（却）自己一生给你最后的凡（烦）恼。我爱昂利胜过爱我自己，他对我说，是我造成他的不行（幸），即（既）然他鲜（嫌）弃我，我就失去了嫁给他的一切希望，我这就投水自禁（尽）。

我就要沉入讷伊河底，而不愿被放到陈尸所。如果在我以死自陈（惩）之后，昂利不再怨恨我的话，请他叫人掩埋一个可怜姑娘的尸体；她的心止（只）为他而跳动。并请他愿（原）谅我，因为我万万不该去察（插）手与我无关的事。请替我给他好好包扎他的酒（炙）伤。这可怜的小猫，他受了多少罪呀。他有永（勇）气给自己拔管（罐），我也有永（勇）气毁灭自己。请把做好的胸衣送到我的主顾家里。祈祷上帝让您的女儿安息吧。

“您把这封信给芬卡尔先生送去，就是在隔壁房间的那个人。如果他还赶得及，只有他能救您的女儿。”

儒勒如同一个犯了罪的人那样，赶忙溜走了。他的腿簌簌发抖。他的心房扩张，血液比他一生任何时候都更热、更丰沛地涌进心房，又以不同寻常的力量输送出去。他的脑海里，各种各样矛盾的想法打着架，但有一种想法占着上风。他对待自己最心爱的人不够光明磊落，他的良心不能平静；就在先前因怀疑而心神不宁的最难熬的时刻里，他的良知因做坏事而变得粗野的声音，是同他的激情的亲切呼喊相调和的。大半天他在巴黎游荡踯躅，不敢回到家里。这个老实人生怕看到他不了解的妻子清白无辜的脑门。罪恶是同良心的纯洁相比而存在的；在这样的心灵里，只要一生中犯过一次错误，对于某些诚实的心灵就具有罪行的规模。诚实这个词难道不是实际上具有无上崇高的意义吗？在一个处女的白衣服上沾上最轻微的一点污秽，不就成了可憎可厌的东西，好似乞丐的破衣烂衫一样了吗？这两者之间唯一的不同只在于前面所说的是从不幸转成错误。上帝从来不去衡量悔恨，不把它分解开来，让上帝忘掉一个人的整个一生，宛如抹掉一个污点那样容易。以上这些分析可以拿来衡量儒勒，因为激情比人类法律更为严厉，推理得更加正确：激情难道不是凭借良心行事，像本能一样万无一失的吗？儒勒垂头丧气地回到家里，脸色苍白，被犯了错误的念头压得萎靡不振，但不由自主地显露出他妻子的清白无辜给他带来的快乐神情。他心里扑腾腾地走进她的房间，看到她躺在床上，发着烧。他坐在床边，拿起她的手，亲吻着，上面洒满了他的眼泪。

“亲爱的安琪儿，”留下他们两个时他对她说，“我感到悔恨。”

“悔恨什么？”她说。

说话时她把头侧向枕头，闭上眼睛，一动不动，守住她痛苦的秘密，不想惊动她的丈夫：这是母亲一般的体贴，天使般的体贴。女性就全在其中了。静默了很长时间。儒勒以为克莱芒丝睡着了，就去找约瑟芬询问她女主人的情况。

“太太回家时半死不活的，先生。我们去找过奥德里先生。”

“他来过吗？他怎么说？”

“什么也没说，先生。他看来脸色不好，吩咐不让任何人待在太太身边，除了看护。他还说晚上再来。

儒勒悄悄回到妻子房里，坐在扶手椅上，对着床木然不动，目光盯住克莱芒丝的眼睛；待她抬起眼皮，马上看到了他，从笼罩着痛苦的眼睫毛之间，射出温和的、充满激情的、没有谴责和辛酸意味的目光。这目光像火星一样溅落在丈夫的心田里；这个女子始终爱着他，高尚地宽恕了他，却害在他手下。死的预感同时打击着他们俩。他们的目光在一样的忧郁中会合，正如他俩的心从前在同感共享的爱情中结合一样。不提出任何问题，却有可怕的信念。在妻子身上，是完美无缺的宽宏大量；在丈夫身上，是可怕的悔恨。在这两颗心灵里，对结局有共同的想法，对命运有共同的感受。

有一段时间他以为妻子睡着了，轻轻吻着她的脑门，久久地凝望着她，然后说："我的上帝，让这个安琪儿留在我身边，我要天长地久，永远爱她，以此赎罪……她做姑娘的时候，是崇高至上的；作为人妻，又有什么词儿能当得起她呢？"

克莱芒丝张开眼睛，泪水盈眶。

"你叫我心里难受。"她声调微弱地说。

夜已深沉，奥德里大夫来了，他请丈夫在他看病时回避一下。医生出来的时候，儒勒没有询问他，一个手势就足够了。

“把您最信得过的大夫都请来会诊吧，我可能搞错了。”

“可是，大夫，把真相告诉我吧。我是个男子汉，我会受得了，我迫切关心了解真相，以便有所安排……”

“儒勒太太受了致命打击，”医生回答，“她得了一种精神上的疾病，进展很快，由于不谨慎的行动，使她本来已经危险万分的病情变本加厉，更趋复杂：她在晚上光着脚起床下地；我禁止她外出，她偏要出门；昨天是步行，今天是坐车。她是想自杀。不过，我的诊断并不是说没有挽回的余地，她年轻，有惊人的意志力……要用强烈的药剂必须冒极大的风险；不过，我从来不敢负责任开这类处方，甚至不建议别人用这类处方；在会诊时，我会反对使用。”

儒勒回到房里。在十一个日日夜夜里，他一直留在妻子床边，只在白天头靠着床脚合一合眼。还没人赶得上儒勒那样细心照料、忠心耿耿。他不让别人稍为照顾一下他的妻子；他总握着她的手，仿佛想以此把生命力传送给她似的。有过变化不定的时刻，过早的欢乐，变好的日子，情况更好一点，出现危象，死神迟疑、摇摆、猛袭的可怕变化。她替他难过，想到不久他就要孤独一人了。这是生命和爱情双重地处于弥留状态的时刻。生命越来越微弱，而爱情却越来越增长。有过可怕的一夜，克莱芒丝感到精神紊乱，这是年纪轻轻的人死前的预兆。她述说着她幸福的爱情，她的父亲，她母亲在灵床上的吐露真情，她对母亲尽到的责任。她挣扎着，不是同生命抗争，而是同她的激情抗争，她不愿就此舍弃。

“我的上帝，”她说，“别让他知道，我想看到他同我双双死去。”

儒勒不忍目睹这个场面，这时在隔壁的客厅里，没听到她发出的心愿，不然他是会服从的。

待到危险期过去，儒勒太太又恢复了气力。第二天，她重又变得漂亮、平静，她说着话儿，抱着希望，像病人所能做的那样打扮起来。随后，她想整天独自待着，坚持再三，恳请她丈夫走开，终于得到了满足，恰似满足孩子的祈愿那样。另一方面，儒勒也要利用这一天。他到莫兰古先生家去，要向他提出不久以前两人商定的决斗。他好不容易才进入这场不幸的制造者的家；主教代理得知事关名誉，顺从了主宰他一生的偏见，把儒勒带到男爵身边。儒勒·德玛雷想认出莫兰古男爵的样子。

“噢！这当真是他。”主教代理指着坐在炉边扶手椅里的一个人说。

“谁，儒勒吗？”那个垂危的人用微弱的声音说。

奥古斯特已经失去使人活着的唯一素质，即记忆。看到他这副模样，儒勒·德玛雷吓得倒退几步。按照博须埃[①]的说法，这个形体在任何语言中也找不到相应的名字，他从中怎么也认不出那个潇洒的年轻人。说实话，这是一具满头白发的尸体，发皱、萎缩、干枯的皮肤紧包着骨头，泛白的眼珠一动不动，嘴巴难看地半闭半合，活像疯子的嘴或纵欲过度的人的嘴。脑门上和脸孔上不存在任何悟性的痕迹；同样，软乎乎的皮肉也根本没有红润的颜色和血液循环的表象。最后，这是一个萎缩、解体的人，所处的情况就像那些保存在博物馆大瓶子里的怪胎漂浮在酒精之中

① 博须埃（1627—1704），法国主教，散文家。他在《论死的布道》中说：“肉体改变了性质，躯体也得用另一名称；甚至尸体的名称也不会长期存在下去；按泰图利安的说法，它要变成任何语言中找不到相应名字的东西。”

一样。儒勒越过这副脸面，仿佛看到费拉居斯可怕的头颅，这个十足的复仇之神连仇恨也怕他三分。这副不可辨认的残躯不久前还是个年轻人，儒勒心里不由得对他产生了怜悯。

“决斗已经进行过了。”主教代理说。

“阁下杀死了不少的人。”儒勒沉痛地嚷着说。

“而且是些高贵的人，”老人添上说，“他的祖母会郁闷而死，或许我也要跟着她到坟墓里去。”

这次拜访的翌日，儒勒太太的情况一小时一小时地坏下去。她利用还有点气力的时候在枕边写了一封信，激动地交给儒勒，对他做了一个很容易明白的表示。她想以一吻付出生命的最后一口气，他得到了，而她开始咽气。儒勒半死不活地跌倒在地，被抬到他兄弟家里。他哭成了泪人儿，精神都狂乱了，为昨天临终时不在场而哀痛不已。他哥哥告诉他，把他支开正是克莱芒丝的强烈意愿，她不想让他目睹宗教场面，那是教会给垂死的人所做的临终圣礼，想象力柔和的人会觉得惨不忍睹。

“你会受不了的，”他哥哥对他说，“连我也不忍目睹这个场面，人人都泪流满面。克莱芒丝仿佛一个圣女。她强挣扎着跟我们道别，她的声音最后一次听到时，真是摧人心肺。当她请求服侍过她的人原谅她可能不自觉地叫他们烦恼时，爆发出一声带哭的叫喊，一声……”

“够了，”儒勒说，“够了。”

他想单独看看妻子的临终遗言，大家都那么赞颂她，把她看作一朵鲜花。

我最心爱的人，这是我的遗嘱。为什么不能写下对心灵宝库的遗嘱，正像对其他财产写下遗嘱一样呢？我的爱情难道不是我的全部财产吗？我在这儿只关心我的爱情：它是你的克莱芒丝的所有财富，她死时所能留给你的全部东西。医生们有解释我的死因的各种说法，但只有我才知道真正的原因。我下面就告诉你，不管这可能给你带来多大痛苦。我这颗心是属于你的，我不愿就此带走一些你不知道的秘密，似乎我是出于必要的谨慎而死的。

儒勒，我是由你认识的那个可爱的女人抚养长大的，生活在远离尘世的恶习和诓骗的极端孤独之中。社会只承认它的习俗具有优点，一个女人遵纪守法才能为社会所容。而我呢，私底下我得到一个天使般的心灵的钟爱，我也可以热爱我的母亲，她使我的童年享受到欢乐，而不知道辛酸。我明白我为什么爱她。难道这不是双倍的爱吗？是的，我爱她，怕她，尊敬她，但这尊敬和害怕都并不压抑我的心灵。我对于她就是一切，她对于我也是一切。在十九个充满幸福、无忧无虑的年头里，我的心灵在围着我指责詈骂的上流社会之中是孤独的，它只反映那最纯洁的形象，就是我母亲的形象，我的心只因为她或者只为了她才跳动。我非常虔诚，在上帝面前保持纯洁的心灵是我的赏心乐事。我的母亲在我身上培养了一切崇高的值得骄傲的感情。啊！不瞒你说，儒勒，我现在才明白，我一直是个纯洁的姑娘，我带着童贞的心来到你的身边。等到我走出这深深的孤独状态，头一遭梳平我的头发，戴上杏花的花冠，得意地在我的白长裙上系上几个缎子花结，一面想着我急于要看到的上流社会，唉，儒勒，这时，这种天真无邪的朴素的爱俏都是为了你，因为我刚踏入上流社会，第一个看到的就是你。你的脸我似曾相识，与众不同；你讨我喜欢；你的声音和举止令我产生好印象。你走过来跟我说话，脑门一片红晕，你的声音颤抖，这一时刻使我终生难忘，至今我给你写这份遗嘱，想起来就激动不已，但这是最后一次回想了。我们的爱情起先是有最强烈的好感，不久就互相都看出来了，我们彼此分享着，此后，我们共同感受着无数的欢乐。打这以后，我的母亲在我心里就退居第二位了。我对她说了，她微笑着，多好的女人啊！然后，我属于了你，一切都属于你。这就是我的生活，我全部的生活，我亲爱的丈夫。

余下的就是现在我要对你说的。有天晚上，在我母亲去世的前几天，她对我吐露了她生活的秘密，说时热泪滔滔。等我知道有些激情是为上流社会和教会所谴责的，那是在教士替我母亲行赦罪圣事之前不久，这时我已深深爱着你。不过，像我母亲这样的柔情也算是灵魂有罪的话，上帝大概不会十分严厉的。可是，这个天使对于忏悔委决不下。她爱得深切，儒勒，她就是爱情本身。因此，我天天为她祈祷，一点儿不责备她。那时我知道了她强烈的母爱的根由，我也知道了在巴黎有一个人，我就是他的整个生命和钟爱的对象。你的财产全亏了他才有的，他爱着你。他被排斥在社会之外，他身上带着犯人的烙印，对此，他为我、为我们比为他自己更感到不幸。我的母亲是他的全部安慰，可是我母亲要死了，我答应代替她的位置。我的心灵里感情还没有丝毫变样，我热情奔放，只看到减轻我母亲临终时忧郁辛酸的幸福，我立意继续做这件秘而不宣的慈善事业，即心灵的慈善事业。我头一遭看到我父亲，是在我母亲的灵床旁边。他抬起热泪盈眶的眼睛，要在我身上找到他已逝去的希望。我起了誓，不是要撒谎，而是要保持沉默，这种沉默，哪个女人会打破呢？我的错就在这儿，儒勒，这是只有死才能赦免的错儿。我对你有过不放心。但担心对妇女是很自然的，尤其是这个女子知道她会闯什么样的祸。我是为自己的爱情颤抖。我父亲的秘密对我来说就是我的幸福的终结。我越爱得深，就越是害怕。我不敢对我父亲说出这种感情；这会伤害他，在他的处境下，一切创伤都会是严重的。但他虽然不对我说出来，却分担着我的恐惧心理。这颗充满父爱的心为我的幸福担惊受怕，如同我为自己的幸福心惊胆战一样。他不敢直说出来，顺从细腻情感的约束，也正是这种情感使我缄默不语。

是的，儒勒，我以为总有一天你会不再爱格拉蒂安的女儿，而以前你是爱你的克莱芒丝的。如果没有这深深的恐惧，我怎么会对你有所隐瞒呢？你是整个儿埋在我心房的褶皱中啊！自从那个可恶而又可怜的军官对你说出这件事以后，我不得不撒谎了。这一天我生平第二次忍受了痛苦，这痛苦与日俱增，直至我最后一次同你谈话。如今，我父亲的处境已无关紧要。你什么都知道了。如果我在爱情的帮助下，战胜了疾病，熬过了一切痛苦，我也不能压下怀疑的呼声。难道我的出身不会改变你的爱情的纯洁性，使它减弱变小吗？这种担心，什么也不能把它从我心里消灭掉。儒勒，这就是我死的原因。我活着不能忍受听到一句话、看到一个眼光就心惊肉跳的生活；这句话兴许你永远不会说，这个眼光你也绝不会射出，但你会怎么样？我担心它们。我死时被人所爱，我也就得到安慰了。

我知道，四年来，我的父亲和他的朋友们几乎把上流社会闹得天翻地覆，为的是遮住上流社会的耳目。为了给我以身份，他们买下一个死人，还有地位财产，这一切是想复活一个活人，这一切是为了你，为了我们俩。我们本不该知道这些事。唉！不用说，我的死免了我要对父亲隐瞒，我死他也会因此而死。

永别了，儒勒，我的心整个儿都在这里。向你表达我的爱情的纯真、恐惧，难道不是把我的整个灵魂都留下给你了吗？我没有气力跟你说话，但我有气力给你写下这些。我刚对上帝忏悔了我一生的错误；我许诺只想到天主，但是，也对那个在我看来是人间的一切的人忏悔，这种快慰我不能抗拒。唉！在这生命即将结束，来生即将开始之际，有谁不会原谅这最后的感叹呢？

永别了，我心爱的儒勒；我要到上帝那儿去了，在它身边，爱情永远不会有乌云笼罩；有朝一日你也要来到上帝那里。我们永远相聚在上帝的宝座下面，永生永世相爱。只有这点希望能给我安慰。倘若我该当先到那儿，我会在那里追随你的左右，我的灵魂会陪伴着你，笼罩着你，因为你还留在人间。生活要过得像圣人一样，这样才能有把握回到我身边。你在人间能做出多少善举！一个受苦的人，在他周围散布欢乐，给予别人他没有的东西，难道这不是无上荣光的天职吗？我把你留给不幸的人们。他们的欢笑和眼泪我一点儿不挑剔。我们在做这些善行义举时会感到巨大的魅力。如果你愿意把我的名字、你的克莱芒丝也加入这些壮丽的事业中，那么我们不就能生活在一起了吗？儒勒，我们这样相爱过，只会见到上帝。上帝不会撒谎欺骗。信仰他吧，我希望这样。在一切受苦的人身上培养这种感情，减轻受苦的教民的痛苦吧。

永别了，亲爱的灵魂，我心里充满了你，我了解你：你不会爱第二次。我想到能使一切妇女幸福，也就安然死去。是的，我的坟墓就在你心里。我给你讲了我的童年生活，我的生命不就流注在你的心房里吗？即使我死了，你也永远不会驱逐我出去。我为这独一无二的生活而自豪！你是在我正当青春妙龄时认识我的，我给你留下的仍然是具有魅力的思念。儒勒，这样的死是非常幸福的。

你这样了解我，不用说这是多余的：请允许我交托给你，去完成女人的一个怪念头，一个出于嫉妒的愿望，我们彼此都有份。我请求你烧掉属于我们私人的一切东西，毁掉我们的卧房，消灭一切能勾起我们爱情的回忆的东西。

再说一次永别了，这是最后一次，充满爱情，我

最后的思想和最后一口气莫不如此。

儒勒读完这封信后，心里一阵揪紧，很难描绘它的可怕症状。一切痛苦都因人而异，它们的反映不会囿于任何固定的规律：有的人堵住耳朵，什么也不想听见；有的女人闭住眼睛，什么也不想看见；还可以看到一些伟大高尚的心灵沉浸在痛苦中，就像堕入深渊一样。在绝望时，一切都是真实的。儒勒从他哥哥家里溜出来，回到自己家中，想在妻子身边度过这一夜，看着这个天使般的人儿，直到最后一刻。处于极端痛苦的人才能认识生活无忧无虑的可贵，儒勒就是如此，他想象得出，在亚洲，法律为何要规定夫妇不能有一个尚存下去。他只求一死了之。但他还未到不堪痛苦的地步，而是处于痛苦的煎熬中。他没遇到什么阻碍，到家后就直奔这个神圣的房间，他看到克莱芒丝躺在灵床上，美丽得有如一个圣女，她披着头发，手捏着手，陷到尸布里面。蜡烛照亮了一个正在祈祷的教士，约瑟芬跪在一个角落里哭泣，床边站着两个人，一个是费拉居斯。他直挺挺站着，纹丝不动，用干涩的目光凝视着女儿，活脱脱像尊青铜塑像；他没有看到儒勒。另一个是雅凯，儒勒太太一直待他不错。雅凯对她有着一种恭而敬之的友谊，这种友谊使人感到心境平静的愉快，是一种柔和的激情，没有欲望和骚乱的爱。他虔诚地到这儿来，挥洒哀悼之泪，同他朋友的妻子诀别，头一遭亲吻这个女子冰冷的脑门，他早已默默地把她认作姐妹。这里一切都静悄悄。吊丧的场面不像教堂里那样可怕，也没有穿街过巷排场豪华的那种仪仗；不，这是悄悄溜进平民人家的死亡，使人凄然泪下的死亡；心里装着盛大的仪式，人人眼里悄然迸出了泪花。儒勒坐在雅凯旁边，捏住他的手，默不作声，在场的人就这样一直待到清晨。待到晨曦使蜡烛黯然失色，雅凯预料到接下去痛苦的场面会接踵而至，便把儒勒拉到隔壁房间。这时，丈夫瞧着父亲，而费拉居斯也瞅着儒勒。在这互相照面之中，两个痛苦的人彼此询问，彼此探测，彼此理解了。一道愤怒的闪光在费拉居斯的眼眸里转瞬即逝地闪射了一下。

“是他把她害死的。”他心里想。

“为什么他不相信我？”丈夫似乎这样回答。

这个场面犹如两只老虎，互相端详，迟疑了好一会儿，甚至没有吼叫一声，看出搏斗的无用，于是各自走开了。

“雅凯，”儒勒说，“是你在照看一切吧？”

“是我，”办公室主任回答，“但到处有个人在给我打招呼，是他在下命令和付账。”

“他要从我这儿夺走他的女儿。”儒勒感到极度的绝望，嚷着说。

他冲进妻子的房间，但父亲已不在那里。克莱芒丝已经入殓，工人们正准备封紧棺盖。儒勒看到这个场面，手足无措地又折了回来。工人们敲击的锤声使他不由得泪如雨下。

“雅凯，”他说，“经过昨天可怕的一夜，我只有一个想法，这个想法我要不惜一切，非实现不可。我不想让克莱芒丝葬在巴黎的墓园里。我想火化她的尸体，收集她的骨灰，保存起来。这件事你别声张，替我好好安排，非成功不可。我要关在她的房里，一直待到动身的时间。只有你能进来，向我报告你料理得怎样……得，一点儿用不着吝啬。”

这天早晨，儒勒太太的棺木先放在府邸门口一个热闹的小教堂里，后来转到圣罗歇教堂，教堂内全部蒙上黑布。这件丧事的豪华排场吸引了行人的注意：因为在巴黎，什么都可以看热闹，甚至连最真切感人的痛苦也不例外。有的人趴在窗口，想看看儿子怎样跟随在母亲的灵柩后面哭丧，就如同有人想占个方便的位置，看看头颅是怎样落地的一样。世界上任何别的民族也没有更加贪婪的目光了。当好奇的人看到圣罗歇教堂的六个侧堂都同样蒙上黑布时，那种惊奇就格外强烈。每个侧堂都有两个身穿丧服的人参加追思弥撒。在祭坛，参加者只有公证人德玛雷先生和雅凯，外面一层都是仆人。对走来走去的教堂管理人员来说，这样豪华的排场，又只有这么少的亲属，真是不可思议。儒勒不愿让任何无关的人参加这个仪式。大弥撒同追思弥撒一样，既做得阴惨惨，又显得豪华夺目。除了圣罗歇教堂平时的住持教士以外，还有来自各个教区的十三个教士。兴许对这些出于好奇心，爱凑热闹，偶然聚拢来成为一时的基督徒的人来说，《安魂曲》[①]还从未产生过如此深刻、令人神经麻木的印象吧：这个合唱是由唱经班的八个嗓门，外加教

① 柏辽兹于1830年12月5日在音乐厅演出他的《奇异交响乐》，最后一部分的主题就是《安魂曲》，下文描写的其实是巴尔扎克对这首丧葬曲的感受。

士的声音和唱诗班的童声轮番咏唱组成的。从六个侧堂里，传出另外十二个童声因悲痛而变得尖厉的嗓音，跟合唱掺和在一起，悲惨凄切。从教堂的各个部位传来嗡嗡嘤嘤的惊骇声，忧伤的感叹处处应和着恐惧的叫唤。这骇人的音乐表达了人世间闻所未闻的痛苦和哀痛死者的藏在心底里的友谊。在任何人类宗教中，对于灵魂猛然地逸出躯体，面对上帝雷霆万钧的威严像狂风暴雨般骚动，这种恐惧从未表现得这样有力过。面对喧嚣的人群的嘈杂声，艺术家及其最激动人心的作品大概都会自愧弗如。不，什么也不能同这歌声匹敌，它凝结了人类的激情，使之具有越过灵柩的能激发人的生命力，并活生生地呈现在永恒的、铁面无情的上帝面前。这些童声同沉滞的嗓音结合，在这首丧葬曲中表现了人类生活的各个发展阶段，使人回想起摇篮时的痛苦，而男声的宽厚嗓音、老年人和教士的颤音又加强了各个年龄阶段的一切痛苦的音响效果。这部和谐的音乐充满电闪雷鸣般高亢激越的声音，对具有最大胆的想象力的人、对心如铁石的人，甚至对哲学家都能诉说衷肠！倾听它时仿佛觉得上帝在咆哮。这个教堂的穹顶比别处要格外庄严肃穆，回声充满了力量，穹顶在颤动、在说话、在倾泻恐惧。你会以为看到无数的死人站起身来，伸出双手。在黑尸布之下的不再是父亲、妻子或孩子，这是从尘埃中兀然而起的人类。你是无法评断天主教教义、使徒的教义和罗马教义的，只要你还没有哀泣过埋在坟中的亲人，感受到最深沉的痛苦，只要你还没有感受过充满你心头的激动情绪，那是由这绝望的合唱、这令人摧肝裂胆的唤声，这一节节增长、盘旋直上云天、使人惶恐、使人萎缩、使心灵升华、在最末一句结束时给你内心留下永恒的情感的宗教恐惧所产生的。

您沉浸在无限这一伟大思想的思索中，这时教堂里一片寂静。没有人说一句话，连不信教的人也会茫然不知所措。唯有西班牙人的头脑才能为极端痛苦创造出这种空前的庄严。隆重的仪式结束后，十二个穿丧服的人从六个侧堂相继而出，围在灵柩旁边，倾听教会为基督徒的灵魂在离开人世前所奏出的希望之歌。然后这些人每一个登上一辆灵车，雅凯和德玛雷先生登上第十三辆车。一小时后，这十二个陌生人站在俗称拉舍兹神父公墓的顶端，围着一个墓坑，灵柩已经放到里面，好奇的人群从这个公园的四面八方跑来观看。教士稍做祈祷，往这个女人的灵柩扔了一些土块；掘墓工要过小费，急急忙忙填满这个墓坑，再赶到另一处去。

这个故事到此似乎结束了，但这样或许不够完全，如果不对巴黎生活稍做描述，观察一下那里人世沉浮的飘忽不定，死亡的效果就会被忽略。在巴黎，一个人的死不同于任何别的京都，很少有人了解办丧事的人同文明、同巴黎市政当局打交道时的争论。或许儒勒先生和费拉居斯二十三世还想费点心机，为的是使他们的晚年不致冷冷清清。总之，很多人都想知道一切，正像我们最机智的批评家所说，想了解阿拉丁神灯[①]的油是按什么化学方法燃烧的。雅凯是个政府官员，自然要向当局请示，得到准许挖出儒勒太太的尸体，进行火化。他到警察局局长那里去申请，死人是在他的保护下安息的。局长要他写一份申请书。需要买一张印花公文纸，给悲痛赋予行政形式；还必须用公文术语去表达一个哀伤的人的愿望，而这时他已经说不出话来；而且必须感情冷漠地表达出来，在空白的边上写上请求内容：

① 故事见《一千零一夜》。

申请人
希望火化
他的妻子。

警察局局长要给行政法院打报告，看到申请书的边上按他的吩咐写清了申请内容，便说：“可是，这是一个严重的问题，我的报告要过八天之后才能准备好。”

雅凯不得不告诉儒勒耽搁的原因，儒勒于是明白了费拉居斯说过的话：烧掉巴黎。他觉得要毁掉这个怪现象的渊薮是再自然不过的了。

“但可以去找内政部部长，”他对雅凯说，“让你的部长向他通融一下。”

雅凯去到内政部，请求接见，但回说要等半个月。雅凯是个锲而不舍的人。他从一个办公室跑到另一个办公室，通过外交部部长特别秘书的说情，见到了内政部部长的特别秘书。靠了这些高层人士的庇护，他才得到第二天的一次短暂的接见，那是外交部的独裁君主写给内政部的帕夏[1]的一个字条起了作

① 帕夏——奥斯曼帝国的总督。

用；雅凯希望能大功告成。他准备好申述理由，无法反驳的回答，还有无法预料的情况；可是一切都失败了。

“这事不归我管，”内政部部长说。“这跟警察局局长有关。不过，没有这条法律，将妻子的遗体归丈夫所有，将孩子的遗体归父亲所有。这不好办！另外还要考虑到公益问题，这件事要经过审查。可能会对巴黎这个城市的利益带来损害。最后，假如这件事直接属于我管，我也不能当场并立刻做出决定，需要给我写一个报告。”

报告在当今政府机构中的含义正如地狱的边缘在基督教中的含义一样。雅凯了解这种打报告的嗜癖，他没料到这回要吃这种可笑的官僚作风的苦头。他知道，打报告是在1804年完成的行政改革，自从办事要打报告以来，还没有碰到过一个部长在敢于发表意见，决定细小的事情之前，这个意见和这件事不要经过他各个办公室蹩脚的文牍员、挑剔字眼的家伙和精灵鬼反复筛选琢磨。雅凯（他是一个堪与传记家普鲁塔克①媲美的人）看到，他办这件事走错了门路，他

① 普鲁塔克（约40—45年至125年左右），古罗马历史家、传记家，著有《希腊罗马名人传》。

想通过合法的途径，反而办不成这件事。本该干脆把儒勒太太的遗体运到德玛雷的一块领地上去，那儿，在村长的慨然允诺下，他朋友的哀念就能满足了。程序上和行政上的合法反而带来一事无成；对人民、对国王、对个人利益来说，这都是一个不育的怪物；但人民只知道珍视用鲜血写成的原则，然而，合法性带来的不幸总是平平静静的，它会使一个民族变得服帖平庸，如此而已。

雅凯是个信仰自由的人，他在回家的路上思考着独断专行究竟有什么好处，因为一个人在激情的启迪下能评断法律的好坏。雅凯见到儒勒时，不得不欺骗他，那不幸的人得了高烧，在床上躺了两天。

当晚，在内政部的一次晚宴上，部长谈到有个巴黎人竟然异想天开，想仿照罗马人，火化他的妻子。那时候，巴黎的一些俱乐部都在谈论古代的葬仪。古代的东西变得十分时髦，有的人认为，给大人物实行火葬是很美的。这个意见有反对者，也有支持者。有的说，大人物太多了，这种习惯会使烧火用的木柴涨价；法国人的思想总爱变化不定，每过一段时间就要看到龙尚平原遍布祖先的骨灰罐，岂不可笑；如果这些骨灰罐有价值，那些债主们是什么都不尊敬的，有可能他们会封存这些装满可敬的骨灰的罐子，拿去拍卖。另外一些人回答说，这样按架保存祖先的遗骨，要比拉舍兹神父公墓安全得多。因为到了一定的时候，巴黎城会不得不下令来一次圣巴托罗缪事件[①]，反对死人侵犯他们的田野，有朝一日要威胁到布里高地。巴黎这类机智隽永却又毫无价值的讨论，往往造成深深的伤痕。幸亏儒勒不知道他的悲伤给巴黎提供的谈资、俏皮话和刻薄话。而警察局局长对雅凯想利用内政部部长来对付路政局的拖延和耍手腕，感到十分不快。儒勒太太的火化要牵涉到路政局。警察局办公室对这个申请报告反应强烈，因为只要别人一个报告，就会问罪于它，而一经问罪，事情就算吹了。办公室可以把一切问题推往行政法院，这是另一个很难开动的机器。第二天，雅凯让他的朋友明白，必须放弃这个计划；在这个城市里，眼泪洒落在黑布上的数目也要上税，法律规定七个等级的葬仪，墓地要用金钱买来，悲哀受到双倍的盘剥，教堂的祈祷收费昂

① 1572 年 8 月 24 日夜，查理九世等下令屠杀巴黎城中的新教徒，为历史上的一大惨案。

贵，教堂财产管理委员会也要插一手，在《安魂曲》之外加点什么，索取代价，要摆脱行政方面给悲痛画出的轨迹，办几件事，那是不可能的。

“那是我不幸中的安慰，”儒勒说，“我想出这个计划，远离此地，客死他乡，一心只想抱着克莱芒丝，带到坟墓里去！我没有料到，官僚机构会把它的利爪伸到我们的棺材里。”

他想去瞧瞧，他妻子旁边有没有地方给他安身。两个朋友于是一起到墓地去。到了那儿，就像在剧场门口或博物馆入口，或驿站大院里一样，他们看到一些导游者，纷纷要给他们在拉舍兹神父公墓的迷宫里当向导。他们俩都不知道到克莱芒丝的墓地该怎么走。真是可怕的烦恼！他们去请教墓园的守门人。死人也有门房，有几个小时死人是不能拜访的。要得到准许，在夜晚的寂静和孤独中来到埋葬心爱的人的墓前痛哭，非得把大小警察局的一切规章搅个乱七八糟才行。既有冬天的禁令，也有夏天的禁令。但是，在巴黎的看门人中间，拉舍兹神父公墓的看门人是最幸福的。首先，没有安装拉铃的绳子；其次，他住的不是小门房，而是一幢楼，这个住宅算不上一个部，虽然里面有不少行政人员和好些职员，这个死人的管理者领取薪金，拥有任何人不会抱怨的巨大权力：他可以独断专行。他的住宅也不是一个商号，虽然里面有办公室、会计室、管收支利润的地方。这个人既不是一个把门的瑞士人，也不是门房；这个接收死人的门总是敞开着。尽管里面有需要保存的文物建筑，但他不是保管人。总之，这是无以名之的例外情况，他的权力参与一切，却又什么也算不上，他像他赖以为生的死人一样，被置于一切之外。可是这个不同寻常的人属于巴黎城，以巴黎的名字命名的机构是个怪物，这个有理智的生物受千百只动作各异的爪子所操纵，它的职员几乎是不能罢免的。这个墓园的看守者大小算是个官职，在变动中保持不变。他的职位可不是闲差使；没有准许，他不让埋葬任何人，他要为死人负责，他在这片广阔的地方指定六尺见方的一块地，有一天你会把你所爱的人、所恨的人，情妇，或堂表兄弟埋在里面。是的，你要明白这一点，巴黎的一切情感最终都在这儿找到归宿，给安排一个地方。这个人有埋葬死人的登记册，死人躺在坟墓里，也躺在他的文件夹中。他手下有看守、园丁、掘墓工、助手。他算得上是个人物。痛哭流涕的人起初不会跟他说话。他只在不寻常的情况下出现：认错了死人，埋葬被暗杀的人，掘尸，死人复活。在位国王的胸像摆在他的客厅里，他兴许保存着以往的国王、皇帝、副王的胸像，放在历经各次革命的拉舍兹神父式的某个大柜里。末了，这是一个众所周知的人，一个大好人，好父亲，好丈夫，值得特别写一篇墓志铭。各种各样的感情以吊丧的形式从他面前经过；他见过多少眼泪，有真有假；他见过各种埋在心底里和反映在脸上的悲伤，他见过千千万万种永恒的悲痛！对他来说，悲痛只不过是几寸厚、四尺高、两尺二宽的石碑。至于难过，这是他的职务的烦恼，他没有一次吃午饭和吃晚饭时不抹去心酸难忍而流下的眼泪。对于其他悲伤的事，他也表现出善良心软。他为惨剧的主人公掉泪，为《阿德雷旅店》中被马凯尔杀害、穿淡蓝裤子的热尔默伊先生[①]掉泪；但是，在墓地里久而久之，他的

① 《阿德雷旅店》是本雅曼·昂蒂埃、圣阿尔诺和保利昂合写的三幕剧（1823），主人公马凯尔是个骗子和恶棍，塑造得十分成功。马克思曾称七月王朝的国王路易—菲力浦是坐在王位上的马凯尔。热尔默伊为剧中的葡萄农。著名漫画家杜米埃曾把马凯尔的经历画成漫画。法国作家拉邦于1833年把剧中故事改编成小说。

心也变硬了。死人对他来说只是数字，他的职务是给死亡以组织安排。在这个世纪里他三次遇到过他起了崇高作用的处境，自此以后，他在任何时候，甚至在鼠疫流行的年代，也是崇高的。

当雅凯走近他的时候，这个绝对君主正怒火满腔地往回走。

“我已经吩咐过，”他嚷着说，“从玛塞纳路一直到勒尼奥·德·圣让当热利广场，都要浇一遍花！你们这些家伙都不当一回事。窝囊废！那些亲戚看到今天天气好，想到要来，他们准保要责怪我：他们嚷嚷得就像上火刑一样，又是骂，又给我们抹黑……”

“先生，”雅凯对他说，“我们想打听一下，儒勒太太下葬的地方。”

“儒勒太太，哪个？”他问。“一个星期以来，这里葬过三个儒勒太太……”

“啊！”他止住了话头，望着门口，“给莫兰古上校送殡的人到了，快去找批准书……说实话，送殡队伍多像样啊！他紧跟着他的祖母。有的家庭就像打赌一样，一串儿地跑来。这些巴黎人真过得不耐烦啦。”

“先生，”雅凯拍拍他的手臂说，“我所说的是儒勒·德玛雷太太，经纪人的妻子。”

“啊！我知道，”他回答，一面瞅着雅凯，“送殡行列是不是有十三辆送葬的车，而前面十二辆车都只有一个亲戚坐在里面，对不？真是无奇不有……”

“先生，请自重。儒勒先生同我一起来了，他会听见您的话，您说得不大得体。”

“对不起，先生，您说得对。请原谅，我把你们当作继承人了。”

“先生，”他看了看墓地平面图，又说，“儒勒太太的墓在勒菲弗尔元帅路第四巷，位于法兰西喜剧院的罗库尔小姐[①]的墓和莫罗—马尔万先生的墓之间，他是一个有钱的肉店老板，定做了一个白色大理石的坟墓，当真是我们墓地里最漂亮的一个。”

“先生，”雅凯打断看门人的话，“您留步吧……”

“好的。”他回答，一面环视着。

“让，”他冲一个远远瞥见的人喊道，“你把这些先生带到儒勒太太的墓坑去，就是那个经纪人的妻子！你知道，挨着罗库尔小姐的坟墓，墓上有一座胸像。”

两个朋友于是跟着这个看守走；这条陡峭的路一

① 罗库尔小姐(1756—1815)，实有其人，悲剧演员。

直通到墓地高坡的小径那儿，一路上，大理石墓承包商、五金器材商和雕刻承包商，甜言蜜语，向他们兜揽生意。

“假如先生愿意请人建造什么，我们可以做出安排，价钱十分便宜……”

雅凯一一挡驾，不让他的朋友听到这些话，对于沥血的心灵，那是残忍可怕的。他们走到了那墓坑。这块地刚刚整修过，泥瓦匠插上了标签，给五金工人标明立栅栏放座墩的位置；看到这种景象，儒勒不由得靠在雅凯的肩上，不时抬起身子，凝望着那黏土角落，那里埋葬着给他以生的力量的人。

“她在那儿多不舒服啊！”他说。

“她并不在那儿，”雅凯回答他，“她在你的记忆里。得了，到这边来，离开这个面目可憎的墓地，这里的死人都打扮得像舞会上的女人一样。”

“我们把她弄走怎样？”

“能行吗？”

“没有做不到的事。”儒勒嚷着说。

“我迟早要到这儿来。”过了一忽儿他又说。

“这里有地方。”

雅凯好不容易把他从这个围起来的地方拖走，这一块块墓地分隔成棋盘一样，栅栏门是青铜做的，周围种满了棕榈树，坟上写满了碑文，眼泪已变得像石头一样冰冷，哀伤的人们在石碑上叫人刻上了他们的怀念和泪水。其中有涂上黑漆的俏皮话，针对好奇者的讽刺话，做作的奇思隽语，机智的诀别语，只有一人前往的约会诺言，自命不凡的小传，俗气的话，写些鸡毛蒜皮的事，文笔拙劣的语言。这里修葺成伞状的圆锥形，那里修整成尖锥状，再远一点是埃及式的骨灰罐，这儿那儿是圆柱，到处是形形色色职业的标记，各种各样的风格：摩尔式的，希腊式的，哥特式的，条状的，卵形的，上漆的，坛状的，装饰着精灵的，庙宇式的，还有各色各样枯萎的“不凋花”和玫瑰花的形状。这是一出不堪入目的喜剧！属于整个巴黎的一部分，同它的街道、招牌、工业、府邸密不可分。从望远镜缩小的那一头去看，巴黎缩小为一小点一小点的暗影、幼蛹和死尸，像一个只爱虚荣的人。儒勒往脚下望去，只见塞纳河狭长的河谷，伏日拉尔坡地和墨东坡地之间，贝勒维尔高地和蒙玛特尔高地之间，那真正的巴黎正裹在烟雾缭绕的淡蓝色纱巾中，这道纱幕在阳光照射下，隐约可透。他对这四万幢房屋匆匆瞥了一眼，指点着旺多姆广场的圆柱和残废军人大厦金色的圆顶之间所包容的地域，这样说：“这个世界在为繁忙骚动而骚动繁忙，它的不祥的好奇心把她从我的身边夺走了。”

离这儿四里地的塞纳河边，连着一片丘陵，像高低不平的长屏障，包围着偌大的巴黎，巴黎如同摇篮里的孩子，在里面活动着；在其中一个丘陵的斜坡上，坐落着一个普通的村庄，那儿出现了一个举丧的场面，没有巴黎的一切豪华排场，没有火炬蜡烛的伴随，没有扎黑纱的车马，也没有教士的祈祷，这是普普通通的丧事。原来是这样的：一个少女的尸体一大清早漂到塞纳河边的淤泥和水草间。到这儿来干活的捞沙工登上他们的小船时，发现了她。

“瞧！五十法郎到手了。”有一个说。“当真。”另一个说。他们于是划近那尸体，“这是一个漂亮的姑娘。”“咱们快去报告。”两个捞沙工用他们的上衣盖上尸体，然后来到村长家里。找到尸首需要写份记录，村长对此感到很为难。

在乡下，社会交往没有任何阻隔，人们所酷爱的詈骂、污蔑、闲言闲语、社会传闻从这村到那村不会留下一点儿空缺的地方；这件事的消息就以乡下特有的通电般的迅速传布开来。到村公所的人马上给村长解了围。他们把记录改写成一份普通的死亡证书。通过他们的努力，有人认出这姑娘的尸体就是伊达·格吕热小姐本人，她是胸衣缝纫女工，住在庙之绳路十四号。司法警察过问此事，死者的母亲，寡妇格吕热，拿着女儿的绝命书赶到了。在母亲的啜泣中，医生证实血液侵入肺部组织，造成窒息，一切都明白无误。做过调查了解之后，当晚六点，当局准许掩埋这女工。当地的本堂神父拒绝把她安放在教堂，和为她祈祷。于是，伊达·格吕热由一个老农妇裹上尸布，放入枞木板造的普通棺材，由四个男人一直抬到墓地，后面跟着几个好奇的农妇，她们谈论不休，对死因感到奇怪，不免流露出同情。

一个老妇人好心好意地把寡妇格吕热留下，不让她参加她女儿的凄惨的送葬行列。一个身兼敲钟人、教堂执事和掘墓工三种职务的人，在教堂后面半阿尔邦大小的乡村墓地里挖了一个墓坑。这个教堂十分著名，古典式的建筑，有一个方形尖顶的塔楼，塔顶盖着青石瓦片，外表由突出的墙垛护卫着。墓地位于祭坛伸出的圆弧形后面，周围的墙垣都已倒坍，墓园里布满一个个小土堆，没有大理石墓，没有参观者，但滴下真诚的眼泪和留下真正的哀思的地方，就是伊达·格吕热的坟墓。她被放在高高的草丛和荆棘之中的一角。待到棺木放入这片简单而富有诗意的田野的墓坑里，只剩下掘墓工一个人的时候，夜幕已经降临了。他一铲铲填平墓坑，不时停一停，越过墙垣，凝望那边的道路；有一会儿，他的手支撑着铁铲，注视着塞纳河，正是河水把这尸体送到他身边。

“可怜的姑娘！”有一个人猛然出现，嚷着说。

“您吓了我一跳，先生！”掘墓工说。

“你掩埋的这个人给她做过祈祷吗？”

“没有，先生。本堂神父不允许。埋在这儿，又不是这个教区的人，这是头一个。这儿的人大家都熟悉。先生是？……瞧，他走了！”

几天以后，有个穿黑衣服的人突然出现在儒勒先生的家里，一言不发，将一只斑岩的大骨灰罐放在他妻子的房间里，骨灰罐上面写着这几个字：

垂死的父亲
不顾法律
在十二个朋友的帮助下
把他珍爱的女儿的骨灰
交给
她伤心的丈夫[①]

“多好的人啊！”儒勒珠泪涟涟地说。经纪人只用了八天时间，就执行了他妻子的愿望，安排好他的事务，他将自己的职务让给了马丹·法莱克斯的兄弟，离开了巴黎，而这时行政当局还在那里讨论，一个公民据有妻子的遗体是否合法哩。

尾　声

在巴黎的林荫大道上，在一条街的拐角，在王宫市场的拱廊下，总之，在世界的某个地方，有谁不会碰到过这样偶然的机会呢：有一个人，不管是男是女，出现在他面前，他脑海里便顿然产生千百种混乱

① 原文为拉丁文。

的思想！一看到这个人，我们会骤然感兴趣，抑或是由于他的奇怪的脸型特征表明他历尽沧桑所致，抑或是由于他的手势、神态、举止、衣服构成的古怪整体所致，抑或是由于他深沉的目光，由于其他某种突然强烈感人的东西所致，而我们无法准确解释我们激动的原因。第二天，别的念头，巴黎的其他景象卷走了这转瞬即逝的幻象。但当我们再碰到这个人时，或者他按时走过，正如区政府的职员，他在八小时内就只管婚姻之事；或者他正在闲逛散步，正如那些在巴黎街头驻足不前的行人，和在公共场所、头几场演出或饭馆里最出风头的人物，这时，他的形象就回到你的记忆中来，所得的印象好似你只读过小说的第一卷，而不知道结尾一样。我们会跃跃欲试，询问这个陌生人，对他说："您是谁？干吗逛来逛去？干吗衣领打褶、背心褪色，而拐杖是金球作柄的？干吗戴厚墨镜？干吗您保存着保皇派青年的领带？"在这些游荡的人中，有的属于天神胸像柱一类，不能感动人心；它们竖立在那儿，如此而已，什么原因，没人知道。这些人的脸孔酷似雕刻家用作雕塑四季时装、商业和丰收的模特儿一样。另外一些人，诸如往日的诉讼代理人，商人和将军，他们来来去去，仿佛总要中途停下来。他们有如河边根部一半露在外面的树木一样，仿佛永远不属于巴黎的急流，也不属于它年轻活跃的人群。倘若忘了把他们掩埋起来，或者他们从棺材里跑出来，那真不知道会怎样。他们几乎达到化石一样的状态。

有一个巴黎的梅莫特[①]式的人物，近几天来跻身于文静好思的人们之中，每当天清气朗，这些人准是在卢森堡公园的南门和天文台的北门之间溜达，这块地方归不到哪一类，是巴黎的中立地带。说实在的，巴黎在那儿看来并不存在，却又仍然存在着。这地方既是广场，又是街道，林荫大道、城墙旧址、公园、大路、外省、京城，这一切它都有份儿；但又不是这一切：这是个空旷地带。在这个无名处所的周围，耸立着孤儿院、烂泥院[②]、柯尚济贫院、嘉布遣会修道院、拉罗什富科济贫院、聋哑人学校、施恩谷济贫院；末了，巴黎的一切恶习和不幸都在这儿找到栖身之地。为了让这遍布慈善机构的地方样样齐备，科学

① 梅莫特，英国作家马图林笔下的人物，巴尔扎克也写过一篇小说《改邪归正的梅莫特》。

② 烂泥院即产院，因这一带肮脏而得名。

老人还在此研究潮汐和经纬度。夏多布里昂先生安置了玛丽·苔蕾丝诊疗所，加尔默罗会修女建立了一个修道院。生活中各种艰难困苦，都由那不断在这个空旷地区鸣响的钟声表现出来了：母亲生育，孩子降生，邪恶屈服，工人丧生，处女祈祷，老人受冻，天才失算。离这儿不远，是帕那斯山墓园，时刻不断地引来圣玛尔索郊区冷冷清清的丧仪队。

从这块空地可以鸟瞰巴黎，玩滚球的人早已占领了这个地方。这些灰蒙蒙的老脸慈祥正直，有我们老祖宗的古朴遗风，他们的表情与观众的恰成对照，这些观众排列成行，跟着他们移动。

几天来成为这个空旷地区的常客的那个人，毫无间歇地参加滚球游戏，可以看作这一群人中的佼佼者；倘使可以拿巴黎人跟动物园的各种动物类比，这群人便属于软体动物一类。这个新来者轻松愉快地随着小木球走动，这只小木球是众矢之的，构成游戏的兴趣中心；当小木球停止滚动时，他便靠在一棵树上；他以猎狗等待主人的手势随时扑上去那样的聚精会神，注视着木球在空中飞行或者在地上滚动的情形。你可以把他看作小木球的精灵。他默默无言。玩滚球的人是在无论哪种教派中也难得碰到的那种最狂热的人，他们从来不问他为什么这样噤若寒蝉；只有几个脑子好使的以为他是聋哑人。在衡量其他木球和小木球之间不等的距离时，陌生人的拐杖用来计算总是万无一失。玩球的人总要过来从这个老人冷冰冰的手里拿走这根拐杖，借用时也不对他说一句话，甚至不做任何友好的表示。借走他的拐杖常常使他处于无可奈何、受人役使的地位。当骤雨来到时，他留在小木球旁边，成为刚开始的一局的看守者，滚球游戏的奴仆。下雨的时候自然要比晴天少，他同其他玩球的人一样，介于最愚笨的巴黎人和最聪明的动物之间。他回去的时候总是脸色苍白，萎靡不振，衣衫零乱，无精打采，不戴帽子，露出花白的头发和有点秃顶的黄蜡蜡的方阔脑门，活像穷人从洞穿的长裤中露出来的膝盖。他常常目瞪口呆，眼光迟钝，举止无措；他从不带笑，不会高视阔步，总是习惯低头走路，仿佛要寻找什么东西似的。每到四点，有个老妇人就来把他领走，他也任人搀着胳臂，也不知拖到哪里去；那情景宛如一个姑娘到了赶牲口入圈时，把一个还想啃草的不听话的山羊拖走一样。这个老人的模样这时真是不堪入目。

一天下午，儒勒一个人坐着敞篷马车，车子轻巧地驶往东边，来到天文台前面的空地上。这当儿，那老人正倚在树干上，他的拐杖让人拿走了，有几个玩球的人在闹闹嚷嚷，虽然有点恼火，但还沉得住气。儒勒觉得这个脸孔似曾相识，要吩咐停车，马车就在这时停住了。原来，马车夫看到二轮货车挡着道，没叫那些爱寻衅闹事的玩球者让开，他对闹事捣乱的人总是退避三舍。

“就是他。”儒勒终于发现这枯槁的老人正是帮工会首领费拉居斯二十三世。过了一忽儿，他又添上一句：“他多爱她呀！”他喊道：“车夫，往前走！”

1833 年 2 月于巴黎

大布勒泰什

——奥拉斯·皮安训叙述的故事

“在旺多姆城，离罗亚尔河岸约莫一百步远的地方，”他叙述道，“有一幢灰褐色的旧房子，屋顶高耸，孤单伶仃，周围既没有臭气熏天的制革厂，又没有寒碜难看的旅店，就像几乎所有的小城镇附近一个样。这幢住宅前面有座花园，面临大河；花园里，黄杨树本来修剪得一抹平，画出了甬道的边，如今，都乱长乱窜。根部长在罗亚尔河里的几棵杨柳，很快长成一道篱笆似的，半遮半掩着那幢楼。莠草杂树葳葳蕤蕤，装点着岸边的斜坡。十年来没有人料理的果树不再结实，根上长出嫩枝，活像灌木。贴墙种植的果树宛如千金榆。小径从前都铺上细沙，现在长满马齿苋；说实话，已经不见小径的痕迹了。历代旺多姆公爵家的旧宫堡遗址就在山坡上；只有从山顶往下眺望，才能看到这四周围起的里面。人们会想，不知哪年哪月，这块地方是某个贵族享清福的处所，他整天种种玫瑰和马兰花，一句话，只管他的园艺，尤其爱吃香甜的水果。还可以看到一个棚架，或者不如说一个破破烂烂的棚架；棚架下面还有一张桌子，岁月没有完全把它消灭掉。看到这个已不成样子的花园，就可以琢磨出外省那种悠闲生活私下里的欢乐，正如读到坟上的一篇墓志铭，就可以琢磨出一个好商人的生活一样。仿佛要使令人心酸的阴郁而柔和的思绪齐全似的，有一堵墙呈现出一个日力晷，上面有一个小市民基督徒爱用的题词：ultiman cogita！（最后的思索！）这幢楼的屋顶已经破损不堪，百叶窗总是紧闭，阳台满是燕子窠，房门整天关着，台阶的裂缝长满高高的青草，画出一条条绿线，金属饰品都长了锈。月光、阳光、寒冬、炎夏、白雪，剥蚀着木头，使木板变形，绘画损坏。

“笼罩在那里的阴森寂静，只有鸟雀、猫儿、石貂和大大小小的老鼠扰乱打破，它们自由自在地奔窜、打架、互相咬噬。一只看不见的手到处写上‘神秘’这个词。如果你在好奇心的推动下，走到街上去看这幢房子，就会看到一扇圆顶的大门，当地的孩子们在门上钻了许多洞。后来我才知道，这扇门已经封闭了十年。透过这些不规则的缺口，你可以观察到花园的正面和庭院的正面衬托得和谐极了。眼下这些地方也是一样的乱糟糟。一丛丛杂草装饰着石子路。墙上划出一条条大裂纹，发黑的屋脊纠结着一蓬蓬墙头草。台阶已经支离破碎，拉铃的绳腐烂了，承溜也破碎毁坏。人们会心里纳闷：‘这儿遭过什么天火？哪个法庭对这幢住宅下过严厉的判决？有谁亵渎过上帝？有谁出卖过法国？’那儿的爬行动物匍匐着不答一言。这幢空荡无人的房子是一个巨大的谜，没有人知道谜底是什么。它从前是个小小的封地，名字叫‘大布勒泰什’。德普兰曾留下我在旺多姆照料一个有钱的病人，我在那儿逗留期间，凝望这座古怪的住宅成了我最兴致勃勃的一种乐趣。它比一座遗址不是更美吗？看到遗址就会联想到一种无法否认的真实性；但这座建筑还矗立着，虽然有一只无情的手在慢慢拆毁它，它蕴含着一个秘密，一个不为人知的构想，至少它显示了一种任性的做法。不止一次，在黄昏时刻，我走近保护这个地方的荒草丛生的篱笆旁。我不顾会刮伤钩破，深入到这个没有主人的花园中，这块地既不属于私人所有，也不是公众场所。我一耽就是好几个小时，凝望着这片混乱。我不想询问爱聊闲天的旺多姆人，了解产生这奇怪的景象内中必定存在的故事。我在那儿构想出美妙的小说，沉浸在忧思萦绕的小小享受中，恬然自得。假如我知道了荒废庭园的原因，可能是平淡无奇的原因，我就会失去自我陶醉的无人知晓的诗意。在我看来，这个隐蔽的地方反映了人类生活遭逢不幸，变得凄惨黯淡的各色各样的影像：时而它有修道院的模样，但没有修士；时而它有墓地的静谧，但没有死人，他们通过碑文跟你说话；今儿个这是麻风病院，明儿个这是阿特里德家族[①]的住宅；但它尤其反映了外省那种凝思默想、以沙漏计时的闭塞生活。我常常在那儿哭泣，从未在那儿笑过。不止一次当我听到头顶上匆匆过往的野鸽翅膀发出的扑棱棱的声音时，便情不自禁感到恐怖。地面是潮湿的，想必穿梭爬行着壁虎、毒蛇、青蛙、它们有着自然界野兽的自由；特别不能怕冷，因为有时候你

① 据古希腊故事，阿特里德杀死了他兄弟的子女，给他兄弟做菜，后被他的另一个侄子所杀。阿特里德的后代阿伽门农等后来也被惨杀。后世提到阿特里德家族，意指出现过家庭不幸。

会感到有件冰雪大衣落在肩头上，有如上帝的手落在唐·璜的脖颈上一样。有天傍晚，我簌簌发抖：风吹得生锈的旧风信标旋转起来，发出的声音活像那房子的呻吟声，而我刚刚经手办理完一幕惨剧，看到了什么是经久不衰的痛苦。我回到旅店，堕入阴郁的思考中。吃晚饭时，女店主神秘地走进我的房间，对我说：

"'先生，勒尼奥先生求见。'

"'勒尼奥先生是谁？'

"'怎么，先生不认识勒尼奥先生吗？哈！真有意思！'她一边说一边走开了。

"猛地我看到面前出现一个身材颀长瘦弱的人，全身穿黑，手里拿着帽子，好似一头公羊，正准备向对手顶过去那样，塌脑门，头颅小而尖，脸色苍白，活脱脱像杯脏水一样。你会说这是部长的掌门官。这个陌生人穿着一件旧上衣，褶皱已经磨损，但他衬衫的襟饰上有颗钻石，还戴着金耳环。

"'先生，我有幸同谁说话？'我对他说。

"他坐在椅子上，面对着炉火，帽子放在桌上，搓着手回答我说：

"'啊！天气真冷！阁下，我是勒尼奥先生。'

“我弯了弯腰，心里暗想：

“‘真是条好狗，找上来了！’

“‘我是旺多姆的公证人。’他接着说。

“‘我很高兴见到您，阁下，’我嚷着说，‘不过，我眼下根本用不着立遗嘱，原因恕不奉告。’

“‘等一等！’他扬起手要我别说话。‘对不起，阁下！对不起！我听说您有时到大布勒泰什的花园去散步。’

“‘是的，先生。’

“‘等一等！’他又扬起了手。‘您的行动构成一桩十足的轻罪。阁下，我此来是以已故的梅雷伯爵夫人遗嘱执行人的身份和名义，请您中止您的拜访。等一等！我不是一个不讲理的人，压根儿不想给您栽上什么罪名。再说，您可能不知道情况，我有责任告诉您，旺多姆最华丽的府邸是怎样任其毁坏的。阁下，您看来是有教养的，应当知道法律禁止闯入关闭的私宅，否则要科以重刑。一道篱笆相当于一堵墙。不过，从这幢房目前的状况看来，您的好奇心也情有可原。您要在这幢房里溜达溜达，那悉听尊便，但是，作为立遗嘱者意愿的执行人，阁下，我有幸请您不要再进入花园。我自己呢，阁下，自从遗嘱生效之日起，我就没有踏入过这幢房子，像我有幸对您说过的，它属于梅雷太太的遗产。我们仅仅看一看门窗，便立下捐税定额，我每年从已故的伯爵夫人留下专供开支的资金中提取一笔钱来支付。啊！我亲爱的阁下，她的遗嘱在旺多姆引起了议论纷纷！’

“说到这儿，他停下来擦擦嘴巴，这个有教养的人！我尊重他的唠叨，十分明白梅雷太太的遗产问题是她一生中最重要的事情，关系到她的名节、荣誉和恢复名声。我不得不同我美丽的幻想和浪漫故事告别；我真想知道事情的可靠真相。

“‘阁下，’我对他说，‘向您了解这件怪事的根由不会太冒昧吧？’

“听到这句话，公证人脸上流露出的那种快意，如同那些遇到自己喜欢的话题的人脸上的那种表情，两者是一模一样的。他自负地翻起衬衣领子，掏出鼻烟壶，给我让过烟末；见我拒绝，他抓起了不小的一撮。他是幸福的！没有嗜好的人不知道从生活中能得到多大的乐趣。一样嗜好恰恰介于激情和怪癖中间。这时，我才懂得斯泰恩这个出色的说法的全部意义，我完全体会到托比叔叔在特利斯川帮助下，骑上战马的那种欢乐[①]。

“‘阁下，’勒尼奥先生对我说，‘我在巴黎曾经做过罗甘老板的第一见习生。这是个第一流的事务所，或许您听人说起过。没有？可是，不幸的破产使它变得很有名。1816年那时节，买卖职位的价钱上涨了，我款子不够，不能在巴黎开业，便来到这儿买下我前任的事务所。我在旺多姆有亲戚，其中有个姑母很有钱，她把女儿嫁给了我……’稍停一下他接着又说：‘阁下，得到司法大臣批准后过了三个月，有天晚上，我正要上床睡觉（我还没有结婚），梅雷伯爵夫人请我到梅雷宫堡去一趟。她的贴身女仆是个好姑娘，眼下就在这爿旅店干活；她坐着伯爵夫人的敞篷马车等在我门口。啊！等一等！……阁下，必须告诉您，在我来到这儿两个月之前，梅雷伯爵先生已死在巴黎。他纵酒作乐，毫无节制，死得很惨。您明白吗？他出发上巴黎那天，伯爵夫人离开了大布勒泰什，搬空了这幢房子。有人甚至认为，她烧掉了家

① 这个情节见英国小说家斯泰恩（1713—1768）的代表作《特利斯丹·项狄》，托比叔叔是个出色的幽默形象。

具、壁毯，总之，各种各样摆设的小玩意儿，摆满了这些东西的地方如今租给了契约一方的……（瞧，我在说什么？对不起，我以为是在口述一份合同呢。)'他接着说：'有人认为她是在梅雷牧场烧掉这些东西的。您以前去过梅雷吗，阁下？'他自己回答说：'没有？啊！这是个非常美丽的地方！'他轻轻晃着头，继续说：'近三个月来，伯爵夫妇的生活很古怪；他们不再接待人，夫人住在底层，伯爵先生住在第二层。伯爵夫人单独外出时，只去教堂。后来，她在家里，在宫堡拒绝接待来拜访她的男女朋友。她离开大布勒泰什去梅雷时，模样已经大变。这个可爱的女人（我说可爱，是因为这颗钻石是她给我的，而我只见过她一次！）……这个善良的夫人病得很重；不用说，她对自己的身体已经绝望，因为她至死也不愿看医生；因此，这儿有很多女人以为她神经不健全。阁下，当我知道梅雷太太需要我的帮助时，我的好奇心被挑得难熬难忍。不只我一个人关心这件事。当晚，虽然夜已很深，全城都知道我去过梅雷。对我在路上提出的问题，那贴身女仆回答得含含糊糊；但她告诉我，她的女主人白天让梅雷的本堂神父诊断过了，看来她过不了今夜。约莫十一点钟我来到宫堡。我登上宽阔的楼梯。穿过一个个又高又黑，又冷又潮的大房间，我来到伯爵夫人体面的卧室。根据有关这位贵妇的流言蜚语，（阁下，如果我对您重复一切有关她的传闻故事，那我的话就没完没了啦！）我想象她该是个风流女子。请您设想一下，看到她躺在大床上，我心里有多难受。确实，这个旧王朝时代兴建的带托顶立柱的大房间，盖满了灰尘，令人一见就要打喷嚏，为了照亮这个房间，安放了一种阿尔冈式的旧灯。啊！您没有去过梅雷！阁下，床也是旧式的，带着高顶帐，上面有花枝图案。床边放着一个小床头柜，我看见上面有一本《仿效耶稣—基督》和一盏灯；顺便说一句，我也买了这样一本书给我的妻子。房里还有一张给贴身女仆坐的安乐椅和两张椅子。但没有生火，家具就是这些。在清单上还写不到十行。啊！我亲爱的先生，这个蒙着褐色壁毯的大房间，我至今历历在目，如果您看见过，您准定会以为置身于一个真实的小说场景中。’他抬起手臂，做出一个戏剧性的手势，停顿了一下，又添上说：‘房里冷冰冰，更有甚者，阴惨惨的。我走近床边，尽力去瞧，最后借着投射到她枕边的灯光，才看清梅雷伯爵夫人。她的脸黄得像蜡一样，形状像合十的双手。伯爵夫人戴着花边便帽，隐约可见美丽的头发，但白得像棉线一般。她坐在床上，这种姿态看来要坚持是十分吃力的。她乌黑的大眼睛因为发烧显得萎靡不振，不消说，已经半死不活的了，在眉骨下几乎呆滞不动。’他给我指着自己的眉弓说：‘就这样。她的脑门湿漉漉的。瘦骨嶙峋的双手简直像皮包骨头一样，血管和肌肉看得清清楚楚。她原来一定非常漂亮，但这时，看到她这副模样，我心里说不出是什么滋味。听埋葬她的人说，一个未死的活人从来没有这样瘦过。总之，这真是不堪入目！疾病已经逐步吞噬了这个女人，她只不过是个幽灵而已。她对我说话时，淡紫色的嘴唇我觉得一动不动。虽然我因为职业关系，常常来到垂危的人的枕边，证实他们的遗愿，这种场面见惯了，但我要承认，我见过的痛哭流涕的家庭和临终的情景，与这个大宫堡里孤独寡言的女人相比，真是不可同日而语。我听不到轻微的声响，我看不到病人的呼吸本该掀动盖住她的被褥的起伏，我完全呆住了，带着惊骇的神情怔怔地盯着她。我仿佛觉得我还在那里。末了，她的大眼睛转动起来，她想抬起右手，又垂落到床上，话语出口如同呼气一般，因为她的声音已经语不成声了：‘我等您已经等得不耐烦了。’她的脸颊绯红。阁下，说话对她来说很费力气。我对她说：‘夫人……’她示意叫我别吱声。这当儿，做粗活的老女人站起来，在我耳畔说：‘请别说活，伯爵夫人已经听不见什么声音，您对她说话会使她激动。’我坐了下来。过了一会儿，梅雷伯爵夫人集中剩下的全部气力，伸出她的右手，费了好大的劲儿，插入长枕底下；她停了一忽儿；然后她做出最后努力，抽出手来，等到她拿出一封封好的信时，汗水从她脑门滚落而下。她说：‘我把我的遗嘱交给您……啊！我的上帝！啊！’就说了这些。她抓起床上的一个十字架，马上放到嘴唇上，随后开始咽气。至今我一想起，她呆呆的目光仿佛还使我不寒而栗。她肯定受了不少罪！在她最后的目光中有着快乐，这种感情刻写在她已经死去的眼睛上。我带走了遗嘱；待我打开来看，才知道梅雷伯爵夫人指定我为遗嘱执行人。除了个别的几份遗产，她将全部财产遗赠给旺多姆的济贫院。大布勒泰什就属于特殊的处置之列。她委托我，从她去世之日起，五十年内让这幢房子保持她死时的状态，禁止任何人进入各个房间，禁止任何修理，如果必要的话，甚互可以拨出一笔定期开支，支付看守的工资，以保证她的遗愿能得到完全执行。到期限终结时，如果她的遗愿实现了，这幢楼就属于我的继承人，因为阁下知道，公证人是不能接受遗赠的；要不然，大布勒泰什就交回主管人，由他负责完成追加遗嘱指定的情况；追加遗嘱要在五十年期满时才能打开。遗嘱没有遭到异议；因此……’

“说到这儿，狭长脸的公证人住了口，用得意扬扬的神态注视着我；我对他说了几句恭维话，他感到很高兴。

“‘阁下，’我对他说，‘您的话给了我强烈的印象，我仿佛看到这个垂危的病人比床单还要白，她闪闪发光的眼睛叫我害怕，今夜我一定会梦到她。您对这份古怪的遗嘱的各项条款大概有个数吧。’

“‘阁下，’他带着滑稽的矜持神态对我说，‘对于给我荣耀，馈赠给我钻石的人的所作所为，我从不加以评头品足。’

“不久，我终于使审慎小心的旺多姆公证人松开舌头，他啰里啰唆地告诉我他对旺多姆约定俗成的有关两性之间根深蒂固的观点的看法。但这些看法自相矛盾，混乱不清，使我昏昏欲睡，尽管我对那件真实的故事兴趣盎然。这个公证人准定习惯了自言自语，只让他的主顾和同胞听他说话；他重浊的嗓音和单调的语音打消了我的好奇心。幸好，他终于走了。

“‘啊！啊！阁下，’在楼梯上他冲着我说，‘有很多人想再活四十五年，请等一等！……’

“他带着精明的神态把右手食指摁在鼻孔上，似乎想说：‘千万注意这个！’

“‘要活到那一天，’他说，‘六十多岁还不成。’

“我竭力摆脱麻木的状态，丢开最后那句俏皮话的印象，而公证人自以为俏皮话说得很机智。然后我关上房门，坐到扶手椅里，把脚搁在炉前架上。我堕入了一部拉德克利夫夫人[①]式的小说中，情节建立在勒尼奥先生的司法材料之上，这时，在一个女人灵巧的手推动下，我的房门转着绞链打开了。我看到女店主走了进来，这是个开朗的胖女人，性情乐观，她不该干这一行：她是个佛兰德尔女人，本该在特尼埃父

① 拉德克利夫夫人（1764—1823），英国通俗小说家，代表作为《尤尔多夫的秘密》。

子[2]的绘画中占据一席之地。

“‘先生，’她对我说，‘勒尼奥先生准定又对您唠叨大布勒泰什的故事了吧？’

“‘是的，勒帕大娘。’

“‘他对您说些什么？’

“我简单地给她复述了一遍梅雷伯爵夫人那个可怕的阴惨惨的故事。女店主伸长脖子听着我每一句话，带着旅店老板的锐利目光瞧着我，这种洞察力介于宪兵的本能、密探的奸猾和商人的狡黠之间。

“‘亲爱的勒帕太太，’最后我这样说，‘您看来情况知道得更多，嗯？要不然，您干吗要上楼到我房间里来？’

“‘啊！说句正直女人的实话，不错，就像我叫勒帕一样……’

“‘您不用赌咒，您的眼里露出了秘密。您认识梅雷伯爵。他是个怎样的人？’

“‘当然，您知道，梅雷伯爵是个漂亮的男人，这种人总能看得到，他做事不慌不忙！是个来自皮卡第

---

① 特尼埃父子（1582—1649，1610—1690），佛兰德尔地区的画家，擅长表现酒店内景和乡村节日。

的体面的贵族，像我们这儿所说的，他发起怒来吓得死人。他总是当场付账，免得同别人有麻烦。您知道，他很活跃。我们这儿的太太们都觉得他非常可爱。’

“‘是因为他很活跃吗？’我问女店主。

“‘兴许是的，’她说，‘先生，您想想也会知道，就像人们说的，不是一表人才，是娶不上梅雷夫人的，她是旺多姆最漂亮、最有钱的女人，从来不想损害别人。她大约有两万年金收入。全城的人都参加她的婚礼。新娘娇艳和蔼，是女人中真正的珍宝。啊！当时他俩是天生的一对！’

“‘他俩的夫妇生活幸福吗？’

“‘哼！哼！又幸福又不幸福，像人们所猜测的那样，因为您可以想象，我们这些人，我们又不同他俩朝夕相处！梅雷伯爵夫人是个善良可爱的女人，或许有时要受她丈夫暴躁易怒的气；尽管他有点自负，我们都很喜欢他，也罢！这是他的地位造成的！一个人出身贵族，您知道……’

“‘不过，总该出了什么要紧的事，梅雷伯爵夫妇才断然分开吧？’

“‘我可根本没说过出了什么事，先生。原因我一

点儿不知道。’

“‘很好。现在我有把握，您什么都知道。’

“‘那么好吧，先生，我就将这一切都告诉您。看到勒尼奥先生上楼到您房里来，我便想，他会对您谈到梅雷伯爵夫人和大布勒泰什。于是我想到来请教先生，我觉得您是一个能出好主意的人，而且不会出卖一个像我这样可怜的女人。我从未伤害过别人，要不然良心要受到折磨。直到如今，我根本不敢对本地人推心置腹，他们都是些爱嚼舌根的人。最后，先生，我的旅店还从没有过像您待得那么久的旅客，我可以把最机密的事告诉您……’

“‘亲爱的勒帕太太，’我止住了她滔滔不绝的话头，‘如果您的机密话会对我造成损害，那我根本不想去惹这个是非。’

“‘一点儿不用害怕，’她打断我说，‘您马上就会明白。’

“她的热心使我相信，好心的女店主把这个秘密不止告诉过我一个人，不会要我单独保守秘密，于是我洗耳恭听。

“‘先生，’她说，‘在皇帝把西班牙战俘和别的战俘送到这儿来的时节，在政府的分派下，我家里住着一个凭口头保证被送到旺多姆的年轻西班牙人。尽管作了口头保证，他还是天天去见专区区长。这是个地位显赫的西班牙贵族！怎么，您瞧不起！他的名字带着奥斯和蒂亚的语音，好像叫巴戈斯·德·菲雷蒂亚。我的登记册上写着他的名字；如果您愿意，可以去看看。噢！对西班牙人来说，这是一个很漂亮的年轻人，因为人人都说西班牙人长得丑。他大约只有五尺二三寸高，但身材健美；他有双小手，细心修剪过，啊！真该瞧瞧。他刷手用的小刷子同女人刷衣服的刷子一样多！他的黑发浓密，眼里像有火一样，皮肤有点青铜色，但我觉得并不难看。他的衣服考究，我还没看见过别人穿过这样好的衣服，虽然我接待过王妃，还接待过贝特朗将军、阿布朗泰斯公爵夫妇、德卡兹先生和西班牙国王。他吃得不多，举止彬彬有礼，和蔼可亲，不会招人怨恨。噢！我很喜欢他，尽管他一天说不上四句话，不可能同他聊上一聊；你要同他说话，他一声不吭。别人对我说，这是那种人的怪癖。他像教士一样念日课经，按时去望弥撒，每次祈祷必到。他到哪儿去？不久，我们注意到这一点：

他总是到梅雷伯爵夫人做礼拜的教堂附近去。他头几次到教堂，站在那儿，没有人想到他有什么打算。这可怜的年轻人，他对着祈祷书，连头也不抬！先生，打那以后，天天傍晚，他总在山坡的宫堡遗址附近徘徊。这是他唯一的消遣，这可怜的人，他思念他的祖国。听说西班牙都是崇山峻岭！他刚囚禁在这儿，就很晚才回家。我看到他午夜钟敲过才回来，不免很担忧。但我们每个人对他的兴致都习以为常。他带着大门的钥匙，我们不用等他。他住在军营路我们那幢房子里。有一次，一个马夫告诉我们，有天晚上，他去给马儿洗澡，仿佛看见这个西班牙大贵族在远处的河里游泳，真像一条鱼出没水中。他回家后，我告诉他要小心水草，他对被人发现在河里游泳显得很不高兴。先生，终于有一天，或者说有天早晨，我们在他房间里找不到他，他没有回家。我到处寻找，在他桌子的抽屉里找到一张字据；抽屉里放着五十块西班牙金币，人们叫作葡萄牙金币，大约值五千法郎；在一个封好的小匣子里，还有价值一万法郎的钻石。他的字据写着，一旦他不回来，他给我们留下的这笔钱和这些钻石就用来筹办弥撒，感谢上帝赐他遁世，并且为他超度永生。那时节，我的男人还在，他到处去寻找这个年轻人。您说怪也不怪！他带回来西班牙人的衣服，那是在一块大石头下，在河边的柱子房基那儿发现的，位置在宫堡那边，差不多正对着大布勒泰什。我的丈夫一大清早到了那儿，没有人看见他。他看过了那张字据，把衣服烧掉。我们按照菲雷蒂亚伯爵的愿望，宣称他溜掉了。专区区长派出所有的宪兵去追踪他；得了，哪儿也追不到他。勒帕认为西班牙人淹死了。而我呢，先生，我压根儿没这么想，我宁可相信他同梅雷伯爵夫人有什么纠葛，因为罗莎莉告诉我，她的女主人所珍重的，同她一起埋葬的十字架，是乌木镶银的；然而，菲雷蒂亚先生初来时也有一个乌木镶银的十字架，后来我再也没见他戴过。现在，先生，西班牙人的一万五千法郎归我所有，我确实一点儿不用内疚，是不？'

"'那敢情是，'我对她说，'不过您没有试过问问罗莎莉吗？'

"'噢！不，恰恰相反，先生。您要我怎样！这个女孩子是一堵墙。她知道一些情况，但不可能套出她的话。'

“女店主跟我又聊了一会儿，然后走了，我沉浸在模模糊糊、漆黑一团的思考中，引起了浪漫的好奇心和一种宗教恐惧，就像我们夜晚走进黑魆魆的教堂，在高高的拱顶下，远远瞥见一点微弱的亮光，一张模糊不清的脸孔一掠而过，传来神父长袍的窸窣声，这时，我们不禁心往下一沉，战栗起来一样。大布勒泰什的景象：杂草丛生，窗户封死，金属生锈，房门关闭，房间无人，这些情景骤然间奇异地出现在我眼前。我真想闯入这个神秘的住宅，寻找这个悲惨故事的纽结，了解这场杀害了三个人的惨剧。在我眼中，罗莎莉是旺多姆最令人感兴趣的人。在观察她的时候，尽管她胖墩墩的脸焕发出健康的光彩，我还是发现内心隐痛的痕迹。她身上有一种惋惜或者期望的情愫；她的态度流露了一种秘密，有如虔信的人沉迷在祈祷中那样，或者像杀婴的姑娘总是听到她的孩子最后的喊声那样。她的举止既率真又粗俗，她呆痴的微笑没有任何犯罪的意味。她穿着紫白两色条纹的连衣裙，结扎束紧了她健壮突出的胸部；你只要看到她胸前那块红蓝方格的大手绢，就会判断她是天真无邪的。

“‘不，’我思忖着，‘我了解不到大布勒泰什的故

事底细，就不离开旺多姆。为了达到目的，要是绝对必要的话，我会成为罗莎莉的朋友。’

“‘是罗莎莉吗？’有天晚上，我去找她。

“‘您说什么，先生？’

“‘您没有结过婚？’

“她轻轻战栗了一下。

“‘噢！’她微笑着说，‘男人倒是不缺，但我会胡思乱想，怕变成不幸的女人！’

“她随即摆脱了内心的激动，恢复平静，因为凡是女人，从贵妇淑女到旅店女佣，统统在内，都具备她们特有的一种镇静。

“‘您还很细嫩，很诱人，不会缺少情人！但是，请告诉我，罗莎莉，您干吗在离开梅雷伯爵夫人之后，要当旅店女佣呢？她没有给您多少留下点年金吗？’

“‘噢！有的！不过，先生，我的差使是旺多姆最好的一个。’

“这个回答是法官和诉讼代理人称之为敷衍推诿的一类答复。在我看来，罗莎莉在这个浪漫故事中的位置，恰如棋盘正中的那一格，她甚至是了解事情真相的中心人物，我觉得她并没有牵连在纽结之中。这不是一般性的诱惑，这个姑娘仿佛是一部小说的末尾一章；因此，打这时起，罗莎莉成了我偏爱的对象。由于研究这个姑娘，我发现，如同成为我们主要关心目标的一切女人那样，在她身上有一大堆优点：她干净细心，不用说漂亮；她具有我们的愿望赋予女人的一切魅力，不管她们处于怎样的状态下。公证人来访之后又过了半个月，有一夜，或者不如说有天早晨，因为时间是在凌晨，我对罗莎莉说：

“‘你肯把你所知道的关于梅雷伯爵夫人的事都告诉我吗？’

“‘噢！’她惊惶地回答，‘别要求我这样做，奥拉斯先生！’

“她俊俏的脸孔变青了，鲜艳红润的颜色变得煞白，她的眼睛失去了天真的湿润的光泽。然而我坚持再三。

“‘那么好吧，’她说，‘既然您想知道，我就告诉您吧，但是，请替我保守秘密！’

“‘行！我可怜的姑娘，我会保守你的一切秘密，就像小偷一样守口如瓶，这是世上最牢靠的一种。’

“‘即使您有这样的看法，’她对我说，‘我还是要您

的诚实可靠。'

“说到这儿，她整理了一下围巾，坐好位置，准备讲述，因为要有信赖的态度才能放心叙述。优美动听的描述要在一定的时候，在饭桌上就是个好场合。站着或肚子空空时谁也讲不好故事。不过，要是忠实地再现罗莎莉口若悬河、不免凌乱的叙述，那么，一整卷书恐怕不多不少。她告诉我的事原来我只知道一鳞半爪，正好穿插在公证人和勒帕太太的唠叨话之间，就如数学上两端之间的中点一样，我只要三言两语就可以告诉诸位。我概括如下。

“梅雷伯爵夫人住在大布勒泰什的房间就在底层。一个凹进墙里、约四尺深的小间用作壁橱。在我给您讲的故事发生的那天晚上再往前推三个月，梅雷伯爵夫人因为身体很不舒服，她丈夫让她单独待在她房里，他睡到二楼的一间房间去。出于不能预料的偶然，那天晚上，他比平常晚两个小时从俱乐部回来，他到俱乐部去看报，同本地居民谈论政治。他妻子以为他已回家，躺下睡着了。但是，法国的入侵①是当时激烈争论的问题；弹子球赌局赌得很凶，他输掉了

① 1823年法国复辟王朝出兵干涉西班牙的资产阶级革命。

四十法郎，在旺多姆，这是一笔很大的数目。在这儿，大家都在攒钱，风俗习惯约束得很紧，朴实得令人赞叹。这笔钱兴许能叫一家人过得快快活活，这种幸福任何巴黎人是不会放在心上的。最近一个时期，梅雷伯爵只问一下罗莎莉，他妻子是不是睡下了；得到这个姑娘总是肯定的回答以后，他随即回到自己房里，那种轻信是习惯和信赖混合产生的。每次外出归来，他总爱到梅雷伯爵夫人房里，告诉她自己不顺心的事，兴许是想得到安慰。在吃晚饭时，他早就发觉梅雷伯爵夫人穿得十分花哨；从俱乐部回来的路上，他心里暗想，妻子不再病魔缠身了，病好了以后她变得更漂亮。丈夫是什么都会发觉的，可他发觉得晚了一点儿。他没去叫罗莎莉，她这时正在厨房里聚精会神地看厨娘和车夫玩一局很难打的纸牌。梅雷伯爵把灯笼放在第一级楼梯上，借着灯光，上楼到他妻子的房里去。他的脚步声在走廊的拱顶下回响着，很容易听出来。正当这个贵族旋转他妻子房间的钥匙时，他仿佛听到我对您提到的那个小房间的门关上的声音；但他进屋后，梅雷伯爵夫人是单独一个人，正站在壁炉前面。丈夫天真地暗想，罗莎莉躲在小间里；可是，一丝疑惑像钟声一样在他耳朵里鸣响，使他警觉不安，他瞅着妻子，发现她眼里有一种难以形容的慌乱和野兽般的表情。

"'您回来得很晚。'她说。

"她的嗓音平时很纯粹娇媚，如今他觉得稍稍有点变样。梅雷伯爵没有吭声，因为这当儿罗莎莉进来了。他仿佛挨了一下霹雳。他在房间里来回踱步，从这个窗口走到那个窗口，抱着手臂，不紧不慢。

"'您听到什么不愉快的事，或者是您不舒服吗？'罗莎莉给她脱衣服时，她胆怯地问他。

"他保持沉默。

"'你出去吧，'梅雷伯爵夫人对贴身女仆说，'我自己来卷卷发纸。'

"她只要看一看丈夫的面孔，就琢磨出事情不妙了，想同他单独谈一谈。罗莎莉出去了，或者看起来是出去了，因为她在走廊里待了一会儿。梅雷伯爵走过去坐到他妻子面前，冷冷地对她说：

"'夫人，有人躲在您的小房间里！'

"她平静地瞧着丈夫，直截了当地回答他：

"'没有的事，先生。'

“这‘没有的事’使梅雷伯爵很难受，他不相信，但他觉得妻子从来不像眼下这样纯洁虔诚。他站起身想去开小房间的门；梅雷伯爵夫人抓住他的手，止住他，用忧郁的神态望着他，嗓音异常激动地对他说：

“‘如果您找不到任何人的话，请想一想，我们俩之间一切就算完了。’

“他妻子的神态里流露出难以令人相信的尊严，使伯爵对她产生深深的敬意，他不由得下了一个决心，如果有一个更广阔的舞台，这样的决心就会具有不朽的意义。

“‘约瑟芬，’他说，‘我不去开门了。无论哪种情况，我们俩都会永远分开。你听着，我了解你的心灵是纯洁美好的，我知道你过着圣洁的生活，你不会以生命的代价犯下死罪。’

“听到这番话，梅雷伯爵夫人用惊恐的目光瞧着她的丈夫。

“‘瞧，这是你的十字架，’伯爵继续说，‘请你对着上帝起誓，里面没有人，我就信任你，永远不打开这扇门。’

“梅雷伯爵夫人拿起十字架说：

"'我起誓，里面没有人。'

"'大声一点，'丈夫说，'重复这句话：我在上帝面前起誓，在这小屋里没有人。'

"她镇静自若地重复了这句话。

"'很好。'梅雷伯爵冷冷地说。

"沉默了一忽儿。

"'您这件漂亮的东西我还没有看见过。'他端详着这个雕刻得精美绝伦的镶银乌木十字架，这样说。

"'我是在迪维维埃那儿买来的，去年那些俘虏经过旺多姆时，他又是从一个西班牙修士那儿买来的。'

"'啊！'梅雷伯爵说着，把十字架重新挂在钉子上。

"他拉了拉铃。罗莎莉随即来到。梅雷伯爵急促地迎上前去，把她拉到临花园的窗棂前，低声对她说：

"'我知道戈朗弗洛想娶你，只因为贫穷，你们不能成家，你对他说过，他没有办法成为泥瓦匠领班，你就不会做他的妻子……那么，你去找他，叫他带着抹子和工具到这儿来。只要叫醒他一个人，他的财产要超过你们的愿望就会实现。出门时千万不要多嘴多舌，否则……'

“他蹙起眉头。罗莎莉出去了，他又把她叫回来。

“‘喏，拿着我的万能钥匙。’他说。

“‘让！’梅雷伯爵用雷鸣般的嗓门在走廊里喊着。

“让既是他的马车夫，又是他的心腹，他离开牌桌赶来了。

“‘你们都睡觉去吧。’他的主人对他说，一面示意叫他走近来。

“伯爵悄声地添上说：

“‘他们都睡着了，睡着了，你听明白！你就下楼告诉我一声。’

“梅雷伯爵一面作着吩咐，一面兼顾着他的妻子。他不露声色地回到她的身边，坐在炉火前，开始给她讲弹子球赌局的经过和俱乐部里的议论。待到罗莎莉返回，她发现梅雷伯爵夫妇正在亲密地谈话。伯爵最近叫人全部修理过一楼接待室的天花板。石膏在旺多姆非常少，运输费大大提高了石膏价格；伯爵弄到了大量石膏，知道多余的总找得到买主。以上情况使他产生了要着手执行的计划。

“‘先生，戈朗弗洛来了。’罗莎莉低声说。

“‘叫他进来！’这个皮卡第贵族高声回答。

“梅雷伯爵夫人看到泥瓦匠后，脸色微微泛白。

“‘戈朗弗洛，’她的丈夫说，‘你到车库去搬些砖来，要搬够数，在这小房间的门前砌一堵墙；你可以用我剩下的石膏，抹上这堵墙。’

“然后，他把罗莎莉和那工人拉到身边，小声说：

“‘听着，戈朗弗洛，今夜你就睡在这儿，明儿早上，你会有一张到国外去的护照，我将给你指定一个城市。我给你六千法郎作旅途费用。你在这座城市里住上十年；如果你不喜欢这个城市，可以搬到别的城市去住，但要在同一个国家。你要路过巴黎，在那儿等我一下。我要签署一张文契，给你另外六千法郎，你履行了我们商定的条件后想回来，这就作为你的费用。作为代价，你对今夜在这儿所做的事一定得守口如瓶。——至于你，罗莎莉，我会给你一万法郎，在你举行婚礼那天付给你，而且你要嫁给戈朗弗洛才行；不过，你们结婚的事不得给外人知道，否则就没有嫁妆。’

“‘罗莎莉，’梅雷伯爵夫人说，‘过来给我梳头。’

“她的丈夫镇定自如地来回踱步，一边监视着那扇门、泥瓦匠和她，却不流露出侮辱人的不信任的表情。戈朗弗洛不能不发出声响来。梅雷伯爵夫人抓住那工人卸砖，而且她丈夫正走到房间另一头的时机，对罗莎莉说：

“‘我给你一千法郎年金，亲爱的孩子，如果你有办法对戈朗弗洛说一声，让他在下面留出一条缝的话。’

“然后，她镇定地大声地对女仆说：

“‘你去帮帮他的忙嘛！’

“在戈朗弗洛砌墙堵门的整段时间里，梅雷伯爵夫妇一直默默无言。在丈夫身上，这沉默是有心计的，他不想给妻子提供机会，说些双关语；在梅雷伯爵夫人身上，这是出于谨慎，或者是出于高傲。墙砌到一半时，狡狯的泥瓦匠抓住伯爵转过背的工夫，在两块门玻璃当中的一块上给了一镐头。这个动作是让梅雷伯爵夫人明白，罗莎莉已经给戈朗弗洛传过话。三个人于是都看到一张褐色的阴沉的脸孔，乌黑的头发和火一样的目光。在她的丈夫回转身之前，可怜的女人抓紧时间对那生人点头示意，仿佛是说：‘要抱有希望！’四点钟，天空微明，因为这时是在九月，墙砌成了。泥瓦匠由让看管着，梅雷伯爵睡在他妻子房里。早上起来，他若无其事地说：

“‘啊！真见鬼！我得上市政府去办理护照。’

“他戴上帽子，朝门口走了几步，又改变主意，拿起十字架。他的妻子高兴得战栗起来。

“‘他要到迪维维埃那儿去。’她这样想。

“伯爵一出门，梅雷伯爵夫人就拉铃叫罗莎莉，她用可怕的嗓门喊着说：

“‘拿镐头！拿镐头！快动手！我看到戈朗弗洛昨天怎么砌的，我们有时间挖一个洞，然后再堵上。’

“一转眼间，罗莎莉给女主人拿来了一把斧子，伯爵夫人以难以描绘的热情，动手拆除墙壁。她已经撬掉了几块砖，正要使出更大的劲儿猛干的时候，她看到梅雷伯爵出现在她身后，她昏厥了过去。

“‘把夫人抬到床上去。’伯爵冷冷地说。

“预料到他离开时会发生怎样的事，他给妻子设下了一个陷阱，他确实给市长写了信，还派人去找迪维维埃。首饰商来到时，房间里的凌乱状态刚刚拾掇好。

“‘迪维维埃，’伯爵对他说，‘您有没有从路过这儿的西班牙人手里买过十字架？’

“‘没有，先生。’

“‘好，谢谢您，’伯爵一面说，一面对妻子投以虎视眈眈的一瞥。他转身对着贴身男仆添上一句：

‘让，你将我的饭菜开到夫人房里来，她得了病，她病不治好，我就不离开她一步。’

“残酷的贵族在他妻子身边待了二十天。开头几天，当垒墙堵死的那间小屋里发出响声，约瑟芬想替奄奄一息的陌生人求情时，他不让她说一句话，回答她说：

“‘您对十字架起过誓，里面没有人。’”

1839—1842 年于巴黎

请记下你与日子的美好相遇

请记下你与日子的美好相遇

请记下你与日子的美好相遇

请记下你与日子的美好相遇

请记下你与日子的美好相遇

请记下你与日子的美好相遇

请记下你与日子的美好相遇

请记下你与日子的美好相遇

请记下你与日子的美好相遇

请记下你与日子的美好相遇

请记下你与日子的美好相遇

请记下你与日子的美好相遇

请记下你与日子的美好相遇

请记下你与日子的美好相遇

请记下你与日子的美好相遇

请记下你与日子的美好相遇